U0146302

长篇历史小说

何辉·著

# 大宋王朝

## V

## 王国的命运

作家出版社

## 图书在版编目（CIP）数据

大宋王朝：王国的命运 / 何辉著 .—北京：作家出版社，2018.1
（2021.11 重印）

ISBN 978-7-5063-9672-1

Ⅰ.①大… Ⅱ.①何… Ⅲ.①长篇历史小说—中国—
当代 Ⅳ.① I247.5

中国版本图书馆 CIP 数据核字（2017）第 221458 号

## 大宋王朝：王国的命运

作 者：何 辉

策划统筹：向 萍

责任编辑：向 萍

装帧设计：曹永宇

出版发行：作家出版社有限公司

社 址：北京农展馆南里 10 号 邮 编：100125

电话传真：86-10-65067186（发行中心及邮购部）

86-10-65004079（总编室）

E-mail:zuojia @ zuojia.net.cn

http://www.ZUOJIACHUBANSHE.com

印 刷：唐山嘉德印刷有限公司

成品尺寸：152×230

字 数：303 千字

印 张：22

版 次：2018 年 1 月第 1 版

印 次：2021 年 11 月第 4 次印刷

ISBN 978-7-5063-9672-1

定 价：54.00 元

# 目　录

卷

一

# 一

人的内心，可能藏着另一个"自己"。有的人的内心，可能还藏着第三个，第四个，甚至更多个"自己"。有的人，能够发现另外的"自己"；有的人，却终其一生，也无法看到另外的"自己"。

瀑布从高高的山崖飞流而下，溪水河水奔流不息地注入大海，鸡蛋从桌子上滚落摔碎在地面，飞雪飘落在温暖的地面渐渐融化。飞流而下的瀑布不可能倒回到山崖之上，大海不可能回流到每条溪水河水的源头，摔碎的鸡蛋无法复原回本来的模样，在地面融化的飞雪不能再重新凝结为雪花反向往天空飞舞。发现了另外的"自己"的"我"，再也不可能是原来的那个"我"。命运沿着单向发展，不论悲伤还是欢喜，不论平平淡淡还是惊天动地，每一个人都被时间的箭牵引着，奔向不可能重来的任何一个时刻。

历史上很多事件看起来似乎很相似，有时历史似乎也给人轮回的印象，但是历史中的任何一个时刻，都不可能再原样重来。

令人感到不可思议的是，在任何一个时刻，世界上竟然会同时发生无数的事件。每个人的某个时刻，都不同于他人的这一时刻。然而，正是不同人在同一时刻参与了所谓的"同一"的历史事件，才使历史上的任何一个事件，都充满了令人不可思议的多面性。真相是如此的多面。但是，从本质上说，每个人的某一时刻，都不同于他人的这一时刻。

宋建隆元年十一月丁未，对很多人来说，都是一系列特殊时刻的组合。对于有些人来说，他们的一生，就在这天终结；对于有些人来说，他们的余生，从此发生了巨变。

这天，扬州，天寒地冻。但是，扬州的城池却仿佛在炽热的熔炉中煅烧。征讨扬州的宋军，在皇帝赵匡胤的亲自督战下，发起了攻城战。此次出征，赵匡胤命马步军副都指挥使、归德军节度使石守信为扬州行营都部署、兼知扬州行府事，殿前都指挥使、义成节度使王审琦为副行营都部署，宣徽北院使李处耘为都监，保信节度使宋延渥为都排阵使。赵匡胤与诸位将领所率部队，皆为宋军禁军精锐。

漫天的火箭从城楼下射上了城楼，伴随着火攻，宋军架设起了云梯，开始对扬州城楼进行强攻。城楼上木结构的楼台很快升腾起了浓烟，燃起了烈焰，炽热的火焰仿佛突然从地狱中喷薄而出，恐怖的利爪四处舞动，捕猎那些弱小的可怜的生命。死尸不断在城楼下堆积，如同一块巨大的烂肉上堆满灰色、黑色、红色的令人恶心的蛆虫，后面的士兵仿佛失去了理智，踩着它们发疯般往上攀爬。前面、上面是生是死，对于这些进攻的士兵已经失去了意义。他们只知道，向前爬，往上爬，所有挡在前面的生物，都要砍倒。他们发疯般嘶吼着，眼前没有完整的人形，只有晃动的血光，以及人与刀剑、羽箭混合而成的乱纷纷的影子。城楼上的守兵用箭弩射穿一批批爬上城楼垛口的士兵的身体，用刀剑砍断他们的手臂、手指。但是，攻城一方兵力明显占有优势，他们如蚂蚁一般，如蝗虫一般，一波波往城楼垛口涌去。扬州守兵在城楼上拼命抵抗着源源不断涌上城楼垛口的宋兵。在城楼上，对抗双方的战士发生了惨不忍睹的肉搏。

起兵叛宋的淮南节度使、兼中书令李重进久经战阵，此时看着宋军攻城的场面，知道扬州城已经不可能保住了。他在城楼上做好了最后抵抗的部署，便带着数百名亲信匆匆忙忙离开了城楼，赶往自己的府邸。他做出了一个可怕的决定。

"人都聚在府邸内了吗？"李重进低声地问站在身旁的亲兵。他的声音，仿佛是从封冻千年的寒冰的一条窄小裂缝中渗透出来的，透着寒意，没有一丝生机。

"都——都在里头了。"亲兵哆嗦了一下，带着犹豫的神色，低声答道。

"准备好火箭。多备些柴火。"

"是！主公。陈思诲这人怎么处置？"

亲兵所说的陈思诲，是北宋的六宅使。不久前，赵匡胤决定将淮南节度使李重进迁任平卢节度使，但是担心李重进疑惧，便派陈思诲带着免死铁券前往扬州。李重进刚拿到铁券时颇为高兴，便整理行装准备立即入朝觐见。可是，李重进的大多数亲信认为在当时的局面下入朝觐见，必然凶多吉少。关键时刻，李重进犹豫不决。他左思右想，觉得自己是前朝后周世宗皇帝的近亲，一旦到了京城，说不定赵匡胤真的不会放过他。于是，他羁押了陈思诲，同时暗中准备反叛。此时，亲兵提起的陈思诲，正被羁押在李重进的军中。听到了亲兵的提问，李重进紧闭着嘴唇，没有回答。他看着紧紧关闭的府邸大门，呆立着，像一尊没有生命的塑像。"天真冷啊！真是一个能冻死人的凛冬啊！"李重进在心里嘟哝着。

从那道紧闭的大门背后，传来一阵阵撕心裂肺的呼号声。这呼号声，令人感到恐怖，又令人悲痛欲绝。李重进的亲兵们得了命令，正纷纷往府邸门口堆放柴火。柴火严严实实地堵住了府邸的大门，环绕着府邸的围墙。

"我即将举族放火而死，杀陈思诲又有什么用？"李重进叹了口气，说道，"放了他，放他出城吧！"

"是！"李重进身边的亲兵应了一声，扭头向后边几步远的两名军校使个眼色。

那两名军校正押着一个人，此时听了主公的命令，便押着那个人往远处走去。他们走出大约十来丈远，其中一个军校抽出腰刀，手起刀落，从背后砍下了那个人的人头。那个人没能够发出一声呼喊。被砍下的人头跌落在冰冷的硬邦邦的地面，骨碌骨碌地滚了好一阵，撞上路边的一个石块方才停住。它滚动的声音，被李重进府邸内令人恐怖的呼喊声彻底淹没了。人头倚靠在那块石头上，鲜血从断项中流出，绛红色的血液与污黑的泥土沾染搅和在一起。

那个军校收了腰刀，走上去踢了一脚那颗刚被砍下的鲜血淋漓的人头，吐了口唾沫，愤愤地说道："主公饶了你，我们饶不了你！如不是你带着免罪铁券迷惑主公，我扬州早早起兵，与潞州联合，何至于此！"

"行了，咱们赶紧跑吧！"那个军校的同伴说道。

于是，两个军校舍了地上的那颗人头和已经倒在地上没有了人头的残躯，发足往旁边的一条小巷内奔去。

李重进没有回头去看陈思诲是如何被押送走的。此时，他彻底沉浸在自己的悲伤中。陈思诲的命运如何，已经不是他所关心的了。他的身后，还站着数百名多年跟随他出生入死的亲兵和幕僚。正是幕僚当中的某些人，之前力劝李重进不能随六宅使陈思诲回朝廷觐见赵匡胤。如今，他们决定与李重进一起迎接最后的命运。

"射完火箭后，你取我首级，献给赵匡胤，求他饶恕众位将官的性命。这是命令，如果你还忠于我，务必执行。"李重进平静地对身旁的那位亲兵说。

那个亲兵犹豫了一下，"扑通"跪在地上，大声地哭泣起来。

李重进呆呆地望着灰蒙蒙的天空，挥了一下手，令人将府邸门口和围墙脚下的柴堆统统点燃了。

随即，李重进向亲兵们下了最后一道命令，令他们将火箭射入了府邸。

当千百支火箭射入府邸后，那座府邸在很短时间内便燃起了可怕的火焰。府邸内的哭号之声，变得比之前更加可怕了。那是绝望而痛苦的号哭，是烈火焚身的悲惨的号哭。

突然不知是谁开始呼唤"观世音菩萨"，于是便有几个声音跟着开始呼唤起来。这些呼唤"观世音菩萨"之人，是希望"观世音菩萨"能够让他们免受烈火焚身的痛苦啊。可是，没有多久，这些呼唤声渐渐变了，扭曲了，听不清了，最终都变成了恐怖的号哭与呻吟。

红色的火焰卷着那些恐怖的声音，卷着不断升腾的浓重黑烟，往天空翻滚着，咆哮着。

李重进听到从府邸内传出的恐怖的号哭声和呻吟声，脸上的肌肉被巨大的痛苦牵引着，可怕地抽搐起来。

"动手吧！"李重进猛地抽出佩刀，递给了身后的那名亲兵。

当日傍晚，扬州城被宋军攻陷。宋军进入扬州后，马步军副都指挥使、归德军节度使石守信作为扬州行营都部署、兼知扬州行府事暂留扬州，辅佐赵匡胤整治扬州。殿前都指挥使、义成节度使王审琦、保信节度使宋延渥当晚率领部队各自回了军镇。宣徽北院使李处耘则依赵匡胤之令返回京城。

那名亲兵依照李重进的吩咐，砍下了李重进的首级，献给赵匡胤。

"是你杀了李重进？"赵匡胤问道。

"是！李将军令在下取他首级来献给陛下！"李重进的亲兵答道。因为悲愤、恐惧，抑或还夹着一种悲壮的激动，他的声音和他的身体一样，微微颤抖着。

"他留下什么话了吗？"

"李将军求陛下——求陛下饶恕诸位将官。"

赵匡胤听了，默默地看着那名亲兵。那名亲兵在赵匡胤的眼光下，身子颤抖得更加剧烈了。

静默了片刻，赵匡胤冷冷地说道："朕会厚葬李将军，也会饶了你。不过，那些鼓动李将军叛乱之人，朕不能饶！"

当夜，赵匡胤将李重进亲信数百人全部斩首。李重进的兄长——深州刺史李重兴此前听到李重进反叛朝廷，便已经自杀。扬州被赵匡胤攻克后，李重进的弟弟——解州刺史李重赞及其子尚食使李延福一起被斩首于市。

隔日，赵匡胤令有司给扬州城中的百姓发米，大人每人发了一斛米，十岁以下的孩子每人发半斛。那些被李重进强迫从军的人，都发给了衣物，愿意继续从军的，就收编到朝廷的军中，愿意回家的，都放他们回家了。

赵匡胤随后下诏，免除了李重进家属和低级士兵的反叛罪，允许参与叛乱后逃亡在外的人回来自首。那些在叛乱中死去的扬州兵的尸首，他也安排人一并收了安葬。对于参与攻城而死去的宋军战士家人，则给予了抚恤。

后来，李重进被赵匡胤下令厚葬。李重进家人、族人的尸骨，赵匡胤也令人收集起来，葬在李重进墓地的旁边。

赵匡胤令人四处去寻陈思诲的尸身，可惜破城之后，城内一片狼藉，竟然无法找到。

曾经拖延住李重进劝他不要配合潞州起兵反叛的翟守珣，在宋兵攻城之前，便悄悄藏匿起来。待听到李重进举族自焚、其亲信将官被全部斩杀的消息后，翟守珣秘密拜见了赵匡胤，请求自此隐名埋姓隐居民间。赵匡胤知道翟守珣被内疚之心折磨，赐予了他许多金银，但并没有答应他隐居民间的要求，而是让他做了殿直，后来又升他为供奉官。赵匡胤希望他的这个老朋友能够在一个安逸的岗位上安度余生。但是，赵匡胤很清楚，翟守珣的余生，永远会被内疚之心折磨。他深知被内疚折磨的滋味。因为，他自己正是常常被内疚之心折磨着。他对父亲感到内疚，对皇后如月感到内疚，对为救皇子德昭而死的柳莺姑娘感到内疚。

在斩杀李重进数百名将官之后，赵匡胤的心没有感到一丝欢畅。他给自己的行为找到了很好的理由：只有这样，才能警告那些潜在的叛乱者，只有这样，才能确立新朝廷的威望。尽管，他从内心想要饶恕那些人，但是他还是杀了他们。他感到自己的手上，再次粘上了一层厚厚的黏稠的鲜血。在一个人独处的时候，他不止一次呆呆地望着自己的双手，然后装出一副无所谓的样子冷笑几声。他渐渐看到了另外一个自己。他渐渐变成了这样一种人，一种被责任和良心同时挟持的人。他在这种双重挟持中，找到的应对办法是变得更加冷酷。他的心，已经变得越来越黑暗，尽管在这黑暗的底部，闪耀着太阳一般的光芒。

赵匡胤回想起李筠、李重进时，眼前总是会燃起炼狱一般的大火。熊熊燃烧的红色大火、黑色的张牙舞爪的浓烟、四处散乱的尸体和尸块，构成一幅折磨人的惨不忍睹的画面。这一画面，与他年少时看到的那幅同样惨不忍睹的画面混合在一起，它们如此相似，让他感到愤怒，让他感到眩晕，让他感到恶心，让他禁不住想要呕吐。"为什么？你们宁愿死，也不愿屈服于我呢？李重进，为什么你与李筠一样，都选择了投火而死呢？难道你们要借此来最后向我示威吗？是的，我大宋尚赤，赤就是火的颜色。是啊，你们就是死了，也要向我示威啊！谢谢你们提醒，我明白了，只要那些小王国不真正并入我大宋的版图，他们就不会真正屈从于我，天下就不会有真正的太平。好吧！会的！我要一个个将它们收入我大宋的版图。这就是我带给它们的命运。"他恨恨地思索着，他这样想时，脸色极其阴沉，脸上的肌肉有些扭曲。如果那一刻，他身边有人看到他的这种脸色，一定会被吓一跳。不过，关于李筠、李重进的自焚，赵匡胤的想法完全是自己折磨自己。五代之时，反叛之臣事败后，举族自焚乃是常事。大约二十年前，后晋重臣安从进谋反，后晋大将高行周将他围困在襄阳城。城破后，安从进便是举族自焚的。

实际上，自平定昭义节度使李筠反叛之后，赵匡胤一直处于焦虑之中。本来他以为平定李筠后可以稍稍缓一口气。可是，时局的发展变得比他预料的还要复杂。为了遏制北汉与辽国勾结起来联合攻宋朝，赵匡胤授意折德扆击北汉的沙谷寨。这一战，宋军大胜，折德扆军斩杀了五百名北汉将士，大挫北汉的锐气。六月，宋兵兵围石州。但是，这一行动导致了赵匡胤不希望看到的结果。北汉主刘钧派出使者前往辽国。辽国天顺皇帝耶律璟派遣大同军节度使阿剌率领四部来援助，随后又命令萧思温率领三部大军前往石州相助。宋军于是在石州陷入了与北汉军、辽国军拉锯对抗的局面。若不是这时辽国国内发生了政事令耶律寿远和太保楚阿不等谋反的事情，宋军可能会在石州面临更大的压力。在宋军围攻泽州时，赵匡胤皇后如月产下一男孩，孩子一出生便状况欠佳。这让赵匡胤对如月的歉疚之心又背负上一份新的重量。对于刚刚出生的小儿子，赵匡胤也无暇多陪。他那时正为北部边境石州等地和南方已经显现危机苗头的扬州大为头痛。九月，宋新任昭义节度使李继勋进攻平遥县，俘获甚众，在一定程度上缓解了宋军的压力。但是，在随后的十月，赵匡胤受到一件事的重大打击。赵匡胤最喜爱和器重的大将之一——晋州兵马钤辖荆罕儒袭击汾州时不幸战死。当时，荆罕儒部将石进等怯阵，未能力救。赵匡胤因此斩杀石进等二十九人。荆罕儒的死，令赵匡胤大为伤怀。这半年内发生的大小事件，有喜有忧，令赵匡胤的心情总是处于起伏之中。因此，对于平定李重进，赵匡胤并没有感到多少宽慰，反而陷入了更深的焦虑。

自潞泽之乱以来，唯一让赵匡胤感到特别高兴的事情，就是皇后如月为他又生了一个男孩。孩子是在赵匡胤围攻泽州城时出生的。就在他于泽州城下中了流石昏迷醒来后不久，孩子出生的消息便送达了。听到消息的那个晚上，他辗转反侧，整夜无法入眠。两年前如月为他生下的第一个孩子不到满月便死了。那个可怜的孩子下葬的时候，他正跟随周世宗北征，所以连孩子最后一眼也没有看到。亲征去平定潞泽叛乱，他又错过了这个孩子的出生。令他感到略微欣慰的是，这个孩子的出生，使他和如月的关系得到了改善。每当他看到如月抱着孩子，脸上泛出喜悦的光华，他便感到自己被甜美和幸福包围着，在那一刻，他会忘记自己曾经经历的无数次血雨腥风，忘记自己曾经深深陷入的无数次迷茫与踟蹰。他会沉浸在甜蜜的光华的包围中，失去时间与空间的感觉，仿佛那一刻便是永恒。但是，他不得不一次又一次从那甜蜜的光华中醒来。为了平定扬州李重进的叛乱，他不得不匆匆告别了如月和新生的孩子。为了不让新生的孩子受到疾病和邪恶的侵扰，他和如月还没有给孩子取名字。他想把这个孩子好好保护起来，看着他长大成人，长成伟岸勇敢的男子汉。他一次次提醒自己，一定要兑现自己对柳莺姑娘的承诺，创造一个天下太平的世界。他会将柳莺的故事，告诉这个孩子，因为正是柳莺，在泽州城头舍命救了这个孩子的哥哥——德昭。他也会告诉这个孩子，就在他出生后不久，发生了潞泽与扬州的叛乱。

现在，扬州叛乱已经平定，李重进已死，但是赵匡胤并没有很快离开扬州回京城，尽管那里有他的母亲，有皇后如月，有儿子德昭，有两个女儿琼琼和瑶瑶，还有那个刚刚出生不久的孩子正在等着他。因为，赵匡胤很快又被新的事情困扰了。扬州李重进反叛之前，曾经暗中与南唐有来往。赵匡胤想到这点，就如鲠在喉。

正当赵匡胤想向南唐发难之际，十一月乙卯，南唐李景①派遣左仆射严续来扬州犒师。庚申，李景又派其子蒋国公李从镒和户部尚书冯延鲁前来祝贺。

赵匡胤压着心中的怒火，设宴招待南唐的诸位使者。

席间，赵匡胤厉色质问冯延鲁："你国主为何与我叛臣私下来往？"

冯延鲁狡黠地一笑道："陛下，您只知道我国主与李重进有私下来往，却还不知道李重进曾经向我国主请求资助其谋反吧？"

冯延鲁的大胆回答令赵匡胤微微一惊。但是，他并没有表现出惊讶的神色，只是淡淡问道："那么，当时你国主是如何答复李重进的？"

冯延鲁举杯喝了一口酒，又一笑，答道："当时，李重进的使者就住在臣的家中，我国主令臣对他说：'男子不得志，所以才会谋反，但是时机有时可，有时不可，陛下初立，人心未定，随即在上党与李筠交兵，当时你为何不反？后来人心渐定，四处并无大事，你又为何要反叛呢？以刚经战事未久的扬州的数千弱卒，去抵抗万乘之师，即便是韩信、白起复生，也没有成功的可能。我南唐虽然有兵有粮，也不敢资助将军啊！'李重进没有得到援助，才会失败啊！"

赵匡胤听完，心中暗想，南唐李景这是不敢得罪我大宋，但是却不知其实力究竟如何，我且用话试试他。

于是，赵匡胤"哼"了一声，说道："诸将现在都劝朕乘胜渡江南下。你觉得如何？"

冯延鲁脸色微变，旋即笑道："陛下神武，御六师以临小国，我们小小的江南国，哪敢违抗天威呢！不过，我国主有侍卫数万，都是先主留下的亲兵，发誓同生共死，如果陛下愿意耗费数万兵力与他们血战，那就南下吧。况且，大江上风大浪大，假如进兵而无法攻克城池，退兵恐怕也很难吧。这难道不是陛下国家的巨大

① 《十国春秋》卷第十六《南唐二·元宗本纪》中记：元宗名璟，字伯玉。陈彭年《江南别录》云初名景，非是。《五代史》《宋史》称景者，盖从显德时改名耳。本部小说故事开始时已经是宋初，显德是后周年号，因此提到南唐元宗统一用"李景"之名。

忧患吗？"

赵匡胤听了，哈哈大笑道："我这是与你开开玩笑，不是想听你的游说哦！"

这番对话，让赵匡胤意识到，直接南下进攻南唐还不是时机。他暗自思忖："好吧，且容你一时，总有一日，我会将你并入我大宋版图！不过，趁机再震慑一下南唐，先稳住它还是必要的。"

见过冯延鲁等南唐使者后，赵匡胤令诸军在迎銮地区进行了战舰演习。南唐主李景闻知，心中果然大惧。

偏巧，在这个时候，有两个南唐的官员暗中前来投奔宋朝。其中一人，叫杜著，是南唐的一个小官，颇能言辞。他假扮为商人，从建安渡江来到扬州投奔赵匡胤。另外一个人是南唐彭泽令薛良，因为犯了罪被贬为池州文学，也挺身而出，前来投奔，并且还向赵匡胤献上了《平南策》。南唐主李景听说消息，更加担心宋朝会趁机南下攻打南唐。

杜著和薛良两人前来投奔，令赵匡胤心下大喜。"这说明我大宋人心所向啊！"他心里喜滋滋地品尝着初步成功的滋味。但是，他很快意识到，如果南唐现在立刻警惕起来加强战备，要攻克它，恐怕就会变得更加困难了。他于是做出了一个有违本心的决定，做出了一次纯粹基于战略和政治考虑的残酷选择。他下令将杜著斩首，将薛良发配庐州做牙校。

"朕不喜叛臣。朕也无心于南唐！"杀了杜著、发配了薛良之后，赵匡胤让人往南唐传去了这样的话。

南唐主李景听到了消息，稍稍喘了口气。不过，李景心里很清楚，赵匡胤此时杀了杜著、流放了薛良，只不过是摆摆姿态，并不说明赵匡胤对南唐不感兴趣了。李景也知道，来自宋朝的压力，会进一步加速南唐内部的变化。在宋朝的压力下，李景常常夜不能寐，被忧虑与恐惧所困扰。

十一月乙丑，赵匡胤命宣徽北院使李处耘知扬州，同时令归德军节度使石守信待李处耘一到，便返回其军镇。李处耘本来想带家人一同前往扬州，考虑再三，还是让妻儿都留在了京城。赵匡胤对付李筠、李重进等节度使的态度与手段，让他意识到，如果自己将家人全部迁往扬州，在这种情况下，很可能引起皇帝的猜忌。

扬州刚刚再次经历兵燹，四处凋敝。李处耘到了扬州后，减轻了赋税徭役，带领属县的父老走访民间，想方设法去除民间疾苦。

这一日，赵匡胤找来枢密副使赵普、宣徽北院李处耘、京城巡检楚昭辅，要他们陪着自己去扬州风月楼看看。京城巡检楚昭辅是赵匡胤的亲信，赵匡胤心知扬州城一旦被攻克，维护治安的事务必然繁重，因此在亲征时便将治安方面富有经验的楚昭辅带在身边。接到赵匡胤的召唤，赵普等人立刻便知赵匡胤是怀念柳莺，想要故地重游去看看。这天夜晚，四人换上便装，背上行囊钱袋，如同八个月前一样，装扮成商人模样，骑着马缓缓向风月楼而去。一路上，赵匡胤沉默不语，赵普等人心知赵匡胤此刻心情定然不好，也几乎不言不语。行了多时，他们远远看见十数串大红栀子灯笼如红色瀑布悬浮在前方的夜色中。红色的灯笼光在黑黢黢的夜幕中，勾勒出楼边几株高大的槐树和旱柳的轮廓，风月楼就要到了！它还是灯火依旧，似乎没有受到战争的影响。赵匡胤远远看着那片红色栀子灯笼散发出的梦幻的光芒，心中暗想，仅仅不足一年啊，便已经物是人非。那些红色栀子灯笼不知是否换了一批？不过，那几棵槐树和旱柳，应该还是原来所见的那几棵吧。八个月前，他们四人曾经私服暗访扬州，正是在这次暗访时，赵匡胤认识了柳莺姑娘。可是，谁也没有想到，短短数月之内，柳莺姑娘便已经离开了这个世界。想到柳莺用她自己的生命救下了自己的孩子德昭，赵匡胤感到一阵剧烈的心痛。

赵匡胤四人一进了风月楼，老鸨便讪笑着迎了上来。还是这个老鸨啊！一个声音在赵匡胤的耳内响起。

"芍药屋空着吗？"赵匡胤问道。八个月前，正是在二楼的芍药屋，他遇到了柳莺姑娘。他想再到那里面坐坐，所以直接报了包间的名字。

老鸨愣了一愣，笑道："原来是老客人啊！那几位大官人要点哪几位姑娘呢？有没有老相好啊？"老鸨没有认出赵匡胤等人，毕竟，他们也就来过一次。这风月楼平日里客人多，老鸨哪里还记得他们。

"小凤和芍药姑娘在吗？"赵匡胤呆了呆，旋即问道。数月前，正是这两个姑娘与柳莺姑娘一起与他们喝酒聊天。

"芍药还在，小凤为了躲避战乱，不久前离开扬州了。也不知去哪里了。不过是那个翟将军安排的，估计也会有个好的安身地吧。"老鸨答道。

赵匡胤心中一动，知老鸨说的翟将军一定是翟守珣。他心中暗暗祈祷，希望小凤有个好的着落。

"这样吧，便让芍药姑娘来，再叫几个姑娘如何？"老鸨问道。

赵匡胤沉默着点点头，便带着赵普等三人顺着台阶，缓缓走上二楼。熟悉的台阶，熟悉的回廊，不太熟悉的芍药屋的门。原来有两条长食案，如今换成了一条长食案。那条悬着通往一楼的绳子，依然还在。这条绳子的那一端，系着的铃铛应该也还在吧？当天，赵普站起身来，拉了一下那根绳子。绳子一动，便听到了铃铛的声音。然后，便从一楼上来了几位姑娘。是啊，当时就是赵普在拉那根绳子啊。绳子还在，好像一点儿都没有变啊！"可是，我却再也见不到了柳莺了。"赵匡胤在蒲团上坐下来时，心里默默想着。

为什么无生命的事物，有时比鲜活的生命更有不灭之体！老天啊！你为何对人如此残忍！赵匡胤突然想起了开天下牡丹会时，在白马寺门口所见的那匹石马，还有石马额头上爬着的小虫子。红色带黑斑点的壳，慢慢地爬动。静静的石头马，慢慢爬动的红色带斑点的小虫，死的比生的更长久，静的比动的更不朽！

念念迁谢，新新不住，如火成灰，渐渐销殒。

赵匡胤想起了守能和尚同他说过的一句佛经，又痴痴想着："世人终归是要老去的啊。可是，柳莺姑娘，你是永远不会再老去的，你的容颜，是永远不会销殒的了。"

"吱呀"一声响，门被推开了，进来一个女子。乌黑的发髻高高耸立着，稍稍后倾，是扬州流行的流苏髻。她的发髻上，斜插着一支银钗，身上穿的是一件绣着明亮黄色碎花的半旧的红褙子，黄色的小碎花，仿佛小蝴蝶飞舞在红色的花海中。在这一刹那，赵匡胤眼前有些恍惚，仿佛眼前站着的女子是柳莺姑娘。他一下子站起身来，几乎要冲上去抱住那个女子。可是，他马上意识到，进来的那个女子不是柳莺，而是芍药姑娘。

"芍药姑娘，别来无恙啊！"赵匡胤向芍药姑娘抱了抱拳。

"大官人是——啊，我想起来了，春天时你们来过。那时，我和小凤，还有柳莺，就在这间屋子里喝酒唱曲子。是吧？"芍药记性倒是很好，看到他们几个显得非常开心。

赵普等三人也分别起身向芍药姑娘问了好。芍药慌忙请他们几个都重新落座。

"这莫非是柳莺姑娘的那件红褙子？"赵匡胤问道。

"大官人好记性，不错，正是柳姐姐送我的。她离开扬州时送我的。大官人莫非是回来找柳姑娘的？她离开后，便一直杳无音信啊。说好安顿下来，就给我们几个妹子带信来的。可是至今没有她的消息哦。"

赵匡胤听她提起柳莺，勾起心中的痛楚。"她还不知道柳莺姑娘已经不在这个世界上了啊。"赵匡胤心里想着，一时间不知说什么好。

赵普三人听了芍药姑娘的话，也都沉默不语。

芍药见赵匡胤等人神色肃穆，颇感奇怪，旋即想到，也许他们未见到柳莺，不太开心吧。这时，又有几个姑娘推门进来。她们嬉笑着在长食案上摆上酒水与各色小吃，随即在赵匡胤等人身边坐下。

"温庭筠的《更漏子·柳丝长》和冯延巳的《醉花间·晴雪小园春未到》①芍药姑娘可会唱？"赵匡胤问道。这两首词，正是那天晚

---

① 冯延巳（903—960），又名延嗣，字正中，广陵人，官至南唐宰相。保大十五年，后周师大败唐军，冯延巳被罢为太子少傅。后复相。因南唐向后周称臣，贬损制度，罢为左仆射平章事为太子太傅。卒谥忠肃。《南唐书》有传。冯延巳尤工词，所作之词在当时广为传唱。有词集，名《阳春录》，一名《阳春集》。

上柳莺姑娘弹唱的词。

"这两首词，这里一半的姑娘都会唱唱哦！"芍药姑娘嘻嘻笑道。

"那便请芍药姑娘为我们唱唱吧。"赵匡胤喝下一杯酒，对芍药姑娘说道。

芍药莞尔一笑，从座位旁边抱起一面琵琶，低首凝眉，轻轻弹唱起来：

> 柳丝长，春雨细，花外漏声迢递。惊塞雁，起城乌，画屏金鹧鸪。
>
> 香雾薄，透帘幕，惆怅谢家池阁。红烛背，绣帘垂，梦长君不知。

一曲唱完，芍药姑娘向赵匡胤看去，惊奇地发现，他的眼中竟然闪着晶莹的泪光。再看赵普等三人，却只顾各自低头喝酒，都不言语。

屋内的气氛显得有些沉默，几个男人显得很惆怅。这几个平日里看惯了欢颜浪行的姑娘，被今晚特别的气氛弄得有些不知所措，只好陪在一边默默倒酒。

芍药见赵匡胤不发话，便继续弹唱起来，却正是冯延巳的《醉花间·晴雪小园春未到》：

> 晴雪小园春未到，池边梅自早。高树鹊衔巢，斜月明寒草。
>
> 山川风景好，自古金陵道。少年看却老。相逢莫厌醉金杯，别离多，欢会少。

这曲唱完，芍药姑娘幽幽然放下琵琶，坐到了赵匡胤的身边。

"赵大官人，你一定还是思念着柳姐姐吧？"芍药并不知道赵匡胤等人的真名，只记得他姓"赵"。

赵匡胤微微一愣，看了芍药一眼，欲言又止，仰头喝下了一杯酒，方才说道："是啊。如果能再见柳莺姑娘，该多好啊！"他知道自己再也见不到柳莺了。不过，当他说起她的名字时，他仿佛感觉到她还在某处好好地活着。不！死人不可能复活！再也不可能见到她了。但是，他不想将柳莺的死讯告诉芍药姑娘。

"我心里也盼着能够再见到柳姐姐呢。不过，只要她过得好，那就行了。这个乱世，能好好活着就好了。"芍药姑娘陪着喝了口酒，幽幽地说道。

"芍药姑娘，你想不想离开这里，找个好人家？"赵匡胤几杯酒下肚，希望能够帮柳莺的姐妹一把，便突然这样问芍药姑娘。

芍药听了这句话，眼眶一红，叹了口气，说道："出了这个楼，我再无其他亲人了。在这里，还有这些姐妹陪伴啊！"

赵匡胤听了这话，一时间心里感到无比酸楚。"我曾经以为我可以拯救柳莺，却没有做到。现在，我又以为可以拯救芍药姑娘。可是，即便我能带她出去，也不一定能够带给她快乐啊！我又如何能够拯救这风月楼里的所有女子呢？天下有多少风尘女啊！难道，落入这样的命运，都是她们自己的错吗？也许，只有等到我实现了柳莺姑娘的遗愿，给她一个太平世界，这些风尘女子才能真正享受她们的自由啊！"

赵匡胤没有再提起帮芍药姑娘出风月楼的话头，与芍药姑娘喝了几杯酒后，便决定离开风月楼。

离开时，赵匡胤让李处耘给芍药姑娘等几个女子留下两千贯钱。芍药姑娘捧着钱袋，不敢伸手接。

"收下吧。如何使用，你们几个自己决定就是了。芍药姑娘，你多保重。"赵匡胤握着芍药姑娘的手，轻声地说道。

芍药姑娘早就收敛了应付客人的虚假的媚笑，红着眼睛，默默地点了点头。

"有机会再到扬州，我再来看望姑娘，再与姑娘一起喝酒。"赵匡胤见芍药姑娘收了钱，终于感到一丝欣慰，微笑着说。

芍药姑娘眼睛一眨，两行清泪涌出眼眶，顺着面颊流了下来。

赵匡胤抬起手，用衣袖轻轻拭去芍药姑娘脸颊上的眼泪。

"你真像我的小妹。好了，告辞了，后会有期。"赵匡胤强忍眼泪，硬起心肠，笑着说道。

"'相逢莫厌醉金杯，别离多，欢会少。'大官人，多保重！"芍药姑娘说道，深情地看着赵匡胤。

赵匡胤带着赵普三人，推开芍药屋的门便往外走。芍药姑娘与她的几个姐妹一直将他们送到了风月楼的门口。就在这时，夜空中下起了阴冷的小雨，微小的雨点被微风吹洒到众人的脸上。赵匡胤仰起头，感到胸口有一堵墙，堵住了心里的一股激流，那股激流由于被一堵墙挡住出口，便在心内如同大海中心的旋涡一样，疯狂地旋转。好冷的雨啊！好沉重的夜色啊！他想朝着夜空如狼一般号叫，他想像孩子一般放声痛哭一场，可是，他终究没有号叫，也没有痛哭，只感到眼角边无声地涌出两行热泪，瞬间便在面颊上与冰冷的雨融为一体。

众人在冷雨中再次简单话别。赵匡胤四人骑上马，疾驰而去。

风月楼外的数串红色栀子灯笼，在冰冷的小雨中，在黑黢黢的暗夜中继续散发出魅人的光芒。如果雨再下大一点，就会有人将那些红色栀子灯笼都收回去，任由暗夜包围这幢充满欢乐与悲伤的楼阁。

进入冬季后，南方天气渐渐转寒，不知为何，比起往年，这个冬天特别寒冷。屋檐下挂起了一根根巨大的冰凌。

赵匡胤见李处耘很快安抚了扬州，心中渐宽，思乡之情却从心底泛起，如月和孩子们再次强烈地牵动了他的心。

一日，天降大雪，赵匡胤带着十几骑飞驰出扬州城门，立马四顾，但见白雪连天，江国寂寂。"如果能够陪着如月与孩子们，围着火炉，喝杯热酒，那该多好啊！若是——若是柳莺姑娘能够活着——"赵匡胤没有再往下想，心念已动便决定尽快返回京城。十二月己巳，他起驾离开扬州，不久便回到了京城。

就在赵匡胤返回京城没几日，南唐清源节度使留从效派了使者奉表称藩。赵匡胤不想在这个时候再刺激南唐主李景，便对留从效之请不置可否，但是专门派了使者带着厚礼前去安抚。

# 二

南唐主李景自从听了冯延鲁的回报，知宋帝赵匡胤有志于南唐，便经常做噩梦。这日晚上，他迟迟未睡，神经质般地催促一名内侍去将枢密副使唐镐叫到了南唐宫内的御书房。

唐镐刚从睡梦中醒过来不久，不知出了什么事，到了御书房，他心惊胆战地站着，等候着李景发话。

李景半夜将唐镐叫到御书房，可是等唐镐真的来了，他自己却坐在书桌前沉默不语了。唐镐便愣愣站在李景书桌前，大气也不敢出。

过了好久，李景猛然站起身，背对着书桌，喃喃自语："这个留从效！朕让他做了清源节度使，他竟然去投靠赵匡胤！"

自从向后周臣服后，南唐遵从周世宗的号令，去了帝号，称国主，年号也跟着后周年号，凡是天子仪制都从旨降损。李景原名景通，又名璟，为了避后周庙讳，便改名景。宋受周禅后，南唐国以事周之礼向宋进贡，但是，在南唐国内，在自家臣子面前，依然以"朕"自称。

对于李景对留从效的斥责，唐镐听在耳内，不敢言语。

突然，李景肩膀晃动了一下，喝问道："城池修缮得可坚固？"

烛光下，唐镐抬头看着李景的背部，似乎觉得他的整个身体都在微微颤抖。

"坚固，很坚固！"唐镐慌忙答道。

"各州要害之处，增调的兵马可都到位了？"

"都到位了。"

"南都南昌府的宫殿营建得如何了？"

"再过一个月，便可大功告成。"

这时，李景缓缓转过身来，盯着唐镐，沉默了一会儿，叹了口气，说道："群臣大多反对迁都，还有些滑头支支吾吾不表态，那明摆着也是反对迁都的。只有你竭力赞同我的意见啊！"

"谢陛下！臣认为，迁都乃是防范赵宋进攻的对策之一。金陵就在宋军的眼皮底下，一旦宋军南下，金陵很快会被包围。迁都南昌，至少可以暂避宋军锋芒。不过，金陵也有金陵的好处，那就是人烟繁密，物资丰富，防御工事比较成熟。陛下英明，不论迁与不迁，臣以陛下马首是瞻！"唐镐受宠若惊，慌忙回应道。

"是啊，要抓紧，营建完工，总是多一个选择啊。你也知道吧，赵匡胤杀了杜著，流放了薛良，看似是帮我惩罚不忠之臣，其实是有意麻痹我南唐啊！"李景不是一个庸人，他一度雄心勃勃，想要统一中原，对于赵匡胤的做法，是有比较清醒的认识的。

"是，是！"

"我再问你，如果与北边开战，咱有把握能守住吗？"

"不瞒陛下，要是开战，我军是可以坚持一阵的，只是自我朝在与后周大战丢失淮南后，税收少了将近一半。况且，又没有了藩屏腹地的战略要地淮南，如果赵匡胤决意大举进攻，长期作战，我军能够坚持多久，就无法预料了啊！"

"国库里面，不是还有很多兵器缯帛吗？"

"陛下，烈祖弃代时，德昌宫内的国库确实积累了兵器缯帛七百余万。不过，近十年来连年用兵，国库所存已经没有多少了！"说话间，唐镐面露为难之色，他的眼睛，在深深凹陷的眼窝里，由于紧张而不停地眨动着。

李景听了，面露不悦之色。他知道，唐镐所言一定不假。他的内心深处，怀着统一中原的宏愿，所以并没有遵循其父的遗言善和睦邻、寝兵自强，而是先后吞闽灭楚，确实花费了大量国库的积累。

"不要提烈祖从前了。此前冯延已在楚地增加赋税以资军用，应该还有所积累。朕会着人再查查。你不必担心这事。"

"是！不过，自刘言、王逵、周行逢先后控制湖南后，楚地的赋税已经基本无法为我朝所有了。"

"这个朕晓得。对了，你赶紧加快准备，或许明年二月，我南唐就可正式迁都到南昌府了。"

"是！臣一定抓紧暗中准备。"

"等等，迁都之议，朕还没有正式决定，你不要对外宣扬，但是先准备着，有备无患啊。唐大人啊，你说，那么多臣子反对迁都，朕是不是真的错了呢？"

唐镐心里一惊，其实，他也不止一次地反复问过自己这个问题。于是，他答道："陛下的顾虑也是有道理的。若是条件不成熟，不如暂时不迁，以免发生哗变。"

李景听了唐镐的话，忽然一愣，说道："怎么你好像也改变了主意？"

唐镐心中一慌，额头上顿时冒出汗来，支支吾吾说道："微臣，微臣我——"

"罢了，不用多说了。朕心中有数。你回去歇息吧！"李景冲唐镐挥了挥手，示意他退下。

"是！臣告退！"唐镐喘了口气，向李景深深鞠了躬，便慌忙往外退去。

唐镐正退到门口，李景突然抬起一只手臂，喝道："等等！"

唐镐一惊，停住了脚步，抬头见李景正扭着头，那张平时温润如玉的脸，一半在烛光中显出冷峻忧郁的神色，一半却隐没在黑暗中。

"你派人暗自盯紧六皇子和七皇子！都要好好保护，他们的一举一动，随时告诉我。"李景所说的六皇子是他与皇后钟氏所生的儿子，排行第六，名从嘉，字重光；七皇子是他与后宫凌夫人所生的孩子，名从善。其时，李景此前所立的太子李弘冀已死，对于最后立谁为太子，他至今犹豫不决。之前，为了立储，已经发生了太多可怕的事情，李景每每想起，心里便充满愤怒与悲伤。但是，事到如今，他不得不再次考虑这件事。

"是！"唐镐答应了一声，不敢多言，匆忙退出了御书房，没有走出几步，只听身后御书房内传来李景低沉怅惘的吟哦声——

　　手卷真珠上玉钩，依前春恨锁重楼。风里落花谁是
主？思悠悠！

　　青鸟不传云外信，丁香空结雨中愁。回首绿波三楚
暮，接天流！

　　唐镐停住脚步，听那词中愁绪满怀、愁肠百结，想起南唐昔日
全盛之时，朝内名臣罗列，名将环卫，如今名臣名将死的死，亡的
亡，朝内人才凋零，一时间不禁伤感无比，泪流满面。

　　这一刻，唐镐甚至有些后悔在李景面前诽谤钟谟和张峦有"异
谋"，正是因为他的进言，才导致此二人被最后处死。这两人是他的
政敌，他曾经因这两人的下场暗暗得意，但是就在这一刻，他竟然
有点想念起这两个已故的政敌。在这一刻，他也想起了那曾经辅佐
烈祖李昇成就大业的"国士"宋齐丘，想起了前枢密使陈觉，想起
了前枢密副使李徵古。

　　"如果他们还在，我朝或许还有救啊！"想起故人，唐镐更是伤
感不已。当然，他绝不想将这种对故去政敌的想念，暴露在任何人
面前。

　　淮南的丢失，朝内的党争，立储的暗战，已经将往日盛极一时
的南唐的精髓渐渐抽空。不论是南唐主李景，还是枢密使唐镐，都
已经意识到，南唐正面临着前所未有的危机。导致这场危机出现的
因素，是如此复杂，如此根深蒂固。这些危机的因素，有一些是李
景所能消除或减弱的，但有一些因素却是李景再努力，都难以对其
施加实质性影响的。

　　李景曾经也有统一天下的宏愿。即位之初，他数年之内故意不
去亲祀郊庙，而对群臣说："等到天下一家，再去告谢！"

　　当年南唐的名臣韩熙载在很长一段时间内，也曾以助南唐统一
中原为宏愿。南渡赴南唐时，韩熙载曾对前来为自己送行的好友李
谷说："江淮用吾为相，当长驱以定中原！"后来，李谷成了后周的
宰相，韩熙载在南唐虽没有成为宰相，却也成为南唐的重臣。

　　可惜的是，李景虽然用了孙晟、韩熙载等人，但是南唐朝内却

已经深陷党争内斗之中。以"国士"自居的宋齐丘居功自傲，其党人在朝内飞扬跋扈，不断扩大土著派系的势力。宋齐丘、魏岑等人专心于争权夺利。孙晟、韩熙载等人虽有才略，却得不到充分的发挥，意见也常常不被采纳。

李景治下的南唐，在短短十余年间，有数次北进中原的机会，却都因种种原因被错过了。当年契丹侵略开封后退回北方，中原无主，李景就未听韩熙载之言，错过了入主中原的机会。

退一步说，如果李景能够听从他父亲的遗训继续休养生息，也未尝不是一种治国上策。可惜，李景有北进之意愿，却没有长远之战略和坚定之决心。到头来，休养生息未能做到，而北进中原也或是错过时机，或是虎头蛇尾，白白耗费了国力。他即位以来，不仅国库的积累日渐衰减，国内百姓赋税也日益加重。李景心中的不甘，显露在一次次没有战略支撑的冒险中。

北部中原王朝内叛之军向南唐求救并非一次。李重进叛宋之前，曾向南唐求救，而李景拒绝，说明李景自即位之始，到宋初之时，北进中原的宏愿已经消磨殆尽，慢慢只意在自保了。而大约十二年前，面对另外一次求救，李景的态度是积极的，行动尽管没有成功，但是北图中原的意图是明显的。

保大六年，后汉的护国军节度使李守贞反叛，派了沈丘人舒元、嵩山道士杨讷改名换姓，抄小道求援于南唐。南唐谏议大夫查文徽、兵部侍郎魏岑力主支援，趁势谋取中原。当时李景命北面行营招讨使李金全率兵援助，派清淮节度使刘彦贞为副帅，查文徽为监军使，魏岑为沿淮巡检使，出兵沂州。一日，负责侦察任务的斥候报告说涧北有后汉兵，不过都是羸弱兵卒。诸将请求出兵袭击。李金全估摸着后汉乃是用羸弱之兵作为诱饵，当即说："敢言过涧者斩！"到了夜晚，后汉伏兵四起，鸣金击鼓之声响彻十余里。李金全于是对诸将说："刚才难道能与他们开战吗？"李金全善于判断敌情，保全了南唐的军力，也不算是失败。但是，经此之事，可以看出南唐军对自身的作战能力已经信心不足。李金全做出谨慎的选择，原因之一是畏惧后汉伏兵；另一原因，是发现当时南唐士兵内心厌战，缺乏斗志，许多人认为河中路途遥远，要救李守贞，并趁机图谋中原，恐怕并非易事。在这种消极态度的影响下，南唐军难有作为就不奇怪了。李金全虽然避免了南唐军陷入埋伏，但是在此之后，他再也没有作为。南唐军节节撤退，直至退守海州。

保大七年，李景再次看到一个北图中原的机会。当时，契丹入侵后汉，李景派兵渡过淮河北上，到了颍州正阳。结果，颍州守将白福进派兵出击，打败了南唐军。南唐军败绩后，便放弃了这次北进的努力。

由此看来，李景北图中原的几次军事行动，并不坚决，也缺乏成熟的战略支持，所以即便有机会，稍稍受挫，便也立刻放弃了。

李景所用的韩熙载等人，在南唐属于侨居势力，缺乏本地势力支持，在政治上也无大的作为。在军事上，李景也非那种运筹帷幄、决战千里的枭雄悍将，所以在面对机会时，不免瞻前顾后，犹犹豫豫，缺乏作战的决心与取胜之心。这种战略与军事上的懦弱，最明显的一次，是保大九年。当时，后汉枢密使郭威率兵攻陷了汴梁，刚刚建立后周政权。李景与众城诸将商议出师中原，韩熙载劝阻道："我是支持北伐的，但是，现在北伐不行。郭威乃当今奸雄，曹操、司马昭之流，虽然后周立国不久，但是其边境防守稳固，我国如果轻率出击，恐怕不会仅仅是无功而返呀！"李景听了韩熙载的话，便放弃了出兵中原的打算，而只是派兵在淮河沿岸炫耀了一下南唐实力，便撤了回来。韩熙载此前曾经劝李景乘中原无主时入主中原，待郭威占据开封建立后周，韩熙载却改变了态度，可谓审时度势，但是也可由此看出李景对于统一中原缺乏长远战略，不得不见机而动。

如果只是责怪韩熙载缺乏魄力，是不公平的。实际上，南唐的军队，当年除了少数几支部队战斗力尚可，大多缺乏强大的攻击力。保大七年十二月，南唐军除了在颍州被白福进打败之外，还有一次败绩。那个月的月末，后汉密州刺史王万敢进攻南唐海州的获水镇，竟然全歼了当地守军。保大十年，后汉泰宁军节度使慕容彦超与后周作战，李景应慕容彦超请求，出兵救援。李景命令燕敬权为大将，率兵五千，进至下邳。燕敬权听说后周大军将至沭阳，便以退守为应对之策。后周徐州巡检使张令彬乘机出击，南唐军不堪一击，兵败如山倒，结果燕敬权被俘，死去的士兵达千人。

军事上的软弱，与政治上的软弱往往是一体的。李景对境内的很多地方势力也缺乏足够的掌控力。还以保大十年这年的另一件事来说，就可见南唐朝廷在政治上的软弱。当时，南唐泉州刺史留从效的兄长——留从愿毒死了南州刺史董思安，取代董思安当上了南州刺史。李景不仅拿留氏兄弟没有办法，反而在泉州设置了清源军，任命留从效为清源军节度使。

与后周周世宗进行淮南之战后，李景丢了淮南地区，更是无力再进攻北方。

淮南的丢失，是南唐衰落的一个重要转折点。李景对于淮南的败局耿耿于怀，他将很大一部分怨气撒在了宋齐丘党人身上。此前，在淮南败局将定之时，宋齐丘党人为了自保，便暗暗与皇太弟李景遂合谋，准备逼迫李景禅让，但是事情并没有成功。李景遂不得已上表请求"归藩"。李景在内心深处，对皇太弟李景遂的威胁是感到恐惧的。所以，他便乐得李景遂的主动退出，封了李景遂为晋王，后又加封为上将军、江南西道兵马元帅、洪州大都督、太尉、尚书令。当时，李景长子李弘冀还在世，李景便立了弘冀为太子。

尽管李景遂已经失势，但太子李弘冀依然担心自己的地位不稳。一次，李景因为太子的过失，怒斥太子，狂怒之下，竟然说出要召回景遂的话。于是，太子李弘冀心中对李景遂更加畏惧，恨不得立杀之而后快。不久，李弘冀便找到了一个机会。他发现洪州都押衙袁从范的儿子是被李景遂处死的，而袁从范对此一直怀恨在心。于是，李弘冀派了亲信，备好毒药，送至袁从范处，令其伺机毒杀李景遂。一日，李景遂击鞠口渴，袁从范便将毒药投入酒中，代水而献。李景遂饮酒后中毒而亡，死时年仅三十九岁。李弘冀恐怕事情被李景追究，便买通李景的近侍，说李景遂留下遗言说"上帝命我代许旌阳"后化仙而去了。李景遂长期以来是李景的竞争对手，这时李景遂神秘死亡，李景去了一块心病。李景尽管对于弟弟景遂的死因心底存疑，但是也没有追究。

李景遂死亡的后果还没有至此结束。李景遂一直以来是宋齐丘等人的靠山。他一死，宋齐丘等人立刻意识到政治的暴风雨马上就要冲他们而来了。淮南议和后，李景开始了对宋齐丘党人的清洗行动。陈觉被罢了枢密使，李徵古被罢枢密副使，迁任洪州节度副使，冯延巳则被罢相。朝中宋齐丘党人或被罢官，或被降职，或被弃用，一时之间，淮南土著官员将帅被冷落一边。

随后发生的事情，对于宋齐丘党人和南唐来说，都是一场大悲剧。钟谟、李德明为了彻底铲除宋齐丘党人，不断向李景进言，说宋齐丘趁国家之危有谋反意图，而陈觉、李徵古是宋齐丘的党羽，不该轻饶。这时，陈觉正好出使后周返回南唐，他想借助周世宗之口，打击政敌——当时的南唐宰相严续。他向李景上报转述周世宗的话："听说南唐国连年拒命，都是宰相严续之谋，当为我斩之！"李景担心陈觉的话有诈，便派钟谟去后周核实情况。结果，周世宗闻言大惊，说："严续乃忠臣，朕乃天下之主，怎能教人杀忠臣！"钟谟回国复命，李景便决定借机开始对宋齐丘党人进行最后的清洗。因此时南唐名义上已经向后周臣服，李景怕后周干预，便又派钟谟向周世宗请示是否可以处置陈觉等人。周世宗知道宋齐丘党人如果被除去将对后周有利，自然没有反对。于是，李景下了诏书，控诉宋齐丘党人的种种大罪。诏书当时是由殷崇义受命起草的，其中有句云：

恶莫大于无君，罪莫深于卖国。

随后，宋齐丘被贬往九华山，陈觉被幽禁于宣州，李徵古被剥夺所有官爵。

南唐的政治风暴并没有就此停歇。李景在处置宋齐丘党人时，采用了许多残酷手段。他最终下诏赐陈觉、李徵古自尽，重病的查文徽逃过一劫，被流放宣州。最悲惨的是宋齐丘，他被贬至九华山后，一直被监禁于居室之内。后来，李景命人用墙将宋齐丘的居室封死，每天只将少量食物送入围墙之内，以让宋齐丘借这点少得可怜的食物苟活。没过多久，李景命人不要再继续送食物给宋齐丘。南唐历史上著名的"国士"宋齐丘，在没有出口的居室中，坚持了数日，终于被活活饿死。宋齐丘曾经辅助南唐烈祖李昪成就南唐霸业，他曾经目空一切，连诸葛武侯都不放在眼内。年轻时，他曾经写过一首名为《凤凰台》的诗来表达自己的宏大志向，其中有句云：

> 我欲烹长鲸，四海为鼎镬。
> 我欲取大鹏，天地为矰缴。
> 安得生羽翰，雄飞上寥廓。[1]

就是这样一个天子骄子，在取得了巨大的功绩之后，最后竟然被活活饿死在九华山的居室中。他可能自己也没有想到会有这样一个下场。曾几何时，辅助李氏成就天下霸业确实是他的宏愿，可是，争权夺利，结党营私最终使他被历史抛弃，成了九华山中的一个饿死鬼。

对于自己的败亡原因，宋齐丘被软禁九华山后，已有所反省。某一日，他清晨起来照镜子，见镜子中的自己面有惭色，便哀叹道："我面有惭色，应该是愧对孙无忌和韩叔言啊！"他所说的孙无忌，就是孙晟，韩叔言，就是韩熙载。这两个人，出于诚意，都曾经劝告宋齐丘不要结党营私，警告他说，做事太飞扬跋扈，易使局面像断线风筝一样失控。可惜，宋齐丘当时只将其视作自己的政敌，所以，对来自政敌的忠言，他完全没有听入耳，更谈不上思考和接纳。而当他真正幡然醒悟，却为时已晚。

宋齐丘结党营私，确实给南唐政治造成了巨大的祸害。但是，李景不能妥善化解其政治中的这一大问题，而采取了极端清洗手段，则直接造成了南唐政治与军事的内虚。因此，《马氏南唐书》作者马

---

① 《马氏南唐书》墨海金壶本，卷二《党与传·宋齐丘》。

令叹道:

> 江南坚甲精兵虽数十万,而长江天堑,险过汤池,可
> 当十万;国老宋齐丘,机变如神,可当十万。周世宗欲取
> 江表,故齐丘以反间死。[①]

而《十国春秋》作者吴任臣则叹曰:

> 齐丘任计,数喜机变,故纵横捭阖之士也。乘时干
> 主,化家为国,可不谓有功焉。而躁悖热中,植党自用,
> 迭起迭废,卒以不良死。史谓其狃于要君,暗于知人,其
> 信然哉。[②]

　　李景是不是中了周世宗的反间计不好说,但是宋齐丘的死和南唐一批昔日名臣的败亡,确实是南唐巨大的损失。

　　李景遂被李弘冀毒害,宋齐丘党人败亡之后,太子李弘冀和钟谟等人得势,在南唐朝中权势熏天。李景虽然不再担心皇位受到威胁,但是对于钟谟等人的嚣张气焰,渐渐感到不快。太子李弘冀在不久之后突然暴病身亡,对李景打击甚大。钟谟想扶立与自己亲近的七皇子李从善,便不停游说李景。李景对钟谟过度热衷立储暗暗愤怒。于是,便有了枢密使唐镐借机进言打击钟谟和张峦等人的一幕。

　　南唐政坛,自立国后不久,便时时充满相互残杀的血雨腥风。针对宋齐丘党人和侨寓势力党争,李景先清洗了以宋齐丘党人为代表的土著官员势力,随后又打击了钟谟等为代表的侨寓势力。自此,南唐的政治名臣名将凋敝,衰落之势已成。在南唐土著势力尤其是其中门阀士族日益衰落的历史趋势中,一股新兴的庶族地主的力量正在悄然崛起。相较之下,庶族在宋王朝内部的兴起具有明显的优

---

① 《马氏南唐书》墨海金壶本,卷二十《党与传·宋齐丘》。
② 《十国春秋》,卷二十《南唐六·列传·宋齐丘》。

势，这一趋势使初期的宋王朝，具有一股南唐所没有的活力。赵匡胤的麾下，在很短时间内，聚集起一批没有门阀背景的大臣和将帅，他们都有着强烈的建功立业的欲望，这种欲望与赵匡胤心中统一中国的宏愿结合在一起，对周边诸多小王国日渐形成了持续不断的冲击。

因此，当大宋初立，赵匡胤对南唐开始施压和试探时，南唐主李景是清楚地知道内外形势之危机的。他心中怎能没有苦闷、失落与压抑呢。


## 三


已入寒冬，天气愈来愈冷。

赵匡胤这日罢了朝，便带着几个亲信前往造船务。出发前，他换下了朝服，穿上软甲，外面披了一件自己冬日里最喜欢穿的暗青色半旧棉袍，腰间系上一条牛皮铜扣腰带，腰带上别着周世宗生前赠给他的那把短剑，另外还挂上了一柄长长的宝剑。这一副半戎装打扮，让他觉得相当自在。

高大的战马载着他和他的亲信们往造船务方向慢慢行去。这日，天气异常寒冷，平日里熙熙攘攘的大街上冷清了许多。凛冽的寒风呼啸着吹过。赵匡胤能够感受到寒风刮在脸上的那种冰冷的刺痛。但是，他的心里，却燃烧着一团火。

"将士们准备好了吗？"赵匡胤扭头问骑马行走在自己身旁的楚昭辅。

"早已待命！陛下！"楚昭辅大声答道。他张口说话时，一股寒风灌入他口中。说完这句话，不禁连续打起了嗝。

"禁不起风吹呀！所以说，战士不能缺少训练啊！"赵匡胤大笑了几声。

楚昭辅听了，在寒风中觉得脸颊发烫，慌忙应道："陛下说得是！"这一紧张，打嗝竟然好了。

"中原之兵，与江南之兵比，陆战有优势，水战则毫无便宜可占。今日金明池习水战，只是个开始。昭辅，一会儿观水战演习后，你安排人去扬州一趟，让李处耘务必选几个谙熟水战的江南本地人，尽快送到开封来。"赵匡胤道。

"是！陛下！"楚昭辅应道。

赵匡胤在这寒冷的冬日安排水战演习，其用意是不想让军队懈怠下来。如果一支军队，在寒冷的冬日依然保持昂扬的斗志，那么在温暖和煦的日子里，其战斗力就会更加强大。这是他多年带兵的经验。新王朝刚刚建立，他知道要实现统一中原的目标，还有很多事情要做。他知道，在大宋的四面，都隐藏着巨大的威胁。那些在大宋四周的割据势力，有的可能想永远割据一方，有的却可能想伺机谋取中原。乱世之中，什么都可能发生。从扬州返回京城后，他即把名将慕容延钊召回了京城，将训练水军的重任交给了他。

赵匡胤做出这样的决定，也是深思熟虑的结果。周世宗时，慕容延钊是赵匡胤的副手。赵匡胤与慕容延钊关系很好，尽管职衔在慕容延钊之上，却一直对慕容延钊以兄相称。但是，自从陈桥兵变以来，赵匡胤感觉到这位昔日的兄长对自己的态度发生了变化。而他自己，对慕容延钊也更多了几分戒心。为了安抚慕容延钊，同时也为了表示对他的信任，赵匡胤任命慕容延钊为殿前都点检、镇宁军节度使。这样一来，慕容延钊成了当时最高的禁军将领。做出这样的任命，赵匡胤可谓煞费苦心。由于后周末年有"点检为帝"的传言——赵匡胤称帝前的职衔便是"点检"，对于这个任命，赵普曾私下表示反对。不过，赵匡胤还是坚持了自己的决定。这次金明池水战演习，赵匡胤再次让慕容延钊领衔指挥，其用意再明显不过了。这样的安排，一方面是向慕容延钊表达信任与重用之意，另一方面，也是将手握重兵的慕容延钊召到京城，以遏制其在外发展力量。

赵匡胤一行到达金明池旁的时候，慕容延钊已经带着一千名将士，列队相迎。此前，慕容延钊已得到信报，知道皇帝将会亲临观习水战。他是一员身经百战的名将，死亡与鲜血早已经是他生活的一部分。凛冬，对于他而言，并不陌生。它，远不如死亡与鲜血更加可怕。

慕容延钊松开手中的缰绳，从那匹铁青色战马上下来，缓缓走到赵匡胤跟前，单膝跪地道："恭迎陛下！"他跪地时，背上斜背的那柄宝剑长长的剑柄在赵匡胤眼中显得异常刺眼。那柄剑显得比一般的宝剑更宽更长，即使藏在剑鞘中，也能令人感到它的沉重与冰冷的寒意。赵匡胤听说过关于这柄宝剑的传奇。此剑名为"血寒铁"，乃是用最上等铁与铜千锤百炼而制成的。据说，在锻造这把宝剑时，在最关键的瞬间，锻剑师发现过了一些火候，而以水淬剑已然来不及，为了顺利完成铸造，锻剑师便挥剑斩断自己的一只手，将自己的鲜血浇在剑身之上，由此成了一把独一无二的、锋利无比的大铁剑。在此剑异常宽大的剑身上，隐隐透着鲜血淋漓的波纹。

命名真是一件奇妙的事情。"血寒铁"这个名字，仿佛从虚空中将这把巨剑召唤出来，并赋予了它生命和意义，令听到它名字的人感到一股神秘的威慑力与压迫感。人们呼唤它名字时，便仿佛感受到了寒冷、坚硬和血腥。"如果哪一天，它在战场上断裂了，被击碎了，不在了。那么，它的名字还有意义吗？它对我还有意义吗？它会不会成为传奇，还是被人间遗忘？如果当初，它，承受了另一个名字。它的意义与命运，会与现在一样吗？它还是'它'吗？它还会成为我的生死伙伴吗？"慕容延钊偶尔会在头脑中冒出这样奇怪的问题。慕容延钊曾用此剑杀敌无数，战场上，此剑一出，对阵之人无不胆寒。不过，自三年前淮南一战后，慕容延钊没有再用过此剑。今日金明池练兵，慕容延钊重新背负此剑，可见他对此次练兵的重视程度。

"将军请起！"赵匡胤屈身扶起慕容延钊。他的手，触到慕容延钊的牛皮护腕上，一阵寒冷从指头侵袭而来。

"令将军率兵凛冬习战，将军可知我的苦心？"

"中原不统，天下不宁！末将誓死效忠陛下。"慕容延钊立起身，岩石一般棱角分明的脸，显得异常严峻。他注视皇帝的眼神，也像平日一样冷峻，充满了寒意。

赵匡胤盯着慕容延钊的眼睛，想要从这眼神中看出些什么，但是，他什么也没有看到，除了寒意，还是寒意。臣服之意，在这双眼睛里不见踪影。

如果心已臣服，言语与表情便不重要了。

赵匡胤在心底暗暗安慰自己。这个时候，他想到了石守信、高怀德等几员重要将领，随即陷入了短暂的沉默。这些将军，会一直忠于我吗？这个念头，在他的心头一闪而过。他发觉自己的左眼皮微微地跳了几下。

赵匡胤再次瞟了一眼慕容延钊背上那柄"血寒铁"的剑柄，它正高高突兀在慕容延钊的肩头上。

"好！"赵匡胤沉默了片刻，方应了一声。

"陛下亲临，末将不胜惶恐！请陛下移步观战楼。"慕容延钊说道。

"好！将军带路吧。"赵匡胤点点头。

慕容延钊得令，带着赵匡胤一行往金明池边的观战楼走去。他的几名亲兵，远远跟在后面。赵匡胤则示意自己的亲兵驻扎在原地，只令楚昭辅带着几个侍卫近身跟着。

观战楼是用竹木搭建的，有三层，坐落在金明池的正北边。慕容延钊带着赵匡胤一行顺着楼梯，登上观战楼的最高一层。待皇帝和诸位大臣在观战楼的栏杆前站定，慕容延钊向赵匡胤抱拳说道："诸将士已经候命多时，请陛下下令吧！"

赵匡胤望了望楼下不远处列队的士兵，说道："这开始的命令，还是由将军下吧！"他的声音，庄严而厚重。

"是！"慕容延钊不再多言。

慕容延钊向身后执令旗的亲兵使了个眼色，喝道："习战开始！"

那名亲兵从背上抽出一支红色令旗，站在栏杆前，迎着凛冽的寒风，冲远处列队的将士一挥。

顿时，战鼓声"咚咚"地响了起来。

湖边一千名士兵听到鼓声，分别在两名将领的带领下，分成两部分。其中一队人马往湖的西边奔去，另外一队人马则往湖的东边奔去。两队人马很快消失在凛冬的白色迷雾中。

"慕容将军，这是演哪一出？战船呢？"楚昭辅忍不住皱着眉头，喝问慕容延钊。

"楚将军，少安毋躁！"慕容延钊冷冷地说道。

楚昭辅刚欲发作，只见湖面东西两头，鼓声大作，在白色水雾中，两队战船如同怪物一般突然现出身影。

"楚将军！"慕容延钊"哼"了一声，将眼光投向了湖面。

"慕容将军，"赵匡胤不等楚昭辅回应，说道，"咱们现在的一艘战船能载多少人？"

"大的能载四五百人，小的能载几十人至百人不等。"

"江南的大战船多能载千人。要让造船务多造大船，但要保证在内陆江面行驶没有问题。"

"陛下，大战船恐怕不利于江面作战啊！"慕容延钊微微皱了皱眉头，反驳道。

"不必担心，但建无妨。务必在半年造出三百艘能装五千料粮食的大战船。至于用处，朕自有打算。"赵匡胤也不以为忤，只是淡淡地将慕容延钊的话给驳了回去。

"是，陛下！"慕容延钊不再多言。

金明池上，东西两边的战船已经各自摆开了队列。西边的湖面上，有十艘小船，一艘大船，大船排后，小船在大船正前方一字排开。东边的湖面上，则是三艘大战船排成一列。战鼓声中，西边的十艘小船开始一起往东边飞速驶去。东边的三艘大船只是鼓声大盛，却在原处不动。

赵匡胤眼睛盯着湖面，口中说道："慕容将军，你站到朕身边来。"

慕容延钊愣了愣，走了两步，靠近了赵匡胤。

"陛下有何吩咐？"

"朕令你暗中再募两百兵级船工，由你总督造船务，秘密打造五百艘小战船。要尽快完工。同时，要抓紧操练水兵。"

"陛下莫非是想近期对南唐用兵？"慕容延钊神色凝重地问道。

"怎么？将军觉得不可？"赵匡胤做惊讶状问道。

"陛下应知，三年前的淮南之役，末将曾与南唐兵对过阵。当年，宋延渥将军统帅水师，末将率兵从陆路出发，两军配合，攻其不备，方得建功。南唐丢了淮南后，吸取教训，沿江大兴水师，实力大增。尽管三年前南唐丢了淮南，但是如今要硬攻，恐怕不易。"

"南唐的动静，朕已经知道，之前，也安排了宋延渥加强了战备。"赵匡胤哈哈一笑说道。

"陛下！南唐近年，虽因内耗国力大损，但是，依然名将如云，淮南之役后，李景借周世宗劝诫加强防备之词大兴军备，不仅乘机整饬巩固了城郭，也增造了大批战船，其水师之强，天下依然无出其右！我朝初立，勉强用兵，实非上策！"慕容延钊铁青着脸，声音依然冰冷，一字一句，仿佛钢铁敲击在坚冰上。

"将军勿急，朕也未说现在就要对南唐用兵。朕听说，李景有迁都南昌之意，也许用兵之机很快会到来。不过，朕要的五千料战船，其实乃是用来满足漕运。当然，一旦用兵南唐，也可以随时用上。此前，就让它们充当幌子，吓吓李景也好！"赵匡胤笑了笑。

"既然不是南唐，那么陛下的目标莫非是——"慕容延钊用冰冷的声音说道。

"这个嘛，朕现在也没有打定主意。现在还是不说为好！慕容将军随时做好准备就是了。"赵匡胤扭头盯着慕容延钊的眼睛，用庄重的声音打断了他。

枢密副使赵普站在赵匡胤的另一侧，竖起耳朵，仔细听着赵匡胤与慕容延钊的对话。他将慕容延钊视为自己的政敌。慕容延钊手握重兵，麾下有诸多死士，朝廷内外也有不少他的眼线。赵普心知赵匡胤虽然对慕容延钊以兄事之，实对慕容延钊有颇多忌惮，便一直谋划着择机劝赵匡胤剥夺慕容延钊的兵权。赵普也知慕容延钊出身名将世家，一直不把他这个借幕僚发家的人放在眼内，所以也恐慕容延钊在赵匡胤耳边说自己的坏话，对自己不利。这个时候，他自然怕错过了赵匡胤与慕容延钊一番对话中的机要。

"是啊，军机大事，岂可轻言。"赵普不失时机地插了一句。

慕容延钊微微抬了抬眼皮，斜睨了赵普一眼，铁青着脸，却不发作。

此刻，金明池上西边船队中的鼓声突然变了节奏。观战楼上，众人放眼望去，只见西边船队的十艘小战船突然从中间分开，五艘朝南，五艘朝北，它们各自将自己的侧舷朝向了东边的三艘大船——它们的"敌人"。

还未等众人回过神，西边船队的战鼓停了。进攻者仿佛突然在湖边安静下来了。可是，这安静异常短暂，只在刹那间，十艘小战船上，如暴雨一般飞出了无数羽箭。箭雨在湖面的上空形成一片巨大的阴影，带着"啾啾啾"的密集呼啸声向"敌人"的战船飞去。

观战楼上，赵匡胤等人听到同样密集的"铛铛铛"声从东边的战船上传来。原来，那扮演防守者的一方，用盾牌挡住了暴雨般的羽箭。因为是演习，那些羽箭自然是去了箭头的。但是，即便如此，那暴雨般的羽箭发出的破空之声，依然令每个参加演习的士兵心惊胆战。被无头羽箭射中的士兵，不少人也是头破血流，虽然不是致命伤，也足够他们痛苦一阵子了。

三轮箭雨过后，西边船队的鼓声再次变了节奏，如同急雷，在湖面点点炸落。随着急雷般的鼓声，十艘小船分成两翼，一南一北往东边三艘大船包抄而去。西边船队中的那艘大船，也开风辟浪向"敌船"冲去。这时，三艘"敌船"开始用羽箭向进攻者发起反击了。

当三艘大"敌船"刚刚射出羽箭时，攻击一方那艘主力战船的甲板上方，突然飞出十来颗火球。三艘大"敌船"似乎有些慌张，飞快地拉开距离。燃着熊熊烈火的火球，有的呼啸着落入水中，有些火球则带着恐怖的火焰，落在三艘"敌船"上。

赵匡胤看着金明池湖面上燃烧的火焰，眉头紧蹙，变了脸色。他没有想到，这次演习，攻击者用投石机投射的竟是真的火药球。

"演习越真实，上了战场，活命的机会就越大！"慕容延钊用斩钉截铁的声音说道。

"这个，朕知道。"赵匡胤说道。

"不过，陛下放心，末将已让防守方做好了防备。这次演习，投射的火药球不多，防守一方，也早已经备好了沙袋。"慕容延钊见皇帝神色沉重，补充了一句。

转眼间，湖面东边的三艘大"敌船"已经扑灭了落到甲板上的火球。旋即，这三艘"敌船"飞速向攻击方的主力战船靠近。不一会儿，只听得一声巨响，三艘"敌船"的中间一艘已经与攻击方的主力战船面对面顶到了一起。紧接着，另两艘"敌船"一左一右将攻击方的主力战船夹在中间。

"攻击方的指挥者是谁？"赵匡胤问道。

"是犬子德丰。"慕容延钊答应道。慕容德丰是他的次子，也是他最为器重的儿子。赵匡胤自然听说过德丰的名字，听慕容延钊这么一说，沉默着不置可否。

"防守一方又是谁在指挥？"赵匡胤又问道。

"乃是舍弟延忠。"慕容延钊答道。

这时，攻击方的主力战船被三艘"敌船"紧紧夹在中间，动弹不得。三艘防守方"敌船"甲板上的士兵开始登到攻击方主力战船的甲木板上，短兵相接马上开始了。攻击方似乎已经处于劣势。

"攻击方完了！"赵普有些幸灾乐祸地说。

慕容延钊"哼"了一声，却不说话。

这时，攻击方的主力战船上突然再次改变了战鼓的节奏，"咚咚""咚咚""咚咚"，鼓声变得更加沉重。鼓声一变，两翼的十艘小战船突然改变了队形，在外围将三艘"敌船"包围了起来。

"接下去，赵枢密可知攻击者如何战法？"慕容延钊用冷冷的声音反击赵普。

赵普一愣，打了个哈哈，说道："战场之上，重在机变，这个可不好猜啊！"

赵匡胤并不理会赵普和慕容延钊之间打嘴架，只是拿眼睛紧盯着湖面。他注意到十艘小战船上有一些士兵跃入水中，心中不禁一动。

"真是将门出虎子啊！德丰果然有将才！"赵匡胤说道。

"陛下过奖了。"慕容延钊冲皇帝抱了抱拳，不动声色地说道。

赵普见赵匡胤这么说，心中奇怪，不知皇帝为何有如此之断。赵普毕竟不是一个久经战场的战士，尽管他能够运筹帷幄，但是论战场经验，却远远不及身经百战的赵匡胤。

三艘"敌船"的甲板上，战士们已开始往攻击方的主力战船甲板上攻击。吆喝声，木制、竹制刀剑的碰撞声顿时响成一团。寒风刮过湖面，将混杂的噪声带到了观战者的耳中。

不一会儿，观战楼上的众人当中，不知谁惊呼道："快看，那三艘船正在下沉，它们下沉了！"

这呼声刚刚发出，湖面上想起了铜锣的声音，那是从防守方的主力战场上发出的。三艘"敌船"认输了。

原来，攻击者以主力战船作为诱饵，诱使三艘"敌船"包围了自己，同时，令小战船从外围形成包围圈。这种包围，本是三艘"敌船"不惧怕的，因为，它们更大更高，小战船的围攻，一时半会儿对它们无法形成致命威胁。只要它们拿下中间的攻击方主力战船，它们将赢得战斗。但是，攻击方没有想到，小战船的围攻只是假象，真正攻击，是在水下进行的。熟悉水性的士兵，已经潜入冰冷刺骨的湖水，凿漏了三艘"敌船"的船底。攻击方再坚持下去，已经没有意义了。

赵匡胤对这次水战演习非常满意，当场对慕容延钊大加赞赏，并且嘱咐慕容延钊要继续抓紧练兵。他同时表示，过了新年，在正月里，他将再次到此观摩水战演习。

"陛下放心！"慕容延钊的回答没有任何修饰，声音依然冰冷。

赵匡胤早已经习惯慕容延钊的风格，并不以此为忤。


# 四


建隆二年的正月庚子，占城国的使者来到开封，向新建立的中原王朝献上了许多土特产，作为贡品。

赵匡胤没有马上接见占城国的使者。他再次前往金明池观摩了一次水战。之后，他才令有司将占城国的使者请到崇文殿上，正式接见，并询问了占城国的风俗习惯。

继占城国使者来献方物之后，南唐、吴越也派来了使者贡献方物。

外国使者们为新建立刚刚一年的新王朝带来了许多美好的祝福。赵匡胤心中高兴，令有司在明德门上张灯结彩，大宴群臣和前来进贡方物的使者。这天夜晚，明德楼前还设立了灯山火树，搭建起了露天戏台。来自外国的使者，也让各自的舞者在戏台上献演颇具特色的舞蹈。赵匡胤已经很久没有如此高兴过了，当即向各国使者和舞者们大赐酒食。

但是，似乎上天并不想让新王朝顺顺利利地度过正月。

壬子日，商州派人给朝廷送来札子，言商州发生鼠患，群鼠食苗①殆尽。赵匡胤得报，当即下诏免除了商州当年的田赋。癸丑日，赵匡胤前往玄化门，在那里犒赏了修河堤的丁夫。

这些日子，赵匡胤越来越为除了军事之外的事情操心。民不富，国何以强？他开始思考百姓生计与国家富强的关系。那日，在玄化门，当丁夫们领到铜钱后，赵匡胤在他们眼中看到了光彩。它们如火花，在很多双眼睛中，跳跃着、闪烁着，星星点点。不加掩饰的喜悦，没有修饰的快乐，天真、淳朴。那一刻，赵匡胤感到心里发酸，他明白了百姓缺什么。欲统一中原，就得先让治下的老百姓富足啊！

赵匡胤知道，经过多年战乱，中原很多田地已经荒废。要知道老百姓的疾苦，就首先要弄清楚哪些老百姓没有田耕、没有地种；要弄清楚王朝的实力，就得弄清楚天下究竟还有多少耕地。于是，他向各个州郡分派了常参官，令他们尽快丈量各地农田亩数。

为了进一步保障京师的粮食供给，赵匡胤又下诏在京畿、陈州、许州等地征发数万丁夫，令右领军上将军陈承昭总督，将闵水从新郑引导到蔡水，贯穿京师，往南经过陈州、颍州，一直到达寿春，从而打通了淮右到京师的漕运之道。

二月，赵匡胤又命给事中刘载前往定陶，督曹州、单州的丁夫

---

① 《续资治通鉴长编》卷二记："壬子，商州言群鼠食苗，诏蠲其常赋。"此处所说的"苗"应该是培养中的秧苗，待育好后二月插秧。但是，按时间估算，即便二月插秧，育秧也为时过早。待考。

三万，疏通五丈渠，自京城北面经过曹州、济州到达郓州，从而打通了东方漕运之道。

短短两个月内，赵匡胤发丁夫近十万人疏通漕运河道，朝廷内不是没有非议。赵匡胤从近臣处听到了这些非议，沉默了许久，对身边的侍臣说道："烦扰百姓的事情，朕是不想做的。但是，开导沟洫以济京师，不得不为也。"

这日晚膳后，赵匡胤在御书房翻阅《唐会要》。这部《唐会要》，共一百卷，乃是监修国史王溥不久前刚刚编好献上的。赵匡胤这些天又是安排疏通五丈渠，又是去造船务视察造船情况，一直没有时间翻看此书，晚膳后得空，便坐在书房内随意翻阅。

赵匡胤还没有看几页书，御书房外的内侍李神祐便在门外禀告："陛下，守能和尚来访了。"

赵匡胤一听，欣欣然说道："快让和尚进来。"

他的话音未落，只听得"啊哈哈"一声大笑，一个和尚已推门而入。

"和尚，别来无恙啊！"赵匡胤用爽朗的笑声相迎。

守能和尚快步走上来，也不下跪，站在赵匡胤面前，上下端详着眼前这位皇帝。

"陛下气色不错啊！"

"托大师之福啊！来，坐下聊。在我面前，你就别客气了。来，就坐这里。这天可是真够冷的，和尚，瞧你这袈裟，甚是单薄啊，该换件厚的了。神祐，快让人上杯热茶。酒嘛，今日就不给你这和尚喝了！"

"是啊！是啊！今年的春天，可比往年冷多了。"守能一边答应，一边也不再客气，大大咧咧地在一张椅子上坐了下来。

守能刚坐下来，脸色便变得凝重起来。

"怎么了？"赵匡胤察言观色，意识到守能今日一定是有要事相告。此前，他将负责暗中统领秘密察子的重责托付给了守能，自然对守能来访的目的心中有数。但是，究竟守能和尚带来了什么消息呢？赵匡胤心中依然七上八下。

"陛下，对于是否迁都，李景好像近来有些犹豫了。"

"哦？"赵匡胤笑了笑，用期待的眼神看着守能，等待着他继续说下去。

"另外。贫僧从秘密察子那里得到消息，李景派人暗中监视起六皇子和七皇子了，恐怕过不了多久，南唐政局有变啊！"

"你的意思是——"赵匡胤微微一惊。他心中马上想到，如果李景开始监视两位皇子，很可能已经将重新立储之事提上了日程，这就意味着，不久之后，南唐很可能易主。毕竟，之前李景曾向周世宗上表请求传位。但是，他没有将这话说出来，守能的眼神，已经告诉他，这种可能是存在的。

守能和尚微微点了点头。

"据秘密察子的报告，李景最近还时不时生病。"

"哦，李景病得重吗？"赵匡胤追问道。

"据说一阵一阵的，有的时候相当糟糕。"守能和尚谨慎地答道。

"李景之后，谁可能继位呢？"

"六皇子从嘉一直以来无心国事，自号'钟峰隐者''莲峰居士'，自李弘冀当太子以来，他更是整日烧香拜佛，以避弘冀的猜忌。不过，原来的那个太子，也就是那个弘冀死后，李景似乎还是想让六皇子做太子。钟谟上书举荐七皇子从善为太子，结果被李景大怒之下发配到了饶州。七皇子自此失势。据说，李景之所以重视六皇子，主要是六皇子生来异相，目有双瞳。"

"目有双瞳？这个我也有所耳闻。莫非是真的？"赵匡胤面露疑色。

"据民间说法，双瞳乃是帝王之相啊。"

"哈哈，是吗？"赵匡胤仰头一笑，脸色却是微微一变。

"陛下，目前李景身体不佳，正是我大宋可以渗透他的左右、影响政局走向之机。只是——六皇子、七皇子，究竟是哪个得国对我大宋有利，尚需做出判断啊！"

"依各方面的消息，和尚你怎么看？"

"据说，那个六皇子生性懦弱，如果真是他在李景之后成为南唐主，或对我大宋有利。只是，只是——那个双瞳之说，又不能不防啊！还有——也许，为了避祸，六皇子的懦弱只是装的，至于烧香拜佛，那更易做做样子了。"守能和尚看到赵匡胤凝重的神色，也不敢轻下断言。

"是啊，若那六皇子是王莽之类的人物，一旦他上位后改弦易辙，恐对我大宋统一中原是极大的障碍。七皇子此人如何？"

"比六皇子更富锐气。"

"和尚，你得多弄些情报，南唐立储之事，咱们必须介入。但是，情况不明朗之前，咱们还不能轻易押宝。我尚需与赵普等人合计合计。你尽快安排秘密察子，多接近六皇子和七皇子，这两个皇子究竟是什么样的人，一定要弄清楚。"

"是，陛下。"

"对咯，方才，你说李景对迁都有些犹豫，是吗？"

"是。"

"如南唐迁都南昌，意味着其防线南缩，尽管不如金陵那般容易被我围攻，但从战略上度之，倒是有利于我大宋。我想，也许该在其中推动一下，和尚，你看，可有什么办法让李景尽快做出迁都决定吗？"

守能和尚微微垂下头，仿佛要从手中的佛珠里寻找答案。

"近来，李景比较器重枢密副使唐镐。此人最初是赞同李景迁都的。只是近来南唐朝内反对意见很大，加之李景开始犹豫，因此唐镐的态度也发生了变化。如果唐镐坚持，恐怕李景最终会听他的意见。"

"此人可加以贿赂吗？"

"恐怕有些难，此人为官清廉，用金钱恐怕不易买通。"

赵匡胤闻言，沉默不语。守能见皇帝陷入沉思，便不再说话。

赵匡胤站起身来，在守能面前踱了四五个来回，又下意识地走到书案边，背对着守能，心不在焉地将摆在书案上的《唐会要》"哗哗"地翻了几页。他根本没有在看《唐会要》，因为它现在躺在书案上，书页正反向冲着他。

书案上的羊脂蜡烛"嘶嘶"燃烧着，烛光将赵匡胤的影子投射到守能的身上。守能沉静地盯着被烛光勾勒出的赵匡胤的背影。

这时，赵匡胤突然转过身来，他背对着烛光，脸正在阴影中。

尽管看不清赵匡胤的眼神，但守能依然能够感受到那双眼眸流露出的寒意。

"朕要给唐镐施加点压力，让他的想法回到原来的思路上去。"

"陛下的意思是？"守能没有完全明白赵匡胤的意思，但他意识到，眼前的昔日之友突然在话中使用了比较正式的"朕"这个字。今晚的谈话是他第一次听到这个字。"这是不容我反驳啊！"守能心中一凛。

"朕要将一个人送到唐镐身边。你可有办法吗？"赵匡胤继续说道，声音坚定而庄重。

守能没有追问赵匡胤究竟想将什么人送到唐镐身边。他想了想，说道："过几日，南唐会派使者来贺长春节。这次派来的使者，是唐镐的儿子唐丰。陛下也许可以借口安排人护送他回南唐，进而接近唐镐。当然，为不失我大宋国威，那护送唐镐儿子回南唐之人，陛下不宜正式委任为国使，就让他作为陛下私人代表即可。"

"嗯，甚好。"赵匡胤点点头，坚定地说道。他依旧背对烛光，脸藏在阴影中，身子一动不动。


# 五


连日阴寒，床褥冰冷。

南唐六皇子、吴王从嘉从睡梦中惊醒，扭头一看，王妃周氏背对着他，尚在熟睡。她的背部曲线随着平稳的呼吸，轻微而有节奏地起伏着。从嘉的眼光中充满了怜爱，在周氏散落在枕头上的一堆乌丝上停留了片刻，顺着她的肩头，沿着她身子侧面优美的曲线游走着。

吴王妃周氏，小字娥皇，是司徒周宗的女儿，十九岁的时候，嫁给了南唐六皇子从嘉。弘冀太子死后，从嘉被封为吴王，周氏便成为了吴王妃。此时，她正在睡梦中，并不知道从嘉正满怀心事地在背后看着她。她安静地睡着，仿佛从来未曾被这个世界打扰。

早春清晨的寒风刮过窗外的树梢，发出一阵一阵的"瑟瑟"之声。早春的江南，寂寥，冷寂。

从嘉微微叹了口气，目光离开周氏的背部，轻轻地掀开被子，披上一件厚厚的貂皮袄，缓缓走到窗边。

懒得点灯。

他曾经不喜欢这种清晨的寂寥，但不知从何时起，他仿佛渐渐学会了在这种寂寥中品尝独有的滋味。

他的长兄——太子弘冀已经故去了。

这一刻，从嘉想起弘冀，心里依然有些害怕，但是令他感到奇怪的是，他发现自己竟然旋即陷入了一种忧伤的情绪中。他竟然对死去的弘冀有些想念。他又想起了其他四个兄长。他的四个兄长也都走了，永远地走了。

他重重地喘了口气，仿佛想将胸中的郁闷一吐而空。但是，他发现喘气并没有用。他愣愣地站着，被浓重的寂寥包围。

为了避免弘冀太子的猜忌，几年来，从嘉以"钟峰隐者"自号，每有丹青，都不忘刻意署上这四个字。他还特意派人将自己的画送给弘冀太子，借此表明心意，无意于国主之位。

弘冀的死，让从嘉突然感到有些不适。他本来以为，自己可以安安静静地读书写诗，尽管寂寥，却也轻松。可是，弘冀一死，他突然感到了如山的压力。同时，他也隐隐感到七弟从善对自己的敌意。

在从嘉心里，兄长弘冀果敢刚毅，确实是王位非常合适的继承人。可是，他生来双瞳，尽管他不断退让，却依然被兄长弘冀猜忌。

七弟从善，在从嘉心里，是最亲近的人之一，因为从善虽然不是他的同母弟，却是从小一起与自己玩大的。但是，弘冀一死，敏感的从嘉很快便意识到，从善似乎有意地疏远了自己。

近来，七皇子从善更是频繁去看望父皇李景。从善的事情，从嘉是从太子太保徐遊的口中知道的。从嘉对弟弟从善的举动，并不特别在意。他认为父皇近来身体欠佳，作为儿子，从善去看望是人之常情。向来精明的徐遊却不这么看，他私下提醒从嘉，在国主尚未确定新太子的情况下，从善是他强有力的竞争者之一。这让从嘉心情非常沉重。他曾一直活在弘冀太子的阴影下，自然知道其中的无奈与恐惧。他自以为自己能够想象到弟弟从善此刻的感受。这个弟弟，气度凝远，非常热衷于武略。谁又能说，父皇一定不会考虑立从善为太子呢？徐遊的提醒，在他的心里深深地扎下一根刺。

从嘉尽管非常不想与弟弟争斗，但是一想到过去在弘冀阴影下的生活，他又不想不明不白地输给弟弟，再回到那种压抑的、提心吊胆的生活中去。这种思想的微妙变化，令从嘉近来非常关心政局，也开始非常留心朝廷内的各种动静。

情报，意味着力量。从嘉，出自本能地意识到，他必须尽力掌握朝廷内外的情报。

前几日，从嘉还从徐遊的口中得知，枢密使唐镐推荐自己的儿子唐丰作为使者，去大宋祝贺长春节。"如果能够与大宋的皇帝赵匡胤建立私下同盟，应对我在江南掌控大局有利！"从嘉这样想着。为此，他特意让徐遊安排，私下要与唐镐见一面。

今天，就是与唐镐见面的日子。一早起来，从嘉就在心里琢磨着自己此举的后果。"罢了，现在再犹豫，亦无用了。既然已经定好了，那还是见吧。"从嘉披着貂皮袄，站在窗前，望着窗外一丛在寒风中摇晃的绿竹，打定了主意。

唐镐是在徐遊陪同下来见从嘉的。

"唐枢密，本王可以信任你吗？"从嘉见到唐镐，面色凝重地问道。弘冀太子死后，从嘉从郑王徙为吴王。此刻，他自称"本王"，是为了表示郑重。

唐镐一听，心中大惊，暗想，"莫非吴王要对国主李景下手夺位？"这么一想，他慌忙跪地，颤声说道："吴王何出此言？下官能得吴王信任，是下官的万幸。吴王有何吩咐，下官敢不从命？"徐遊替从嘉前来约请之后，唐镐在内心权衡许久，心里琢磨，从嘉作为六皇子，虽然面临七皇子的竞争，但依然最有可能成为太子。他决定将宝押在从嘉身上。权衡利弊，他最终还是冒险而来。但是，他没有想到，从嘉见面的第一句，竟然是这样一句话，怎能不心惊胆战。

"唐枢密休要惊慌，本王只是有一事相托而已。"从嘉扶起唐镐，尽量用平静的口气说道。

"吴王请吩咐。臣万死不辞！"唐镐为表明忠心，慌乱之下，竟然以"臣"自称。说完这话，唐镐忽然意识到自己已经犯了一个巨大的错误，不禁顿时面色变得惨白如纸。

从嘉与徐遊却似乎对唐镐这个口误并不在意。

从嘉说道："令郎唐丰马上要出使大宋了吧？"

"是，是！"

"好，这是为国效命的好机会，出使回来，必得嘉奖。是这样的，本王想让唐丰带点东西去开封。"

"哦？不知吴王要带何物？带给何人？"唐镐不敢大意，小心翼翼地问道。

从嘉盯着唐镐的眼睛，一字一顿地说道："银子。两万两。怎么？唐枢密脸色有点儿不好看啊。"

唐镐听到说带二万两银子去开封，脸色稍稍一变，马上被敏感的从嘉察觉了。

"唐枢密如果觉得不便，那就算了。就当本王没有说过。"从嘉脸色凝重地说道，侧脸看了一眼徐遊，仿佛在征询他的意见。

"哪里，哪里？只是两万两不是小数。不过，下官一定会好好安排。吴王，这银子又送给谁呢？"

"唐枢密，你一定听说过赵普吧？"

"当然。他如今是宋帝身边的红人。吴王的意思是，要给赵普送银子？"

"正是。唐枢密，不瞒你说，本王近来颇为我朝命运担忧。本王听说，中原之地，自宋立朝以来，气象一新。那赵匡胤，接连平定了潞州李筠和扬州李重进的叛乱，气势更是大盛。此时，如我朝能够与大宋结成同盟，不仅可以安定国内人心，同时，也可打消吴越国入侵之意，乃是万全之计。只是，此前我朝以臣事周，宋立之后，仍承袭事周之礼。如今要联盟大宋，绝非易事，从赵普入手，或许是条捷径。这联盟之事，本该由父皇操心。只是——唐枢密，你也知，父皇早有退意。当年，如不是周世宗相勉，父皇恐怕已经退位了。近来，父皇身体欠佳，似无意进取，只想求安。但是，本王不得不早为国家打算。此事，乃不得已而为之。望唐大人体会本王的一片苦心。"从嘉推心置腹地对唐镐说道，说话间，也不禁流露出平时少见的豪气。

"吴王为国如此劳心，下官怎能退缩。"唐镐被从嘉言辞所感，心中一阵激动，说话间，不禁微微昂起胸。

"此事需办得机密，免得父皇和七皇子多虑。"从嘉伸出一只手，抓住唐镐的一只手臂，情真意切地说。

"吴王放心，此事利害关系，下官会同犬子好好交代。"

"好，银子和相关事宜，本王会让徐遊安排，"从嘉又看了徐遊一眼，继续说道："此事，就托付给唐枢密了。如果赵普收下银两，就请唐丰向赵普转告本王的话，请他在宋帝面前多为南唐国美言，传达同盟之意。事成，本王会另以重金相谢！"

"是，下官知道。请吴王放心！为国效命，下官万死不辞。"唐镐再次表明自己的忠心。

从嘉点点头，满意地笑了笑。

在从嘉与唐镐对话时，徐遊一句话未说，只是在一旁静静侍立。此时，他见唐镐应诺，方才笑着说道："唐枢密一言九鼎，吴王大可放心。他日大功告成，唐大人便是我朝的大功臣啊。"

从嘉"呵呵"一笑，说道："正是，唐枢密，如联宋计成，我朝中兴，指日可待。"

徐遊陪同唐镐出了吴王府，唐镐停住脚步，拉住徐遊的手说道："徐兄，这差事不易啊！"

徐遊两眼眯成一条缝，无声地笑道："唐兄，如何说这样的泄气话！我朝富甲一方，近年修缮城池，大兴水军，赵宋也不敢轻易与我朝开战，联盟不是没有可能。此计若成，唐兄以后在吴王面前的地位就稳固了。"

说到这里，徐遊扭头左右顾盼了几下，然后脖子一抻，将头凑到唐镐耳边，压低声音道："唐兄，依在下看，吴王定能继承大位，这是你我立功的大好机会，千万不可错过啊！"

唐镐却皱起眉头，低声道："徐兄，这个机会可实在是——唉！徐兄就不能找个容易一些的立功机会给我吗！"

徐遊听唐镐这么说，似笑非笑地盯着唐镐看。

"也不是没有容易的法子，只是不知唐兄肯不肯哦！"

"徐兄这话是何意？"

徐遊"呵呵"轻声一笑，神色怪异地说道："小弟私下听闻，唐兄近日购得一个绝世女子做婢女。据说这女子不仅有沉鱼落雁之容，而且通晓音律，婀娜善舞，不知是不是真的？"说话间，徐遊眉目间露出猥琐之色。

唐镐被徐遊的神色弄得有些尴尬，支支吾吾说道："这，这个，唉，也就是一个寻常女子罢了，哪有什么沉鱼落雁之容啊。而且，也不是买来的，是一个下人介绍来的长沙老乡。那女子母亲病故，托他将女儿送到在下府邸做个婢女，也是为了糊口。在下也不过是与人为善，积点阴德而已。"

徐遊一听，两眼放光，突然身子一蹿，一把搂住唐镐的肩膀，轻声笑道："唐兄，你就休要掩饰了。小弟给你出个主意。你应该知道，六皇子，如今的吴王，他最爱通晓音律的美丽女子，只要唐兄愿意割爱，将你府中那个女子献给吴王，吴王定然不会亏待你。"

唐镐皱了皱眉，迟疑片刻，说道："这恐怕不妥吧？万一给陛下知道，岂不是杀头的事情？自弘冀太子没了之后，陛下一直郁郁寡欢，迟迟不立太子。如若陛下知道我在结交六皇子，可不要了我的脑袋？"

徐遊听了，笑道："唐兄，小弟有一计，让陛下不仅不怪罪你，而且还会感谢你。"

"徐兄就别戏弄我咯！"唐镐苦笑道。

"怎是戏弄！你且听我道来。唐兄，你可知陛下此时的心态？"徐遊不慌不忙地说道。

"你就别卖关子了，有何计策，我洗耳恭听。"

"唐兄不知，陛下现在正是骑虎难下，内心纠结，一方面感到赵宋的巨大压力，真想立个太子继位，另一方面却舍不得轻易放弃大位。此前，陛下向周世宗表示自己想要退位，那都是在周世宗面前装装样子，表表姿态。身在大位，轻言放弃，那都是假的。所以呢，陛下的心底啊，是既戒备吴王，也担心七皇子。"

唐镐想起之前李景叮嘱自己多留意六皇子、七皇子动静的话，不禁点点头。

徐遊看在眼里，知唐镐渐渐被自己说动了心，于是继续说道："你想，如果你能帮助陛下稳住两位皇子，不让他们觊觎大位，陛下怎么会不感谢你呢！唐兄，在向吴王献那女子之前，你可私下给陛下献计，就说借此举可以试探六皇子，看他是否急于谋求大位，还是安之若素，敬候陛下的旨意。当然，你还可说，此举也可安抚六皇子。这难道不是一举两得的事情吗！唐兄，就看你愿不愿意割爱啊。"

唐镐沉默半晌，一跺脚，说道："既如此，我怎会不愿意。不就是一个女子嘛。"

"好！好！"徐遊差一点鼓掌大笑起来。他是真的很高兴，他知道，这样一来，他以后在从嘉跟前的地位就会变得更加稳固。

"吴王那边，还请帮忙多多美言几句啊。"

"好说，好说。对了，那女子叫什么名字来着？"徐遊眉飞色舞地问道。

"那女子娘家姓乔，据说后来得了现下这个名字，名唤'窅娘'。"

"妖娘？那想来一定是无比妖娆咯！"徐遊猥琐地笑道，拍了拍唐镐的肩膀。

"不是妖娆的'妖'，是'窅宨'的'窅'。"

"哦？哈哈，这么说来，兄台的窅娘，或者身体曲线凹凸有致，或者美颜深目，或者是两者兼而有之。哎，尤物啊！"徐遊面有狎色，说话间情不自禁咽了口唾沫。

"窅娘能进吴王府，也是她的大幸哦！"唐镐面色尴尬，并不接徐遊的话头。

"好！宥娘。宥娘！"徐遊哈哈一笑，又将宥娘的名字念叨了两遍。

# 六

冷飕飕的西北风卷着鹅毛般的飞雪，无情地刮过连绵的山岗，折断了很多冬日里落尽树叶的枯树，吹倒了很多乡村中已经被大雪压迫多日的破败的茅屋。

虽已过了正月，天气都有些反常，冷得出奇。

上党城外，王承衍的大营也遭到了西北风猛烈的袭击。环卫着大营的西北面的栅栏营墙，被怒吼的狂风吹倒了一块，露出一个缺口。大风如偷袭成功的凶悍敌人，呼号着通过这个缺口，还妄图将这个缺口继续撕扯得更大一些，以便更容易地冲入大营。已经冲入大营的狂风在大营内横冲直撞，狂暴的飞雪仿佛是它的帮凶，帮它挥舞着象征暴力与死亡的旗帜。

该死！得赶紧抢修。否则，今夜恐怕得冻死一批了！王承衍身披赤色战袍，带着一队人马，顶着冷飕飕的大风，"咔嚓咔嚓"地踏着没到小腿的大雪，赶往大营北边去修整营墙。跟着王承衍去修葺营墙的人中，有一个身材高大，穿着灰色长袍腰系革带的汉子。这汉子长着一张方脸，鼻子不高却很宽大，一双眼睛透着浓重的忧郁。此人正是王承衍不久前结下的生死之交——周远。周远原本是一个杀手，有一个令江湖人士闻风丧胆的绰号——"黑狼"。就在去年，周远的老友衡州刺史张文表利用他绑架了赵匡胤的妹妹阿燕和李处耘的次女李雪菲，想要嫁祸南平王，引诱赵匡胤发兵攻打湖南。周远带着他的一帮弟兄成功绑架了长公主阿燕，因李雪菲当时碰巧与阿燕在一起，所以周远等人将李雪菲也一并绑架了。王承衍一路追踪周远，无意中发现张文表要杀周远等人灭口。在救长公主阿燕和李雪菲的同时，王承衍可怜周远被张文表利用，连妻儿也被张文表所杀，仁心大发，在周远发誓改过自新后，便带着他一同护送长公主阿燕与李雪菲回京。赵匡胤听了周远的悲惨故事，也未追究他绑架长公主阿燕和李雪菲的罪过，只令他跟随王承衍戴罪立功。自此，周远带着仅剩的一名绰号叫"骆驼"的弟兄，一直跟随着王承衍。王承衍率军经由石洞庭自抱犊山奇袭上党后，便驻扎在上党地区。此时，王承衍正带着周远等人前去大营北边抢修营墙。

突然，大营里传来一阵急促的马蹄声，王承衍听到后，将手中的一根粗大的木头抛在雪地上。木头砰然落在雪地上，溅起一片晶莹闪亮的雪雾。王承衍拍了拍戴着粗糙的羊皮手套的双手。尽管手上戴着手套，它们依然因寒冷的侵袭而变得有点僵硬。

王承衍站直身体往马蹄声传来的方向望去。只见远处狂风飞雪中，一个士兵骑着一匹棕红色的战马，踏着白白飞雪，顶着狂风急匆匆地奔来。那士兵的毡帽上、灰色的棉布战袍上沾着厚厚的雪花。浓浓的眉毛、短短的胡须上的雪花，则被他哈出的热气融化，又迅速被寒气冻结，早已变成了白色的冰霜。

他可不是我的人。他是从哪里来的？王承衍虽心中感到奇怪，却不紧张，他知道来人尽管不是他的人，但明显不是敌人。在骑马的士兵快奔到眼前时，王承衍意识到可能是朝廷有军令来了。

果然不出王承衍所料，匆匆赶来的士兵是皇帝赵匡胤亲自派来的年轻信使，名叫高德望。高德望是持着皇宫中枢密院的令牌进入军营南大门的。

当战马奔到王承衍等人两丈开外时，高德望勒住战马，翻身下马，大步走到王承衍等人跟前，身板一挺，大声说道："王承衍接旨。"

王承衍一听，慌忙单膝跪在雪地上，口中大声道："末将接旨！"

可是，王承衍抬头看那信使，却不见他从怀中或背后行囊中掏出什么圣旨。

令王承衍感到意外的是，高德望并没有带给他来自朝廷的书面圣旨，而是带来了皇帝的口信。

有意思的是，这位信使在传达口信的时候，竟然附身凑到王承衍的耳边，然后模仿着皇帝赵匡胤的口气，用浑厚的声音缓缓说道：

"王承衍，朕令你秘密返回开封，上党防卫交给你的副将即可。"

王承衍听那信使的传话，声音口气果然与赵匡胤有点神似，再看那信使一脸认真的模样，不禁颇觉好笑，对眼前这位质朴的信使顿生好感。

"我叫高德望，不过王将军叫我'飞毛腿二狗子'就是了！"那个名叫高德望的士兵传完皇帝口谕，一脸憨相地冲着王承衍说道。他的脸被冰雪冻得红扑扑的，显得健康而富有活力。

王承衍冲高德望善意地点了点头，暗想：上党刚刚拿下，北汉尚对我虎视眈眈，陛下此时让我秘密返回开封，定然是有机要之事托付。看样子得赶紧动身才是。王承衍不敢怠慢，当下向几个亲兵匆匆部署了修葺营墙的事宜，便带着周远和高德望等人返回了自己的营帐。

王承衍军营中的人马，一小部分是他从京城带来的。潞泽战役之时，他带着这队奇兵，经由石洞庭，在地下洞穴中奔袭千里，自抱犊山钻出后，突袭上党城的后方，为迫降李筠之子李守节立下大功。李守节投降后，王承衍收编了李守节在上党的一部分守军，经过一番改编后，驻扎上党城外。原来上党城内的士兵，则交给了自己的副将，依然驻扎在上党城内。

当晚，王承衍令人去上党城找来自己的副将，说明了情况，做了一番叮嘱，令他务必安抚好李守节，共同防卫上党城。交代完防务事宜之后，王承衍不敢延误，带着周远，跟随高德望，马蹄踏雪，夤夜赶往京城。周远的兄弟"骆驼"根据王承衍的安排，配合副将防守上党。

数月前，王承衍和周远带着长公主阿燕、雪菲姑娘是从南熏门进入京城的。这次，王承衍和周远跟随高德望，将从旧酸枣门进入京城。第二日午时，当他看到京城旧酸枣门巍峨的城楼时，心中不禁浮现出了长公主阿燕和雪菲姑娘的面容。他想到不久前，自己与她们一起经历生死之劫，之后又匆匆分别，不禁颇感惆怅。

韩敏信的故事，王承衍已经耳闻了。他也听到京城的传闻说，自韩敏信死后，长公主一直郁郁寡欢。此前，韩敏信为了给陈桥兵变时被杀的父亲与家人报仇，设计暗杀赵匡胤，可是阴差阳错，命运让他爱上了长公主阿燕。为了救阿燕，韩敏信不得不放弃自己的计划。最后，韩敏信报仇未成，死在了泽州城头。至于长公主阿燕，王承衍听说，她已经嫁给了大宋殿前副都点检、忠武节度使高怀德。王承衍没有用更多的心思去想雪菲姑娘，但是当他想到雪菲姑娘时，便会不知不觉地露出微笑。"她真是个可爱的姑娘，也不知她现在是否在京城内？"他面露微笑，想念着她，心头仿佛涌出一眼甜蜜的甘泉。

带着对雪菲姑娘的思念，王承衍催动胯下的战马，与周远、高德望一起进入了旧酸枣门，沿着酸枣门大街，穿过金水门，再沿着金水门大街，一直来到西华门。他们从西华门进入了宫城。

进了西华门，王承衍三人在一名官员的引导下，往东行去。他们经过长春殿时，远远望见殿前对植了许多槐树、松树，郁郁然一派森严的气象，不禁都对皇宫的威严大为感叹。但是，引路的那名官员并没有停住脚步，而是带着他们绕过了长春殿，折向宫城的北部行去。那里是禁中的深处。

这日正逢皇帝五日大起居。所谓"五日大起居"，就是皇帝每五天一次在崇德殿或长春殿接受文武百官问安，并处理政务。这一制度，始于五代。当时，正衙常朝荒废，而入阁亦稀阔不讲。文武百官常常很久都难以面君。后唐明宗为了防范壅弊，便创立了五日一次大起居的制度。宋朝建立后，赵匡胤忙于同李筠、李重进等势力做斗争，常常微服出行，因此很少举行大朝，甚至连五日大起居也很少举行。自剿灭李筠，平定李重进之后，赵匡胤渐渐增加了大朝与五日大起居的次数，也确立严格的制度。

这日，赵匡胤上午在长春殿接受了文武百官问安，并召对了官员，午后转移到位于禁中深处的讲武殿。王承衍三人进宫之时，赵匡胤刚刚来到讲武殿脱下朝会礼服，换上衫帽，准备接见他们。

"承衍，让你连夜赶回京城，实有重任托付啊！"赵匡胤一看到王承衍，便一把抓住他的一只手臂，略带歉意地说道。

"陛下请吩咐，末将赴汤蹈火，在所不辞。"王承衍答道。

"好，好！来，先坐下。你们两个，也坐下。"赵匡胤示意王承衍坐下，又冲周远、高德望说道。

按礼制，王承衍是没有资格在皇帝面前坐下的，更不用说周、高二人。显然，赵匡胤并不以常礼对待他们。

王承衍三人依言都在椅子上坐了下来。

"在上党可过得习惯？"赵匡胤没有直接说任务，反而聊起了家常。

"这些日子刮风下雪，不过很快就习惯了。谢谢陛下关心。"

"将士们辛苦啊！"

王承衍为人实在，想想将士们确实是很辛苦的，一时间不知如何回答。

赵匡胤慈爱地看着王承衍，又笑道："比我上次见到你时壮实多咯！"

王承衍憨憨地笑了笑。

"言归正传。承衍，这次我有重任交给你啊！南唐的使者唐丰，昨日已到京城。他是南唐枢密使唐镐的儿子。这次来，明里代表李景来进贡，暗里却是为了吴王从嘉——也就是南唐国的六王子——来与我大宋联盟的。我想让你——"赵匡胤停了一下，侧目看了看周远，又继续对王承衍说道，"带着一两人，以我私人信使的身份，以护卫唐丰为借口，跟随唐丰回南唐。此去南唐，一定要见到唐镐，并说服他，让他劝说李景尽快迁都南昌。目前，南唐国内几乎所有人都反对迁都，只有唐镐最初曾经支持李景的迁都想法。只是不知为何，据说近来唐镐好像变了主意，又转向反对迁都一面，那样一来，南唐国内将再无迁都之动力。南唐不迁都，其兵力聚于我大宋南境，与我军针锋相对，随时可能触发战事，于我大宋颇为不利。我朝还有很多事情尚待应对，不能在近期与南唐发生战事。承衍，你可识得其中的利害关系？"

王承衍点点头，问道："只是，假如唐镐坚不从命，该当如何？"

"昨日，赵普已经说服了唐丰，唐丰会将你们带到唐镐的跟前。他会帮着一起劝说他父亲。以唐镐的性格，他会同意的。他想代表六皇子从嘉与我大宋联盟，这就是条件之一。万一他不同意，你们可以唐丰为人质，胁迫唐镐同意。只是，这样一来，你们可能身陷南唐，凶险万分。"

赵匡胤郑重说话的同时，眼睛盯着王承衍。赵匡胤知道这是在拿王承衍的生命去冒险，在拿唐丰的生命做砝码。他并不想夺取谁的生命，但是他不得不这样冒险。他自己感到，他的手是热的，他的言语是热的，但是他的思想，却在冰冷地流动。他对此刻的自己十分厌恶，但是，在这种厌恶情绪中，他像鹰一般的高傲，使劲地、拼命地飞翔着，俯冲入眼前黑黢黢的深不见底的山谷。他看到自己的猎物便在那深谷之底。无论它多深，他都决意要将它捕获。

"末将明白。定不辱使命。"王承衍斩钉截铁地说道。

赵匡胤一只手握着王承衍的手，另一只手拍了拍他的肩头，看了看周远和高德望，说道："承衍，如果我没有记错，他是叫周远吧。"

"是的。"王承衍答道。

"周远，这次任务干系重大，你可要好好护卫承衍。你的事情，朕从长公主那里听说了。日后，朕必拿住张文表那厮为你妻儿报仇。"赵匡胤扭头对周远说道。

周远没有想到赵匡胤会过问自己的事情，一时间愣了一下，慌忙站起身，微微哽咽着，冷静地回答："谢陛下！王少将军是在下救命恩人，在下定会舍命保护。陛下放心！"

赵匡胤用充满信任的眼神看着周远，点了点头，便扭头对王承衍道："嗯。这样好了。你就带着周远和高德望，一起随唐丰去南唐。你们先去驿馆歇息，朕随后让人备一些礼物拿过去，你们替朕带给唐镐。"

王承衍带着周远、高德望刚刚在城北的一家驿馆住下不到两个时辰，赵匡胤便令人送来了两箱东西。它们是为贿赂唐镐而准备的。王承衍与周远、高德望送走皇宫前来送东西的人，便各自回房歇息。这时，王承衍忽听屋外一个脆脆的声音喊道："王将军在吗？"

是雪菲姑娘！王承衍听出了来人的声音，慌忙打开屋门，迎了出去。

果然，来人正是李处耘的次女雪菲姑娘。只见她穿着一身湖绿色的锦袍，披着一件棕色的大氅，头戴一顶貂皮软帽，两条白色貂尾做成的坠饰在粉红色的脸颊旁边一摇一晃，一副活泼可爱的样子。雪菲身旁站着另一女子。她比雪菲要高出一个头，身材更加婀娜，穿着一身绛红色的衣裙，披着一件铁灰色的带风帽的大氅，宽松的风帽几乎遮住了整个额头。她的脸显得有些苍白，透着憔悴。此刻她眼神中流露出的喜悦，也未能遮盖住内心深处的忧伤。她正是长公主阿燕。

"你们怎么来了？长公主好！雪菲姑娘好！"王承衍有些吃惊，但是喜悦之情压过了吃惊之色，使他的脸上露出了微笑。"周远兄，快来，看看谁来了！二狗子，你也出来拜见长公主吧。"他冲着厢房喊道。他现在与高德望已经很熟络了。

雪菲听王承衍喊周远，微微嘟了嘟嘴。"我是来见你的！又不是来见别人的。"她心里暗暗抱怨一句。说话间，她拿眼睛盯着王承衍。她从心眼里爱上了他那双目光炯炯的眼睛、他那高挺的鼻梁和他那中间微微凹陷的下巴。

"真是没有想到，这么快就能再见到雪菲姑娘。"王承衍扭回头说，并没有掩饰欣喜的心情。

"是啊，我去看望长公主，正巧陛下去找长公主，陛下说了你回京的消息，我便自然知道你们住在这里啦。"雪菲笑嘻嘻地说道。毕竟，能见到心上人，已经让她很开心了。

这时，周远已经自厢房中推门出来。他看到雪菲和长公主阿燕，有些不好意思，满脸愧疚。就在数月前，他曾经被张文表利用，绑架了长公主阿燕，将雪菲也一并劫走。后来，他幡然醒悟，弃暗投明，尽管如此，此时再次看到长公主阿燕和雪菲姑娘，他依然不能不感到羞愧。

"长公主、雪菲姑娘，别来无恙！"周远低着头，红着脸，抱拳向雪菲打招呼。

"周大哥好！"雪菲大方地还了礼，问了声好。

"周兄好！"阿燕也笑着问候了一句，显然她已经原谅了周远。

雪菲见周远尽管脸上露出笑容，但是隐隐透着悲伤之色，心想他肯定还在为妻儿被张文表害死而伤痛，便又说道："周大哥，待我见到我爹，让他率兵去湖南，捉了张文表那贼为你报仇！"

周远闻言，凄然一笑，道："谢谢雪菲姑娘，这大仇，我一定要亲手来报！"

长公主阿燕见周远听雪菲提起他的妻儿，神色顿显惨淡，便向雪菲使了个眼色，暗示她休要再提这个话题。

正好高德望此时也奔了过来，拜见了长公主阿燕和雪菲。

"真没想到这次竟能在京城见到长公主和雪菲姑娘！你们近来可好？"王承衍见气氛稍稍有些尴尬，岔开了话题，关切地询问阿燕与雪菲近况。

"哼，好啥好啊！"雪菲不等长公主说话，便抢着回答，一边说，一边微微扬起头，眼珠子往上一翻，嘭了嘭嘴。

"怎么了？何出此言？"王承衍见了雪菲赌气的神色，不知发生了什么事情，慌忙追问。

"讨厌死了！算了，不说啦。反正就是有些麻烦事嘛。不过，没有关系啦。能见到王将军，我就很开心！"雪菲突然脸上一红，想起赵光义多次找到她父亲，想纳她为妾的事情，不禁心中有些恼怒，又不好意思说出来。她心里有了王承衍，便对赵光义没有丝毫感觉。但是，父母之命，媒妁之言，在众人的观念里是理所当然、天经地义的。婚姻，对于她而言，仿佛是与自己无关而只与家门有关的事情。喜欢却是另外一回事，她甚至天真地认为，她可以自由地喜欢自己愿意喜欢的人。她自幼长于将门，一直过着洒脱率性的生活，父亲李处耘对她溺爱有加，而少有约束。李处耘心底也舍不得让宝贝女儿做别人的小妾，尽管来求亲的是皇弟赵光义。他虽装装样子探过女儿的口气，却并没有硬逼她出嫁的意思。赵光义那边，也考虑到雪菲年纪尚小，暂时拖延下来。因此，雪菲虽然知道赵光义对自己有意，但是在心理上却把这件事看成是一个小小的插曲，并不以此来约束自己的行动与情感。

王承衍见雪菲这样说，也不再追问。但是，他却忽视了雪菲眼中流露出的对爱的渴望，他没有意识到她那微微嘭起的嘴，她那瞬间泛上两颊的红晕，都是爱的语言。他自己的意识，也未清晰地判别出自己对雪菲的懵懂的爱。

周远却是将雪菲的神色与她看王承衍的眼神瞧在眼里，不禁暗暗好笑，心想王承衍真是个蠢蛋，竟然看不出雪菲姑娘的心思。由于看到年轻人美好而懵懂的爱情，周远旋即想起了自己的亡妻。"张文表，是你残忍地杀害了她。你走着瞧吧！迟早有一天，我会杀了你为她报仇。"他在心里暗暗发誓道。对周远而言，昔日那么美好的爱，如今都变成了忧伤、悲戚的浮云，只会不时地将浓重的阴影投射在自己的破碎的心头。但是，他不想因为自己的愁苦、忧伤和愤怒破坏年轻人爱情的美好。他使劲挤出微笑，尽管脸颊的肌肉有些僵硬。

"王将军这次来京城，咱们几个就可以好好聚聚啦。王将军，这几天，我陪你去京城里四处玩玩，你说好不好呢？长公主，还有周远大哥，还有二狗子，你们也一起吧。"雪菲骨碌碌转着闪亮的眼珠，把在场所有人都看了个遍。

"陛下显然没有将派我们去南唐的事情告诉长公主和雪菲！"王承衍心思转得很快，马上意识到，长公主和雪菲姑娘并不知道自己的行程安排。他为难地皱了皱眉，说道："雪菲姑娘，恐怕这次是不行了，我三人有差遣在身，明日便要离开京城！"

"王将军，不如你陪雪菲姑娘与长公主去转转，放心，这里有我和德望兄弟料理，耽搁不了差遣。"周远笑着说。

"是啊是啊！周大哥说得对啊！"雪菲笑逐颜开，顺杆往上爬，看周远的眼神也变得更加亲昵了。

长公主阿燕也笑着劝王承衍一起出门走走。

王承衍毕竟是精神活跃、喜欢新鲜事物的年轻人，挡不住雪菲的软磨硬泡，加之周远、高德望也在旁怂恿，终于答应三人一同随雪菲、阿燕出去逛逛。周远、高德望却婉言谢绝了一同前往。为了次日一早能够顺利出发，他俩留在驿馆打点行李。

王承衍下榻的驿馆位于酸枣门大街上。雪菲吵吵着要到太庙街、马道街、寺桥和大相国寺一带去玩儿。

"寺桥附近新开了一家金银铺，据说那家金银铺打造的头面可漂亮了。咱们一起去瞧瞧吧。还可以顺便去大相国寺转转，那里面啥都有卖的，热闹着呢！承衍哥哥！"雪菲兴奋地说着，不知不觉间，已经改口叫"承衍哥哥"了。

长公主听到雪菲说"大相国寺"时，不禁脸色微微一变。她想起了韩敏信。正是在大相国寺里，她第一次遇到韩敏信。如今，斯人已逝，但她意识到，自己是再也无法忘记韩敏信这个人了。心痛，让她的神色在瞬间变得黯然。她努力克制着自己的眼泪，微微仰起头，用含着晶莹泪光的眼睛，假装打量着驿馆大门上方五铺作斗拱上的彩绘图案。

雪菲正处在兴奋之中，并未注意到长公主阿燕的神色变化。不过，阿燕瞬间的黯然神伤并未逃过王承衍的眼睛。在上党的时候，军中已经流传着韩敏信与长公主的故事。其中有真实的成分——大多是韩敏信在泽州的事，也有一些道听途说和离奇的想象——大多是韩敏信在京城的事。无论是真是假，韩敏信与长公主的故事，已经成了一个悲伤的传奇。王承衍知道，在那个传奇故事中，长公主阿燕正是在大相国寺一带与韩敏信相遇的。

"大相国寺咱就不去了。我要早些赶回驿馆，明日一早还得出发赶路呢。"王承衍好心地说。

"那也行，咱们就去看金银器吧！"雪菲爽快地答应了。其实，对于她来说，现在去哪里都是最最开心的，因为她可以与意中人待在一起。可不是吗，与心爱的人一起，天涯海角都是美好的；没有心爱的人陪伴，哪里都是空洞的风景。

从酸枣门大街去寺桥，几乎要从北到南穿过大半个京城。王承衍、阿燕和雪菲三人各骑了一匹马，从酸枣门大街往东一拐，穿过一条大街到了旧封丘门。然后，他们穿过了旧封丘门，沿着杨楼大街一直往寺桥方向行去。

时间正值下午，杨楼大街、皇建院大街上行人熙熙攘攘。王承衍三人有时不得不下马牵着马儿慢慢行走。不过他们三人本来就是以逛街为目的，所以也并不心急。

有几个小孩子在街边玩着蹴鞠，好心的行人中，有的带着微笑，一边看着这些无忧无虑的孩子玩耍，一边绕开行走，以便给这几个孩子腾出蹴鞠的空地；有的则干脆站在一边，饶有兴趣地看着球鞠在孩子的脚下、胸前滚动、弹跳。

　　长公主阿燕看着这些孩子，突然感到一阵心酸。恍惚之间，她痴痴地想着："不知韩敏信是否也曾经经过这条街，在某一天、某一刻，他是否也曾经看到这几个孩子在欢愉地蹴鞠呢？无忧无虑的童年多好啊！如果我与韩敏信在一起，是否也会有自己的孩子呢？"她为自己心头突然冒出的这个想法感到吃惊。原来，韩敏信真得已经深深进入了自己的心底。她对他的爱，不同于对逝去丈夫米福德的感情。这种爱，由大量悲苦构成，但是，在这种悲苦中，隐藏着没有功利、没有私心的纯粹的情感，隐藏着对同样性质的爱的共鸣。她知道，若非为了她，韩敏信的复仇计划本可以完美地实现。可是如今，死去的是韩敏信，而她，还活着。韩敏信心中的仇人——她的哥哥——赵匡胤，也好好地活着。是什么导致了这样的结果？是韩敏信对她的爱。这一刻，她真切地意识到，原来爱真的可以超越时间与空间。要不然，他已经死了，已经在另一个世界了——如果没有另一个世界的话，她怎么还会想起他呢？她的目光，越过那几个蹴鞠的孩子，投向远处，仿佛看到在街的另一头，韩敏信正远远站在那里，正微笑着往她这边看过来。

　　阿燕假装看着蹴鞠的孩子，静静地在街边看了一会儿。在去年八月，阿燕被正式册立为燕国长公主——其实之前众人为表尊敬，早已经称呼她为"长公主"了。册封后没过多少天，他的大哥——皇帝赵匡胤便将她嫁给了高怀德。她心中非常尊敬高怀德，也抱着喜爱之心。这种爱，平淡温和、轻松愉悦。但是，她深知，高怀德永远不可能在她心中替代韩敏信。她对韩敏信的爱的深刻程度，成了封藏在心底永远的秘密。

　　过了片刻，阿燕跟着王承衍与雪菲继续不紧不慢地前行。当他们经过皇建院大街南端到了太庙街和十字街的交叉路口时，突然听背后有人大喊："姐！承衍兄！雪菲姑娘！"

王承衍三人听得叫喊，停住了脚步。

长公主阿燕已经听出是自己的弟弟赵光义在呼喊。

三人转过身回望来路，只见在不远处赵光义牵着一匹金棕色的马，身后跟着一个随从，正从人流中间匆匆赶来。

"姐！"赵光义先朝长公主阿燕打了声招呼，又说道："承衍兄，你来京了怎么也不招呼一声。你救了我姐和雪菲姑娘，我还未有机会谢你呢！雪菲姑娘，真没想到能在这里见到你！真是有缘啊！"赵光义看着李雪菲，满脸欢喜。

"嗯，我正陪承衍哥哥去逛街呢。"雪菲开心得意地说，斜着眼瞅了一下赵光义。这句话仿佛是要故意气赵光义。

"瞧你，怎么弄得满头大汗的啊！这是要赶去哪里？"长公主阿燕见赵光义额头冒出了细细的汗珠，关爱地问道。

"啊，我正要去那边办点事——"赵光义打了个哈哈，右手一抬，伸出一根手指往南面寺桥方向随意地一指。

办事？长公主阿燕见这个弟弟含糊其辞，心下有些怀疑，但也并未追问。她知道这个弟弟从小就主意多，而且在遇到大事时从不轻易表明自己的态度。

"末将这厢有礼了！"王承衍不敢怠慢，一手牵着马缰绳，向赵光义抱了抱拳，微微俯身行了个礼。

"怎生这般见外？你们这是要去哪里？承衍兄，你难得来京城，我正好可陪你逛逛！"赵光义笑着说。

"不敢！末将不敢烦扰都虞候①！"王承衍说道。

"你不是要去那边办事吗？"雪菲嫣然一笑，伸手往赵光义方才所指的"那边"指了指。

"啊，嗯嗯。顺路也可一起走走。"赵光义愣了愣，含含糊糊地

---

① 赵光义此前被封为泰宁节度使、兼殿前都虞候，但未封王。据《称谓录·天子》：天子，"魏晋六朝称殿下。"唐代以后，唯太子、皇太后、皇后称"殿下"。宋《事物纪原》卷二："汉以来，皇太子、诸王称殿下，至今循用之。"赵光义直到宋太祖开宝五年九月才被封为晋王。因此，封王之前，赵光义还不宜被称为"殿下"。

答道。

"不顺路哦，我们正要去十字街呢！"雪菲一边往西边的十字街指了指，一边朝着长公主阿燕使了个眼色。

长公主阿燕知道雪菲不愿与赵光义一起，笑了笑，点头道："是啊，我们正要去十字街呢。光义，你还是忙你的吧！"

赵光义尴尬地笑了笑，说道："能够在熙熙攘攘的人潮中巧遇承衍兄和雪菲姑娘，已是不易，看样子，今日我不可奢求太多啦！"

雪菲见自己的"计谋"得逞，颇为开心，看了看赵光义那匹马，夸了一句，算是安慰赵光义："哎，你这马儿可真精神啊！"

赵光义一听，立马笑道："那是，这可是真正的汗血宝马。瞧，她的金色的毛，银色的马鬃，还有宽阔的额头，大大的鼻孔。雪菲姑娘，你喜欢，就送你咯！"

说着，赵光义当真将马缰绳往雪菲手里一塞。

雪菲未料到赵光义有此一招，一张粉脸顿时红了，便慌忙将马缰绳塞回给赵光义。赵光义哪里肯接，口中说道："这样吧，这汗血宝马先借雪菲姑娘骑着耍几天，雪菲姑娘你这匹马儿今日先借给我便是，改日我到府上换回。"说着，他又一把从雪菲手中抢过雪菲那匹马儿的缰绳。

"姐，承衍兄，雪菲姑娘，那咱们改时再聚！"赵光义说着，抱了抱拳，冲随从使了个眼色，匆匆往南面寺桥方向行去。

赵光义带着随从走出十多步后，便站住了脚，回头望着雪菲，挥了挥手。雪菲不想与赵光义一道，便真拉着长公主阿燕，牵着那匹汗血宝马，往十字街西向行去。王承衍冲赵光义远远施了礼，便跟着雪菲、阿燕走入十字街，西向而行。

赵光义微笑着看雪菲三人进入十字街，直到看不到他们的身影。

这时，他缓缓转过身，对身边那个随从怒斥道："喂，你不是说，在驿馆门口时，雪菲姑娘说要去寺桥玩吗？"

"这——小的听得没错啊，当时雪菲姑娘确实——确实是说要去寺桥那边的啊！估计，他们临时变了计划吧？"那个随从哈着腰，支支吾吾地辩解。

其实赵光义心中也明白，是雪菲要躲着他。当下，他消了怒气，笑着说："罢了，小丫头就是主意多，也不能怪罪你！"

"大人，看来你是真的对雪菲姑娘动了情咯，为了她，绕了半个多京城追到这里啊！而且，竟然将宝贝的汗血宝马也赠给了她。"那个随从讪笑着说。

赵光义听了，很奇怪自己竟然没有发怒。不仅没有发怒，他发现自己竟然由衷地微笑起来，心头暖暖的，感到无比甜蜜。这种感觉，不同于他和夫人小符在一起时的感觉，也不同于他和秘密情人小梅在一起时的感觉。

"总有一天，我要得到雪菲姑娘的心！"赵光义心中暗暗想着，脸上依然挂着一丝暖暖的微笑。那个随从看在眼里，微笑着摇了摇头，不知是为了年轻人求而不得的爱情而叹息，还是为自己的主人陷入爱情而感到欣喜。

"看样子，大人是真动了情！"那个随从轻轻嘟哝了一句。

赵光义瞪了那随从一眼，抬腿狠狠踢了他的屁股一脚，笑着说："你这家伙，再敢多嘴！看我踢死你！"

那个随从捂着屁股，慌忙道："小的不敢。对了，大人，明日还要小的盯着雪菲姑娘吗？"

赵光义一愣，说道："盯个屁！谁让你盯着了？"

那个随从先是一愣，然后笑着答道："是，是，小的明白。"


# 七


"恭喜陛下，恭喜陛下！"后蜀知山南西道节度使、同平章事王昭远笑逐颜开地说道。他身材不高，微微发胖，脸长得像榨菜头，一笑起来，脸上的横肉便微微颤抖。

"去！你到后面去。你们都退下吧。"后蜀帝孟昶推开怀中的女子，顺势拍了一下女子的屁股，又支开了几个内侍，这才扭头对王昭远说道："何喜之有？"

"大理国的信报来了。"

"哦？怎么了？"孟昶的双眉扬起，显出专注的样子。孟昶这年二十四岁，长着一张瓜子脸，上嘴唇上边留着一溜短短的胡子，看上去很是英俊。他的眼睛很大，专注地盯着人看时，闪耀着美丽的光华，更增添了他的风采；但是，他迷人的风采之中，也包含着一种轻率与自大。

"信报说，大理国的军队到了边境后，一直按兵不动。最近，大军的一半，已经往回撤了。"

"哼，朕料那段思聪是无卵小子，他哪有胆儿进犯我巴蜀之地。"孟昶手拍大腿，哈哈大笑道。

"陛下料事如神啊！对了，陛下——"王昭远话说了一半，打住了，脸上露出为难之色。

"你好像不是光来报喜的，究竟还有何事？"孟昶稍稍变了脸色。

"陛下，臣最近听闻，李学士私下——"王昭远眼皮往下一耷拉，又闭口不言了。

"李昊最近怎么了？"孟昶知王昭远说的"李学士"是李昊，不禁心下一惊，睁圆了眼睛，大声问道。


李昊是辅佐后蜀高祖的老臣，一直以来也深得孟昶嘉许。李昊，字穹佐，自己常常说是唐代宰相李绅的后裔。他在关中出生，唐末之乱时，跟随父亲逃到奉天躲避战乱。唐昭宗迁洛，奉天被岐军攻破，李昊的父亲和弟妹在战乱中被害。当时年仅十三岁的李昊和母亲得以幸免，于是母子俩相依为命，在新平地区漂泊流浪了十多年。后来，刘知俊带来岐军围城，李昊冒险出城，结果被捕获送到了刘知俊跟前。刘知俊在审问李昊过程中，被李昊的见识与气度所折服，劝服他跟随自己干大事。于是，李昊便留在了刘知俊门下。刘知俊还将自己的女儿嫁给了李昊。后来，刘知俊成了前蜀的武信军节度使，便以李昊为从事。不久后，刘知俊出师凤翔，令李昊主持留守事务。刘知俊死后，李昊被罢职。到了前蜀后主当政之时，李昊被封为彭州导江县令，后来官运亨通，做了中书舍人、翰林学士。李昊功成名就后，想起母亲还在奉天，一别已经十九年，便派人间道前去迎老母亲。李昊亲自带人到边境青泥岭等候老母亲的到来。李昊的老母亲没有想到有生之年还能够见到儿子，相见之时，不禁抱住儿子的头放声恸哭，见到此情此景的路人无不为之感动，不少人更为之潸然泪下。前蜀灭亡后，李昊进入洛阳。唐明宗授李昊检校兵部侍郎，又下诏令主政蜀地的孟知祥、赵季良于榷盐、度支、户部间授李昊一个官职。但是，孟知祥对李昊并不完全信任，所以李昊到了成都后，一直没有被授予具体的职务。后来，孟知祥向唐朝廷奏请以赵季良为西川节度使副使，李昊借机假装请求离开成都回洛阳，孟知祥见李昊并无野心，方才授他为西川的观察推官。当时，孟知祥在成都之外筑造羊马城①告成，李昊知道他的机会来了，便振衣裂袖，挥毫泼墨，援笔而成《创筑羊马城记》。②

文曰：

> 粤若蚕丛启国，鱼凫羽化于湔山，望帝开基，鳖灵复生于岷水。然则疏凿巫峡，管钥成都，而犹树木栅于西州，跨土田于南越。其后兼并梁汉，睥睨巴賨③。猎骑奔驰，会秦王于褒谷。石牛来去，辟蜀路于剑门。空惊化玉之微，宁获粪金之利。爰自朔分秦历，声接华风，代有雄豪，迭为侯伯。运当奇特，子阳乘虎踞之机。时遇非常，玄德负龙蟠之势。若乃张仪④之经营版筑，役满九年。杨秀

---

① 羊马城是古时为防守御敌，而在城外修筑的类似城圈的防御工事。如《通典·兵五》记载："于城外四面壕内，去城十步，更立小隔城，厚六尺，高五尺，仍立女墙，谓之羊马城。"亦作"羊马垣""羊马墙"。
② 参见《全唐文》卷八百九十一李昊《创筑羊马城记》，句读为作者所加。文中避讳字改用原字。
③ 古代中国四川和湖南等地少数民族地区的赋税名。
④ 此文中张仪、杨秀都是参与修筑羊马城之人。

之壮观崇墉，功加一篑。

洎我唐临御，圣德昭融，武威雷骇于百王，文德日辉于四海。惟兹益部，扼彼邛关。蒙王肆猾夏之心，坦绰苞乱华之志。时或窥吾卧鼓，觇我韬戎。弯弧学射之山，饮马沉犀之水。玉帛子女，漂流凿齿之乡。珠翠绮罗，散失雕题之域。累朝是忘逸乐，深轸殷忧。梦卜良臣，控弹臣屏。南康王以儒术柔服，教习诗书。燕国公以将略威怀，淬磨斧钺，息波澜于锦水，创制度于罗城。逾百雉之恒规，补一隅之阙事。有备无患，庇蜀人以金墉。避狄蒙尘，安僖皇之玉辇。云蛮稽颡，遣使来朝。航滇河以献珍，越沈黎而纳款。当庙社阽危之际，銮舆出狩之秋，坐制南荒，终无北寇，乃燕公之力也。

往以元穹告变，天禄中微。夷门方转其斗魁，王氏遂分其鼎足。既而庄宗继绝，皇祚中兴。灵旗西指于巴庸，蜀主东朝于伊洛。

先帝以初复地土，方怀远人，须仗权谋，乃卷勋戚。于是诏飞丹凤，召何晏于并门。节立苍龙，封杜悰于井络。即我太尉、侍中、平原公分茅金阙，受瑞彤廷。帐移竹马之邦，轮辗木牛之路。星驰十乘，雾廓三川。宣皇风于上事之初，慰人望于下车之日。且以城邑自经克复，势尚搔摇。公来如太华之安，帝寄得磐石之固。益民多福，而遇贤侯。公旷度涵空，英风旷古。袭门胄则重侯累将，保勋荣则带河砺山。会族而象简盈床，奕叶而貂冠满座。其为盛也，无得名焉。顷者以龙战玄黄，虎争区夏，杀气昼昏于日月，阵云宵蔽于星辰。天柱倾欹，海波动荡。鼓鼙未息，干戈日寻。公是时斡运璇枢，端持瑶镜。赞神谋于不测，断人事以无疑。献替经纶，折冲樽俎。决胜庙堂之上，制敌掌握之间。借箸为筹，举无遗算。内则翊戴天子，外则承宁诸侯。言正色庄，有犯无隐。成少康祀夏之德，弼光武兴炎之功。再造巨唐，削平新室。历数允集，神器知归。皆由公协和元勋，光辅洪业。是知取威定霸，崇文教以兴隆，安上治民，修理容而镇静，足以神交旦奭，士抚平参。力致大同，宜亨广运。以之首扬红斾，式遏锦川。古有遗机，待乎作者。

公临镇之始年，中兴之四载也。岁在丙戌，春正月十有一日，杖钺而至。无何期月，逆帅康延孝，自普安窃兵叛乱，矫诏窥觎，犯我鹿头，营于雒县，势将率众，必寇近郊。公曰："清野待敌，于民何罪？坚壁而守，谓我无谋。"况城虽大而弗严，隍已平而可涉。众情忧恼，公意晏如。飞羽檄以会兵，伐林木而立栅。森然棿戟，密尔横簨。环以深沟，屹如断岸。五日之内，四面寻周。民一其心，士百其勇。于是精选将领，分部熊罴。电激妖巢，火熏狡窟。一鼓而元凶气丧，载攻而同恶疲颓。擒邓艾于槛中，斩庞涓于树下。长蛇碎首，封豕析骸。献捷功于王廷，扫逋秽于侯甸。一除芽蘖，大定疆陲。公于是提振纪纲，恢宏典法。六条已正，七德兼修。言出令行，家至日见。

未几，先皇厌世，今上篡图。圣政惟新，睿思求旧。不改山河之寄，永系社稷之臣。一年而加珥貂，再岁而升掌武。将军幕下，列虎豹之爪牙。丞相府中，排鸿鹄之腹背。犹且爵盈而不饮，肴干而不食。诊疗生灵，讨论狱讼。固以忠为令德，孝出因心。力奉国家，勤修职贡。睬睬綮纡于剑栈，包茅旁午于玉京。史不绝书，府无虚月。阅其庭实，标出群芳。推晋文尊奖之诚，诏齐桓纠合之业。天子得以居南面之贵，销西顾之忧。万里长城，岿然存矣。

公一旦谓诸将吏曰："夫华阳旧国，宇内奥区。地称陆海之珍，民有沃野之利。郭郭则楼台叠映，珠碧鲜辉。江山则襟带牵连，物华秀丽，闾阎棋布。廛陌骈罗，不戒严障，是轻武备耳。乱臣贼子，何尝不窥。南诏西羌，会闻入寇，将沮豺狼之意，须营羊马之城。吾已揣之，众宜协力。"封章上奏，揆日量工。分界绳基，辨方画址。百城酋壮，呼之响答以云来。十万貔貅，令之风行以雾集。杵声雷震，版级云排。王猛鬻畚于城隅，傅说飞锹于岩下。公间日巡抚，役者忘疲。周给米盐，均颁牢酒。如效五丁之力，才逾三旬而成。克就厥功，不愆于素。远而望也，象众山之迤逦。俯而瞰也，若峭壁之斗悬。掘大壕以连延，增长堤而固护。鸷鸟搏兮可越，武夫勇兮莫干。摩垒者谅之摧心，守障者由之示暇。旧城峥嵘而後竦，新城巍峨以前蹲。势而言之，若泰岳之与梁甫。亚而称矣，若夫子之与颜回。重门开而洞深，危楼亘而翼展。至若八月之江澄寒碧，七星之桥架晴虹，伟乎津梁，成兹壮丽。公以罗城虽设，智有所亏。重筑大敌，镇于四角。嵚岑挂兔，突兀栖乌。俨楼橹于沉寥，悬刁斗于天表。其东南也，直分象耳，迥眺蛾眉。云霞敛吴楚之天，烟水送黔夔之棹。其西南也，旁连玉垒，平视金堤。宵瞻火井之光，晓望雪峰之彩。其东北也，树遥云顶，气郁金堂。雨收而叠嶂屏新，霭薄而重峦昼暗。其西北也，襟袖广汉，肘腋天彭。鱼龙跃万岁之池，鸾鹤舞阳平之化。其或碧鸡啼晓，金马嘶风，拥旌戟以登临，睹山川之形胜。有以见公心同轩镜，窬誉鬼神，手秉汉钧，锱铢造化，能于昭代，树此丰功。鄙金瓯为漏卮，小铁瓮为凡器。其兴也，已当农隙，其罢也，不害农时。

帝旨咨嗟，王纶奖录。诏书：“敕知祥：省所奏，重修葺当府城池，已取十二月一日兴功。事具悉，卿宠分玉节，荣镇锦城。守富贵以无疆，慕功名于不朽。特峻金汤之固，以威蛮貊之邦。况属年丰，复当农隙。既暂劳而永逸，尤豫备于不虞。益见庙谟，允符朝寄。省阅陈奏，嘉叹殊深。”

公犹归善于君，让功于下。诸军马步军都指挥使、光禄大夫、检校太保守、彭州刺史、上柱国李仁罕、左厢马步军都指挥使、金紫光禄大夫、检校司空、守汉州刺史、上柱国赵廷隐、右厢马步军都指挥使、金紫光禄大夫、检校司空、守简州刺史上柱国张知业等，家传义烈，世袭丕勋，拓弓而霹雳声干，挥剑而鱼丽阵破。曹景宗鼻头火出，薛延陀髭尾烟生。英毅无俦，智谋咸博。左都押衙、金紫光禄大夫、检校司空、守蜀州刺史上柱国潘在迎等，或鼎钟盛族，或书剑名门，佩鞬执弪以从戎，凭轼搴帷而佐理。至于华皓，不坠忠劳。是能领袖雄藩，表仪会府。而皆躬临卒列，统摄庶工。无扬干之乱行，绝赵罗之辞役。明兴晦息，日就月将。巨绩告终，群才叶赞。自天成二年丁亥岁十二月一日起工版筑，至三年正月八日毕手，公再飞章上奏。诏曰："敕知祥：省所奏，修治城壕毕功，事具悉。百堵皆兴，四旬而毕。亘罗城而云蠹，引锦水以环流。外御蛮夷，中权帷幄。公家之事，相业可观。备览奏陈，殊深嘉奖。"于以表纶绰褒扬之宠，知朝廷倚注之恩。其新城：周围凡四十二里，竦一丈七尺。基阔二丈二尺，其上阔一丈七尺。别筑陴四尺，凿壕一重。其深浅阔狭，随其地势，自卸版日，构覆城白露舍四千九百五十七间，内门楼九所，计五十四间。至三月二十五日停运斧斤，其版筑采造军民，共役三百九十八万工。其执事糇粮，及役罢赏赍，斗支秤给，缗贯囊装，其数凡费一百二十万。其诸将大校，出良驹于皁栈，解重带于腰围，选其纤柔，释其好玩，曾无顾爱，一以颁酬。其县大夫及寮佐巳下，或赏之器帛，或给以缗钱，咸有等差，无不均普。公却奢从俭，节事省财，马如羊而不入私门，金如粟而不藏私橐。悉肆公家之利，尽充王事之资。图有谓之功，非无度之费也。

公诚欲为而不载，朴而无文。众意未然，墙进固请。四民喧阗于衢闺，万口号沸于阶墀。父老曰："公侯政洽神明，慈如父母。前年定延孝之乱，今岁防蛮蜑之虞。尽力城隍，务安井邑。遂使我等保家庇族，养老宁冲。如是者功德在民，忧勤报国，安可不叙述休烈，雕篆贞珉，岂不美欤？何容辞也！"公谓诸宾佐曰："抑闻乘人之约，义士犹或不为。贪天之功，智者宜然不取。所修边备，式耀国威。将欲罄臣节于一时，彰帝猷于万古。殊非己力，难遏人情。谁当游夏之才，请纪见闻之事。"

　　昊相门牢落，堂构萧条。翁归文武之材，明时待问。荀息忠贞之志，暗室不欺。寐酣而白凤昂藏，染翰而墨龙夭矫。嗟乎！邓禹秉钧之岁，虽庆承家。陆机赴洛之年，不堪观国。空余壮节，退卜良知。驱车幸返于故园，提笔谬登于华馆。金台玉帐，敢差俊彦之肩。绿水红莲，获继鹓鸾之踵。酷惭薄技，莫赞雄猷。杜征南以矜大平吴，沉碑汉水。窦车骑以章明出塞，勒碣燕山。犹能炳著简书，发挥功业。宁偕巨制，永固坤维。尚乏黄绢之辞，孰拂白珪之玷。受恩禀命，纪事表年。巍巍乎不骞不崩，何患于为陵为谷。

　　孟知祥在成都筑造的羊马城，包围成都罗城四面，所筑城垣，长达四十多里。羊马城的西城墙，扩筑到罗城外三四里之远，其北，则在高骈所开之清远江外。成都城外之羊马城的筑造，使成都防务进一步加强。羊马城的筑造，也使孟知祥在蜀地的威望又更上了一层楼。李昊的这篇文章巧妙地向朝廷表明了忠诚，又标榜了孟知祥治蜀之功。其时，孟知祥已有在成都称帝之心，见李昊之文，不禁大喜。从此之后，孟知祥执掌蜀地，凡是表奏书檄，都出自李昊之手。李昊也因此成为掌书记，成为孟知祥的左膀右臂。改变李昊命运的，正是《创羊马城记》这一纸雄文。但是李昊此时可能没有想到，他的命运的改变，在不久的将来，将进一步影响后蜀王国的命运，影响蜀地千万百姓的命运。他的命运，也将与另一个以掌书记身份崛起，如今已经是大宋重臣的赵普的命运在未来的某一日相互影响。李昊的《创羊马城记》，也将在未来的某一天产生连李昊自己也没有预料到的作用。

孟知祥在蜀称帝后，擢李昊为礼部侍郎、翰林学士。

孟昶继位后，李昊领汉州刺史，迁兵部侍郎。广政年间，加承旨，知武宁军。孟昶有一次想给李昊两个儿子封官，李昊坚决推辞，并且说，遂州判官石钦若、苏涯在前蜀时和自己都在刘知俊幕下，愿将官位让给他们的儿子。由此可知，李昊是个知恩图报之人。孟昶同意了李昊的建议，对李昊的义举大为嘉许，同时也给李昊的儿子封了官。不久后，孟昶加封李昊为尚书左丞，拜门下侍郎，兼户部尚书、同平章事，监修国史。此时，李昊已成为后蜀位高权重的重臣。后蜀本来未设史官，李昊于是奏请设置史官。孟昶批准了李昊的建议，以给事中郭廷钧、职方员外郎赵元拱为修撰，双流县令崔崇构、成都主簿王孚中为直馆。随后，李昊又被加封左仆射。孟昶后来下诏，在高祖真容院的东西廊上绘文武三品官员的画像，李昊因为参佐有功，特被画像于真容院殿内。

李昊得到孟昶重用后，将自己代后蜀高祖孟知祥写的书奏编辑为百卷，取名《经纬略》，呈献给孟昶。孟昶颇为高兴，大赏李昊。不久，孟昶令李昊判度支户部。

广政十四年，李昊修成《实录》四十卷。孟昶欲知李昊修的当代史书中究竟会如何记载自己的言行，便想向李昊索取《实录》看一看。李昊听了孟昶的想法，直接回复说："帝王不阅实录，不敢奉诏。"孟昶碰了一鼻子灰，却也不敢多说什么。在强大的传统和铁面史官面前，孟昶不敢造次。此事之后，尽管孟昶在书奏、礼仪方面依然非常依赖李昊，后来又先后封李昊为赵国公、加司空，领武信军节度使、弘文馆大学士、太庙礼仪使，但是在他的内心始终有一个心结。

此刻，孟昶听到王昭远说李昊私下里好像有些什么事情，不禁立刻提高了警惕。

王昭远见自己在话语中投下的诱饵对孟昶起了作用，当下缓缓抬起头，眼皮往上一张，从容地说道："李学士私下四处说，他观大宋气运，不类汉、周，天厌乱久矣，大宋一统天下的时机，可能很快到来了。他还说，应该尽早向大宋进贡，才是保全我三蜀之地的长远之策。陛下，李学士这是长敌人志气，灭自己的威风啊。"

在人类漫长的历史中，不知有多少人花费多少心思，来诽谤、诋毁自己的同类。这种能力，在动物界是找不到的。最聪明的动物，只会给猎物设计圈套而不懂诽谤与诋毁。在人类世界，诽谤与诋毁却已成为一类人常常用到的伎俩。这类人中不乏老谋深算的阴谋家，但更多属志大才疏者和无所事事、寻衅挑事之人。王昭远还远远称不上是深谋远虑的阴谋家，他对李昊的诽谤与诋毁，一方面出于对李昊才能的嫉恨，一方面是因为在脾气和性格上与李昊水火难容。他没有认真考虑过李昊的思想对后蜀的真正意义，只是希望借此让李昊在帝王心中丧失信任，从而搞垮他。因此，王昭远在试图诽谤李昊的同时，并没有想到一旦宋进攻后蜀的后果。在他看来，自己的智慧是足以应付可能发生的任何危机的。

王昭远一边说，一边拿眼瞟着孟昶。

孟昶一听，松了口气笑道："我道你想说啥，原来是这些。昭远，你不必多虑，李昊这些话，之前是当着我的面说过的，朕不信他那套。朕自有主意。"

王昭远见孟昶不以为意，稍稍感到有些意外，眼珠一转，又道："陛下，臣不是说李昊说这些话不对，是他说这些话的方式。陛下，这些话，在朝堂上说说也就罢了。他李昊身为大学士，在朝堂之外散布这种言论，这不等于长敌人志气灭自己威风吗！陛下，民心一乱，朝堂岂能安稳？"

孟昶眼中精光一闪，嘴角抽动了几下，沉吟着点点头，说道："昭远，你说得很有道理。你对朕的忠心，朕看到了。这个李昊，的确是个老顽固。不过，他是老臣，他的忠心，朕也是深信不疑的。那宋帝赵匡胤，与段思聪相比，倒也不可小觑。你先退下吧。朕自会敲打敲打李昊。"

王昭远听孟昶这样说，脸上略显失望之色。当下，他也不再多言，蔫蔫然告退了。

王昭远进宫私见孟昶的事情，很快被宫中的耳目报给大学士李昊。尽管李昊不知道王昭远对孟昶说了些什么，但是，他肯定王昭远不会在孟昶面前说自己的好话。

自去年冬至以来，李昊就感到心神不定。大理国一度兴兵，驻扎在国境附近，这使李昊感到了巨大的压力。如今，虽然大理国的边境之兵刚撤去一半，让他稍稍缓了一口气，但是每想到仍有大理国大军在侧，他便难以有喜悦之情。因为，根据他在大理国安插的探子来报，大理国国主段思聪改变主意，决定撤退边境兵马的原因不是对蜀的畏惧。段思聪真正忌惮的对手，是宋，而不是蜀。

李昊从自己心腹探子那里得知大理国国主段思聪退兵另有原因。据说，段思聪的谋臣高侯当时是这样劝说段思聪的："蒙诏强盛时，与吐蕃连兵，尚不能侵夺巴蜀，因为穷兵黩武而发生内乱，终于社稷不保。如今，宋主①英明，削平内乱，孟昶之三蜀之地，迟早将为宋朝吞并。吾国应当修建城堡，练兵养民，以观时变，何必劳师远征，自己去招惹祸端呢？"段思聪正是听了这样的劝告，才打消了进攻蜀国的念头。李昊听到这样的说法，自然是无法心安。

抛开尚未完全撤兵的大理国和宋朝潜在的威胁不说，李昊也有近忧。自大年初一以来，还一直没有雨。春雨贵如油啊！现在已经是仲春了，如果继续没有雨，那今年的粮食收成就令人担忧了。"如果，宋朝于今年下半年起兵，我军的军粮都恐怕会难以为继啊！"李昊心中挂念着农事，暗暗感到担忧。

---

① 《十国春秋》卷四十九《后蜀二·后主本纪》记载高侯所言："蒙诏强盛时，与吐蕃连兵，尚不能侵夺巴蜀，卒以黩武酿内变，宗社不保。今闻周主英明，削平僭乱，孟昶必为所并。吾国第当修葺城堡，练兵养民，以观时变，何必劳师远征，启衅召祸乎？"本段高侯的话中，有"今闻周主英明"之语，句中"周主"应为"宋主"之误。因为在同书前文中说："广政二十三年春正月乙巳，宋受周禅，改元建隆。……是岁，大理国段思聪觇我国委任非人，欲乘衅入寇，其臣高侯不可，言：'蒙诏强盛时，与吐蕃连兵'……"可见，高侯说这段话时，赵匡胤已经在中原建立宋朝。况且，赵匡胤刚刚平定潞泽的李筠叛乱和扬州的李重进叛乱，正合高侯话中"削平僭乱"之语。所以说，《十国春秋》中高侯语中"周主"应为"宋主"之误。

由于担心王昭远暗中拆台，李昊决定去觐见孟昶。考虑到王昭远刚刚私下觐见过孟昶，很有可能说了他的坏话，李昊觉得如果明目张胆针对王昭远，恐怕为孟昶所猜忌。他左思右想，决定找个借口。

刚巧，不久前，孟昶命李昊和赵元拱主持修《前蜀书》，有关参与编修人员尚未议定。李昊于是决定以向孟昶举荐编修人员为借口前去觐见，顺便可以探探消息，看王昭远是否又在耍什么阴谋对付他。这样一来，不仅可以拉拢几位官员，也可趁机推进《前蜀书》的编撰工作。"好，就这样了，无论如何，这是一个一箭三雕的办法。"李昊对于自己想到的这个主意颇为满意。

这日午后，李昊在禁中觐见了孟昶。

"陛下前些日子让臣举荐几人参与修编《前蜀书》，这几日，臣思虑再三，倒是有了些想法。至于可否，还请陛下定夺。"李昊说道。

"穹佐先生，朕还正想找你呢！好吧，先说说你推荐的人选。"

"臣想举荐王中孚、谏议大夫乔讽、左给事中冯侃、知制诰贾玄珪、太府少卿郭微。"李昊将自己再三考虑的人名报了出来。

孟昶听了，沉吟了片刻，说道："那个乔讽，朕封他个谏议大夫，他倒是真的来了劲，隔三岔五挑朕的毛病，就他那个性子，能静心修史吗？"孟昶心中不喜欢乔讽，不想再重用他。

李昊听了，说道："乔讽敢言，说明陛下用人得当。谏议大夫敢言，是陛下之福，天下之福啊！"

孟昶一听，心里颇为受用，面露喜色，道："还是穹佐先生说得是，那就依你之言，让乔讽参与修史。"

说了这句话后，孟昶又低头沉吟片刻，方才说道："朕再给你补上两人，一个是知制诰幸寅逊，一个是右司郎中黄彬。你看如何？"

李昊听了孟昶的建议，心中暗想，陛下这是故意要给幸寅逊难堪啊。李昊与幸寅逊并无过节，说实话，他的内心是非常佩服幸寅逊的。但李昊知道，孟昶让幸寅逊和黄彬一同参加修史，一方面是剥夺幸寅逊的实权，一方面是想要借黄彬打击幸寅逊。

这里面可是有故事的。孟昶刚刚嗣位时，特别喜欢击球驰骋。即便是炎炎夏日，孟昶也对这个游戏乐此不疲。黄彬就是孟昶的击球玩伴。当时，很多大臣对孟昶沉迷游戏荒废国事有意见，却都不敢谏议，唯有当时任茂州录事参军的幸寅逊公然上疏谏言，疏曰：[1]

> 臣闻诸召公曰"玩人丧德，玩物丧志。不作无益害有益，功乃成；不贵异物贱用物，民乃足。"又曰："不宝远物则远人格，所宝惟贤则迩人安。"夫心犹火也，纵则自焚。故文王命周公、召公、太公、毕公辅相太子发。太子嗜鲍鱼，太公不进，曰："鲍鱼不登于俎豆，岂可以非礼养太子哉！"由此观之，饮食必遵礼，况起居玩好乎。高祖皇帝节衣俭食，惠养黎元，化家为国，传之陛下。陛下宜亲贤俊，去壬佞，视前代书传，究历世兴废，选端良之士置于左右，访时政得失，天下利病；奈何博戏击鞠，防怠政事，奔车跃马，轻宗庙社稷？昔陶侃蕃臣，犹投樗蒲于江，况万乘之主乎？前蜀王氏，覆车不远矣。臣又闻食君之禄，怀君之忧。臣虽为外官，每闻陛下赏一功，诛一罪，未尝不振衣踊跃，以为再睹有唐贞观之风也。今复闻陛下或采戏打球，虽宫禁无事，止于释闷，亦可一两月时为之。臣虑积习生常，不惟劳倦圣体，复且妨于庶务。诸司中覆，因之淹滞，其次奔蹄失驭，奄有惊蹶。陛下虽自轻，奈宗庙社稷何？

这篇上疏，批判的矛头直指孟昶，而且用词严厉，毫不给情面。当时，孟昶读了奏疏后，满身大汗淋漓，心中极为恼怒，表面上却装出一副谦虚的样子。幸寅逊的上疏，当年在朝廷一时传为美谈，而且很快在民间流传开来。孟昶虽然对此事大为恼火，可是碍于民

① 参见《全唐文》卷八百九十一幸寅逊《谏孟昶击球驰骋疏》，句读为作者所加。文中避讳字改用原字。

74

间与朝廷内的舆论，他不得不表面上乐呵呵地接受了谏言，还给幸寯逊加了官。孟昶先任幸寯逊为新都令，随后，又在舆论的要求下，加封幸寯逊为寺门郎中、知制诰、中书舍人。

如今，孟昶发现自己终于找到机会，可以借修《前蜀书》架空幸寯逊。为了嘲弄这个刺头，孟昶决定安排自己以前的击球玩伴、那个不学无术的黄彬陪着他一起修编史书。"幸寯逊，你这个讨厌的家伙，让朕在朝廷和子民面前大丢面子，这次，朕终于可以出一口恶气了！"孟昶这样想着，不禁得意地笑起来。

"穹佐先生，你看朕的提议如何？"孟昶仿佛还不过瘾，追问了一句。

李昊此行自有目的，虽然他洞察了孟昶提议背后的卑鄙动机，却并不想为了保护幸寯逊得罪皇帝。他当下说道："还是陛下考虑周全，幸大人名满天下、妙笔生花，能够参与修史，那自然是好！"

对于那个黄彬，李昊不想多言。况且，即便李昊想要评论，对那个不学无术而又是皇帝玩伴之人，他又该如何评论呢？

"甚好！那么，修《前蜀书》之事，就劳穹佐先生费心咯！对了，王昭远几日之前来找朕，说是大理国已经从边境撤兵，穹佐先生对此事如何看啊？"孟昶话锋一转，终于开始试探李昊了。

# 八

后宫凝香阁内，屋中设了两个大铜炉，铜炉之中，是烧得火红的木炭。阁外的春寒，被两个大铜炭炉散发出来的热浪挡在了外面。

南汉主刘铱斜倚在檀木卧榻上，火辣的目光盯着站在榻前的一个女子身上。这个女子有一双棕色宝石一般的眼睛，鼻梁非常高挺，显然并非中土人士。她的脸部轮廓分明，肤色在棕黑中闪烁着油亮的光泽。她的眼睛、她的脸部轮廓、她的身体的线条，说明她是一个波斯女子。此时，这个女子身上正披着一件薄薄的、紫红色的绸袍子。袍子没有腰带，女子双手抓着袍子两边的胸襟，掩住自己异常丰满的双乳。可是，她似乎故意不想把自己的双乳都掩盖得结结实实，袍子在她的胸前形成了一个深深的 V 形。在这个 V 形的中间，是深深的乳沟。

"现在暖和了吧？"刘铱笑道。刘铱年方二十，身材修长，面目俊美，说起话来，眉目带笑，别带风情。四年前，他的父亲南汉中宗刘晟去世，他便承袭了帝位，将原来的名"继兴"更为"铱"，同时改年号为大宝。

听了年轻的皇帝充满柔情蜜意的问话，波斯女子微微扭动着腰臀，妩媚地笑着，却不答话。

"媚猪①，你可真是让人销魂呀！"

"哼，你又这般称呼小女子！"波斯女子故作嗔怒状，向刘铱抛了一个媚眼，用语调奇怪的官话说道。

"怎么？媚猪，你不喜欢朕赐给你的这个名字？"刘铱淫笑着反问。

"不，我喜欢！只要你喜欢，我就喜欢。"波斯女子将紫红的绸袍子裹得更紧了，丰满的双乳躲在袍子里，在刘铱的眼前暂时消失了。可是，波斯女子的腰肢扭动的幅度却变得更大了，她那丰满的臀部在细细的蜂腰下，有节奏地晃动着。刘铱的眼光渐渐从她的胸部，移到了她的细腰上，又游走到她的细腰之下。

"陛下，小女子听说，昨日后苑中那只羊口中吐出了珠子，行了百步后倒地而死，可是真事？"波斯女子笑着问。

"是啊，也真是奇事。羊确实是死了。它的身边，确实有颗巨大的明珠。不说它了。媚猪，羊死了，便死了，有你这媚猪，朕还要那羊作甚！"刘铱说着哈哈大笑起来。

"你又取笑我！哼！"

"好了，好了，哪里取笑你了。快，脱了吧！"刘铱滑腻腻的眼

---

① 《十国春秋》卷六十记南汉后主"与宫婢波斯女日淫戏后宫，甚嬖之，赐号曰'媚猪'"。

光又游移到波斯女子的胸前。

波斯女的眼神变得更加妩媚了。她往前走了一步，双手缓缓松开袍子的衣襟。紫红色的袍子里面，波斯女一丝不挂。现在，紫红色的袍子双襟敞开了，只有波斯女的双肩还支撑着它，使它静静地从双肩垂向地面。波斯女的双乳，如同两个巨大棕色玉球，几乎完全暴露在刘铱眼前。两个微微上翘的棕红色乳头令刘铱感到一阵眩晕。波斯女继续扭动着腰肢，她那高高耸起的乳峰，随着她腰肢的扭动而颤动。在她闪着生命光泽的丰满的双乳之下，隐约可见的是细细的腰肢、平坦光滑的小腹、浓密的金色阴毛以及修长的玉腿。

"继续脱！"

波斯女妩媚地微笑着，脸上略现出羞涩的神情，但她还是依言褪去身上那件薄薄的紫红袍子。现在，她完全赤裸地站在了刘铱面前。

"给朕跳一个你家乡的舞蹈吧！"

波斯女听罢刘铱的话，乖乖地扭动腰肢跳起了波斯舞。

刘铱如痴如醉地盯着眼前这个尤物，生怕错过任何一个细微之处。他对这个波斯女子是如此宠爱，最近一个月以来，他几乎天天都与她在后宫厮混，却从未感到一丝厌倦。他被这个波斯女子的美和放荡彻底地征服了。

随着波斯女子赤裸身体的扭动，刘铱的欲望之火越烧越烈。

"且住！"刘铱突然喝道。

波斯女子一愣，停住了扭动，拿媚眼盯着刘铱。

"你既是朕的媚猪，就给朕表演个猪行吧！"刘铱色迷迷地说道。

"你好坏！"波斯女子口中虽然这样说，身子却慢慢地趴到了地上。她趴在地板上，扬起脸盯着刘铱，慢慢地爬向他。她巨大的双乳，垂在她身子底下，一晃一晃，刺激着刘铱的眼睛与身体。

"转过身去，往那边爬！"刘铱命令道。

波斯女子眼中早已燃起了熊熊欲火，但是她还是依言慢慢转过身体，将硕大丰满的臀部朝向了刘铱。现在，波斯女的私处完全暴露在刘铱的眼前。

刘铱盯着波斯女子的丰臀看了一会儿，终于按捺不住欲火，他从卧榻上站起身来，飞快地褪去衣裳，往波斯女子走去……

刘铱与那波斯女在地板上翻云覆雨了许久，地板上沾满了他俩的体液和汗液。

刘铱搂着那波斯女，躺在地板上，仰面看着天花板，说道："如果能够天天与媚猪你这般销魂，那该多好啊！"

"陛下，媚猪也愿意天天这样侍奉陛下呢！"波斯女趴在刘铱的肩头，亲吻着他的脖子、他的肩膀、他的胸口。

"去岁泽州大战时，有个女子，为救宋朝皇帝赵匡胤的儿子而死了。死在了泽州城头。据说那女子也是天下绝色。可惜啊！暴殄天物啊！"刘铱不知为何，突然想起了那个死于泽州城头的女子。关于那个女子的故事，他是通过传闻知道的。

"是那个赵匡胤没有福气。"波斯女咯咯地笑了起来。

"媚猪，如果哪天朕要你为朕而死，你会吗？"刘铱突然问道。

"贱婢当然愿意，不过，我可不想死在什么城头。我死也要死在你的身上。"波斯女说着，用手捏了一下刘铱的下体。刘铱心中一热，将波斯女搂得更紧了。波斯女的身体已经变得像面条一般柔软了。可是，不知为何，她的脸上慢慢露出了哀愁之色。

"你真是朕的心肝啊！哎，你为何面露忧伤呢？"

"陛下，媚猪我还在因那只羊而害怕呢！"波斯女趴到了刘铱胸前，她的一对巨乳软软地压在刘铱的身上。

"不怕，不怕！"刘铱抚摸着波斯女的肩膀，温柔地安慰她。

"陛下，不如把樊胡子大师请到后苑，去看看究竟是何征兆吧。好吗？"波斯女用自己的乳房缓缓地磨蹭着刘铱的胸腹。

"行，行，朕就依你。明日就请樊胡子到后苑看看。朕陪你一起去看。"刘铱感到下面又硬了起来。

波斯女分开修长的双腿，跨骑在了刘铱身上，让他从下面再次进入了自己的身体。"陛下，你想看看樊胡子是怎么作法的吗？"波斯女一边在刘铱身上扭动腰肢，一边问刘铱。

"媚猪，你当真有办法？"刘铱不禁大喜。

"只要陛下愿意，媚猪我自有办法。"波斯女说完，肆无忌惮地呻吟起来。

# 九

"承衍，此去南唐，你们是以唐丰的护卫去的，没有正式信使的身份，朕也没有敕牒给你。你们要千万小心。"赵匡胤在送王承衍随南唐使者唐丰南下之时，专门将王承衍拉到一边，仔细叮嘱。

"陛下，请放心。"王承衍沉稳地回答道。

"除了劝服唐镐推动李景迁都南昌外，你还要替朕完成一个使命。你要暗中了解六皇子从嘉和七皇子从善的为人。他们两人中，必有一人成为李景的继承人。朕暂时倾向于暗中支持从嘉。你一定要暗中保护。朕近日从察子那里得到消息，从嘉的竞争对手——他的弟弟七皇子恐怕会对他不利。暗中观察并保护从嘉之事，一定要做得巧妙。千万不可让李景知晓，否则可能坏了大计。"赵匡胤说话时，盯着王承衍的眼睛，神色凝重。

王承衍知此次南唐之行干系重大，当下一字一顿地说道："末将必不辱使命！"

"过些日子，朕会经枢密院委派正式的国使、副使南下，以回谢南唐。那时，国使到南唐后，会寻机与你接触。切记，一定要设法推动李景尽快迁都南昌。这一任务能否完成，将影响我大宋统一中原的战略。"赵匡胤没有说出他心目中国使、副使的人选。他尚未考虑好委派何人作为正式使者回谢南唐。况且，时机未到，不必仓促回谢南唐，免得自灭威风。

王承衍沉默着点了点头。

赵匡胤拍了拍王承衍的肩头，不再多说。

关于暗中保护并暂时支持从嘉的想法，在赵匡胤心中是慢慢形成的。守能和尚自上次与赵匡胤面谈后，通过秘密察子又侦探到了一些南唐的消息。据这些消息称，南唐两大皇子为了争夺南唐国主的宝座，已经开始了暗战。就在昨天晚上，赵普也专门求见，进言未来对付南唐的政策，其中之一，就是应该暗中支持从嘉继位。当然，赵普并未将收下从嘉的赠银之事向赵匡胤禀报。去年，赵光义、李筠和王彦升串通，要构陷赵普，怂恿契丹暗中向赵普送了些财宝。结果，赵匡胤识破栽赃之计，并未追查，反而让赵普留下契丹送来的财宝，顺水推舟与契丹达成了边境的息兵之议。这次，赵普胆子变大了，直接收了南唐六皇子从嘉的贿赂。因为，在赵普看来，这是一举两得之事，没有任何风险。在赵普眼里，从嘉继承南唐大宝，绝对比他的弟弟七皇子得位对宋朝有利。所以，赵普心安理得地收下从嘉托唐镐儿子唐丰送来的银子，然后极力劝谏赵匡胤暗中支持从嘉。

不过，生性谨慎的赵匡胤并没有完全对从嘉放心，他也担心如守能所说，从嘉或许会成为一个当代的王莽，那淡然隐居、自称居士的做法，不过是为了掩人耳目。

因此，赵匡胤非常谨慎地叮嘱王承衍在到了南唐以后，除了要推动李景尽快迁都南昌，还要暗中盯紧并考察六皇子从嘉，同时好好保护他。

送走南唐使者唐丰和王承衍等人后，赵匡胤带着赵普、楚昭辅两人前往封禅寺找守能和尚。今天，他有一件非常重要的事情要向守能问问进展。

"南汉那边的情况如何？地图可已绘成？朕让你在南汉散布谣言以动摇其民心，这事情可有进展？"赵匡胤一见守能和尚，便开门见山问了几个他最关心的问题。

"陛下，南汉尚书右丞、参知政事钟允章已经被南汉主刘钺诛杀了。他的两个儿子，也一并被杀害。最近几个月，南汉到处是血雨腥风啊！"守能和尚叹了口气，说道。

"朕之前听说那个钟允章向刘钺进言，就为他担心啊！宦官在南汉权倾朝野，绝非他钟允章一人所能扳倒。他自以为曾经是刘䶮蕃府旧僚，就可凭借这层关系在刘鋹跟前告倒那些宦官，可惜他错估了自己的实力。可惜啊！"赵匡胤感叹钟允章之死，面有戚色。

"不过，那个刘鋹听信宦官谗言，大开杀戮，失却民心，倒是于我有利啊！地图我正在安排人绘制，恐怕要费些时日。"

"那散布谣言之事又如何了？"

"陛下，最近那刘鋹迷上了一个美艳无比的波斯女，还赐号'媚猪'。据说，他与那个波斯女整日在宫里厮混，而且没有丝毫顾忌。结果，他们的丑事，弄得不仅内廷中的内侍一清二楚，连广大臣民也议论纷纷。不仅如此，刘鋹还崇信一个女巫，那女巫名叫'樊胡子'。刘鋹很多国事，都要过问这个女巫。我知晓这些情况后，前两日刚令一个察子混入了刘鋹的后苑，毒死了一只羊，然后在羊身边放了一颗明珠。我正让人散布谣言说，南汉如羊，气数将尽。"

赵匡胤听了守能和尚的话，面色有些阴沉。

守能和尚暗中耍手腕毒死羊又装神弄鬼的做法，让他心生厌恶。但是，他并没有就此斥责守能和尚。"毒死一只羊，总比令千万将士战死沙场要好。兵不厌诈，该用的手段还得用啊！"他皱起眉头，心头暗道："刘鋹刘鋹，你休要怪我！"

十

刘鋹直到傍晚方出了波斯女的凝香阁。用过晚膳后，刘鋹突然兴致大发，直驱李贵妃居住的美蕉阁。

李贵妃乃是宦官李讬的养女，年方十八，身材窈窕，肌肤极白，身子便如同羊脂白玉一般。刘鋹自见了她一眼，便无法克制住自己的欲望，迅速将她纳入后宫，册为贵妃。随后，刘鋹听说李讬还有一个养女，年方十六，也是光艳绝世，便也将她纳入宫中，册为美人。在波斯女入宫之前，刘鋹常常在这两个女人的卧房中流连忘返，消磨时日。两个女子的养父李讬因为这个缘故，大得刘铼的宠幸。刘铼几乎将所有国事，都委托给了李讬来处理。

那日傍晚，刘铼入了李贵妃的美蕉阁，二话不说，便将李贵妃按在床上，褪去衣裳，与她颠鸾倒凤，缠绵许久。那李贵妃久未与他交合，岂肯放过这等好机会，更是使出浑身解数，令他如痴如醉。刘铼与李贵妃缠绵许久，突然说要将李贵妃的妹妹李美人一起叫来戏耍。李贵妃一听，先是满面羞涩，但是随即顺了刘铼的意，令一个宫女速速前往李美人居住的蔷薇阁，将李美人请了来。刘铼为了增加兴致，令李贵妃和李美人姊妹俩服下从方士那里求来的春药，自己也服了些壮阳之药。于是，刘铼与两个女子一起在床上戏耍开来，足足缠绵了一个时辰，直弄得筋疲力尽，方才作罢。

"明日一早，朕要与媚猪去后苑。你们两个一起来吧。"刘铼心情大好，左手搂着李贵妃，右手搂着李美人，慵懒地说道。

"哼，陛下就知道宠那个黑肥猪！我可不愿与她走在一起！"李贵妃嗔怒道。

"好姐姐，你说咱们姐妹有哪里比不上那波斯女子呢！陛下可要小心那个波斯女。她是异族之人，说不定哪天于陛下不利呢！"李美人在一边帮腔，帮着姐姐数落那个波斯女。

"瞧，你们两个就是这么小心眼，让朕来告诉你们，那个波斯女好在哪里。"说着，刘铼将与波斯女下午行房的细节，添油加醋地说给李贵妃和李美人听。姊妹两个虽然放浪无比，但也不禁听得面红耳赤。

"陛下，有一件事，臣妾不知该不该说。"李贵妃趴在刘铼的左胸上，故作迟疑地问道。

"贵妃说便是。"

"臣妾听说，陛下宠爱的媚猪，私下与卢琼仙、黄琼芝可都有私情哦！据说，她们常常瞒着陛下，在后宫行苟且之事呢。"李贵妃装出一副事不关己的表情，淡淡地说道。

"陛下，这可是淫乱后宫啊！"李美人加了一句。

"什么？媚猪会有私情？——哈哈，你们两个，肯定是在吃醋。

那媚猪整日陪着朕，哪有时间去找卢琼仙、黄琼芝。况且，卢、黄二人，都是朕的女侍中，且都已经人老珠黄，怎会干这等苟且之事。你俩休要糊弄朕！"

"陛下，这就是你错了，那卢、黄二人，平日里做着女官，拿腔作势，不男不女，她们好得正是那口。陛下的媚猪，那也是口味极为丰富的女子。如今，恐怕只有陛下蒙在鼓里吧。"李贵妃冷冷地说着，翻了身，仰面躺在刘铄的身旁。她那一对白玉般的玲珑乳房，离开了刘铄的身体。

刘铄听李贵妃这么说，心中顿觉不是滋味，推开了李贵妃和李美人，翻身坐起，拉长脸说道："莫非真有此事，朕倒是要去好好问问那个媚猪。卢琼仙、黄琼芝，这两个人，朕也得好好查查。你们俩，也别偷着乐。若是你们糊弄朕，朕也少不了打你们几十大板！"

"哎哟，陛下，您别动怒啊！臣妾这不是为陛下着想吗，妹妹，你说是吧。陛下莫生气，今日就让我姊妹两个再好好服侍您一次吧。"李贵妃向妹妹抛了个眼色，翻过身，将头伏在了刘铄的腹部，慢慢往下吻去。

李美人却是搂住刘铄的脖子，将自己温润的双唇压在了他的嘴上，把柔软的舌头伸入刘铄的口中……

次日午后，刘铄来到波斯女的凝香阁。他本来是打算一早与波斯女前往后苑的，可是昨晚与李氏姊妹云雨了一夜，上午便在沉睡中度过了。

"陛下，不是说好一早去后苑的嘛！"波斯女看到刘铄，便开始撒娇抱怨。

波斯女丰满温润的肉体一入怀，刘铄的心便软了下来。本想直接质问她与卢琼仙、黄琼芝是否有奸情，可是话到嘴边却说不出来。他随后给自己找了个理由："性之所欲，人之常情，也怪不得媚猪啊！只要她能令朕快活，其他的事情，朕又何必认真！"他本是淫乱之人，如此一想，也便将对波斯女的怨怒搁在一边了。

# 十一

中书令、武平军节度使周行逢不停地抚摸着自己右脸颊上的刺字，这是他高兴之时常做出的一个下意识的动作。有人劝他用药水将这些刺字消掉，免得朝廷使者笑话。周行逢听到这种劝说时，总是一脸严肃地说："我听说汉朝的黥布脸上也有刺字，也不妨碍他是大英雄。我又为何因此感到耻辱呢？"他终于还是不愿消掉它。

周行逢于后周显德元年，被周世宗柴荣封为武清军节度使，权知潭州军府事。周行逢得到朗州后，自称武平留后，随后才上报后周朝廷，露出了其枭雄本色。显德三年二月，周行逢奉表于后周。这年七月，周世宗授周行逢为武平军节度使，制置武安、静江等军事。从此，周行逢继楚马氏、刘言、王逵之后，成为湖南地区的实际控制者。

赵匡胤开创宋朝后，加封周行逢为中书令。

周行逢是农家子弟，起身微贱，知道民间疾苦，控制湖南之初，励精图治，公而无私。有一次，他的女婿唐德来求补吏，周行逢说："你的才能不堪为吏啊。我今天可以让你当个吏，但是今后如果你为官无状，我可是要用法来治办你的啊！"最后，周行逢给了唐德几件农家衣裳，好言劝他回去务农了。周行逢选用幕僚，也都用廉洁之士，对他们要求甚为苛严。他自己也非常节俭，自奉甚薄，常常说："楚王马氏父子，穷奢极欲，不恤百姓，如今子孙乞食于人，不可仿效啊！"可是，没过多久，为了保持和增强自己在军事上的实力以对抗朝廷和周边的王国，周行逢开始逐渐增加百姓的赋税，因此招来了很多怨言。

这天，周行逢又习惯性地抚摸着脸上的刺字，端着酒杯，哈哈大笑说道："酒菜都上了。来，各位将军，举杯吧！今日我与诸将喝个痛快！"

堂下，东西两边各置了两列食案，每列食案前，坐了二十余位大将。众将见主公率先举杯，异口同声地应和着，兴高采烈地举起了酒杯。一时之间，觥筹交错，呼喝四起，喧闹之声响成一片。

"喝个痛快！"

"真是好酒啊！"

"很久没有这般痛快地喝过啦！"

不过，席间也有几个将领交头接耳，对主公突然摆设这个酒宴感到奇怪。

"兄弟，这次酒宴没有来由啊。"

"莫非，主公是因为娶了年轻的小妾，借机庆祝一下？"

"瞎说，主公怎么能因此摆设酒席！"

周行逢哈哈大笑，与众将胡吃海喝了一通，一张国字方脸慢慢变得通红。烈酒在他体内渐渐发挥了作用。他心中的某个想法如同烈焰，在地下积蓄多时，只等某一刻喷涌而出。

正在众人忘乎所以、呼号狂欢之时，周行逢突然站起身，将酒杯高高举过头顶，旋即又将酒杯往堂中地板上重重一掷。那酒杯急速砸向地板，发出"咣当"一声巨响。周行逢随即拍案暴喝："来人，将谋逆者给我统统拿下！"

这一声暴喝，令堂下十余位大将大惊失色，其中数名大将掀案而起，欲往堂外奔逃。可是，就在短短的一瞬，从大堂东西两侧的落地屏风后面，杀出数十名铁甲武士，个个手执明晃晃的大砍刀。大堂的正门，数排弓弩手将大门堵得严严实实。

"将谋逆的家伙都给我拿下！"周行逢喝道。

众武士显然早就知道他们要捕捉的目标，纷纷涌上大堂。

有几名大将本欲抵抗，无奈手中没有兵刃，很快便束手就擒。

待将所有目标拿下后，周行逢才缓缓地在食案前坐了下来。

就如很多将帅一样，在一些重要的场合，周行逢特别喜欢从头叙述自己的发家史。周行逢在食案前坐定后，目光阴森森地扫过十余名被捆住的大将，徐徐说道："我周行逢，起自武陵，当年与王逵同为静江军中的小卒，得楚王马希萼信任，提拔为军校。王逵攻打南唐将领边镐之时，我攻陷益阳。那一役，我率军斩杀南唐军士两千多人，活捉南唐将领李建期。我周行逢有今日，都是一刀一枪杀出来的。我周行逢什么杀阵没有见过，就凭你们几个，就想造反吗？我周行逢待你们不薄，何故暗地谋反！"

被绑住的十余名大将中有一个胆大倔强的，心知存活的机会不大，愤愤然道："你休说废话，事不成，命当如此，要杀要剐，任凭处置！"

又有一位叛将也怒喝道："周行逢，你自己本是阴谋逆乱之辈，有何资格数落我等？在武陵，你重税欺民，在潭州，你残杀成性。我兄长便是因一件小事死在你的刀下。我恨不能斩你首级，血祭我兄！"

两个叛将的抢白令周行逢十分恼怒。尤其是第二个叛将的指责，更是戳中他的痛处。

原来，当年王逵担任武安军节度使，让周行逢担任集州刺史，同时任命他为自己的行军司马。王逵与当时的武平节度使刘言不和，周行逢对王逵说："刘言素来不与我辈同心，何敬真、朱全琇是刘言的两员猛将。但是，这两员猛将也难以为王公所用，不如早图之。"王逵闻言大悟，回答道："你的话，我王逵怎能忘记呢？"于是，王逵佯称南汉之军入侵，请刘言派何朱二将率兵相助抵御。武平节度使刘言不知是王逵的计谋，当即派出二将前往。何朱二将到达长沙时，王逵假装恭敬出迎，又连日设盛筵款待，还安排了几个美貌妓女服侍两个将军。何朱二将为美色美酒所惑，因此在长沙淹留不进。一日，王逵将何敬真灌醉，命人假扮是刘言的使者，怒责何敬真驻军不进、专务荒宴，当即将何敬真拿下。何敬真惊惶之际，不能反抗。朱全琇听到何敬真被王逵捉拿的消息，带着几个亲信逃出长沙，王逵派兵将其追获，同何敬真一并斩首。何敬真、朱全琇之死，背后策谋之人正是周行逢。广顺三年六月，王逵听从周行逢的计谋，率大军占据武陵，斩杀刘言的指挥使郑皎，抓获刘言并将他囚禁起来。八月，王逵上表于后周，诬告刘言以朗州暗降南唐，奏报他已率军打败刘言并将其囚禁，同时请求后周准许他将府治移到潭州。

后周太祖于是派遣通事舍人翟光裔到湖南宣抚，授王逵为武平军节度使、兼中书令。刘言随即被杀，王逵没有给刘言任何申辩的机会。后周显德元年四月，王逵向周世宗请求将府治迁到了朗州。这年，周世宗任命周行逢为武清军节度使，总管潭州军政大事。显德三年，周世宗征讨南唐的淮南，拜王逵为南面行营都统，令他攻打南唐的鄂州。王逵一时权势极盛，变得更加张狂，不再将朝廷礼节放在眼里，车马服装，经常拟于王者。王逵过岳州地界时，岳州的团练使是潘叔嗣。潘叔嗣是王逵以前的同事，他非常小心谨慎地接待了王逵。王逵的随从之中，有很多人向潘叔嗣索求贿赂。潘叔嗣吝啬财物，软硬不吃，就是不给。那些遭到拒绝的人，便在王逵面前进谗言诋毁潘叔嗣。王逵听信谗言，当面大声辱骂潘叔嗣。潘叔嗣遭到侮辱，心中愤恨，便对自己手下的将官和军士说："王逵一旦战胜而还，我等死无葬身之地。"王逵随后进军鄂州，攻下了长山，俘获了南唐将领陈泽等人。潘叔嗣担心王逵自鄂州回军后报复，遂率兵袭击朗州。王逵闻讯，慌忙率领轻舟返回，与潘叔嗣大战。这一战对潘叔嗣与其部将们来说，是"背水一战"，个个都是舍命一搏。王逵抵挡不住，结果战败身死。潘叔嗣杀掉王逵后，手下有人劝其进占朗州武陵，潘叔嗣说："我杀王逵，只是为了大家能够活命，朗州的武陵，对我而言没有什么好处。"于是，他率兵返回岳州，并派其客将李简率领一些武陵官兵前往潭州，迎请周行逢。周行逢进入武陵，有人建议将潭州送给潘叔嗣。周行逢心思缜密，思索再三后说："潘叔嗣杀死主帅王逵，论罪当诛，只因他拥立我，我才不忍心杀他，假如给他武安，那不就等于是我让他杀害王公。"于是，周行逢招潘叔嗣来任行军司马。潘叔嗣看不上行军司马这个头衔，心里气恼，称病不去。周行逢恼怒地说："他又想杀害我了！"随后，周行逢假装把武安给他，让他到使府武陵接受任命。潘叔嗣一到武陵，周行逢立刻令军士将潘叔嗣绑了立在节度使官署的大庭中，斥责道："你原来不过是个小小军校，并无大功。王逵用你做了团练使，如何反而谋杀主帅？我不忍杀你，你竟然拒绝我的任命！"说完，当即令人将潘叔嗣斩杀。

如今，周行逢再使计谋，将十余名谋反的将官一起召至节度使府邸，大设鸿门宴，准备将他们全部问斩。只是，他没有想到，在大开杀戮之前，两个叛将的话语会深深刺痛自己的心。

遭到叛将的讥讽后，周行逢恼羞成怒，令铁甲武士将十来名谋反的将官全部拉出大堂，就在大堂的台阶下，当场全部斩首。一时间，十几个头颅"骨碌碌"滚了一地，大堂之前的青石板上，鲜血四溢。

这不是周行逢第一次大批斩杀部下了，就在过去的一年之内，为了扼杀可能发生的兵变，他已经斩杀了不少将官。残酷的杀戮，确实在一定程度上起了威慑作用，但是也引起了衡州刺史张文表的恐慌。张文表此前暗使阴谋，利用周远绑架大宋长公主阿燕，嫁祸荆南高存勖，其最根本的动机，就是想要借机拿下荆南，以此摆脱周行逢的制约。

周行逢当然也心里有数，无时不提防着张文表的一举一动。他也担心张文表会背叛自己。所以，这次屠杀，一方面是铲除眼皮底下的反叛因素，一方面也是为了威慑张文表。

"把首级挂到校场上去，让那些想造反的、敢造反的，都好好看看造反的下场！你们都随我一同去。"周行逢说完，令人牵来战马，带着诸将往校场奔驰而去。

校场上，军队早已经集结。当周行逢令人将十几个首级挂到旗杆上时，士兵们个个为之战栗。周行逢骑在战马上，由诸将拥卫，冲士兵们训了一番话。

过了片刻，一队武士押着一群人步入校场。这群人中有老有少，有男有女，有的面如土色，有的哭泣不已。原来，周行逢同时派兵捕获了叛将的家眷，以及一些和这些叛将来往密切的人。

周行逢训完话，不分青红皂白，一声令下，将那群受到牵连的男女老少全部斩杀。这次，不是十几个头颅落地，而是几十个。

周行逢大开杀戒后，带着浑身酒气和血腥味，怒气冲冲地回到自己的府邸。

夫人严氏从后堂迎了出来，问道："大人今日为何这般怒气冲冲？"

"十来个军校欲谋反，被我全杀了。这些贼人的家眷，我也全杀了！"周行逢没好气地说道。

严氏听了，顿时面色发青，怒道："夫君，人有善恶之分，你怎可不加辨别，不分青红皂白都给杀了呢？"

周行逢大声斥道："你们女人家懂得什么！"

严氏被周行逢气得胸口起伏不定，她沉默了半晌，说道："我不与你说了。我娘家的佃户，仰仗着你如今身居高位，也长了豹子胆，竟然不专心务农，还常常欺压老乡，我要亲自去看一下。"

周行逢知道夫人是生了他的气，赌气回娘家。可是此时他正在盛怒之下，如何肯说软话。

"去便去吧！母夜叉！"

严氏见周行逢不服软，柳眉倒立，也不多言，转身回了后堂，当即收拾了行李，令人套了一架马车，带着几个随从，便往城外娘家去了。·

# 十二

时节刚过小寒，烟雨笼罩着西湖。在去往灵隐寺的山路上，早早便出现了一行人马。这行人的前方，是二十名锦袍武士，锦袍里面，显然穿着铜甲。他们个个佩挂整齐，手执长枪，腰悬佩刀。他们的坐骑，戴着镀金的马笼头，所配的马鞍鞍头是上等的铜打制的，背上的马鞍垫，是光彩绚烂的织锦。在锦袍武士后，是十余骑装束各异的人。当中一位，骑着一匹白色的大马，身着玄青的锦袍，头戴一顶制作精良的幞头。他身侧、身后的十余人都穿着各色便服。在这十余骑后面，跟着二十余骑。骑马的人都为仆从打扮，他们的背上，背着大小各异的盒子。这二十余骑后面，是三十名骑马的锦袍武士，装束打扮与前面开路的武士一样。这一行人马，在葱翠的山林中，沿着山路缓缓前行。除了中间那十余人不时轻声交谈外，其他的人——那些武士和仆从们都只顾默默行进。

"仪弟，显德二年五月，周世宗下诏书，令我境内凡没有皇帝赐予匾额的寺院，都一一拆除。当年，查检杭州寺院，存者尚有四百八十，对否？"这一行人马当中，那位穿玄青色锦袍的人，微微扭头，冲身边一人问道。

穿玄青色锦袍的人是吴越国王钱俶。他是吴越文穆王的第九子，字文德，最初名叫弘俶。建隆元年，赵匡胤称帝后，于三月乙巳诏令更改郡县中有犯御名庙讳的名字，当时，钱弘俶因为名犯宋宣祖赵弘殷偏讳，去掉"弘"字，以"俶"字单行。

这日，钱俶带着几个大臣、将帅，前往灵隐寺还愿。去年，他下令重修了灵隐寺，于年底完成。在这次修寺时，他还令人在寺内增立了四座石塔。当时，他在灵隐寺许了一个愿，祈祷吴越国国运长远，同时祈祷自己派到大宋进贡的兄弟、时任衢州刺史的钱信能够平安返回家乡。此时，骑马行在钱俶身旁的，是他的弟弟，文穆王第十一子弘仪。弘仪也为了避宋讳，改名"仪"。

"正是。"钱仪答道。

"这四百八十寺中，我最爱这灵隐，爱它的静谧，爱它的沉稳。"钱俶说话间，在马背上抬起一只手，手中的马鞭缓缓往灵隐方向一指。

"灵隐寺能够得到王兄的喜爱，亦是它的幸运啊！"钱仪微笑着回答。

"嗳，话不可这么说，我不爱它，它依然还是灵隐，不会因为有无我的喜爱而有所变化啊！"

"这就是王兄的话错了，那灵隐，若没有王兄去岁重修，怎会有今日之恢宏气象！"

"仪弟，我看你那《金刚经》算是白念了。佛曰，凡所有相皆是虚妄。我修灵隐，修的乃是它的相！我心中，自另有一灵隐，静谧、沉稳，它一直在那里待着，有时，我可能看到它，有时我却看不见它的踪影！"

"王兄说的话太深奥，弟修为有限，难明其中真意啊！"钱仪呵呵笑了起来。

"那就再读几遍《金刚经》吧。你的这张嘴，倒是一直那么甜！"

钱俶这句话话音刚落，他身侧另一人道："十一弟嘴若不甜，如何能唱出好曲呢！"

钱仪听了这揶揄之言，哈哈一笑，作恼怒状，说道："八哥又戏弄我！若是十四弟在此，你俩倒是可以好好斗斗嘴功。"说着，挥了挥手中的马鞭，作欲抽打状。

被钱仪称为八哥的钱僎，字惠达，原名弘僎，为避宋讳改名为"僎"，是文穆王第八子。钱僎性格开朗，最喜开玩笑，为人也果敢明断。十八岁那年，他便做了湖州刺史。有一天，有个装神弄鬼的巫师爬上衙门前的大树，装作是鬼神附体，狂呼乱叫，说了一些话恐吓百姓，令很多人惊恐不已。钱僎听了报告，哈哈大笑道："妖由人兴！看我如何治他！"当下，他便下令召集弓弩手，摆出要向大树上的巫师攒射的架势。那个巫师见状，惊得灵魂出窍，慌忙爬下大树，跪地请求饶命。钱僎于是令人将那巫师打了一百鞭子，逐出州境。当时在湖州，百姓一提起此事，无不津津乐道，交口称赞。这件事情发生后，湖州装神弄鬼之事便不见了踪影。钱僎不仅精通吏术，而且能作诗，常常会吟出一些奇句。钱俶继承吴越王位后，钱僎作为兄长，对这位王弟恭敬有加。周显德年间，吴越王城发生火灾，烧毁了宫殿里的很多房屋和财物。为了表示自己对钱俶的支持，钱僎立即拿出自己大量器用服玩，贡献给了王城。显德六年春二月，钱俶上奏请周世宗升湖州为宣德军。周世宗从奏，同时以钱僎为宣德军节度使，并封为吴兴郡王。钱俶上奏请升湖州为宣德军，实际上就是为了向自己这位兄长表示感谢。大宋立国后，赵匡胤在加封钱俶为天下兵马大元帅后，敕封钱僎为同中书门下平章事。

方才钱僎用话语相戏的钱仪，不仅善书法、围棋，而且通晓音律，能创作新曲，尤其善于弹奏琵琶，妙绝当世。

钱僎、钱仪与钱俶三人关系最为亲近，因此，平日里话语亲昵，常常彼此开些玩笑。

那个被钱仪称为十四弟的，是文穆王第十四子钱信。他是钱俶的异母弟，字诚允，本名弘信，后改名为钱信。钱信为人干练，能言善辩。不久前，钱俶派钱信作为使者出使大宋去了。所以，钱仪说如果十四弟在此，定然可以和钱俶斗斗嘴。

钱仪提起十四弟的那句话，勾起了钱俶对弟弟的思念。

"是啊，如果十四弟在此该多好！但愿他此去大宋，顺顺利利。"钱俶淡淡地说道，脸上却浮现出忧郁的神色。他的心里，想起了不久前刚刚离世的十二弟弘偓、十三弟弘仰。这两个弟弟，都在周显德五年因病而卒，两人离世时，一个二十五岁，一个二十四岁，各自都留下了一个尚未成年的幼子。弘偓、弘仰与钱信三人最为玩得来，弘偓、弘仰的病逝，令钱信长时间沉浸在悲哀之中。钱俶派钱信赴大宋出使，一方面是因为他的辩才，一方面也希望通过这次出使，让他稍稍放下对弘偓和弘仰的思念。当然，还有一个不足为外人道的重要原因，派自己的幼弟前往大宋出使，也是向赵匡胤传达了一个重要信息，即如果需要，大宋可以扣押自己的幼弟作为人质。这种向大国或宗主国派人质的做法，古有传统。钱俶的做法，赵匡胤也心知肚明。

正是因为这个原因，钱俶对钱信也怀着一种愧疚。但是，钱俶也不断找些说法，来减轻自己的愧疚之心。钱俶常常想，当年反叛的节度使李筠将儿子李守节送到宋京城为人质，宋帝赵匡胤竟然将他放了回去；这样看来，赵匡胤也一定不会为难自己的兄弟钱信。这次钱俶去灵隐寺，一方面是为了还愿，同时也是为了给钱信祈福，希望这个弟弟能够安全返回。

钱俶见钱俶突然面露愁绪，心中猜想一定是钱仪方才的话让钱俶想起了十四弟。

"也许，说说十四弟的情况，会让他略展愁颜吧。得了，干脆就这个时候汇报这件事。"钱俶这般想着。原来，他昨日刚刚收到十四弟钱信从宋京城开封传来的一个消息。于是，他对钱俶说道："殿下，十四弟昨日来信了。"

"哦？怎么不早说？快快说来。"钱俶道。

"我本想，等到了寺内坐定后，好好向国主汇报。"钱俶笑道。

"八哥，休要卖关子了。"

钱僖收了笑容，肃然道："昨日，咱在京城安排的探子回来了。他说，十四弟借着出使馆去逛街的机会，传出了一个重要消息。据说，南唐使者唐丰最近刚刚出使大宋。十四弟猜测说，南唐这次派使者去大宋，可能是想得到大宋的支持。以前，南唐曾经与后周为敌，淮南之役后，南唐奉后周为正朔。如今，南唐对大宋也采用这种战略。十四弟进一步提醒说，如果南唐与大宋达成进一步的联盟，恐怕对我吴越极为不利！"

钱俶稍稍勒了勒马缰绳，沉吟道："淮南之役后，南唐国力稍弱，短期内定然不会与大宋兵戎相见。南唐如能与大宋修好，也是两国百姓的福分。南唐与宋修好，之后如能与我吴越相善，那是皆大欢喜之事。只是——只是，我吴越与南唐多年相互攻伐，积怨甚深。当年周世宗攻淮南，我吴越向周世宗进贡御衣犀带，又提供了二十万石稻米以为周军军粮，我们还派出了邵可迁、路彦铢率军助周。南唐对此一直耿耿于怀。十四弟的担心不是没有道理啊！八哥，你有何主意？"说这几句话时，钱俶的神色变得更加阴郁了，眉头间仿佛攒聚起一团乌云。

钱僖、钱仪听钱俶提起往事，想到仅仅过了几年，那威风一世的周世宗便已经做古，都不禁大为感慨。如果真有命运的话，那它的脾气一定很古怪，也许，捉弄世人便是它残忍的嗜好！他们也知道，为什么钱俶的脸色会变得更加阴郁。当年，周世宗征淮南，诏吴越派兵攻常、宣二州以牵制南唐李景。钱俶受命，大治国中之兵，严阵以待。李景听说周师将大举，便派了使者前往边境江阴安抚，准备出兵攻打吴越。当时，吴越国苏州营田副使陈满以为周师已克诸州，便请钱俶出兵相应。钱俶相国吴程闻报，便着急调兵出战。但是，当时另一相国元德昭却认为周师一定还没有渡过淮河，如果仓促出战，无周军相助，恐怕凶多吉少。元德昭在钱俶面前跟吴程争论，却未说服吴程。吴程于是率兵攻常州，结果被李景大将柴克宏所败。吴程裨将邵可迁力战救下吴程。可是，邵可迁的儿子，却在他父亲的马前战死了。邵可迁亲眼看着自己的儿子倒在敌人的刀下。

因为这事，钱俶一直对元德昭、邵可迁满怀愧疚。这时，钱俶提起邵可迁，尽管未言及吴程战败、可迁子战死之事，内心却被深深的自责折磨着。这种折磨，也在钱俶的脸上显露出了些微痕迹。

在汇报消息之前，钱偡已经猜想到钱俶会出言询问意见。他看到钱俶一脸阴郁，心知这个当了吴越国王的兄弟还在为之前的决策失误而自责。当下，他没有立刻回答钱俶的问题，而是沉默了片刻，等钱俶的脸色稍缓，方才回答道："南唐国主李景尚未宣布王位继承人，目前，可能嗣位的有两个人，一个是六皇子李从嘉，一个是七皇子李从善。这兄弟俩身边各有一群跟随者，都想把各自的主子推上位。这不奇怪！我们或许可以在这两个大位候选继承人身上找找对策。我得到情报说，六皇子从嘉是主张联宋的，而七皇子从善似乎更倾向于对抗宋朝。近来，南唐国主李景改变了主意，似乎不再想迁都南昌。一个优柔寡断的家伙！他的两个儿子倒是有点儿意思。如果从嘉联宋，则很可能屈就于大宋的压力，最终将南唐国都迁于南昌府。从位置来分析，南唐迁都南昌府于我吴越不利。一旦南唐迁都南昌，其防备重心必然会南移。南唐国虽然与我吴越有世仇，但是其国都金陵夹在大宋与我朝之间，于我而言，毕竟是一个重要屏障。一旦迁都南昌府，如果没有了南唐防守的金陵，宋朝吞并了南唐，自扬州、金陵而南下，我吴越几乎无险可守。那时，我国北部地区近乎直接暴露于大宋的兵锋之下。尽管我朝已经向宋称臣，竭尽全力上贡讨宋帝的欢心，但是宋帝如果哪天起了吞并我吴越之心，那么没有金陵在中间做个缓冲，我吴越国的处境就很糟糕了！所以说，从长期利益来看，如果我们要在六皇子和七皇子中选出一人，我认为应该支持七皇子李从善继承南唐之位。但是，目前南唐还由李景做主，一旦受到大宋过度的压力，说不定会铤而走险对我用兵，掠夺我吴越财富，扩大海上贸易道路，以此增强南唐实力，对抗大宋。因此，对我吴越而言，最好的情况，是南唐内乱，从而扰乱宋帝的战略部署，令其在南唐混乱局面前无暇顾及我吴越。只是，只是——李从嘉、李从善两兄弟似乎表面上还以礼相待，尚未出现大的冲突。南唐国一时还不会出乱子。想想看，如果这兄弟俩内斗起来——"

钱俶皱了皱眉，问道："八哥的意思是，离间李从嘉和李从善，令其兄弟相斗，这样不仅南唐，连大宋也会无暇顾及我吴越？"

钱仪插嘴道："八哥向来多谋，有何好主意，快说说。"

钱偡看了钱俶一眼，说道："我有一计，可令……"

"且住，待到寺里再说。"钱俶的左手离开了马鞍头，微微摆了摆，示意钱偡不要再说下去了。

钱偡醒悟，知钱俶担心此处人多，恐怕走漏风声。

说话间，一行人已经沿着天竺路渐渐走近了灵隐寺。


一行人又沿山路行了一阵，钱俶骑在马上，隐隐看到了前面苍翠树林中露出的灵隐寺黄色的寺墙，当即令众人下马，步行前往。

灵隐寺昨日已经获知国主要来还愿。因此，钱俶一行尚未到山门，望风的小沙弥便早早将消息报到了住持方丈智觉延寿大师那里。延寿大师听说吴越国主钱俶马上就要到了，不敢怠慢，慌忙带着几个和尚，赶到山门之前静候。

钱俶到了山门，令武装甲士们全部留在山门之外驻守，自己则带了钱偡、钱仪等兄弟、臣子、亲信，向山门走去。钱俶往山门那边看去，只见一个身材魁梧的白眉白须大和尚带着诸和尚，正缓缓迎了过来。那和尚看上去精神矍铄，五十六七岁的模样，正是大名鼎鼎的延寿大师。

这延寿大师是吴越国的名僧，他的故事充满了传奇色彩。七岁时，他便开始诵读《法华经》，从此一生信佛。二十八岁的时候，他成为余杭库吏，为了买下鱼鳖鸟兽放生，竟然不惜动用库里公钱。他的行为被发现后，被判处了死刑。临刑之时，他面带微笑，神色怡然。当时吴越国是文穆王钱元瓘在位，亲临行刑之地，见之大奇，于是下令赦免了他，让他去天台寺落发为僧。建隆元年，笃信佛教的吴越国王钱俶下令将延寿请回杭州，住持灵隐寺。其时，延寿大师名号已经传遍吴越国。他一至灵隐，各地僧人远慕其名，接踵而来，善男信女们也麇集而至，灵隐寺香火盛极一时。钱俶这次来访时，灵隐寺已经有了九楼十八阁五十六殿，而且新的佛殿还正在修建之中。其时，灵隐寺的僧众也有近千人，僧房有近八百间。

"延寿大师，别来无恙哦！"钱俶抓住延寿的手臂，热情地打招呼。

"托殿下的福，贫僧一切皆好！"延寿微笑道。白眉之下，一双眼睛闪烁着柔和的光芒。

钱偡、钱仪等人与延寿等僧人亦相互寒暄了一番后，众人便一起缓步步入了山门，经过飞来峰，往天王殿方向行去。

延寿先令寺内和尚将钱俶一行带到寺内一处静谧的僧房安顿下来，待他们休息片刻后，便陪同他们去天王殿、觉皇殿、药师殿等各佛殿烧香拜佛。之后，延寿将钱俶几兄弟请入自己的禅房。幽静的禅房，是适合交谈的好地方。

各人坐定，小和尚上了香茶。

钱俶身体向前微倾，语气恭敬地对延寿说道："大师，今日我等前来，真是扰乱灵隐清静啊！"

延寿淡然一笑："哪里，若无殿下善施，何有灵隐今日之宏貌？不过，贫僧看殿下眉目间似有愁云，恐怕今日也是无事不登三宝殿吧！"

钱俶微微一愣，旋即笑道："大师法眼，洞若观火！不瞒大师，我心中确有疑惑难解呀。"

"不知殿下有何疑惑在心？"延寿问道。

钱俶眼帘低垂，寻思片刻，说道："如要保护我吴越子民，就免不了与南唐等国角力，即便不发生战争，为了自保，有些事我也不得不去做。我心中向往弘扬佛法，但是所行之事，又恐与佛法相悖。修缮寺庙，毕竟只是外功，恐怕抵不了我违背佛法犯下的种种罪孽啊！"钱俶这几句说得发自肺腑，说着说着，声音哽咽，眼睛也微微发红了。

延寿大师听了，手抚白须，淡然笑道："殿下，你可知道《金刚经》中有云：汝等勿谓如来作是念，我当度众生。'我当度众生。'如来会这样去想吗？不。你们不要认为，如来有这样的意念啊。"

钱俶面露疑惑，问道："莫非，如来认为众生不必度化？"

延寿大师双目微闭，缓缓摇了摇，道："《金刚经》中有一四句偈言：'若以色见我，以音声求我，是人行邪道，不能见如来。'不知殿下是否知道？"

钱俶道："惭愧！这四句偈言，我也知道。只是一直未明此中真意啊！"

延寿大师微笑道："《金刚经》的精髓所在，是一个'空'字，要达到佛的境界，就要达到'空'的境界。'空'的境界如何达到呢？佛说，进行布施，要心中不著相，不著我。'汝等勿谓如来作是念，我当度众生。'求佛者多不能解其意，甚至误以为，众人不必度化。错！大错特错啊！'众生'，乃是假名'众生'，这假名的'众生'，亦需度化。如来之所以是如来，是因为如来度化众生，而心中无'我'。故，如来度化众生，但不会生出'我当度众生'的念头啊！殿下在处理吴越、南唐、大宋之间的关系时，每一决策，心中都因一个'我'字纠缠。殿下如何能见如来？"

钱俶闻言，恍然大悟；旋即，又面露愁色，叹道："这一个'我'字，我又如何能够看破啊！"

延寿大师听了，微笑不语。

钱俶见延寿大师不语，继续说道："南唐与我吴越是世仇，我想要消除两国的仇怨，却没有什么办法。如果南唐与大宋联盟，我吴越恐怕迟早要被南唐吞并。我心中向佛，一心求功德。可是作为国主，不得不面对一些决策，其中不免要伤及众生。这是我心中的结啊！

延寿大师盯着钱俶的眼睛，说道："贫僧无法帮助殿下解开心结啊！这心结，还得要靠殿下自己去解。贫僧只送殿下一句话，'念念无间是功，心行平直是德。'殿下困惑时可想一想这句话。"

钱俶低首合十道："谢大师赠言。"

"不用谢贫僧。此句是贫僧从《坛经》中借来的，要谢就该谢六祖慧能大师吧。"延寿大师淡淡地说道，脸上依然挂着平静的微笑。

钱俶似懂非懂，自言自语将延寿大师的赠言重复了两遍，默默记在心里，静静地等着延寿发话。

延寿大师看着钱俶一脸困惑的模样，沉默了片刻，说道："也算贫僧与殿下有缘，近日贫僧悟出一个道理，正往拙作《宗镜录》中去写，就顺便赠给殿下几句吧。"

钱俶喜道："大师请言。"

延寿大师神色肃然，面上的微笑不知何时消失了。此时，他拿眼睛盯着钱俶，面无表情地说道："水未入海则不咸，薪未入火则不烧，境未归心则不等。但以《宗镜》收之，万法皆同一照，是非俱泯，逆顺同归。无一心而非佛心，无一事而非佛事。"

说完，延寿大师闭上双眼，打坐入定，再也不去理会钱俶等人。

钱俶听了延寿之语，一时间不知悲喜，怅然若失。

出了延寿大师的禅房，钱俶带着钱偡、钱仪走回自己休息的那间禅房。一个扫地僧正背朝着他们，在禅房的窗棂下几步远的地方埋头清扫地上的落叶。寺院里一片静谧，扫帚扫过树叶的"沙沙"声时时传来。

钱俶似乎尚沉浸在对延寿大师之语的思索中，幽幽地说道："这里如此安静，的确是个修心的好地方。我倒真想在这灵隐多待些日子啊！"

钱偡、钱仪两人听了，皆会心一笑。

钱偡道："等哪日天下太平了，咱兄弟几个不如一起在此颐养天年哦！"

钱俶听了，停住脚步，待了一下，随即哈哈大笑。他环顾了一下四周，便下令所有侍卫、随从都远远地站在禅房之外，自己带着两个兄弟进了禅房。

"好了，八哥，现在可以说说你的计划了！"钱俶在禅榻上坐定，望着坐在旁边的八哥钱偡说道。

钱偡从茶几上端起茶杯，慢慢喝了一口，又将茶杯缓缓放下，方才开口道："南唐六皇子从嘉一旦与大宋联盟，必将与我不利。这是显然的。因此，我们必须阻止这一联盟的出现。从目前的情报来看，从嘉与七皇子李从善已经开始暗中争夺南唐国主的继承权了，我们可以利用这点，离间二者的关系。情报说，南唐国主李景派出的国使唐丰正要返回南唐。大家想一想，如果唐丰在回国路上突然出事了，后果会怎样呢？"

这时，禅房侧窗外传来轻微的窸窣声。

钱俶一惊，竖起一个指头，"嘘"了一声，又冲钱偡等人使个眼色，示意大家暂时不要说话。他轻轻走到窗前，小心翼翼推开窗，往窗外看看，只见窗下便是草地，草地上有些落叶枯枝。没有人，只有不远处一只灰棕色的小松鼠翘着尾巴，在草丛里探头探脑。

"原来是松鼠！我真是太过紧张了！"钱俶关上窗，转过身来笑着说，"继续，继续。"

钱仪沉吟道："如果唐丰出事，南唐主李景可能会怀疑大宋皇帝赵匡胤明里一套，暗里一套，是在给他一个暗示，大宋将对南唐下手了。八哥，是这样吗？"

钱俶不语，拿眼看着钱偡，等着他的反应。

钱偡道："仪弟的推测是对的。不过，还可能出现别的情况。因为，南唐国内目前局势相当复杂。那个出使大宋的使者唐丰，是南唐枢密使唐镐的儿子。唐镐此前迎合李景的意思，一直主张迁都南昌。可是，近来唐镐似乎改变了主意，开始接受不再迁都南唐的说法。唐丰出事，李景还可能会怀疑是唐镐的政敌所为。根据我得到的情报，唐镐在南唐继承人问题上，似乎倾向于六皇子从嘉。唐丰出事，李景可能会怀疑是七皇子李从善暗中派人所为，目的是打击唐镐和六皇子从嘉的势力，同时破坏南唐与大宋表面上的和平相处，从而为夺得南唐国主之位赢得先机。"

钱俶听了，点点头，说道："八哥分析透彻，唐丰出事，不论哪种情况，都会对李景造成压力，从而促使李景加强对大宋的防备，迁都南昌之议就可能被搁置。不过，事情还可能会引发李景对七皇子李从善的猜忌，这样一来，如果李从善无法继承南唐国主之位，可能对我未来依然不利。这不是与八哥之前所言的期望相悖了吗？"

"殿下，李从善继承南唐国主的确可能于我有利。但是，也只是可能。为什么呢？我观李从善其人，善用兵，能决断，他继位，或能使南唐中兴，迟早会对我动兵复仇，对我依然不利。说实话，摆在我国面前的道路，哪条都不好走啊！不错，唐丰一旦出事，七皇子李从善可能会遭到李景猜忌，从而更难夺取南唐国主的继承权。但是，若想给李景制造压力，力促他不迁都，同时，也为了使南唐国内君臣互相猜忌，使两个皇子互相猜忌，从而挑动南唐内乱，我认为，此乃最相宜的举措，也是当务之急。"钱偡说道。

钱俶听了，端起茶杯，却没有马上喝，手端着茶杯，停了片刻，方才微微啜饮了一小口，说道："念念无间是功，心行平直是德。本该忘却一个'我'字。为了我吴越国国祚长久，为了千万百姓的安康，咱们不得不做一些事情啊。唐丰，不可让他回到南唐，他必须死！八哥，你就安排人去办这件事吧。行动细节，咱们改日再议。阿弥陀佛！善哉善哉！"

说完，钱俶放下杯子，低垂下眼皮。

这一刻，禅房里没有如来。连如来的影子也没有。只有人。

"虚伪，自欺欺人，不，也许连佛祖也可以欺骗！"钱俶悲哀地想着，"这就是我！可是，佛祖啊，你不是让我忘却'我'吗，我究竟是忘却了还是没有忘却呢？"

# 十三

赵匡胤将王承衍派往南唐后没过几日，荆南行军司马、宁江节度使高保勖派遣兄弟高保寅来入贡。

荆南的高家，也是极富传奇色彩的。荆南地区自唐昭宗天祐三年以来，由高季昌镇守。梁开平元年四月，唐梁王朱全忠建立后梁，拜高季昌为荆南节度使。自此，荆南在高氏治理下，数代相传，相对于中央王朝，仿佛一个独立的小王国。四战之地的荆南，在高家统治的几十年内，成为北方中原王朝与南方诸多割据政权对冲的缓冲之地，也是五代十国时期多个王国争夺的对象。细说荆南的故事，可以看清荆南与四方力量的纷杂博弈，以及五代十国时期在华夏大地上所发生的诡谲多变的权谋斗争和战争风云。在五代十国这一杀戮遍野、帝王频仍的年代，诸多王国与无数人的命运看似一团乱麻，但是细细看来，却有着奇妙的联系，似乎真有所谓命运之神，在某个不为人知的地方，牵动着影响王国兴灭与个人命运沉浮的神秘引线。从现实的角度来看，不论是王国还是个人，正是在各种联系、往来、冲突、妥协、互助、联盟、战争与和解之中，才显示了其存在的意义。对于个人而言，在与他人的联系中，生发出人生的喜怒哀乐，正是这些，使人挣脱了抽象的概念，而成为一个个鲜活的生命，而不仅仅是史书上的一个个冰冷名字，更不是最终消失于时空中虚无的幻影。细说荆南的故事，要从高季昌说起，而高季昌的故事，又与这个时代多个枭雄有关。高季昌自称是东魏司徒高昂的后代。他生于唐末，年轻的时候便非常有胆略，而且爱好武艺。当时汴州的富商李让将他收为家童。后来，李让得到了唐梁王朱全忠的器重，改名为朱友让。唐梁王朱全忠，原名叫朱温，曾经参加过黄巢大起义，后来降唐，唐僖宗赐名朱全忠。因为李让与朱全忠的这层关系，高季昌得以接触到朱全忠。朱全忠以高季昌之才为奇，令朱友让收高季昌为养子，将他改为朱姓。季昌随后便被朱全忠任命为制胜军使，之后转任毅勇指挥使。

　　唐昭宗天复二年，汴兵攻击凤翔，李茂贞坚壁不出。梁王朱全忠见无法与战，打算收兵返回河中。众将皆附和梁王意见，只有朱季昌进言道："天下豪杰，等待这个机会已经有一年了。如今，凤翔之兵已然疲惫，破在旦夕，而大王所担忧的不过是对方坚壁不出，我师可能懈怠。不过，换个角度看，我军正好可以借机诱敌而破之。"梁王朱全忠闻言大喜，当即令朱季昌招募勇士前往诱敌。朱季昌于是找到了勇士马景，向他传授了计谋，随后将他引荐给梁王朱全忠。马景见到朱全忠，慨然道："我此行必不能生还，请大王务必任我后嗣为官。"朱全忠虽是个极为残暴之人，但被马勇的悲壮气概所感，竟然也难得地动了恻隐之心，说道："既然如此凶险，还是取消此次行动吧。"马景闻言大怒，一再坚持，朱全忠最终还是答应了。于是，当夜幕降临，马景带了数骑，风驰电掣，直趋凤翔城下，装成是趁夜前来归降，叩城门大声说道："汴兵即将东退，前锋已经离开了。"凤翔守军信以为真，打开城门，准备追击汴兵。这时，埋伏在城外的汴兵蜂拥而出，跟在马景之后，二话不说，直接冲入凤翔城。马景夹在两阵之间，带头杀向凤翔军。可惜，正如马景自己所言，此役中，他血染战袍，力战而死，淹没在堆积成山的尸体堆中。此役，汴兵杀凤翔军九千余人。后来，凤翔与汴议和，朱全忠挟持唐昭宗出京城，请唐昭宗赠马景官爵，谥曰"忠壮"。唐昭宗从此便成为朱全忠的傀儡。凤翔之战的计谋出自朱季昌，朱季昌因此闻名天下。第二年，季昌任宋州团练使，随后因攻破青州有功而升任颖州防御使，从此时起，恢复"高"姓。

唐朝末年，襄州的赵匡凝在荆南打败了雷彦恭，上表请唐昭宗任命其弟赵匡明为荆南留后。朱全忠率兵攻击襄州，赵匡凝仓皇逃亡到吴国，赵匡明则投奔了蜀国。于是，雷彦恭出兵攻击荆南，朗州首当其冲。当时的荆南留后贺环闭关自守。朱全忠早就有意提拔高季昌，见贺环怯阵，便趁机任高季昌为权荆南节度使观察留后，取代了贺环。

朱全忠又派驾前指挥使倪可福率五千人防卫朗州。倪可福是一员猛将，天生神力，一把大刀使得出神入化，百万军中可取上将首级。倪可福不仅勇猛，而且富有谋略。在倪可福的防卫下，雷彦恭进攻朗州的行动受挫，不久便退兵而去。在防卫朗州的战役中，高季昌与倪可福结下了一生的友谊。两人于军前结拜为兄弟，高季昌比倪可福年纪稍长，被倪可福以兄相称。两位枭雄，一时之间名震江汉。高季昌爱惜倪可福的勇猛，将他收在自己的麾下为牙将，而且要刚刚削发为尼的大女儿还俗，嫁给了倪可福的儿子倪知进。

高季昌打退雷彦恭时，是唐朝天祐三年十月。五个月之后，唐昭宗下诏书宣布禅位。梁王朱全忠由唐宰相张文蔚率百官劝进之后，正式称帝，更名为朱晃。朱全忠称帝后，改元开平，国号大梁，史称后梁。自此，中国进入腥风血雨的五代十国时期。

朱全忠称帝一个月后，拜高季昌为荆南节度使。原先，荆南节度统辖八州。唐僖宗唐昭宗在位时期，荆南被诸股势力逐渐蚕食，到高季昌任节度使时，实际统辖地只有江陵一城。高季昌受命后，励精图治，使百姓的生计逐渐恢复，江陵地区气象为之一新。为了防止水患，高季昌令倪可福主持在江陵城西门外修筑防水大堤。大堤修成后，坚厚异常，寸寸如金，百姓们将它称为"寸金堤"。

　　后梁开平元年六月，武贞节度使雷彦恭联合楚兵进攻江陵。就在两个月之前，后梁皇帝朱晃拜原唐朝潭州刺史、判湖南军府事马殷为侍中、兼中书令，封楚王。马殷亦是一代枭雄，于唐末在湖南地区崛起，此次被拜封楚王，一是因为他此前劝朱全忠称帝有功，一是因为他在短短几年内便攻略了潭州、邵州、衡州、永州、道州、连州、郴州等地，实际上已经控制了湖南大部。后梁皇帝朱晃不得不接受现实，借马殷派遣使者到朝廷修贡之际，使马殷在名义上接受了后梁的统治。

　　与后梁争夺马殷势力的是吴王杨行密，在唐昭宗天复三年的四月，杨行密曾派使者游说马殷，说梁王朱全忠飞扬跋扈，建议马殷与之断绝来往。当时马殷帐下大将许德勋进言说："朱全忠虽然无道，却是挟天子以令诸侯，不可贸然断绝交往。"马殷听从许德勋的建议，为了取得中朝皇帝的承认，在湖南获得合法的统治地位，权衡在三，最终倒向了朱全忠一边。

　　对于雷彦恭联合马殷的力量进攻江陵，高季昌不敢怠慢。就在唐昭宗天复三年的五月，江陵就曾经遭受过马殷军的洗掠。当时，荆南节度使成汭率军自江陵赶赴鄂州，去支援鄂州的杜洪。马殷借支援杜洪之名，派遣大将许德勋率领水军与澧州、朗州兵一同乘虚袭击了江陵。马殷军与朗州军进入江陵后，俘获了大量军人、百姓、伎巧、僧道、伶官，将这些人全都俘虏到了长沙。成汭尚未到达鄂州，听说江陵已经失陷，大惊失色。其将士心中担忧在江陵的家小，无心在鄂州战斗。不久，成汭军大败，成汭自己也在战斗中被杀。许德勋率军回长沙路上，经过岳州。岳州刺史邓进忠准备了酒肉出城犒师，以岳州城归附马殷。马殷于是以许德勋为岳州刺史，改邓进忠为衡州刺史。自得岳州之后，马殷势力更上层楼。

马殷军确实强，高季昌也不弱。精于谋略的高季昌决定以巧取胜。他很快率兵驻扎到公安。这次进军公安，实际上断了雷彦恭的粮道。雷彦恭得知粮道被断，知道长期作战已经不可能。失去斗志的雷彦恭很快在荆南军的反击之下败走，马殷的楚兵见盟军败退，也匆忙撤军。这年九月，雷彦恭又进攻涔阳、公安等地，高季昌再次将其击退。

雷彦恭进攻荆南受挫，使马殷意识到，必须以更加务实的态度对付高季昌。马殷这种态度的变化，使湖南与荆南的关系变得更加微妙。时和时战成为两个割据政权间的常态。夺取城池土地，获取实际利益的追求，成为两地和战考虑的核心问题。

雷彦恭进攻荆南的失败，促使其做出了一次冒险的尝试。不久前的盟友马殷的地盘，成了雷彦恭的攻击对象——他率兵袭击了马殷的岳州。后梁皇帝朱晃得知雷彦恭袭击岳州，削夺了他的官爵，并命令马殷与高季昌联合讨伐雷彦恭。对于马殷、高季昌这样的枭雄来说，没有永远的朋友，只有永远的利益。既然具有正统性的中原王朝皇帝下令，马殷和高季昌趁机联合起来攻击雷彦恭，期望借机夺取雷彦恭的地盘。

雷彦恭受到马殷与高季昌的联合攻击，不得已向另一个藩镇——杨行密统治的淮南请降。杨行密于唐天复二年被唐昭宗拜为东面诸道行营都统、检校太尉、中书令，同时被封吴王。淮南命大将冷业屯兵昌江、令大将李饶屯兵浏阳支援雷彦恭。马殷于是派出岳州刺史许德勋出战。许德勋乃是沙场老将，很快大败冷业、李饶。他在鹿角镇俘虏了冷业，在浏阳寨俘虏李饶，将二人带回岳州斩杀示众。

这年十月，高季昌派遣牙将倪可福联合楚将秦彦晖进攻朗州。马殷接受了这次出兵助攻的请求。联军很快攻克了朗州。雷彦恭率败军至广陵。秦彦晖入朗州后，俘虏了雷彦恭的弟弟雷彦雄等七人，一起送到了大梁问罪。马殷同时上奏后梁皇帝，请求改武贞军为永顺军。一直以来，澧州与朗州互为表里，遥相呼应，朗州被马殷征服后，澧州刺史向环归降马殷。于是，马殷自此得到了对澧州、朗州两地的实际控制权。

荆南地区是个四战之地，周边几个王国都觊觎这片土地。自马殷得到澧州、朗州之后，高季昌感到湖南的压力，加紧修建城池，以防备湖南军的攻击。当时，杨行密奠定的杨吴政权奉唐为正朔。唐哀帝天祐二年十月，杨行密病重，任命长子杨渥为淮南留后。十一月，杨行密病逝。杨行密长子杨渥继立。三年之后，杨渥被徐温、张颢杀害，杨渥之弟杨隆演即位。淮南的杨吴政权继续对抗北方的后梁。荆南、湖南实际上成为北方后梁王朝与淮南的杨吴政权对冲地带。

后梁开平二年四月，淮南将李厚率兵进攻荆南。高季昌率兵在马头地区打败了李厚。七月，马殷为了增加湖南的岁入，上奏后梁皇帝，请求在汴州、荆州、襄州、唐州、郢州、复州诸州设置回图务，运输茶叶到黄河南北，用来易购战马、缯纩，同时湖南依旧会向后梁上贡茶二十五万斤。后梁皇帝诏准了马殷的请求。马殷既然得到了皇帝的许可，便在湖南辖区内鼓励百姓种茶采茶，还募集专门的茶户，在山区居住收茶，号曰"八床主人"，岁收茶叶数十万。自此，湖南岁入大增，军力益增。

马殷建议的回图务的设置，也使高季昌更加意识到江陵在交通与贸易方面的价值。马、高双雄，一时间暗中开始角力。经济与军事的加强，使两个割据王国很快成形。高季昌为了利用江陵交通枢纽、贸易重镇的战略地位，决定冒险试探楚王马殷对荆南的容忍度。后梁开平二年九月，高季昌屯军汉口，断绝了楚王马殷的朝贡之路。马殷大怒，派许德勋率大军进攻沙头，高季昌迫于压力，与马殷讲和。为了使湖南与荆南之间维持战略平衡，以使中原的统治稳固，后梁朝廷认为有必要进一步抬升高季昌在朝廷的地位，随后便加封高季昌为同中书门下平章事。

高季昌与马殷的讲和，也给了马殷一个战略机遇。在高季昌求成之后，马殷立刻派遣步军都指挥使吕师周征伐岭南，与清海节度使刘隐连续进行了十余次战役，夺取了昭州、贺州、梧州、蒙州、龚州、富州六州。马殷治下的土地更加广阔。马殷于是开始注意让百姓休养生息，湖南遂安。

后梁开平三年八月，后梁叛将李洪进攻江陵，高季昌派大将倪可福抗击李洪。后梁派出马步都指挥陈晖率兵配合荆南军夹击李洪。倪可福披挂上阵，刀锋所指，所向披靡。李洪大败，落荒而逃。

高季昌在荆南的进一步崛起激励了马殷去追求更大的政治与军事的成功。两个枭雄之间的角力上升到一个新的层次。后梁开平四年夏六月，马殷上表后梁皇帝，请求"天策上将军"的封号。后梁皇帝也不想高季昌在自己眼皮之下不断雄起，便乐得利用马殷制衡荆南。于是，后梁加封马殷为"天策上将军"。马殷既得封号，便进一步依照唐太宗故事，开天策府，以兄弟马賨为左相，以弟马存为右相。

马殷借开天策府之势，派遣大军再次进攻江陵。但是，这次湖南军因为轻敌，并没有在军事上从荆南捞到一点便宜。高季昌在油口击退了楚军。油口一战，荆南军斩杀楚军五千余人。

次年，后梁改元乾化。

后梁乾化二年，高季昌心中暗有占据荆南自立之心，便开始着手整饬江陵城堞，向后梁上奏请求允许修筑江陵外城，增广数丈，又在北城修建雄楚楼。"雄楚楼"这个名字，是高季昌从唐代诗人杜甫"西北楼成雄楚都"这句诗中撷取的。之后，高季昌又建设了望江楼。雄楚楼、望江楼高大雄伟，登楼远望，可为观敌哨所。为了整饬城墙和修筑雄楚楼、望江楼，高季昌令人将城外五十里内的坟墓挖掘殆尽，获得大量土砖。城池修筑成后，夜晚可见城外五十里以内，鬼火遍地闪烁。当地百姓更有很多人说，能够听到鬼哭之声。

这年，后梁皇帝朱全忠被亲子朱友珪杀害。朱友珪登上帝位，改元凤历。高季昌料想后梁必将衰弱，便谋兵自固。他派兵进攻归州、峡州，结果被蜀将王宗寿打败。随后，他又发兵，借口帮助后梁进攻襄州，结果被山南东道节度使孔勍所败。

襄州之败后，荆南便与孔勍交恶，数年中不再向后梁进贡。这年，淮南大将陈璋率兵进攻江陵。高季昌派大将倪可福抵挡住陈璋的进攻。

后梁乾化三年，陈璋进攻江陵无果，引兵退去。荆南军联合楚军，进攻陈璋。陈璋率船队连夜退却。

这年三月，后梁均王朱友贞起兵征讨朱友珪。朱友珪兵败伏诛。朱友贞于是成为后梁新的皇帝，更名为朱锽。朱友贞复用乾化年号。这年八月，后梁皇帝朱锽封高季昌为渤海王，并且赐予冠冕剑佩。高季昌趁机大造战舰五百艘，同时大量制造军械，招兵买马，募集了亡命之徒。高季昌心里很清楚，荆南乃是四战之地，要想对抗中原王朝的压力，必须利用四周王国以求自存，因此联合淮南与蜀。自此，荆南割据的局面形成。后梁实际上失去了对高季昌的制约能力。

后梁乾化四年春正月，高季昌声称夔州、万州、忠州、涪州本来就是荆南属地，便兴兵攻打占据四州之地的蜀国（前蜀）。蜀夔州刺史王成先率兵逆战。在瞿塘峡江段，高季昌用火船进攻蜀国船队。蜀国招讨副使张武用大铁链横江阻挡住火船，火船无法前进。此时，大风转向，将火船的火焰吹向荆南船队，不少荆南军兵被火烧死、落水淹死。张武更以投石车攻击高季昌的主舰，主舰尾部被大石击中。高季昌见形势不妙，慌忙宣布撤军。荆南军经此一役，被蜀军斩杀俘虏五千余人。这是高季昌自荆南割据之后的一次惨败。

后梁贞明元年冬十一月，后梁改元。这年，后梁皇帝改名字为瑱。

后梁贞明三年夏四月，高季昌与后梁山南东道节度使孔勍经过谈判和解，重新向后梁进贡。

为了防襄州地区的汉水水患，高季昌组织军民，在安远镇北、禄麻山南到沱步渊一带修筑大堤。大堤筑成后，连绵一百三十余里。汉水南面居民因此不为汉水水患所害，百姓将高季昌主持修筑的大堤称为金堤，又称为高王堤。

在淮南，徐温长子徐知训在扬州控制了淮南政权。但是，徐知训为人傲慢轻狂，掌权后更是荒淫无度，结果于天祐十五年被朱瑾杀死。徐温养子徐知诰自润州渡过长江平定叛乱。徐温随后用徐知诰守扬州，淮南军政事务都由徐知诰决断。徐知诰本来姓李，是个孤儿，被杨行密收为养子。可是杨行密的儿子们容不了这个孤儿，杨行密只好将他送给徐温作为养子，从此改名徐知诰。徐知诰因为战功，升为升州刺史，在任期间，为政宽松，深得民心。到了扬州后，徐知诰非常恭敬地侍奉吴王杨隆演，而且礼贤下士，善待将士。他自己在生活方面，也非常简朴，又以名士宋齐丘为谋士，大力改革税制，深得淮南人望。严可求之前曾经提醒徐温，说徐温的养子徐知诰本姓"李"，根本靠不住。结果这件事让徐知诰知道了。南吴天祐十六年，严可求因为害怕徐知诰加害自己，便前往金陵向徐温进言说："唐朝灭亡到如今已经十二年了，而吴还不敢改掉天祐年号，可算是对得起唐了！这些年来，吴所以征伐四方，建立基业，常常以兴复唐朝为理由。如今，后梁屡次败绩，假若李氏真得复兴，难道他们敢于屈节吗？现在，徐公应该让杨家建国自立呀！"徐温听了，深以为然，将严可求留在身边，开始迫使杨隆演僭号自立。这年，杨隆演在淮南称吴国国王，改元武义，从此与唐朝断绝了法统。五代十国时期的重要割据政权之一吴国正式建立。

后梁贞明五年五月，马殷派遣精兵良将大举进攻荆南。高季昌知此次单靠荆南之兵难以抵御楚军，于是向吴国求助。吴国此时是徐温当政，他看到此次可以借机扩大地盘，当即欣然出兵，命镇南节度使刘信率领洪州、吉州、抚州、信州步兵，从浏阳进攻潭州，同时令武昌节度使李简率领水军，进攻复州。潭州乃是楚地重镇，吴国进攻潭州，是"围魏救赵"的一步好棋。刘信率兵达到潭州东境，马殷不敢怠慢，当即令进攻江陵的大军退去以防潭州。这时，吴武昌节度使李简率兵进入复州，俘获了知州鲍唐。

吴国国王杨隆演因为称王本非其意，长期被徐温胁迫，心中郁郁寡欢，常常借酒消愁，不久便卧病不起，米粒难进。吴武义二年五月，年仅二十四岁的杨隆演因病去世，其弟杨溥称帝。

后梁贞明六年十二月，吴越王钱镠派使者到湖南，为儿子传璙求婚。马殷心知这是借以制衡荆南与吴国的好机会，便答应了吴越王钱镠的请求。

高季昌虽然借助吴兵退去了楚兵，却不敢松懈。当年，便加紧加强军备以防止进攻之敌。他组织军民改建了江陵内城东门楼，改称"江汉楼"，又在荆州城之东南建筑仲宣楼。这两处楼的建立，一是为树立威望，一是为加强城内城外的联防。

后梁龙德元年五月改元。七月，马殷命令掌书记李岘、马匡护送女儿去吴越国完婚。与吴越国的联姻，为马殷在东方寻找到了一个战略伙伴。

由于吴越与吴国是对手，楚与吴越的联姻，相当于在吴国的东面安插了一支援军，从而减轻了楚地的东部压力，这实际上增大了位于楚地北面的荆南的压力，从而令高季昌危机感大增。这年冬天，高季昌派遣都指挥使倪可福再次修筑江陵城的外城城墙。因为工程进展缓慢，高季昌当众惩罚倪可福，杖责一百。可是，随后高季昌派人将女儿从倪可福儿子倪知进的府中接回自己的王府，跟她说："你回去后，要转告你公公，我当众责罚他，主要是为了借他来警告众人啊。工程缓慢，不完全是他的责任，但此次工程意义重大，不立威，无法保证工程进度与质量啊！"

这一年，高季昌结识了僧人齐己，颇为欣赏他，便发给他月俸，让他在龙兴寺禅院修行。

后梁龙德三年四月，晋王李存勖在魏州即皇帝位，国号大唐，史称后唐，改元同光。

这年冬天十月，发生了日食。后唐皇帝李存勖率军进入大梁，后唐灭了后梁，入主中原。后唐皇帝李存勖下诏慰告天下。马殷派遣儿子牙内马步军都指挥马希范赴洛阳觐见，上纳洪鄂行营都统印和本道将吏籍。李存勖向马希范询问洞庭的广狭，希范回答说："陛下如车驾南巡，湖南财力不过够陛下饮马而已。"李存勖听了，哈哈大笑，抚着马希范的背说："朕曾经听有流言说，湖南必将会被高郁所图，如今马殷有你这样的儿子，高郁又能如何呢！"高郁是马殷最为得力的谋臣，李存勖这样说，是想用离间计借流言除掉马殷的得力助手。

知道马殷派儿子觐见了李存勖，高季昌颇为紧张。高季昌以自己是割据小国，一时间踟蹰于是否要去洛阳觐见中原的新皇帝。这时，高季昌幕府中重要谋士司空薰等人劝高季昌前往洛阳入觐新皇帝。司空薰是唐代知制诰司空图的族子，富有才学与谋略。在高季昌幕府中，亦出谋划策，立功不少。司空图活了七十二岁，是后梁开平二年去世的。他是河中虞乡人，祖籍临淮，字表圣，自号知非子，又号耐辱居士。唐懿宗咸通十年应试，擢进士第。唐天复四年，权势熏天的朱全忠召司空图为礼部尚书，司空图看出朱全忠篡唐野心，便佯装老朽，荒废诸事，终于被放还。后梁开平二年，闻知唐哀帝被弑，司空图绝食而死。中国历史上最著名的诗论之一《二十四诗品》，就是司空图的著作，在《全唐诗》中，收其诗三卷。

当时，司空薰对高季昌说："唐主入洛，诏慰藩镇，我荆南宜趁机觐见以结唐主之心。"

司空薰的建议得到了大多数谋士的赞同，但是谋士梁震闻言，切谏道："不可，唐主天下枭雄，若意图我荆南，此去如落虎口，凶多吉少。"

两位最重要的谋士意见相左，令高季昌左右为难。思索再三，高季昌不听梁震劝告，说道："吾意已决，不用多说！"于是，高季昌留下两个儿子镇守江陵，自己带着三百骑兵，前往洛阳觐见。赴洛前，为了避后唐献祖的名讳，高季昌特意改名为高季兴。

后唐皇帝李存勖见高季兴来朝觐，大喜，加高季兴为守中书令。虽然李存勖在洛阳礼遇高季兴，但是皇帝身边的人可不一样。他们将高季兴视为勒索的对象，高季兴心中颇为不悦。李存勖一度也曾打算将高季兴软禁于京城。可是，当时后唐枢密使郭崇韬进谏说："大唐刚刚灭了梁而得到天下，正是示信于人的时候，如今四方诸侯相继入贡，都是派遣子弟与将吏前来，只有高季兴亲自前往，可谓是诸侯的表率，应该对他施加恩典，以讽劝其他的诸侯。如果将高季兴羁縻于京城，恐怕会断绝四方来朝之意啊！"李存勖闻言，于是对高季兴厚待有加。

高季兴在洛阳时，李存勖有一次接见他，对他说："我已经灭了梁，如今天下不服者，只有吴国、蜀国，我对蜀地很感兴趣，可是蜀地险阻，江南之财，却只隔荆南一水而已，我想先取江南，你以为如何？"

高季兴一听，心中大惊，知其如取江南，则荆南必入其囊内，当即说道："蜀地富民饶，获之可得大利。江南国贫，地狭民少，得之无益。依我之见，伐蜀为宜。臣请以荆南本道之兵为先锋。"

　　李存勖听了，大喜，用手抚着高季兴的背道："好，他日我大唐伐蜀，定以你为先锋。"高季兴为了取悦李存勖，离开皇宫后，特意寻巧手绣工在自己衣服背部被李存勖抚过的地方绣上了一个金丝手印，并且在人前炫耀，以此为荣。

　　李存勖见高季兴对自己十分忠诚，心中戒备之心大消，加之有郭崇韬的进谏，便决定让高季兴回荆南。

　　高季兴一出洛阳，便倍道兼行，到达许州时，高季兴对左右说："这次洛阳觐见，有两次失误，一次是我的入觐，一次是唐皇帝放我出洛阳。"说罢，高季兴望洛阳城哈哈大笑。

　　到了襄州，节度使孔勍设宴招待高季兴。宴席之后，高季兴入驿站馆舍休息，突然心中一动，对左右说道："梁震的话，恐怕说中了，与其在唐地苟且偷生，不如冒险赶回荆南赴死。"说完，当即令人丢弃辎重，连夜离开襄州。到了凤林关，已经日暮，关门大闭。高季兴令手下叫开关门，斩关而出。不久，李存勖的诏书到了襄州。诏书令沿路将官伺机羁押高季兴，有必要的话当即斩杀。原来，李存勖思虑再三，依然觉得放回高季兴实在是一大失策。他细想：只要高季兴一除，收荆南易如反掌。一旦得到荆南，则东向可取吴，南向可取楚，西向可取蜀。失策！真乃失策！想通此层，李存勖后悔得满身冒汗。当夜，李存勖下诏，打算追回高季兴。孔勍看到诏书匆忙追击高季兴，可是高季兴已经远去。孔勍只好无功而返。

　　这年十二月，高季兴返回江陵城，一到宫内，便急急招来梁震，手握梁震之手，愧然道："我不听你的良言，几乎死于虎口啊！"高季昌沉吟半晌，又对梁震说道："这次觐见，是我的失策，而唐主放我还荆南，是他的失策。我与唐主双方彼此都有失策啊。我看唐主在百战之后取得河南颇为骄傲，他甚至对功臣说，他是于手掌之上取得天下的。我在洛阳之时，见他荒于游畋，政事多废，我暂时可以不用担忧唐对我荆南的威胁了。"话虽然这么说，高季兴还是大举修缮江陵城池，同时四处招募后梁的旧兵，充实自己的军队。

后唐皇帝李存勖为了安抚高季兴，于同光二年春三月加封高季兴兼尚书令，晋封其为南平王。高季兴受命后，笑着对梁震说道："这是唐主怕我与蜀连横以对付中朝呀！"

后唐同光三年九月，李存勖任命高季兴为西川东南面行营招讨使伐蜀，志在夺取夔州、忠州、万州、忠州、归州、峡州等地。高季兴一直以来便想夺取三峡地区，只是畏惧蜀峡路招讨使名将张武，所以迟迟不敢动兵。此时，高季兴得到后唐的任命，便借助后唐的兵势，从荆南发兵征讨蜀，并任命儿子行军司马高从诲权军府事。

冬十月，高季兴统率水军溯长江而上，同时派军经由峡州进攻施州。在长江三峡江面，蜀将张武用大铁锁阻断江路，高季兴便令勇士驾驶船只去砍铁锁。可是，正当行动之时，江上刮起了狂风，荆南水军派出的船只被大铁锁缠住，张武趁机派水军全力攻击。高季兴见形势不妙，仓皇撤军。

随后，在施州一带，高季兴取得了优势。但是，正在这个时候，郭崇韬建议后唐皇帝李存勖下令高季兴返回荆南。郭崇韬提醒李存勖，一旦高季兴入蜀，蜀必为其所占。李存勖同意了郭崇韬的建议，下令高季兴班师。高季兴不得已只好班师回江陵。

冬十一月，后唐大军灭了蜀。蜀亡的消息传到荆南，高季兴正在用膳，闻讯大惊，筷子落地，叹道："这是我的过错啊！倒持太阿，授人以柄，如今可怎么办？"梁震刚好在旁边，闻言沉吟片刻，微笑道："大王不用担忧，唐主得到蜀国后一定会更加骄纵，这说不定还是我荆南的福气呢！"

后唐灭了蜀不仅令高季兴大惊，同样也令湖南的马殷大为震惊。后唐武功，灭蜀之际可谓盛极一时。马殷知在此刻与后唐对抗，恐怕会招来灭顶之灾。马殷思量再三，上表后唐请求致仕。他在上表中写道：

　　臣已营衡麓之间，爰为菟裘之地，愿归印绶，以保余龄。

李存勖见表，思量再三，认为借助马殷可制衡荆南、吴等地，便下诏书大加抚慰，不准其致仕。

后唐灭蜀后，夔州、万州、忠州等地便归属于后唐。同光四年二月，高季兴上表请求后唐将夔州、万州、忠州及云安监划归荆南管辖。后唐皇帝李存勖同意了高季兴的请求，但是诏书却并没有颁发。其实，同意将这几个州划归高季兴管辖是当时后唐门下侍郎豆卢革和同门下中书平章事韦说定议的。这个豆卢革多年前曾到过江陵，受到过高季兴的恩惠。此后，高季兴常年暗地里给豆卢革贿赂，令他在后唐为荆南谋取利益。高季兴多年的用心，在此时得到了回报。虽然这时高季兴得到的只是后唐皇帝李存勖口头的同意，但是这个口头的同意为高季兴后来的进取埋下了伏笔。

这年四月，梁震将前陵州判官孙光宪推荐给高季兴。孙光宪字孟文，富春人，从小爱读书好学，年纪渐长，以才学名乡里，唐时成为陵州判官。唐亡后，孙光宪避乱江陵，因才略被梁震赏识。梁震知道孙光宪不仅精通儒学，宅心仁厚，而且气度、胆略非一般人可比，所以才放心地推荐给高季兴。高季兴任命孙光宪为掌书记。当时，高季兴打算攻打楚，正大力制造战舰。孙光宪进谏道，荆南百姓刚刚才有喘息之机，如果再与楚交战，恐怕会发生大乱。高季兴听了孙光宪的进谏，便放弃了攻打楚的计划。

就在这个月，后唐皇帝李存勖被弑杀。李嗣源成了后唐的新皇帝，改元天成。

李嗣源即位两个月后，高季兴再次上表请求将夔州、万州、忠州、归州、峡州五州交由荆南统辖。后唐的大臣们认为当年高季兴虽然帮助后唐出兵蜀国，但是并没有建功，不该将五州之地交给荆南统辖。李嗣源心中也不愿意将五州之地交由高季兴管辖，但是由于五州之地是先帝李存勖许诺给高季兴的。天子不可失信于天下啊！李嗣源虽左右为难，但最后碍于面子，不得已才同意了高季兴的请求。然而，为了实现对五州的实际控制，李嗣源保留了直接任命这五州刺史的权力。

后唐天成二年二月，高季兴在得到了夔州、忠州等州统辖权后，请求后唐不要往这些地方派刺史，而由他直接任命子弟来担任刺史。真是得寸进尺啊！李嗣源对高季兴恨得有点牙根痒痒。他当然不同意。

高季兴见后唐朝廷不认可自己的请求，心下大为恼怒。正好这时夔州刺史潘炕罢官，高季兴于是乘机率兵进攻夔州，杀了驻军，占据了夔州。

李嗣源任命奉圣节度使西方邺为刺史，高季兴拒绝接纳。随后，高季兴派兵偷袭后唐的涪州，但没有成功。

当初后唐灭蜀之时，魏王继岌曾派押牙韩珙将蜀国的珍宝金帛沿长江运往内地，高季兴在峡口杀了韩珙等十余人，将所有的珍宝抢掠到了江陵。此时，后唐皇帝李嗣源见高季兴得寸进尺，竟还敢进攻涪州，便将旧事重提，责问高季兴。高季兴上表回答说："韩珙等人乘舟下三峡，逾越险阻，超过数千里，最后不幸翻船溺死，这应该向水神问责。"

李嗣源见书大怒，下诏削夺了高季兴的官爵，并且召集兵马，大举进攻江陵。这次进攻荆南，后唐也下令湖南出兵助攻。李嗣源以山南东道节度使刘训为南面招讨使、知荆南行府事，以忠武节度使夏鲁奇为副招讨使，率四万步骑兵南下征讨高季兴。同时，李嗣源又命东川节度使董璋为东面招讨使，新夔州刺史西方邺为副，率领蜀地兵马自三峡而下，又再次联合湖南军，以便三面夹攻高季兴。但是，董璋虽然接受了命令，却畏惧高季兴的威名，而迟迟不出兵。

这样一来，实际上是北、南两路大军进攻荆南。刘训兵临江陵。马殷派都指挥使许德勋率领水军屯守岳州。

高季兴心知江陵兵少，与后唐军正面交锋，凶多吉少，便坚壁不战，暗中向吴人求援。吴担心江陵一失，后唐锋镝南下，很快派出水军前往支援。

高季兴得到吴人水兵的援助，遂展开了艰苦的防守战。其时已是春三月，江陵地区下起了连绵的大雨。荆南、后唐双方的将士在多雨潮湿的天气中艰苦鏖战，病倒的人越来越多。后唐主将南面招讨使刘训也病倒了。四月，入夏，天气渐热。唐主李嗣源见江陵久攻不下，便派了枢密使孔循来视察攻战事宜。

孔循在五月时到达江陵。在他的督促下，后唐军再次向江陵发起了数轮进攻。荆南军在吴人水军的支援下，苦守江陵城。孔循见江陵城久攻不下，便派人入城游说高季兴。高季兴对说客不屑一顾，将其轰出了江陵城。

李嗣源为了激励大军攻战江陵，又派遣使者带着大批夏季战服前往湖南行营。但是，这些赏赐并没有给刘训的大军带来多大的激励，大军久攻江陵不克，士气低落。

李嗣源知江陵短期内不可能攻下，恐发生兵变，不得已只好下诏令刘训班师。

就在这期间，楚贡使史光宪自后唐归返，唐主李嗣源赐给楚王马殷骏马十匹、美女二人，由史光宪护送南下。使团过江陵，高季兴令人将史光宪扣下，夺取了李嗣源赐给楚王的礼物。高季兴于是派使者带着夺来的礼物，向吴表示，愿意举镇归附于吴。当时吴的重臣徐温向吴主进谏说："为国者要务实而去虚名，高氏事唐已久，且洛阳离荆南很近，唐人进攻它很容易，我们要救荆南，以舟师斥流而救之是非常艰难的。如果让荆南向我们称臣而不能援救它，难道可以无愧于心吗？"吴王听了，便只接受了贡物，但婉拒了高季兴以荆南向吴称臣的请求。

六月，西方邺借高季兴守江陵元气大伤无暇西顾之机，在三峡地区打败了高季兴的荆南军，随后重新夺取了夔州、忠州和万州。

唐主李嗣源下诏令西川军防守夔州。当时，已经是后唐西川节度使的孟知祥得诏后大喜，知道这是自己扩大势力的好机会，便立刻命名将左肃边指挥使毛重威驻守这三个重镇。李嗣源的这个决定，为又一个枭雄——孟知祥的崛起创造了机会。七年后，孟知祥被后唐封为蜀王。封王后次年，孟知祥在成都称帝，国号蜀，史称后蜀。

这年六月，还发生了一件大事。湖南王马殷借助攻荆南之功，向后唐皇帝请求建立行台。于是，后唐皇帝封马殷为楚国王。但是，为了制约马殷，李嗣源也同意了有司的建议，封马殷为楚国王的礼文，不用国王之制，而用三公之仪，分封文书用竹册。秋八月，后唐派册礼使、尚书右丞李序与右拾遗曹琛到了潭州。马殷令客司先同朝廷使者商议谒见自己的礼节。客司官员认为应该参照之前后梁朝廷使者来湖南的礼节，使者到湖南应以出使邻国相待，对马殷应自称臣，呼马殷应为殿下，称呼马殷的幕府官员应用丞、郎、给、舍之类。李序、曹琛不同意。曹琛说道："湖南一令公向朝廷称藩，天子使者到了湖南怎么能够向令公自称为臣呢？如果湖南不受我唐朝廷的册封，那就任你所为吧。"湖南客司无奈，只好默认。李序于是向马殷授朝廷的朱书御札，宣布朝廷准许马殷在湖南开国立台，制设官署，准许马殷用一半的天子仪仗。李序、曹琛见马殷，则称马殷为公，称呼马殷的幕府中的学士、舍人等，则用判官、书记等头衔。

但是，马殷得到朝廷的册封，便名正言顺地得到了实际的利益。是月，马殷正式开国，以潭州为长沙府，建造了宫殿，设置了百官，一切都参照天子制度，只是对某些职官与文书名号稍加改动。比如，翰林学士改叫文苑学士，知制诰改叫知辞制，枢密院改叫左右机要司，官员称呼国王叫"殿下"，发布的诏令叫"教"。

马殷开国后，以弟马賨为靖江军节度使，子马希振为武顺军节度使，次子马希声为武安军节度副使，判长沙府。以姚彦章为左丞相，许德勋为右丞相，李铎为司徒，崔颖为司空，拓跋恒为仆射，马珙为尚书，张瑶、张迎判机要司，潘起为吏部侍郎，何致雍为户部侍郎，黄损为兵部侍郎。凡是管内官署都称"摄"。

后唐天成二年七月，唐主李嗣源升夔州为宁江军，以西方邺为节度使。高季兴断了楚向后唐的贡路后，李嗣源对高季兴的反叛非常恼怒，开始秋后算账，将此前夔州、忠州等五州之失归罪宰相豆卢革、韦说，诏令陵州、合州两州刺史监督豆、韦二人自尽。

这年冬天，白雪纷飞之日，高季兴登上了刚刚建好的江陵内城东门城楼，极目远望，但见江水浩荡，大地白茫茫一片。想到于四战之地立足之艰难，高季兴不禁感慨万千，热泪纵横。

"此楼就叫江汉楼吧！"高季兴扭头对陪着他登楼的功臣倪可福

说道。白色的须发在大风中飘动。如今的高季兴已经是七十岁的老人了。

"江汉楼。好！好名字！"倪可福闻言大赞。

高季兴昂首迎着风雪而立，沉默了许久，指着城西方向，说道："我死之后，还请将我葬于城西龙山乡。"

倪可福一愣，呆了片刻，说道："是！"

高季兴看了一眼倪可福，说道："之前因修城之事仗责于你，实在是为了立威以取信啊。我再次向你赔个不是。"

倪可福听了，心头一热，眼眶中已然泪水充盈，一时间竟然无言以对。

"人生如此，何其快哉！"高季兴说罢大笑。

笑声中，鹅毛大雪纷纷而下，将埋藏着无数英雄豪杰的江汉大地吞没在无边无际的白色中。

次年三月，楚派六军使袁铨、副使王环、监军马希瞻率领水军进攻江陵。马希瞻先行到达刘郎洑，将战舰埋伏在水港两边。高季兴见楚兵进犯，率兵出击，与楚军大战于刘郎洑。马希瞻早早埋伏下的战舰骤然冒出，横击荆南水兵。荆南水军仓皇之间招架不住，败阵而退。楚兵大进，逼近江陵。高季兴见形势不妙，请求将史光宪放回楚国，以求和平。楚六军副使王环向六军使袁铨献言接受了高季兴的条件。楚王知道了，责问王环为何不趁机攻下江陵。王环说："江陵在中朝、吴、蜀间，四战之地也，应当保存它，让它成为我们的屏障。"楚王闻言，以为是，便不再怪罪王环。

四月，吴将苗璘、王彦章会同荆南军攻击岳州，结果被楚兵打败。

六月，高季兴再次举荆州、归州、峡州三镇请求归附于吴。高季兴之子高从诲切谏劝阻，高季兴不听。

这年是后唐天成三年，吴终于同意了高季兴称藩的请求。高季兴被吴封为秦王，用吴帝杨溥年号乾贞。然而高季兴向吴称藩让后唐主李嗣源大为震怒，其于九月以武宁节度使房知温兼荆南行营招讨使，知荆南行府事，同时令诸道兵马在襄阳回合，准备进攻江陵。

后唐军准备大举进犯令高季兴忧心忡忡，很快病倒了。

十二月乙卯这天夜晚，出现了月食。高季兴将高从诲叫到病榻前，命他权知军府事，将统治荆南的责任交给了他。高季兴又将身边第一谋士梁震叫到病榻前，拉着他的手，请求他多多辅助自己的儿子从诲。

这月的丙辰日，高季兴在病榻上突然坐起，冲儿子从诲吟道：

> 霢雨潇潇，风吼如斫。
> 有叟有叟，暮投我宿。
> 吁叹自语，云太守酷。
> 如何如何，掠脂斡肉。
> 吴姬唱一曲，等闲破红束，
> 韩娥唱一曲，锦缎鲜照屋。
> 宁知一曲两曲歌，曾使千人万人哭。
> 不惟哭，亦白其头饥其族。
> 所以祥风不来，和风不复，
> 蝗兮蠈兮，东西南北。

吟罢，高季兴长叹一声，断断续续对从诲道："这是贯休和尚当年经过江陵时，赠给我的一首词，名曰《酷吏》。我一生戎马倥偬，以军事为务，对百姓疾苦少有关心。人谓我入觐洛京、劝唐伐蜀乃两大失策。如今想来，这不问民间疾苦，或是最大的失策啊！你主荆南，好自为之啊！"说罢，高季兴连连出气，再也没有吸入一口气。转瞬间，这位于四战之地、将纵横之术与铁血征战并用而艰难生存的一代枭雄便撒手人寰了。

高季兴死后，他的儿子高从诲承袭了他的爵位。高从诲的出生极富传奇色彩。其父高季兴在其出生之时还叫高季昌。高季昌夫人张氏，每次出征，高季昌都带着她。有一次兵败后的夜晚，高季昌带着夫人张氏落荒而逃，进入一个深渊。当时，张氏已经怀孕数月，又饿又累，靠在土崖脚下，一会儿便睡熟了。高季昌呆呆地盯着张氏的大肚子看了许久，眼光滑过她那张美丽丰腴的脸，心中不禁疼痛万分。他很清楚，即使明早她醒过来，也不可能跟着部队奔逃了。他想将张氏留在当地，又怕她落入敌手遭受蹂躏。他几次举剑欲刺死正在梦中的爱妻，可是每次都于心不忍。最后，他在张氏头顶的土崖上连刺数剑，心中暗想，不如让土崖坍塌下来，将心爱的人掩埋在梦中吧。可那土崖竟然直到张氏天明从梦中醒来也未塌陷。高季昌心中又惊又愧，看着爱妻隆起的肚子，一时百感交集，涕泪淋漓。高季昌含着眼泪，将张氏扶上自己的战马，带着残兵，继续奔逃，终究是大难不死。不久，张氏产下高季昌的长子，高季昌为孩子取名"从海"。

"为何取这个名字？"张氏问道。

"希望他能够听从良好的教诲，心中培养起高尚的品德啊！"高季昌嘴上这样答道，心中想着自己曾经想借土崖活埋自己的爱人，默默地对自己说："这也是对我自己的劝诫啊！"

吴帝封高从海为荆南节度使兼侍中。高从海做了节度使后，担心后唐因为自己归附吴而发兵前来讨伐。他对僚佐们说道："后唐离我们荆南近，而吴的军政中心离我们很远，我们荆南舍近而臣远，并不聪明啊。"僚佐们知道高从海原来便反对高季兴归附吴，听了这话，当下便都点头称是。可是，高从海担心，如果这时要直接转而归附后唐，显得朝三暮四，出尔反尔，恐怕后唐也不会答应。于是，他琢磨来琢磨去，便想到了借楚王马殷来向后唐请命。于是，他向楚王马殷派出了使者，带去了厚礼。楚王马殷接见了高从海的使者，受了礼，表示愿意为荆南在后唐皇帝面前请命。高从海还给后唐的山南东道节度使安元信写了信，求他在皇帝面前保奏，荆南愿意每年重新向后唐进贡。同时，高从海又派遣神牙刘知谦奉表前去觐见皇帝，请求归附，上表自称荆南行军司马、归州刺史，进赎罪银三千两。后唐皇帝李嗣源见高从海方方面面都做得周全到位，心知高从海是诚心要归唐，便收纳了银两。后唐天成四年秋七月甲申日，李嗣源拜高从海为荆南节度使兼侍中，给的头衔与吴帝之前封给高从海的头衔完全一样。李嗣源又追封高季兴为楚王，谥号武信。于是，历史上将高季兴称为武信王。七月乙丑日，李嗣源罢荆南招讨使。从此，荆南再次奉后唐为正朔。

吴帝杨溥得知荆南又重新归附了后唐，大怒，声称要发兵问罪。后唐长兴元年春三月，高从诲决定安抚一下吴，上表给吴帝，借口说因为祖坟在中原，恐为后唐人所破坏，吴人无法及时援救，所以才重新归附后唐。杨溥见表，怒气难消，发兵进攻荆南问罪。可是，这次进攻并不顺利，吴兵很快退了回去。

后唐长兴二年春正月，李嗣源为了进一步笼络住高从诲，加封他为检校太尉兼中书令，还令他同时任江陵尹。一年后，李嗣源又赐高从诲"渤海王"这一爵位。

高从诲见李嗣源一而再、再而三加封自己，就想试探一下李嗣源心里究竟是否信任自己，便向李嗣源进贡茶叶与银两，借机请求后唐赐予荆南一些战马。李嗣源见了高从诲的上表，笑着对使者说："如今荆南是我后唐的一部分，就不用进贡咯！"于是，他便赐给荆南二十匹战马，并让使者将其直接带回荆南。

后唐长兴四年冬十一月，后唐皇帝李嗣源在雍和殿驾崩。十二月癸卯，朔日，李从厚继后唐皇帝位。

应顺元年，春正月，戊寅日，后唐大赦天下，改年号为"应顺"。壬辰日，李从厚封高从诲为南平王。

应顺元年夏天，后唐潞王李从珂自立为皇帝。后唐使臣李锑、马承翰从楚国到了江陵。他们两人刚刚出使楚，正从楚回后唐复命。李锑与李从珂有旧，到了江陵，便向高从诲吹嘘，自己一回到后唐，便会被李从珂任命为宰相。他向高从诲索要礼物，说是回后唐时替荆南代为献礼。高从诲听了李锑的大话，微笑着问马承翰，李从珂可能任命谁为宰相。马承翰沉吟片刻，说尚书崔居俭、左丞姚顗最有可能成为宰相，其次的人选可能是太常卢文纪，却并不提李锑。高从诲听了，环顾左右，哈哈大笑，取出从后唐得到的官报。原来，后唐皇帝李从珂已经任命姚顗和卢文纪为宰相。尽管如此，高从诲还是向李、马两人赠送了献给李从珂的礼物。

过了几个月，李从珂将年号改为"清泰"。

后唐清泰二年春正月的一天，有大臣在高从诲面前说起楚王马希范非常豪奢，言语之间充满了羡慕。高从诲听了，感叹道："楚王确实是大丈夫啊！"

孙光宪听了，不以为然地一笑，道："天子诸侯，礼有差等，马氏奢僭将亡，不足为羡也！"

高从诲闻言，恍然大悟，之后很长时间内，他见到孙光宪都面带愧色，感谢他提醒了自己。

这一年，年事已高的梁震知高从诲足以凭胆略周旋于诸王国之间，便再三向高从诲请求隐退。高从诲不得已，同意了梁震的请求，并为他在江陵城外的土州上筑造居室。梁震自称荆台隐士，在土州上隐居，平日里便身披鹤氅，逍遥若神仙一般。有时，他会去拜见高从诲，高从诲也常常去探望他。一个荆南之王，一个洒脱的退隐谋士，两人常常在一起斗酒欢饮，畅叙平生。梁震还在居室的影壁上题了一首诗，诗云：

> 桑田一变赋归来，
> 爵禄焉能浼我哉！
> 黄犊依然花竹外，
> 清风万古凛荆台。

后唐清泰三年，高从诲派使者前往吴，劝吴臣徐知诰代吴即帝位。

这年冬天，契丹立石敬瑭为天子，国号晋，改元天福，史称后晋。

后晋天福二年冬十月，徐知诰称帝，国号大齐。十月庚子，徐知诰派使者来荆南宣告即位。

十一月，高从诲上表大齐，请求在金陵城内置设自己的府邸。徐知诰因为之前高从诲助他即位有功，同意了他的请求。

高从诲自用孙光宪后，将他作为最重要的谋士，政事多向他咨询。十二月乙卯，朔日，傍晚，高从诲与孙光宪等人正在王府议事厅议政，忽然听得议事厅外面人声鼎沸。二人不知出了何事，匆忙走出议事厅，只见王府内的侍卫们仿佛着了魔一般，纷纷昂头看着天上。高从诲、孙光宪二人不禁大奇，也都抬头望天，只见太阳旁边出现了两道巨大的白虹。

孙光宪盯着两道巨大白虹看了一会儿，突然说道："大王，日有双虹，恐怕天下会出现双雄争斗的局面啊！"

高从诲闻言，默然，片刻后，说道："如今天下，谁为双雄？"

孙光宪听了，不语，只是摇摇头道："天机难测，大王，依在下之见，大齐那边，还是不能得罪啊！"

高从诲听了，面色不悦，低头不语。

孙光宪也不说话，随后告退。

几日后，高从诲招孙光宪议事，孙光宪托病不去，待在自己的书房中编写《北梦琐言》。

后晋天福三年春正月，甲子日，高从诲派遣庞守规前往大齐，祝贺徐知诰即位。

后晋天福四年，即939年，春二月，徐知诰重新改回原来的"李"姓，更名为"昪"，改国号为唐，史称南唐。高从诲于是派使者王崇嗣前往南唐，祝贺李昪在南郊祭祀祖先。

后晋天福五年春三月，后晋山南东道节度使安从进暗中准备谋叛，高从诲私下里依然与安从进来往。

这年，后晋翰林学士陶谷作为信使，来到江陵，贺高从诲的生辰。高从诲在江陵城东的望江楼招待陶谷。高从诲事先在楼下的江边大陈战舰，对陶谷说："唐、蜀已经很久没有向陛下进贡了，我愿意整顿兵马，大修武备，等着王师前来，愿随王师一起征讨唐、蜀。"陶谷将这话记在心里，回到后晋，向石敬瑭汇报。石敬瑭闻言大喜，派遣使者前往荆南，赐给了高从诲带甲战马一百匹。

天福六年夏四月，后晋安从进反，向高从诲借兵。高从诲知道以安从进目前实力，根本无法同后晋朝廷抗衡，给安从进写了封信，责以大义，拒绝了他的请求。安从进不听，并且散发言论，诬陷高从诲有谋反之心。谋士王保义力劝高从诲上书向后晋皇帝石敬瑭表白忠心，并且表示愿意出兵助晋征讨安从进。

大宋王朝 V 王国的命运

这年十一月，高从诲派遣使者向后晋进贡金器一百两、缎罗绫绢一百五十匹、白龙脑香二斤，还进贡了九炼纯钢金花手剑二口，以感谢后晋之前赏赐战马。此外，高从诲还进贡白银五百两，表示专门是祝贺冬至。

十二月，后晋以大将高行周知襄州行府事，诏令高从诲发兵，会合楚兵，一起征讨在襄州的安从进。高从诲派都指挥使李端率领数千战舰，浩浩荡荡助后晋军围剿安从进。

后晋天福七年夏六月，围剿安从进的战争还在进行，可后晋皇帝石敬瑭却在保昌殿驾崩了。后晋齐王石重贵成为后晋皇帝。

秋八月，高行周攻破了襄州城。安从进举族自焚。高从诲借剿灭安从进之机，请求后晋将郢州划归荆南管辖，但是石重贵没有同意。

后晋天福八年夏，高从诲在江陵城东北开凿了一个湖，命名为清风池，在湖中洲上立了一个亭，名曰"渚宫"，又在它的旁边，修了一亭，名曰"迎春亭"。

开运元年秋七月，后晋改元，大赦天下。

开运三年，契丹俘虏了后晋皇帝石重贵。

次年春正月，高从诲派遣使者去给契丹进贡。契丹赐予荆南一些战马。高从诲同时暗中派人去见太原的刘知远，劝他称帝，并请求他称帝后，将郢州划归荆南管辖。刘知远当时慨然允诺。

二月辛未，北平王刘知远即位称帝。刘知远一开始表示，不忍心改掉晋国之国号，但是自己又讨厌开运这个年号，便还用天福年号，时为天福十二年。夏六月，刘知远改国号为汉，史称后汉，年号仍旧用天福。

高从诲于是上表后汉，祝贺刘知远称帝，向后汉进贡了金华银器一千两、异纹绮锦法锦三百匹、筒卷白罗一百匹、绒毛暖座两枚、九炼纯钢手刀一口，再次向刘知远索要郢州。这次，后汉皇帝刘知远没有同意。为了安抚高从诲，刘知远赐给他一些礼物。当刘知远的使者到了江陵，高从诲因为刘知远出尔反尔不给郢州，拒绝接受礼物。

这年秋九月，杜重威反汉，高从诲趁机发水军袭击后汉的襄州。山南东道节度使安审琦率军打败了荆南的水军。高从诲又派兵攻击郢州，郢州刺史尹实又重创荆南军。高从诲见从后汉那里得不到好处，便与后汉断绝了关系，向南唐、后蜀表示臣服。

后汉乾祐元年春正月，后汉改元，大赦天下。不久，刘知远驾崩。

二月辛巳，刘承祐即位。

自从荆南与后汉断绝关系，北上的商旅无法南下，荆南境内的物资很快变得贫乏。高从诲见形势不妙，恐因物资缺乏发生民变，于是向后汉上书谢罪，表示重新臣服，恢复向后汉进贡。这次，高从诲又向后汉进贡了大量金银器、锦缎等物品。后汉皇帝刘承祐便同意了高从诲的请求，并下诏书抚慰。

冬十一月，高从诲病重，命第三子高保融判荆南内外兵马事。高保融支支吾吾答应了。这月癸卯，高从诲薨，年五十八。

过了一年，后汉皇帝刘承祐下敕书曰："已故荆南节度使南平王高从诲，宜太常定谥。"之前，都是由臣下请谥，然后由官员呈报行状，朝廷进行考功，然后才议定谥号。这次后汉朝廷下敕书要求定谥，是一个新的做法，可谓开了先例。最后，后汉朝廷给高从诲定了谥号为"文献"，因此史称高从诲为"文献王"。刘承祐又封赠高从诲为尚书令，安葬在龙山乡。此时，在后汉又担任了翰林学士的陶谷为高从诲撰写了神道碑。

高保融统辖荆南后，被后汉朝廷封为检校太尉、同平章事、江陵尹、荆南节度使、荆归峡观察使。高保融一登位，便决定让自己的十弟高保勖主持荆南军政大事。后汉乾祐二年年底，后汉皇帝派翰林茶酒使郭允明来江陵赐授礼服、钱币。郭允明令人抬着数十瓶御酒行进在队列中，其所用的车服仪仗，就像节度使一样。到了酒席上，郭允明令人上御酒。郭允明回去时，高保融以重金贿赂他。

乾祐三年春正月，后汉邺都留守郭威灭后汉，即皇帝位，建都汴，改国号为周，史称后周。高保融立刻上表祝贺郭威登基称帝，并进贡白金一千两、法锦二十匹。郭威于是加封高保融为兼中书令，同时封为渤海郡王。

显德元年春正月，后周大赦天下，改元。郭威封高保融为南平王。这月壬辰日，郭威在开封皇城内的滋德殿驾崩。丙申日，柴荣嗣位。

自郭威即位后，高保融变得日渐焦虑。他开始令人在江陵城北修建大堰，大堰修好后，引长江水形成一个长达数里的人造水域，名曰"北海"。该水域像个巨大的护城湖，挡在了江陵城的北面。

修筑"北海"大堰的过程中，发生了一件奇怪的事情。修堰的工人在地下挖出了一个造型古朴的石匣。工人不敢私藏，上交给了监工的军校。监工的军校也不敢私拿，层层上交，直至交到高保融手中。高保融见那石匣有尺余长，造型古朴端庄，锁扣异常坚固，看似非当代之物，心中大奇。怎么打开这石匣呢？里面会有什么呢？高保融所思良久，决定请博古多学的谋士孙光宪和李载仁前来。孙光宪与李载仁都不敢怠慢，很快赶到荆南王府。此时的孙光宪已经年近半百，原来的满头乌发已经花白。

高保融屏去左右，只留一个开匣的匠人和孙、李两人在身边。

开匣匠人打开石匣，只见匣子里面有一镇纸模样的石板，石板上刻着六个描金篆字：此去遇龙即歇。

"这是何物？这六字是何意？"高保融微现惊惶之色，吃惊地问道。

"当年，武信王和文献王仙逝后都安葬在龙山乡，莫非此石匣是武信王当年令人暗暗埋在地下，以做祈福之用？"李载仁犹豫地说道，声音又低又轻，几不可闻。

孙光宪两眼发愣，皱着眉，呆呆地盯着石板上的那描金六字，却不言语。

高保融见孙光宪神色有异，匆忙问道："掌书记如何看？"

孙光宪继续沉默了半晌，说道："我看载仁兄所言极是，此石匣中的文字，不过是武信王希望自己能够在龙山乡求得永世安宁的祈福之文吧，大王将它藏好，无须为外人道。"

高保融听了孙光宪的话，心中稍安，自此将石匣秘藏于王府中，从不示人。

柴荣即位后，加高保融守中书令，同时应保融之请，加其弟保勖为检校太傅，充任荆南节度副使。之后，柴荣又应保融之请，加保勖为宁江军节度使。

显德三年，后周皇帝柴荣下诏征伐淮南。高保融派遣指挥使魏璘率三千兵马出夏口呼应周军。同时，高保融派遣客将刘扶带着书信前往南唐，劝南唐向后周称臣。

二月丁亥，高保融再次向后周进贡。这次的贡物包括精心缝制的御衣，荆南出品的名刀九炼纯纲手刀自然也在进贡之列。为了向后周进贡，高保融又令官窑窑工大量烧造高足的精美瓷器，谓之"高足椀"。孙光宪力谏："高足之器，根基不稳，徒娱眼目，易败风俗，不宜大量制造也！"长期与孙光宪不和的李载仁在"高足椀"问题上，罕见地站在了孙光宪一边，力谏高保融停止制造这种造型的瓷器。可是，高保融在这个问题上，却异常坚持，两位谋士的意见，他根本不听。一时之间，民间瓷窑也纷纷仿造"高足椀"。"高足椀"于是在荆南地区风行开来。

显德四年春二月，天气乍暖还寒之时，后周皇帝柴荣发大军开始征讨淮南。

这场五代时期最为重要的一次战争，从春二月一直持续到夏五月。历史上很多著名的人物，都在这次战争中扮演了自己的历史角色。大宋王朝的开国皇帝赵匡胤也参加了这次战争，当年，他还是柴荣麾下的一名将军。

显德四年夏五月，南唐皇帝李景看出战争再进行下去南唐的局面恐怕会变得更加糟糕，便通过高保融，向后周送去了表示臣服的书信。

六月，高保融派使者前往后蜀，劝后蜀皇帝向后周称臣。后蜀皇帝不予答复。

这年冬天，高保融再次写信给后蜀皇帝，劝他向中朝称臣。就在高保融给后蜀皇帝去信不久，柴荣下令大军讨伐后蜀，高保融于是请以荆南水军自三峡进攻后蜀。柴荣见高保融忠心耿耿，下诏对他大加褒奖。

高保融为了赢得柴荣的信任，上书说仅仅进贡荆南的器械、金帛等地方特产，不足以表示忠诚，于是派遣自己的弟弟高保绅入朝觐见柴荣。实际上，高保绅是以人质身份前往后周京城开封的。柴荣见高保融如此忠心，便将泰州地区每年提供的三千石盐拨给荆南的五千牙兵。这五千牙兵的设置，开始于武信王高季兴时期，最初是由后梁拨给食盐，后来时局动荡，政权更迭，荆南只能勉强自己为五千牙兵提供食盐。柴荣此举，可谓是对高保融给予了充分的信任。

后周皇帝柴荣于显德六年夏六月癸巳日驾崩。七岁的皇子柴宗训继位。

少年皇帝柴宗训加封高保融为守太保。

这年，高保融上奏后周，为长子高继冲赢得了荆南节度副使的头衔。

建隆元年春正月，发生陈桥兵变，赵匡胤受周禅，改国号宋。中国历史上最重要的王朝之一——宋朝诞生了。[1]高保融日益担心朝廷要征伐荆南，一年内三次进贡。赵匡胤加高保融为守太傅，爵位盛极。

建隆元年秋八月，高保融重病而死，年仅四十一岁。高保融去世后，也安葬在龙山乡。龙山乡于是有了高氏三王墓。高保融去世的消息传到开封，赵匡胤废朝三日，派遣仪鸾使李继超前往荆南赠送丧葬用品，又令兵部尚书李涛、兵部郎中率汀持节册赠太尉，谥贞懿。

高保融去世后，高保勖权知军府事。随后，赵匡胤拜高保勖为荆南行军司马、宁江节度使。


赵匡胤虽然拜高保勖为荆南行军司马，相当于继续承认荆南相对于中央王朝的地方小王国的地位，但他已许下了统一天下的宏愿，对于荆南这个小国王，也已下定决心，等到时机成熟，一定要将它统一到王朝内部来。如今，高保寅来朝贡，赵匡胤令人务必好好招待，以期通过高保寅找到统一荆南的门径。

---

① 赵匡胤陈桥兵变的故事可见《大宋王朝：沉重的黄袍》。

　　江陵城北的人造大湖——"北海"必须填平！赵匡胤最终决定让高保寅将这个命令带回了荆南。理由是此人造之湖，阻碍南北商旅的往来。但是，赵匡胤真正的用意，乃是消除可以阻碍步骑兵进攻江陵城的障碍。可是，高保寅回去后，高保勖故意拖延，此事一直议而不决。

卷

二

# 一

赵光义轻轻推开门进了屋，一眼便看到小梅正斜倚在榻上。

小梅见到赵光义，露出妩媚的笑容，从榻上起了身，飞快迎了上来。

"怎么一脸不开心的样子呢？大人，出什么事情了吗？"

"今日公务繁忙，有点累了。"赵光义一边回答，一边走到床榻边，斜靠着床榻躺了下来，将一条腿屈了起来，随意地踩在了床榻上。

"我去烧点热水，给你洗洗脸。"小梅说着，便出了屋门，往厢房去了。

自李筠、陈骏死后，赵光义每次来与小梅相会，便总觉得心里有一个疙瘩。去年，小梅帮他出了主意，暗中将皇子小德昭要从泽州回京城参加杜太后寿宴的日程透露给了韩通门客陈骏。结果，导致小德昭被陈骏绑架，险些命丧泽州城头。如今，李筠、陈骏已死，知道这个秘密的，只有小梅了。赵光义几次想要下手杀小梅灭口，却终是舍不得。"小梅如此爱我，人又精明，留着她，或许对我大有用处。只是，那个秘密一旦泄露，若让皇兄知道，我可是死罪。"近半年来，每次见到小梅，赵光义就被这种想法折磨着。

这些日子，另外一个女子又闯入了他的心底。他渐渐发现，自己会在不经意间想起李处耘的次女雪菲姑娘，而且每当想起她时，自己总会不自觉地微笑起来。这令他感到非常困惑，他常常想："难道我是因为爱上了雪菲姑娘，才想要拉拢李处耘吗？还是，我是为了拉拢李处耘，而希望得到雪菲姑娘呢？莫非，我真喜欢上雪菲姑娘了？"

当他在小梅这里想到雪菲时，他的心不时会感到一种冲动，他想要挣脱开小梅的怀抱，去寻找雪菲。但是，他清醒地意识到，如果就这样抛开小梅，可能会带来可怕的后果。一个女人，为了报复，可能什么事都做得出来。如果她泄露了那个秘密，自己将死无葬身之地。而且，在一次与小梅云雨之后，他还曾将兄长赵匡胤黄袍加身的内幕告诉了她。他向小梅说起自己在陈桥兵变这一事件中的作用，多少有点在心爱的女人面前吹嘘、炫耀自己的意思。"必要时，我得杀了她！"这个阴暗的想法，像浓厚的黑云，不时从他心底升腾起来。就在方才小梅转身出屋的一瞬间，这一想法再次在他脑中浮现。

所以，当小梅端着一盆热水进屋时，他用阴森的眼神盯着小梅。不过，这眼神在他眼内也仅仅是一闪而过。

小梅并未察觉赵光义眼中一闪而过的杀机。她端着热水，走到了床榻边，轻轻地将热水盆放在床榻边的一张方凳上。

"来，擦擦脸。"小梅从热水盆中捞出热毛巾，拧干后，轻轻地为赵光义擦脸。

赵光义抓住小梅的手，从她手中轻轻夺下毛巾，扔在了热水盆中。他看着眼前这个妩媚的女子，眼光渐渐热烈起来。他在她的眼中也看到了温柔的爱怜与火热的欲望。

"你会永远忠于我吗？"他问道。这个问题，他不知问了多少次。他期待的答案，永远都是同一个。

小梅微笑着点点头，像往常一样肯定。

但是，今天，赵光义没有一把将小梅抱上床榻。他沉默了，低下头，双手抓着小梅的双手，却不说话。

"大人莫非喜欢上了另外的女人？"小梅沉默了一阵，幽幽地问道。

赵光义一听，心中"咯噔"一下。

"她竟然能够看穿我的心思！"他吃惊地盯着她，感到有些意外。

他轻轻放下了小梅的双手，盯着小梅的眼睛，淡淡地说道："不，没有。”

他对小梅说谎了。

“但是，我确实是想得到一个女人。”他继续说道。这句倒是真的。

“因为，她是李处耘的爱女，得到了她，我就可以得到李处耘的支持。你懂吗？”他又用平静的语气补充说道。这句话，也是真的。但是，这句话，掩盖了他对雪菲姑娘的爱。

小梅坐在床榻的边沿上，静静地看着赵光义，眼中充满了奇异的神采。她缓缓俯下身子，用双手搂住了赵光义的脖子，脸温柔地贴着他的脸。

“谢谢你告诉贱婢这些。其实，你根本不必说的。”小梅心中被一种奇妙的温柔笼罩着，想起之前赵光义向她透露的陈桥兵变的内幕。“他是真心喜欢我，否则，他不会跟我说这些。其实，即便他喜欢别的女子，我又能拿他怎样呢？”小梅心里这样想着，将赵光义搂得更紧了。她知道，自己怀中的这个人，正试图通过努力改变某些东西。尽管她不懂天下局势，也不懂朝廷政治，但是，天生的敏感让她意识到，自己怀中的这个人，心中怀抱着巨大的野心。她知道，他一定会干出更大的事业。她真诚地希望，自己能够永远陪在他的身边，她渐渐不再满足只拥有他的身体，而是期望能够将他的思想，如同他的身体一样，纳入自己的身体。她感受到了他背后那个巨大的世界，她希望自己能够对那个世界了解更多、更透，与他在一起寻找更为火热的、激动人心的感受。

她感到他呼出的热气。他的手，缓缓解开了她的衣带……


小梅躺在赵光义的臂弯中，她的脸，贴在他的胸膛上，能够感受到他心脏强有力的跳动。

“为啥还闷闷不乐？”她轻轻问道，微微仰起脸。

“没有啊，有你在身边，我很开心。”他说道，尽量使自己老练冷淡的声音多一些温情。他知道，这句话，并非完全是假的。他沉湎于小梅温软的肉体，在与她的交合中，他可以让自己放松。他喜欢这种感觉，温暖的感觉，如同最甜美的梦。但是，当他安静下来时便感到一股阴冷的气息，渐渐侵袭着他的心。怀疑，他依然怀疑小梅。他担心这个女人，可能会背叛他，泄露他最重要的秘密。

"别骗人了。看着你的脸色，就知道你不开心。你想要得到她。那个姑娘。"

"谁？"

"李处耘的女儿啊。"

"不，我想要争取的是——李处耘的支持。"赵光义说道。这句话，一半真，一半假。尽管之前他说过同样的话，但是，这次的语气比之前更加坚定。

小梅在他的耳边轻轻吻了一下。

"大人神通广大，难道会被这件事难住吗？"

"要争取李处耘，最好的办法就是与他联姻，让他将爱女雪菲嫁给我。可是——"

"雪菲？她的名字叫雪菲？"小梅的声音中包含了一丝苦涩，如同一只小猫在泥泞的土地里踟蹰。

"可是，她已经心有所属了。"赵光义没有直接回答小梅的问题。

"你喜欢她了！"小梅语气稍稍有些变化。又多了一丝幽怨。

"不，我不喜欢她。"赵光义冷冷地说道，"我的动机，就是要争取到李处耘，这只不过我的一个策略罢了。这个人，以后对我，将大有用处。"他在心里这样暗暗对自己说。可是，这时，雪菲姑娘的脸，她的笑容，徐徐浮现在他的脑海中。他感到一阵温暖，同时也感到了一阵刺痛。"不，我不能爱上她。这应该是我的策略。"他再次提醒自己。

小梅仰着一张娇媚的脸，静静地看着赵光义。赵光义的眼睛，却茫然地盯着前方，眼光穿过烛光与黑暗搅和在一起的黏稠混沌的混合物，落在那繁复精美的窗棂上。

"大人是要对付那个人吗？那个雪菲爱上的人。"小梅的手指如羽毛一般抚摸着赵光义的前胸，轻轻地问道。

赵光义的嘴角抽动了一下，却没有回答。

# 二

王承衍、周远、高德望三人装扮成南唐使者唐丰的护卫，随着二十来人的南唐使团一起出了京城开封，取道宿州、濠州，往东南方向行去。

王承衍第一次见到唐丰时，稍稍有些吃惊。在他的想象中，胆敢在当时局面下出使大宋的南唐使者唐丰一定是个彪悍冷峻的人。可是，见到了唐丰，王承衍才发现，这位使者，不过是一个文弱书生——年纪约莫二十岁左右，秀气的瓜子脸，白白的脸皮，嘴唇上有一抹淡淡的胡须，神色看起来很温和，话也不多。王承衍不知，南唐主正是看中唐丰的年轻儒雅，才决定令他出使大宋的。

回程最初一两日，唐丰几乎都坐在马车里，偶尔掀开车厢的布帘子，沉默着看王承衍、周远等人几眼。除了下车吃饭的时候，还有夜晚下榻驿馆和早晨出发登车过程中必不可少的一些寒暄，他很少同王承衍等人说话。

第三日中午，他们行至一个山头，唐丰下车吃完午餐，便一个人站在山头往南远远凝望。呆立了片刻，他缓缓坐在身旁的一块大石头上，继续看着南方。在山头的南面，是连绵起伏的群山。如海浪一般涌动的白色浮云下面，露出几处山坳。山坳里的村庄隐约可见。村庄内外，分布着一些泛着水光的稻田。有条河流在群山之中蜿蜒，在午后太阳的照射下，仿佛一条闪亮的银色缎带。有一些黑点在山坳里缓缓移动，还有一些黑点似乎散布在水田里面一动不动。但是，如果仔细看去，这些黑点还在水田里慢慢地移动着。

唐丰静静地望着眼前的风景，想念着亲人，思索着南唐的命运，不禁有些黯然神伤。南唐的前途将会怎样呢？我的亲人们将面对着什么样的命运啊？一连串的问题在唐丰的思绪中沉浮着。

王承衍见唐丰神色黯然，便冲周远使了眼色，两人一起走近唐丰身旁。

"过不了多久，便可到南唐，何故郁郁不乐？"王承衍问道。

唐丰扭头看了王承衍一眼，微笑了一下，抬手指了指脚边的一株植物。

"瞧，是藜藿菜，小时候，我常常与伙伴们一起采来当菜的。"

王承衍听了，不禁一愣，他自小生长在大将之家，为了给行军打仗做准备，对野菜倒是略有所知。但是，他没有想到唐丰会岔开话题，而突然提起小时候。

"是啊，不错的野菜，在野外若饿极了，靠它可以充饥。"周远见王承衍发愣，便接过话茬回应道。作为杀手，他于野外藏匿度日时，是吃过藜藿的。

"你也吃过？"唐丰看了周远一眼。

"嗯。"周远点点头。

唐丰此时伸手摘下一片藜藿叶子，充满感情地瞧着它。嫩绿，卵形，锯齿状的边。

"在我们南唐，野外，藜藿四处都有哦。"唐丰将叶子微微举了一下，幽幽地说道。

"是思念家乡了吧？"周远说道。

"我看你不像中原人士，你的家乡在哪里？"唐丰反问道。

周远微微吃了一惊，答道："不错，我的家乡，在遥远的草原上。"妻儿的容貌倏然在周远的眼前闪了一下。

唐丰将目光在周远忧郁的脸上停留了一下，缓缓地点了点头。

"周兄可有妻儿，他们是在草原上等你吗？"唐丰问道。

王承衍没有想到唐丰会有此一问，这个问题显然会触动周远心头的伤疤。他担心地看了周远一眼。

周远沉默了一下，淡淡说道："他们都被人害死了。"

唐丰吃了一惊，沉默着低下了头。

"我迟早会为他们报仇。"周远一字一顿地说。

唐丰听了，抬头看了一眼周远，嘴唇动了一下，似乎想说些什么安慰的话，却终于没有开口。

就在这一刻，周远从唐丰的眼中看到了同情。

静默了好一阵，唐丰才缓缓说道："与周兄相比，我是多么幸运啊。我的妻子，正在金陵城内等着我。"

"我们一定会将你安全护送到金陵的。"王承衍神色坚定地说道。

"你很快就会见到家人的。"周远说道。

唐丰看了看王承衍和周远，脸上露出感激之情。

这番简单的对话，拉近了唐丰与王承衍、周远之间的距离。这番简单的对话，也在彼此的戒心之中播下了一颗友谊的种子。在随后的日子里，这颗种子在他们的心里不知不觉地渐渐发了芽。

这日，南唐使者唐丰一行出了濠州，继续往东南行进。时值初春，道路两边的丘陵与山头一片新绿。在连绵不断的大片绿色中，点缀着粉红色的桃花、金色的连翘以及很多不知名的色彩缤纷的野花。但是，这欣欣向荣的初春景色却无法使王承衍轻松起来。他知道，自进入濠州以后，周围隐藏的危险会渐渐多起来。在美丽的山谷中，在秀美的原野上，嗜血的利刃随时有可能像饥饿的鬣狗，从被人忽视的阴影中冲出来，将他们撕碎。因为，一进濠州，就意味着进入了旧淮南道的边界。明媚的春光无法抹去不久之前在这片土地上发生的苦难与悲剧。

后周末年，周世宗出兵南唐，从南唐手中夺得了淮南十四州之地。两国间惨烈的大战，让无数仇恨逐渐堆积叠加起来。一方面，淮南当地很多无辜的百姓死于这场战乱，宋朝继承了后周对淮南十四州的统治，便在很大程度上也继承了当地一些死难者亲人对后周的仇恨。另一方面，同样有很多后周的战士死于淮南之战，这些死难者的亲属中也有不少人对南唐人怀着刻骨仇恨。这次南唐使者唐丰，作为南唐使者出使宋朝，是以公开的国使身份出行的。王承衍担心南唐使团会遭到当地仇视南唐的人的袭击，心中自然不敢放松警惕。

王承衍将自己的担心告诉了唐丰，让他也督促使团的其他护卫提高警惕。周远、高德望两人听了王承衍的担忧，也不敢怠慢，一路上睁大了眼睛，留意是否有可疑的人出现。

他们一路行去，离滁州越来越近。过了滁州，就离南唐都城不远了。一想到马上就要进入南唐地域，南唐使团的情绪渐渐高涨了起来。能够安全返回家乡，开心喜悦乃是人之常情。王承衍、周远、高德望三人受到欢愉情绪的影响，心情也一下轻松起来。

可就在快要到滁州地界的时候，周远突然凑到王承衍身边，低声耳语道："我总感觉哪里不太对劲儿。怕是要出事。"

"怎么了？周兄发现什么可疑之处了？"王承衍知道周远江湖经验丰富，听他这么一说，心弦不禁一下绷紧了。

"你看，那个推着独轮车，正往这边慢慢走来的人。看他的手，很大，却白皙。肯定不是农夫。可是，他推的独轮车上，却载着新鲜的菜蔬。"周远轻声道。

"果然可疑。幸好只他一人，咱见机行事即可。二狗子，咱小心护卫唐丰。"王承衍不忘扭头提醒行进在队伍另一侧的高德望。

高德望面色凝重地点了点头。

王承衍一抖缰绳，胯下的马快走几步，走到了唐丰乘坐的马车之前。他头上戴着的银盔和露在战袍外的锁子甲在午后的阳光下反射着刺眼的光。

周远则骑马往唐丰的车厢贴近了一步。

转眼间，那个推独轮车的人走到近前，当经过使团队伍时，他侧了一下头，眼睛好奇地往唐丰所在的马车车厢看了看，脚步慢了下来。

"快走！快走！"使团的一个护卫冲那个农夫喝道。

那个农夫听了呼喝，便加快脚步，推着独轮车继续往前走，手上没有任何动作。

什么事情也没有发生！

"难道是我多疑了？嗯，或许只是个菜贩子吧。"周远稍稍松了一口气，右手紧攥着腰刀的刀把，心中却暗暗感到奇怪。莫非我的江湖直觉出了问题？他有些沮丧。

那个推着独轮车的农夫，经过使团队伍后，带着奇怪的眼神回头看了两眼，便走远了。

南唐使团一行，平安无事地又行了一段路。前面的山峦渐渐高了起来，道路也变得弯弯曲曲了。道路两旁，树林变得越来越密。

"过了这座山，就是滁州了。希望不会出什么事情。"王承衍心中暗想。他骑着马，不紧不慢地行在唐丰的马车旁边，眼睛警惕地盯着前方，不时还瞪大眼睛、皱着眉头看看两旁的密林，仿佛随时会从中蹦出怪物一般。

忽然，使团一行的后方，远远传来"嘚嘚嘚"的马蹄声。马蹄声由远及近，似乎奔得很急。在寂静清幽的山谷中，这阵马蹄声给众人造成了巨大的心理冲击。

众人神色一凛，纷纷扭头往后看去。唐丰心中也是忐忑不安，忍不住掀开马车车窗的帘子，往来路张望。

不一会儿，只见从来路的山头背后，绕出一匹马。马上的骑者，竟然是一个年轻的女子。那年轻女子穿着一身湖绿色的箭袍，腰上系着明黄色的腰带，肩披一件浅紫色的大氅，一副明丽活泼的模样。

王承衍、周远、高德望三人一见女子骑马出现在来路上，都是大吃一惊。

只听得那年轻女子在后面嚷道："等一等！"

王承衍皱了皱眉头，自言自语道："她怎么来了？"

那骑马赶来的正是李处耘之女李雪菲。

雪菲骑着的马，不是一般的马，是那匹赵光义送给她的汗血宝马。此马飞奔起来如闪电一般迅疾，转眼便奔到王承衍的跟前。

"你怎么来了？"王承衍一脸严肃地问道。

"为什么我不能来呢？我就是想跟着承衍哥哥去南唐耍耍，听说金陵城的繁华，比开封有过之而无不及，有这么好的机会去玩，我可不想错过哦！"

"胡闹！对了，你怎么知道我们要去金陵？"王承衍皱着眉头问道。

"对本姑娘来说，这有何难。我没告诉你吧，陛下可是自小看着我长大的'伯伯'，对我可好啦。我知道承衍哥哥见过了陛下，便找借口去看望陛下，顺便从陛下口中套出了你们的去向啊！哎呀，承衍哥哥，干吗皱眉头呢，你不要生气嘛！这路也不是你一家走的。你若不高兴，我自个去金陵就是了！"雪菲嘭了嘭嘴，把手上的缰绳一抖，装作想要纵马前行的样子。

王承衍见了，一把扯住雪菲手中的马缰绳，说道："雪菲姑娘，你别再胡闹了。你可知，此行对我大宋与南唐两国意义重大，而且此去南唐，路上也不安全。这样吧，你就跟着队伍走吧。但是，别乱来哦！"

"知道啦，承衍哥哥！等游完了金陵，我还想去扬州看我爹爹呢！"雪菲嘻嘻一笑，勒了勒马缰绳。她因自己的小算盘得逞，脸上颇有得意之色。加之能够再次与心上人一路同行，她一时间仿佛被世界上所有的甜蜜包围了。

"奇怪！将军，快看前面！"突然，周远声音发涩，急促地说道。

王承衍顾不上与雪菲斗嘴，往周远指着的方向看去，只见五六个农夫模样的人挑着柴薪正往他们一行迎面走来。

"怎么了？"

"那几个人一定会功夫，绝对不是寻常农夫！"周远这次非常肯定地说道。

"大家小心了。别轻举妄动！听我号令。"王承衍压低声音喝道。南唐使团成员和南唐自己随团护卫都知道王承衍是大宋皇帝亲自指派护送使团的将军，对他的号令不敢怠慢，听王承衍这么一说，有的握紧刀把，有的握紧了大枪，做好了战斗的准备。唐丰坐在马车内，心惊胆战，暗暗祈祷不会出事。

那五六个农夫模样的人，挑着柴薪，慢慢走了过来。

"几位且住！你们几个，将担子放下。"王承衍大声喝道。

那几个农夫模样的人面露惊恐，但还是依言停住了脚步，并将柴薪担子放在了地上。

"周兄，你去检查一下他们挑的柴薪！"王承衍对周远说道。

周远下了马，抽出腰刀，慢慢走近那几个农夫的柴薪担子。没有人动。好吧。难道又是我看错了？周远大为困惑，但丝毫不敢放松。他仔仔细细地查看了每捆柴薪。他本以为柴薪堆里面会藏着刀剑，可是，里面没有任何武器。连一把小刀都没有。

查看了所有柴薪担子后，周远一脸困惑地向王承衍摇了摇头。

“你们走吧！打扰了。”王承衍愣了愣，向那几个农夫打扮的人挥挥手。

那几个人如释重负，立马挑起柴担子，匆匆离开了。

王承衍等人盯着那几个农夫，只见他们挑着柴担子渐渐走远，拐了个弯，消失在一座山头的背后。

正在众人想喘口气之时，箭弩刺耳的破空之声响起。

“不好！”王承衍惊呼一声。

刹那间，众人来不及反应，已经有几个南唐的护卫被箭弩射中，翻身落马。

“护住马车！”王承衍大声呼喝着，给出了一个非常明确的命令。匆忙间，他又冲雪菲喊道：“箭弩是从前方射来的，快下马，快躲到马车后面去。”

雪菲吓得花容失色，慌忙从汗血宝马上翻身而下，往唐丰乘坐的马车后面躲去，手中兀自牵着汗血宝马的缰绳。那汗血宝马却似乎没有被吓到，顺着雪菲的意，踱到了马车的背后。

周远、高德望与南唐使团的十来名护卫一起，纷纷护在马车的周围。几个带大盾的南唐护卫冲到马车前面，手执大盾叠成盾墙，护住要害方位。袭击者射来的箭弩一时之间威胁大减。

众人刚刚喘了一口气，只听得呼啸声大起，前方道路两侧的密林中杀出三四十人。冲杀过来的人个个都手持利刃，身上却是农夫打扮。

一时间，袭击者与处于前方的南唐使团护卫短兵相接。南唐使团的护卫们大声呼喝着，拼死抵住了袭击者的攻击。但是，袭击者个个武艺高强，且人数上略占优势，片刻间已经将南唐使团的护卫砍杀数名。

王承衍见形势不妙，暗暗着急。他纵马冲到唐丰的马车前，挥动大刀，砍杀了冲到近处的两三名袭击者。这时，他瞥见雪菲蹲在马车后面，正瑟瑟发抖。那匹汗血宝马现在不像方才那般平静了，开始狂躁地在原地打转，马儿闪光的皮毛下，强健的肌肉剧烈地跳动着。这样下去可是凶多吉少！他眉头一皱，心想："只好如此了！"

王承衍奋起挥刀，又砍杀了两名冲过来的袭击者，方才抽身纵马回到马车边。

"雪菲姑娘，得让你帮个忙了。你先骑着汗血宝马，带上唐丰，往回跑，去定远，到那里请求当地官员的保护。这马儿脚力非凡，载上你们两个，一般的马儿也追不上。你尽管往定远跑。"

"不，不，我不走，我不想离开你！我害怕！"雪菲脸色苍白，一个劲地摇头。

"你们必须先走，这里形势不妙。不过，你不用为我们担心。我们一旦杀退袭击者，便去定远找你和唐丰。快！快走！"

"那你别骗我！"

"不骗你。来，帮忙将他扶出马车来。"

雪菲帮着王承衍，将南唐使者唐丰从马车中扶了出来。唐丰早已经吓得脸色苍白，但是倒还能强作镇定，并没有慌了手脚。

"唐兄，这位雪菲姑娘先陪你去定远躲躲，我们随后回来找你们。快上这马！"王承衍言简意赅地说道。

唐丰明白当下的处境，自然也没有抗拒。王承衍将唐丰扶上那匹汗血宝马后，随即又助雪菲骑上了马，让她挤坐在唐丰的后面。

"快跑！小心啊！"王承衍对雪菲说道。

"王兄，救命之恩，在下没齿难忘。你们也小心啊！"唐丰于慌乱之际，能说出这样的重情之语，倒是让王承衍大为感动。他冲唐丰坚定地点了点头，对雪菲又嘱咐道："保护好他，保护好自己！"

雪菲泪汪汪地点了点头，抖了抖手中的缰绳，纵马往来路奔去。

那汗血宝马深通人性，主人一抖缰绳，它便立即风驰电掣般奔跑起来。

正在这时，来路的山口突然转出五六个农夫来，其中一个正是之前推独轮车的那个"农夫"，其他几个则是方才王承衍放过的挑柴薪担子的"农夫"。他们个个手持弓箭，正弯弓搭箭往这边冲过来。王承衍见状大惊，想要呼喝雪菲停住马儿已经来不及了。他不知道那几个农夫从哪里弄到了弓箭，想来可能是他们之前先在使团来路的附近藏好，然后故意再从滁州方向推着独轮车、挑着柴薪担子迎面走来迷惑使团。

这会儿，那几个假农夫从山后转出来，弯弓搭箭，准备朝着雪菲、唐丰射去。可是，他们没有料到雪菲的那匹汗血宝马奔得飞快，快得远超他们的想象。刹那间，那汗血宝马便直冲到了他们跟前。只听雪菲一声尖叫，那汗血宝马早将挡在前头的两名假农夫撞得腾空飞起。那两个可怜的家伙惨叫着跌落地面，一时间没有了声响，也不知是死是活。

未等其他几个假农夫回过神，王承衍已经拍马赶到，高举大刀，顺势手起刀落，将其中一个劈成两段，然后将刀往上一掠，刀锋闪耀处，已经砍断了一个假农夫的脖子。王承衍骑马往前冲了两丈，手中一勒缰绳，马儿转过身来，再次向两个假农夫冲去。那两人见状，匆忙将方才搭在弓上的箭射向王承衍。王承衍在马上将大刀一挥，挡开一箭，但是另一支箭却"噗"的一声射入肩头。

王承衍痛得大叫一声，但是胯下的马儿却未停脚。他在马上挥刀左右一砍，将那两个剩下的假农夫砍翻在地。随即，他忍痛将肩头的羽箭折断，纵马回冲，重新杀入南唐护卫与那群袭击者的战阵。

那群袭击者见目标已经骑马逃走，显然不想恋战。只听得当中有人大喊一声"撤！"他的同伙们听了指令，便纷纷往道路两边的密林退去。

"大伙抓一两个活口，其他不用追！"王承衍大声呼喊。

周远、高德望和南唐护卫们听了，相互配合，很快将两名袭击者围住。其他袭击者知道局势已经很难挽回，一时作鸟兽散，逃得无影无踪。

那被围的两个袭击者苦战片刻，终于被众人打落手中兵器，不得不束手投降。

"二狗子，你去查查，看那些刺客尸体上是否有暴露身份的物件，留意任何可疑之处。"王承衍对高德望说道。

高德望答应了一声，便走过去挨个查看刺客的尸体。

"该死！这箭射得够深的。是谁派你们来的？"王承衍嘟哝了一句，忍着肩头剧痛，冲着被俘的两名刺客喝问道。

那两人睁大眼睛瞪着王承衍，却不开口说话。

周远见状，走到其中一个身边，用刀抵着那人的脖子，冷冷说道："快说！我不想问你第二次。"

那人听了，扭头看了周远一眼，冷冷笑了一下。

周远见那人眼神冷静而空洞，心中暗呼不妙，正想将手中的刀撤回，可就在那一刻，只见那人脖子猛然一转，滑过刀锋，一股鲜血喷涌而出。那人一声不吭，"扑通"一声倒在地上，呼哧呼哧喘着气，喉头的鲜血汩汩涌出，流在初春的泥土上，微微冒着热气。

周远嘴上"哼"了一声，心中倒是有些佩服这名刺客的硬气。

"这样子倒也爽快。不过，你就没有这个运气了。想死，可没那么容易。我且让你尝尝生不如死的滋味。"周远将腰刀插入刀鞘，冲着另外一名被俘的刺客说道。

"周兄，不要乱来！"王承衍于心不忍，想要喝止。

"将军，他们都是冷血的杀手，不用点办法追问，他们是不会说的。"周远之前号称"黑狼"，在江湖上搏命多年，心坚如铁。

王承衍知道周远所言不虚，当下默不作声。

周远走到剩下的那名刺客身后，一把抄起那人的右手臂，握住手腕，然后一声不言地握住那人的中指，手上一用劲，用力一扳，"咔嚓"一声将那人的中指生生折断了。

那人疼得不断惨叫，豆大的汗珠从脑门上冒了出来。

"再不说，把你的手指一根根折断，手指折没了，再折手。手折没了，再折腿。"周远用平静的声音冷冷地说道。他直勾勾地盯着那人。

那人盯着周远的眼睛。他看到的只有冷静与黑暗。作为杀手，他明白这种眼神意味着什么。他痛苦地呻吟起来，似乎屈服了。

"我只知道执行命令，不知道上头是谁下令！"

"休要硬撑了。把你听到的任何细节，都说出来。"周远说道，冷冷地盯着那个刺客。

"好。我说。我说。我只是私下听到下令的人与他的手下轻声提到'今上''国主''皇子'之类的话。"

"哪个今上？哪个国主？什么皇子？"王承衍一惊，插嘴追问道。

"真不知道啊！或许是，是大宋皇帝，或许是——南唐国主，谁知道啊！如今天下多国，皇帝、国主不止一个，我们只知道拿钱办事，哪管那么多！说不定背后主谋，就是大宋皇帝呢。"

此言一出，围在一旁的南唐使者顿时大惊，纷纷将刀剑朝向了王承衍、周远与高德望。大宋、南唐，都是当时的大国，南唐人心中都担心大宋对南唐用兵。此时，这些南唐使团成员和护卫们一听可能是大宋皇帝暗中派人刺杀自己国家的使者，心中都想，这也不是不可能啊。

"你胡说什么？"周远冷然对那名刺客喝到。他的心头一激灵。莫非真是赵匡胤暗中要杀唐丰，甚至不惜让我们为唐丰陪葬？莫非，赵匡胤只不过是假仁假义，实际上与张文表一样阴险残酷？在那一瞬间，周远想到了被张文表害死的妻儿，想到了张文表之前率人围猎自己的情境。

"诸位南唐的兄弟，请冷静。等等，你再将那句话说一遍。"王承衍冲那名刺客说道。

"哪句话？"那人困惑道。

"最后那几句话。再说一遍。"

那名刺客于是将方才最后几句话又说了一遍。

"他在说谎，诸位南唐兄弟，你们听出来了吗？方才他说那句话时，是尽量在模仿中原官话的发音，可是，他的发音里，还有南人方言的痕迹。他不是中原人！如果是我大宋皇帝派人刺杀贵国使者，又何必专门去找南方之人呢？那样不是更容易走漏风声吗？要说为了保密，也没有必要这么做啊。"王承衍说道。

南唐使团护卫们听王承衍这么一说，回味方才听到的那句话，觉得其中确实有南方口音。一时之间，他们举着刀剑，变得犹豫不决，不知道该如何是好。

周远见局面僵持，当下二话不说，又扭断了那名刺客的一根手指。

"究竟是谁派你们来的？我不会再给你第三次机会！"周远面色铁青，声音变得更加冷酷了。

那名刺客痛得气喘吁吁，口中却依然说真不知道。

王承衍一听，心中暗想："看来，此次不像是谎言。"

王承衍心想："李景不会派人刺杀自己派往大宋的使者吧？当然，如果他想找借口挑起与大宋战事，或许也有可能。不过，按照李景的个性，这种可能性极小。莫非南唐七皇子想要通过这种办法破坏大宋与南唐的联盟，或者只是为了打击唐镐的势力，阻止南唐迁都。这样想来，也不是不可能。只是，此事关系我大宋与南唐的关系。

看来还得留着此人性命，从长计议。待等到了南唐，还需细细查问才是。如果真是七皇子李从善指使，这消息一旦公开，李从善或许会狗急跳墙，发动政变。李从善一直反对南唐迁都，他若得势，南唐迁都南昌估计就要作罢，这与陛下的期待大大相左，将于我大宋大大不利。如此看来，需要先封锁这个消息才是上策。如果真是李从善所为，他定然担心他父亲李景知道，必不会自己张扬。"

王承衍这样一想，便对南唐使团的成员和护卫们说道："贵国出使我大宋的使者险些被刺，此事我须得报告朝廷知悉。此事关系我大宋与贵国的关系，必须细细查清。诸位南唐兄弟，目前唐大人已经赶往定远，我等还是先接上唐大人，然后尽快赶回贵国都城复命吧。方才这名刺客所说的话，未知真假，诸位还是不要扩散为好。"

南唐使团成员和护卫们一听，觉得王承衍所言有理，便默默点头服从。他们旋即清理了道路上的尸体，一算，发现刺客死了十三人，其中包括被汗血宝马撞死的两人，而己方也有七人战死，其中有两名是使团的普通团员。为了尽快去找唐丰，他们草草在路边埋葬了尸体。

清理完战场后，为了安全起见，王承衍作出决定，与众人一起押着那名刺客，由来路前往定远。他们还未到定远，便在半路上遇到了雪菲与唐丰。两人正带着一队兵马，匆匆赶来。

原来，雪菲与唐丰两人毫发无伤地跑到了定远。定远的官员听说唐丰是南唐使者，而雪菲是淮南节度使李处耘的千金，不敢怠慢，当即派了一队人马，跟着两人往滁州方向赶来。他们与赶往定远的王承衍一行遇了个正着。

雪菲死里逃生，再次见到王承衍，不禁又与他亲近了许多。她见王承衍肩头包扎着一块衣襟，渗着许多血迹，不禁又是心疼，又是焦急。

王承衍知道雪菲的心意，笑笑，说只是一个小伤，很快会好的。雪菲听他这么一说，才稍稍宽了心。

定远的官兵将南唐使团与王承衍等人一直护送到南唐边界，方才折回。唐丰终于有惊无险地回到了南唐都城金陵。

当他们来到金陵城外前代石头城旧址时，唐丰经历被刺风险，不禁感慨万分，远望石头城残留的城墙，不禁吟诵起诗句：

> 山围故国周遭在，潮打空城寂寞回。
> 淮水东边旧时月，夜深还过女墙来。

王承衍听了，识得这诗乃是唐代诗人刘禹锡的诗作《石头城》。他从小生长在高级将领门第，父亲王审琦除了培养他的军事才能，也非常注重他的文学修养，因此从小熟读唐诗与古文。刘禹锡正是他所喜欢的诗人之一。他看了看唐丰，见他年轻消瘦的脸上笼罩着愁云，心中不禁一动：“我与他各为其主，如今共经险境，多了一份共患难的情谊，若不是我朝与南唐的关系，我们或可成为好朋友啊。人世间，因为各种原因，多少本可成为朋友之人却形同陌路，甚至举戈为敌，大约这便是所谓的世事弄人吧。”

如此想着，王承衍不禁微笑着说道：“唐兄，原来你也喜欢刘禹锡的诗啊！”

“怎么，王兄也喜欢刘禹锡的诗歌？”唐丰有些惊喜。

“是啊，我还喜欢杜牧之的。”王承衍笑着说。

“承衍哥哥，想不到你还懂诗啊！”雪菲听了，两眼闪着光，露出钦慕的眼神。

"唐兄的吟诵，倒也让我想起了杜牧之题宣州开元寺的一首诗。"王承衍说着，略一沉吟，吟诵道：

> 六朝文物草连空，天淡云闲今古同。
> 鸟去鸟来山色里，人歌人哭水声中。
> 深秋帘幕千家雨，落日楼台一笛风。
> 惆怅无因见范蠡，参差烟树五湖东。

唐丰听了，怅然道："王兄，你说，如果天下太平，没有战争该多好啊！"

"是啊！不过，无论朝代如何更迭，天云山水，古今都在啊！"王承衍轻轻叹了一声。

"王兄，我倒是非常羡慕范蠡，如果他日天下太平，我宁愿成为江湖中的隐士，或者化为落日楼台上的一笛风哦！"唐丰微笑道。

众人听了，都不觉怅然，沉浸到了对人生的思索和怀古的情绪当中。不过，王承衍想得更多。他不仅思索着那些抽象的人生意义，也用自己冷静的头脑思考着如何去完成任务。赵匡胤交给他的使命，让他感到了压力。尽管受到人生困惑与怀古情绪的影响，王承衍却一刻不曾忘记自己的使命。"无论怎样，每个人都背负着自己的使命。或许，不断承担有意义的使命，便是我人生的意义所在。我一定得完成我的使命啊！"王承衍这样想道。

唐丰因为马上便可回到故国，慢慢兴奋起来，原本路上话不多的他，竟然主动给王承衍等人介绍起金陵的文物与传奇。他对金陵的喜爱，也很快感染了王承衍、周远、高德望与雪菲。大家的心情都不知不觉地愉悦起来。于是，唐丰，这个南唐的使者，这个原本对他们来说显得陌生苍白的年轻官员，逐渐在他们心中占据了一个位置，他们之间的友谊，在不知不觉中增进了。

待进了金陵城，回到府邸，唐丰便立刻热情地将王承衍等人引见给父亲唐镐。南唐枢密副使唐镐听说王承衍是大宋皇帝赵匡胤的私人信使，不敢怠慢，便将王承衍一行四人都安排在自己的府内，叮嘱管家、仆人们好生伺候。

王承衍向唐镐转达了大宋皇帝赵匡胤的意思，敦促他务必重新说服南唐国主李景尽快迁都。唐镐对宋朝方面情报工作的效率感到吃惊。他没有想到，自己关于迁都的态度的变化，宋朝方面竟然已经通过某种渠道了解到了。这种态度变化，他只在朝会上流露出来过。这说明，宋朝的探子，已经渗入朝廷内部了。对于王承衍转达的赵匡胤的意思，唐镐并没有当场表态。他用"容我好好考虑"之语，搪塞过去了。但是，王承衍并没有给唐镐更多考虑的机会。当天晚上，王承衍便求见唐镐，经过一番长谈，向他说明了利害关系。唐镐经过王承衍的一番游说，终于下定了劝李景尽快迁都的决心。

次日，唐镐将儿子唐丰带到了李景跟前。唐丰向李景汇报了出使大宋的经过。之后，又向李景汇报了回国路上被刺杀险些遇害一事。

李景听了，好一阵子默不作声，过了好久，方才缓缓说道："唐丰遇刺一事，不得声张。这件事情，朕会亲自查问。"他第一时间怀疑的人，是自己的第七子从善。他心中暗想，莫非是从善这孩子暗中指使的？若真是他的主意，也一定是因为反对朕向大宋示好，反对朕迁都南昌府啊！他这样想着，心中颇感难过，不禁脸上露出哀伤之色。

唐镐在王承衍的游说下，已经再次下定决心催促李景迁都。他知道，如果南唐不迁都，大宋很可能在短期内向南唐施压，战争可能一触即发。他心里也明白，迁都南唐，也只是权宜之举，如果南唐自己无法重新崛起，恐怕大宋的大军迟早都会南下。但是，他已经顾不了那么多了。唐丰出使大宋带回来的讯息和王承衍的到来，使他相信，迁都南昌至少可以将南唐的危机稍稍缓解。

这时，唐镐听了李景的话，心知李景是在担心南唐内部出现争嗣之乱。

"这或许是催促国主迁都的好机会！借迁都之机立嗣，也顺理成章。只好冒险就两个皇子发表一些看法了。"唐镐这样想着。于是，他便说道："陛下，臣以为，当务之急，是赶紧迁都南昌，否则，事迟生变，一来大宋可能对我朝用兵，二来，六皇子和七皇子可能因为意见不同，矛盾激化，还不知闹出什么大事情来。”

李景神色一凛，看了唐镐一眼，眼神如同叉子一般，仿佛想要从唐镐眼中叉出什么。唐镐一哆嗦，只听李景说道：“你所言有理，朕本就想要迁都南昌，只是留恋这金陵繁华，一时下不了决心。如今看来，再不迁都，局势恐怕会变得更加糟糕。还有，立储之事，朕也考虑很久了，也该有个决定了。对了，上次你说，给六皇子献了一名女子。六皇子近来可有所反应？”

唐镐听到李景问起六皇子从嘉，慌忙回道：“禀报陛下，六皇子似乎颇为宠爱那名女子。”

“好！甚好！”李景含含糊糊地说道。

唐镐不知李景何意，不敢多言，只是拱手站立。

“是啊，该决定了！”李景看着垂首侍立的唐镐，自言自语道。

# 三

怀疑，是一种可怕的毒虫，它会将人的心灵咬得千疮百孔，让它腐烂，让它发臭；而人的心灵一旦腐烂了，发臭了，便很快会摧毁整个肌体。

自从知道唐丰被刺之事，南唐国主李景便夜不能寐，心中时时琢磨着究竟是谁在背后主使这件事。他首先怀疑的是七皇子从善，可随后又开始怀疑是赵匡胤在背后策划。杀了唐丰，然后托词说大宋国内的民意反对朝廷与南唐修好，朝廷有舆论的压力，借此进一步发动对南唐国的战争。这不是没有可能。可是他随即又推翻了这个猜测。那个被俘的刺客不是说到背后指使之人时提到过“皇子”吗？这说明事情远非这么简单。赵匡胤的儿子尚年少，应该没有能力主使这样的阴谋。这么说来，“皇子”很可能是——他想到这里的时候，身子禁不住战栗起来。难道真是我的儿子——七皇子从善或是六皇子从嘉？从嘉一直醉心诗书歌乐，一副与世无争的样子，应该不会暗中搞这样的阴谋吧？而且，这孩子自小心地善良，怎会对自己人做出如此狠毒之事呢？莫非是从善，他之前反对我的迁都之议，言辞甚为激烈，难道是他为了迁都之事，想借机杀死唐丰，打击唐镐，以此来阻止迁都南昌？从善最近与几个大臣走得很近，莫非正是他暗中策划的此事？嗯，这种可能性最大了。他随后又怀疑起南汉、吴越。所谓远交近攻，难道是这两国怕我南唐国与大宋交好后联合起来吞并它们？这也有可能。不，不对，如今大宋气势正盛，如果暗杀了出使大宋的使者，那就等于同大宋作对，一旦被发现，它们很可能惹祸上身。这种可能性并不大。最有可能的策划此事的，恐怕还是从善这个孩子。李景左思右想，将几个想法颠来倒去，最后还是将怀疑的焦点集中到了自己的七皇子从善身上。

李景对自己儿子的怀疑，成了他自己心头的一只毒虫。这只毒虫在他心里迅速长大，不断蠕动着，吞噬着他的心。李景被痛苦折磨着，觉得自己必须行动起来。在唐镐带着唐丰觐见他之后的那个晚上，他忧心忡忡地来到钟皇后的寝宫，闷声不响地坐在榻上。钟皇后见李景神色忧虑，脸色憔悴，知道一定有事正在困扰着自己的夫君。她没有立即追问，而是让侍女赶紧去热了一碗下午炖好的莲子红枣汤。

"瞧你这一脸无精打采的样子。来，喝一碗汤吧！"当莲子红枣汤端到李景面前时，钟皇后温言软语地说道。说完，她冲旁边的几个侍女挥挥手，示意她们都退出去。

李景眼神木然地盯着榻几上的天青蓝汤盅，轻轻揭开了汤盅的盖子。莲子红枣汤微微冒着热气。李景往汤盅里看了一眼，又将汤盅盖子盖了起来。

"莲子，好东西啊！"李景手指抠着自己的大腿，轻轻说着，叹了口气。

"陛下今天是怎么了？话里有话的样子。"钟皇后心里有点忐忑不安了。

"孩子们都长大了，都有自己的主意咯！"

"是啊，孩子们总要长大的。是孩子们闹出了什么事情吗？"

"不，没有。"

"那你这是怎么了？"

"近来，我常常思念弘茂、弘冀啊！"

一提起弘冀、弘茂，钟皇后不禁有些伤怀。弘冀是她的亲生儿子，显德六年时病逝了。弘茂虽然不是她亲生，却是自小得到她的疼爱的。弘茂于保大九年七月薨，年仅十九岁。

"朕后天想去看看他们两个的坟。你陪朕一起去吧。"

"清明还未到呢？陛下怎么突然想起这两个孩儿了啊！这时候扫墓，也不合风俗啊。"钟皇后说着，潸然泪下。

"马上就要迁都，朕决定在离开金陵前，去看看他们。不说扫墓就是了。"

"上次不是说不迁都了吗？"

"不，形势又发生变化了，还是尽快迁都为好。否则，还不定会出什么事情呢！"

钟皇后听了，抬起手臂，用衣袖轻轻地擦拭了一下挂在脸庞上的泪珠。

"好，后天我陪陛下一起去看望两个孩子。"钟皇后怜爱地看着李景，温柔坚定地说道。


这个清晨，有些清冷。

南唐国主李景在钟皇后、凌夫人的陪同下，带着从嘉、从善、从镒、从谦、从度、从信诸子以及严续、韩熙载、徐铉、徐锴、高越、高远、殷崇义、唐镐等近臣，或乘车，或骑马，缓缓往金陵城南行去。一些负责礼仪、祭祀的重要官员则已经先行前往。

与李景同行的官员中，不少是南唐的名臣。韩熙载就是最出名的大臣之一。韩熙载在提出铁钱之议后，被李景重新重用，官拜户部侍郎，充铁钱使，虽非宰相，却宠信有加，手握财政大权。徐铉在周师南侵后被李景重新起用，此时任中书舍人。徐锴是徐铉的弟弟，之前因为得罪权要冯延鲁，由右拾遗、集贤殿学士贬为秘书郎，李景爱其才，复召为虞部员外郎。高越与江文蔚都以赋闻名江表，时人谓之"江高"。南唐与周淮南交兵时，书诏大多出于高越之手。据说，他每次受命起草书诏，皆援笔立成，文采温丽，颇得李景赏识。高远是高越的侄儿，此时官至勤政殿学士，负责史书编修。此次去给弘冀、弘茂上坟，自然少不了高越。殷崇义时任枢密使、右仆射。南唐与周战于淮南时，书檄教诰不少出于崇义之手。南唐割让淮南后，李景派崇义入贡后周，周世宗一方面出于对他写就书檄的欣赏，一方面为了安抚李景，特用超过规格的礼仪接待崇义。在迁都之议上，殷崇义是激烈反对的。李景因爱惜崇义的才华，也不以为忤。

韩熙载特别推荐给李景的新人潘佑，也以秘书省正字的身份，随队而行。潘佑是南唐烈祖朝散骑常侍潘处常之子。潘佑性格强硬，气宇孤峻，自小立大志，少年时期闭门苦学，写得一手好文章。他经韩熙载的力荐，刚刚被任命为秘书省正字。此次他奉命随行，并没有意识到这次出行，将成为他一生中重要的转折点。

弘冀、弘茂都安葬在金陵城南五里的娄湖桥附近。弘冀是李景的长子，即文献太子。文献太子弘冀，为人刚强果敢，在世时，朝内许多人都惧怕弘冀，见了弘冀都不敢大声说话。弘茂是李景的第二子，性格不像弘冀，待人温和可亲，所以在世时，许多人都称赞弘茂。弘茂在南唐国内颇得人望。弘茂小的时候，便擅长诗歌与歌唱，所作诗歌，格调清古。弘茂容貌清秀，举止从容，十四岁的时候，便有成人的风度。李景非常喜爱弘茂，在弘茂十四岁生日的那天，任命他为侍卫诸军都虞候，并封为乐安公。有一次，李景带着少年弘茂去请当时南唐著名的木平和尚算命，木平和尚见了弘茂，说道："余不足问，所不知者寿耳。"随后，木平私下写了一幅字，献给了李景。那幅字上只有三个字："九十一"。李景见书大喜。可是，李景没有料到，弘茂在十九岁那年便病逝了。李景为弘茂之死痛心疾首，追封弘茂为庆王，将他安葬在金陵城南五里的一块风水宝地，又令韩熙载作碑文，令徐铉篆额。

这日清晨，李景与钟皇后乘坐在马车上，行进在队伍中央。后宫凌夫人则与几个宫女，另乘一车跟在李景、钟皇后的那乘马车之后。

钟皇后是六皇子李从嘉的生母，凌夫人则是七皇子李从善的生母。

路上，李景透过马车的窗棂，看着晨雾笼罩中的青绿山峦，心里如同灌了铅一般沉重。他感到车轮碾过初春松软的土地，心里想着那些已逝的和远在异地的亲人。经过内心的几番斗争，他已经下定决心迁都南昌，因此，在即将离开金陵之前，心里便涌起了无限的乡愁。

"想我兄弟五人，二弟早亡，三弟随后仙游，如今四弟都督抚州，五弟镇守百胜军，真是人鬼异途，天各一方。弘冀、弘茂两个孩子年纪轻轻，就离我们而去，想起来更是令人心碎啊！"李景眼睛看着车窗外，喃喃地对身边的钟皇后说道。他说的二弟，是景迁；三弟，是景遂。景遂是被弘冀派人毒杀的。四弟名叫景达，五弟名叫景逷。景达是李景的同母弟，与李景自小关系甚好。景逷的母亲是南唐烈祖的夫人种氏。

"弘冀是前年九月走的。这一转眼，就过去快一年半了啊。真是时光如梭呀。昨夜，臣妾又梦到这孩子啦！音容笑貌，一点儿都没有变啊！"钟皇后说着，眼泪扑簌簌地落了下来。

"弘冀立下靖难之功，是我江南国的大功臣。如他在世，我江南国或不至于迁都南昌府啊！"李景说着，叹了口气。

"这次一定要迁都了吗？"

"没有办法了啊！"

"不如将四弟、五弟都调回金陵，重兵设防，那赵匡胤难道就敢轻举妄动吗？"

"唉，谈何容易啊！四弟自淮南败绩后，就一蹶不振。当年朕拜他为浙西节度使，他就怕自己无法担当要镇的守备，所以坚决推辞了。朕无奈，也只好封他做了抚州大都督、临川牧，可是，据朕所知，他自到了抚州，几乎是日日饮酒，镇所的事务，都交给僚属办理了。调他防备金陵，那是没有用的啊！至于五弟，虽然清正爱民，却不熟军事。如今他在百胜军，政治、名教之事倒是弄得不错，可是军队训练却是一塌糊涂啊！他们两个，是指望不得的。当然，我南唐也不是没有良帅猛将，只是，如今，良帅猛将屈指可数，现在都部署在北边、南边要害，远水救不了近火。大宋一旦全面进攻，我金陵是很难守住的啊！"

钟皇后听了，说道："前些日子，种王太妃自景阳宫来拜访臣妾，说近日颇为思念儿子。陛下，臣妾看她怪可怜的。不如，就让五弟回京看看她母后如何？"

"你呀，真是个好心肠。当年，种王太妃在先帝跟前为五弟说话，希望先帝立五弟为太子。先帝怒其谗言干涉立储，一怒之下，将她幽禁于别宫，之后又令她削发为尼。先帝去世后，朕看她可怜，才迁她在景阳宫颐养天年。她也是个苦命人啊。望子成龙，是每个母亲的心愿，朕并不怪她，更不怪五弟，只是，如果此时让她见五弟，朕就太违背先帝的意愿啦。再者，如果让她见五弟，恐怕朝廷之中，又会生出很多乱子。你不知道，前些日子，朕派唐丰出使大宋，他在回来的路上——"李景话说至此，心中犹豫，打住了话头，顿了一顿，继续道，"唉，不说也罢，总之，你别怪我心狠，我最近是不能让种王太妃见五弟了。"

"陛下方才欲言又止，莫非唐丰出了什么大事？"

"也不是，只是——"李景吞吞吐吐，欲言又止。

"陛下，臣妾不是种王太妃，臣妾追问此事，只是想为陛下分忧，陛下若不想说，臣妾就不问了。"

"我知道你的苦心。也好，就与你说了也无妨，毕竟，最了解孩子的，应该是母亲啊！"

钟皇后一听，眼皮顿时突突直跳，心想，莫非，是与从嘉或从善有关？

"唐丰回国路上，险些被刺杀。根据被俘虏的刺客提供的情况，幕后主使者可能是咱们的某个孩子啊！"

钟皇后一听，只觉头脑一阵眩晕，几乎晕倒。

李景见钟皇后脸色惨白，慌忙问道："你没事吧？"

"不，臣妾没事。陛下，你是怀疑谁呢？"

李景仿佛害怕隔墙有耳，压低了声音说道："朕这次派唐丰出使大宋，是去修好的。唐丰的父亲唐镐，是朝中少数支持迁都的大臣之一。刺杀唐丰，那就是不满朕迁都南昌，不满朕同宋朝修好的政策。从嘉一直以来，并不反对迁都，也主张与大宋修好。但是，从善却不一样，他自小喜好武备，总想着像烈祖一样开疆拓土。他也与很多大臣一样，反对迁都南昌。朕怀疑，这次刺杀唐丰的事件，就是他在幕后主使！"

"从善？不，不会。这孩子虽然心气高，可还不至于耍这样的阴谋诡计啊！"

"但愿如此！朕可不想咱家里再出一次自相残杀之事啦！"

"再出一次？陛下何出此言？"

"唉，大家都以为，朕真不知道当年景遂是如何死的。其实，朕一切都知道。景遂，是被弘冀下药毒死的啊！"

"是弘冀？"钟皇后脸色顿时变得煞白。

"说起来，这也是怪朕。当年，朕责骂弘冀，一怒之下，威胁要废了他这个太子，将社稷交给景遂。不久之后，景遂在一次击鞠后突然暴病而亡。尸体还未入殓，便已经腐烂。当时，朕闻讣痛哭，左右安慰朕，说景遂死前曾经自己对人说，上帝命他代许旌阳，说景遂乃是仙游而去了。朕心下起疑，但是当时假装相信那个仙游的说法，只是将景遂好好安葬，并未立即仔细追查。过了一段时间，朕派人私下调查景遂在那次击鞠前后、击鞠休息时吃了什么、喝了什么。你猜调查发现了什么？你肯定猜想不到啊。结果发现，在击鞠中场休息之时，给景遂递送浆水的人，与景遂私下有仇，而且，继续调查发现，此人在那场击鞠比赛之前，曾经与弘冀的人有接触。可惜，此事调查至此，并未找到直接证据。唉，也是朕不想继续调查下去了。因为朕一直对弘冀寄予厚望，希望咱南唐国能够在弘冀手里中兴啊！朕本以为此事过后，弘冀应该顺顺当当了。朕当时迫于后周压力，向后周称臣，心中感到屈辱，屡次派使者去见周世宗，希望将大位传给弘冀。可是，周世宗却极力阻止朕那样做。为此事，周世宗还专诚致书于孤家。"

"这事从未听陛下说起啊！"

李景幽幽叹了口气道："孤家哪好意思与你说啊。周世宗的那封书信，孤家不知看了多少遍，现在都还会背：

> 皇帝致书敬问江南国主。兹睹来章，备形缛旨，叙此日传让之意，述向来高尚之心，仍以数载以来，交兵不息，备陈追悔之事，无非克责之辞，虽古者省咎责躬，因灾致惧，亦无以过也，况君血气方刚，春秋鼎盛，为一方之英主，得百姓之欢心，岂可高谢君临，轻辞世务，于其慕希夷之道，孰若怀康济之诚，且天灾流行，国家代有，昔之圣哲，所不能逃，苟盛德之日新，斯景福之弥远。谅惟英敏，必照诚怀。

当时，朕不知信中所写的，是否为周世宗的真意。你知道，帝王往往是会耍弄权术的。朕害怕周世宗是在试探朕的退位之请是否出自真心，也怕周世宗再找借口发兵南唐。朕反复琢磨这封信，猜测周世宗只是可怜朕，所以阻止朕让位给弘冀。可是，后来朕想到，这兴许正是周世宗的深谋远虑吧。他一定也担心，弘冀得国，或者能够领导南唐中兴，对他构成威胁吧。所以，你看，他的那封书信中，对弘冀不着片语。这或许是为了避免激发朕传位于弘冀的决心啊。当年我淮南新败，朝野一片混乱。朕不敢硬来，没有办法，也只好勉强继续坐在这个位子上。朕没有料到，弘冀这孩子很快会得重病而亡啊。弘冀死去前几日，神志恍惚，反反复复对左右说——"

说到这里，李景感到嗓子干涩，咽了口唾沫，额角的青筋突突跳动了几下，突然停住不说了。

"弘冀当时说些什么？"钟皇后瞪大双目，神色紧张地追问道。

"朕之前怕你伤心害怕，一直没有对你细说此事。弘冀死前说的话，着实让人惊惧。据说，弘冀死前颠来倒去对左右说，说他在昭庆宫中看到了景遂，说景遂高举着击鞠用的球棍，想要打他呢！"

钟皇后一听，不禁汗毛直竖，浑身哆嗦起来。

李景注意到钟皇后脸色惨白，浑身发抖，慌忙一把将她搂在臂弯之中。

"虽然没有证据，但是弘冀死前的表现说明，景遂之死一定与他有关！他是害怕景遂向他索命啊！"

"难道真有景遂的冤魂吗？"

"朕确实对不起景遂。当年，朕在先帝灵柩跟前，发誓要传给太弟景遂。可是，后来弘冀军功大大超过景遂，在朝内颇得人望，朕也不能不考虑南唐国的社稷啊！"

"所以，陛下如今是在担心从嘉、从善兄弟会为了大位而互相残杀吧？"

"是啊！弘冀死后，朕一直未立太子，不是朕留恋这个位子，实在是担心一旦立了太子，不论是从嘉还是从善，另一个，或许还有其他几个，都会对太子暗中下手啊！"

"从嘉、从善，向来友好，不至于自相残杀吧！"

李景苦笑了一下，爱怜地抚摸了一下钟皇后的鬓角。

"帝王之位，会让很多人铤而走险。弘冀如此，种王太后为了自己的孩子也是如此啊！飞蛾是会扑火的。"

"唐丰遇刺之事，你与凌妹妹说过这些想法吗？"钟皇后忽然想到了从善的母亲凌夫人。

"我怎么能与她说呢。此事恐与从善有关，若是与她说，事情恐怕就更加复杂了。况且，若是她也参与其中——"李景话说一半便打住了，他的心底，真害怕是凌夫人与从善母子两人共同策划了刺杀之事。想到这层，他便感到一阵寒心，身子也不禁微微颤抖起来。

"那怎么办呢？"钟皇后面露忧色地问道。

"朕安排这次上坟，除了真想来看看弘冀、弘茂两个孩子。也是希望借机给从嘉、从善等几个孩子提个醒。"

李景说着，又将目光投向车窗之外。

田野的远处是平缓起伏的山峦，在清晨的白雾中若隐若现。车夫的呼喝声、不紧不慢的马蹄声、压低声音的交谈声，在清晨的寂寥中，和谐地融合在一起。一切仿佛静谧平和。但是，队伍中的每一个人，此时都是各怀心思。

弘冀、弘茂的坟墓修在娄湖桥边一片平缓的山坡上。两个人的墓碑并列在山坡顶上，都面朝正南方。李景与钟皇后下马车的时候，刚刚升起的朝阳将金灿灿的光芒洒在尚未完全返青的山坡上，同时也洒在两座汉白玉砌造的坟上。钟皇后愣愣地看着两座坟头，泪水再次夺目而出。李景扶着钟皇后，眼中泪光闪烁。

先行赶来的礼部尚书、中书侍郎严续和判太常卿事江文蔚已经安排人手，在墓前设好了祭桌，香炉、火盆。食盒、酒果等各种祭品都已经在坟头摆好了。待烧的香、纸钱也由专人执捧着。

李景与钟皇后带从嘉、从善诸子，先行祭拜。

"从嘉，你去把你大哥坟头碑顶上压着的冥纸取下，将冥府之门打开吧。"李景对跟在身后的从嘉说道。从嘉依言上前，将弘冀坟头碑顶那张压着纸的石块挪了一下，取下压在石块下面的冥纸。

待从嘉退回后，李景缓步走到弘冀坟前，从判太常卿事江文蔚手中接过一张已经用火石点燃的冥纸，依次点燃了坟前祭桌上的两根白色大蜡烛，之后才将那张快烧尽的冥纸轻轻放在大铜火盆中。礼官又递上三支点燃的白香，李景将白香捧在两手中间，向着弘冀坟头，口中喃喃道："冀儿，大家来拜你啦！可怜爹爹和娘，只能与你梦里相见啊！过些日子，都城就要迁到南昌府去了。你要保佑你的诸位兄弟平平安安，保佑我南唐国祚长久，百姓安康啊！"说着说着，李景的眼中便流出了两行清泪。李景将三支白香小心地插在香炉中，又从礼官手中接过了几张纸钱，在蜡烛上点燃了，轻轻在大铜盆中烧了。此时，一阵风吹过山头，将铜盆中的纸灰高高卷起，往空中旋转着飞舞而去。"冀儿，你这是听到爹爹的话了啊！"李景含泪言道，仰头往空中望了一会儿，方才缓缓退在一边，等着钟皇后和众人依次上香、烧纸钱。

七皇子从善上完香烧好纸钱后，慢慢挪步到父亲李景身旁。

"父皇莫非已经决定要迁都了？"从善压低声音，轻声问道。问话时，他眼睛斜瞥着兄长从嘉，却并不看着父亲李景，仿佛他一个人在自言自语。

李景吃了一惊，心想从善这孩子果然心思敏捷。他感到欣慰，但同时他也再次为立储之事感到犹豫和困惑。李景一直以来，非常满意六皇子从嘉的淡泊，欣赏从嘉的才华，但是，对于从嘉的政治能力，却感到有些担忧。对于七皇子从善而言，李景倒是很满意从善的武略，却不放心他的文治能力。在这两个皇子之间，立哪个为太子，李景一直在心里左右摇摆。近来一段时间，他心里的天平倾向了六皇子从嘉一边。可是，从善方才这个提问，再次使李景意识到，从善在谋略方面，可能确实要远在从嘉之上。

从善似乎并不期待父亲的回答，而是马上继续说道："都城南移，势必会使我国对大宋的防务重心往南移动。宋朝南部边境的压力会大大降低。虽然这样一来，宋兵突然兵临城下的危险大大减少了，但国人的信心必然因此大挫。更为糟糕的是，我国国势将因迁都发生变化。父皇可能认为，迁都会重新获得新的发展势头，但是，孩儿并不这样认为。孙子云，勇怯，势也！父皇，迁都就是向大宋示弱，一旦迁都，我朝必将人心大乱，军心大乱呀！"从善在说这些话的时候，声音压得很低，眼皮低垂，神色木然。但是，他这种木然的神色是装出来的，由于激动，他压低的声音有些颤抖。

"放肆！"李景低喝一声。

"父皇，迁都之事还请三思啊！"从善压低声音，声音发颤地说道。他不是害怕，而是因为激动。他为自己能够勇敢地说出这些话而感到骄傲。

"你难道就有信心说，坚持在金陵，我国国祚就能更长久吗？你知道勇怯之势，却不清楚天下之大势吗？"李景皱起眉头轻声喝问。

李景问从善的第一个问题，也是他最近问自己最多的一个问题。这个问题反反复复在他的心中萦绕，简直快把他给逼疯了。最佳答案是什么？历史没有假设，只有结果。没有人能够准确地知道。因为一旦选择，就没有另外的可能性了。是留在金陵好，还是迁都南昌好？以后也不会有确定的答案。战略家可以提出各种因素来比较迁都与不迁都哪个选择对南唐的今后命运更加有利；但是，无论如何，不论之前的分析，还是后来的评价，都不能替代当时李景的选择。他必须做出选择。直接的后果在他做出选择后便出现了，这个直接的后果，又在多种因素影响下，产生出新的后果。他，李景，当时的决策者，不可避免地要承担自己的责任；所有的南唐人，也将因李景的选择而发生命运的改变。

选择，是没有肉体的幽灵，是人之命运轨迹的真正控制者与影响者。不断选择，不断制造出人的命运轨迹上的重要节点。选择的长远后果，从本质上讲是无法预料的，就如同天边卷起的一阵风，到底会在空中产生怎样长远的影响，是难以被清楚地预料的。

如今，李景正处于自己命运轨迹的一个重要节点上。他的这个问题，一下子令从善感到震惊。

听到父亲尖锐的提问，从善浑身战栗了一下，他没有回答。

"为父曾经也把荣誉看得胜过生命，可是，弘茂、弘冀相继离世后，为父忽然觉得心头变得空空荡荡的，常常感到悲哀与疲惫，即便求助于佛法，也无法求得真正的平静。为父多么希望弘茂、弘冀现在都还在，还可以活生生地走在这山坡上，同我们一起说话、欢笑，还可以同你、同其他兄弟一起吃饭、喝酒，一起吵吵闹闹。可是，他们现在都躺在沉闷的墓穴中了，正在化为尘、化为土。还有比鲜活的生命逝去更可悲的事情吗？从善啊——你不要嘲笑为父，不要轻视为父——如今，对于为父来说，生命胜过所有的荣誉，胜过所有的智慧！看呐，像那些小草，能够继续接受阳光温暖的照射，那是多么幸福啊！"李景说这段话时，提高了声音，仿佛不仅是对从善说话，还想让更多的人听到。

"父亲！"从善听了李景这番动情的诉说，终于扭过了头，望向了父亲李景。此时，李景也正好扭过头来。

两人相互注视，沉默着，又都将目光投向阳光刚刚照临的大地，眼中都泛出了泪光。

在这对父子身后数步之外，立着王承衍。李景知道他是赵匡胤的私人信使，便特意邀他一同前来，也是借机向他传达南唐即将迁都的信号。周远、高德望、雪菲三人作为王承衍的陪同，一同跟随在侧。此时，王承衍立在这对父子的身后，微风将李景说的最后的那段话吹入了他的耳朵。这几句话如同声声巨雷，一下下击打在他的心头。他真没有想到，身为南唐国主的李景会说出这样一番话。

"我不也是将荣誉看得比生命更重吗？我的父亲，难道不也是将荣誉摆在最高的位置吗？难道，我们都错了吗？人生在世，为何有这么多的争斗呢？李景说的话，不是很有道理吗？现在，我眼前的这个李景，这个南唐国主，他经历了失去孩子的痛苦，他的话，听着真是令人伤心啊。他难道说错了吗？我大宋要统一天下，就必须灭了南唐。这会使多少父亲失去他们的孩子，会使多少孩子失去他们的父亲啊！"李景的话，在王承衍的心中激起了巨大的波澜。这位年轻将军的心，曾经是那么坚硬，那么坚定，那么明澈，为了他心中的目标，他可以不惜牺牲自己的性命。可是，在这一刻，他的心中产生了疑惑，他那颗明澈的心，现在被李景那番动情的话搅浑了。他如钢铁般坚硬的心中突然有一部分变得柔软了。

"不，我不能这般多愁善感。南唐迁都，将保住我大宋和南唐双方很多战士的性命。我必须推动此事，不能发生动摇。我得小心盯着李从善，千万不能让他暗中捣鬼伤了李从嘉。"王承衍在心里激励自己，但是他无法再使自己的内心回到从前了。他内心的一部分，已经变得柔软了。

这时，王承衍注意到有个人站到了六皇子李从嘉的身边。那个人是秘书省正字潘佑。

王承衍拿眼睛仔细观察潘佑，忽然感觉有人轻轻拍了一下自己的肩膀，扭头一看，只见一个蓄着长须、头戴黑色圆顶软脚乌纱帽、身穿盘领袍衫、腰束革带的南唐官员站在自己的身旁。

"韩侍郎！"王承衍礼貌地作了一揖。

韩熙载笑眯眯地盯着王承衍却不说话。

"韩侍郎，可有见教？"王承衍冷静从容地问道。

韩熙载听了，轻轻叹了口气，缓缓抬起右手，握住王承衍的手臂，说道："贵使此行，误我南唐啊！只是，熙载有一言，请转告今上。"

王承衍早闻韩熙载大名，当下不敢怠慢，微微低首道："韩侍郎请说，在下一定回报陛下。"

韩熙载呵呵一笑道："今上坐有中原，他日必图天下。还请贵使转告今上，熙载才疏，性忽细谨，然知大义所存。熙载几经风波，已无意入相，但只一息尚存，必报唐主知遇之恩。"说罢，韩熙载松开了王承衍的手臂，依然微笑着看着王承衍的眼睛。

王承衍闻言，肃然起敬，俯身抱拳道："夫子之言，承衍必如实禀报。"

当时，江左之人敬佩韩熙载的高简节操，称他为"韩夫子"。此时王承衍改口以"夫子"相称，完全是出于对韩熙载的尊敬。在来南唐之前，王承衍已经听说过韩熙载的故事，对他是发自内心地钦佩。

韩熙载这人，是很有一番传奇的。他的字是"叔言"，潍州北海人，年少时隐居在嵩山，后唐同光时期考上了进士。他的父亲叫韩光嗣，是后唐平卢军节度副使。当时军中将士们驱逐了大帅符习，推举韩光嗣为留后。可惜谁料好景不长，唐明宗即位后，讨伐叛乱，韩光嗣被处死。韩熙载惧罪南逃。他有个一同指点江山、激扬文字的好朋友叫李谷。南奔之时，李谷送他到正阳。两个好朋友别离之际，畅怀痛饮，直喝到酒酣脸热。韩熙载借着酒兴，对李谷说道："江左如用我为相，当长驱以定中原。"李谷听了，亦说道："中原用我为相，取江南如探囊中物尔！"两人言罢，执手哈哈大笑。当时江南地还是杨吴政权统治，韩熙载到了吴国，写状云："得麟经于泗水，授豹略于邳垠。运陈平之六奇，飞鲁连之一箭。"又有句子云："失范增而项氏不兴，得吕望而周朝遂霸。"词语奇崛夸张，一时引起江左非议。当时徐知诰辅政，吴国重用了不少从中原南来的士人。韩熙载因年少放荡，不拘名检，未得重用。最初，他当了个校书郎，随后又做过滁州、和州、常州三州的从事。韩熙载在京洛时已经有了才名，此时虽然落魄不遇，竟也不以为意。徐知诰受禅建唐后，改名为李昪。李昪将韩熙载招为秘书郎，让他在东宫辅佐太子李景，并对他说："你虽然很早便在官场扬名，获得了声誉，但未经历世事的磨砺，所以朕让你经历任职州县的辛劳，以后自然会有大用。你宜善自修饬，他日辅佐吾儿！"韩熙载听了，也不推辞。可是，他进入了东宫，整日谈笑风生，也不理事务。李景即位后，韩熙载官拜虞部员外郎、史馆修撰，获赐绯。到这时，韩熙载才慨然说道：
"先帝了解我而不重用我，是把我当成了慕容绍宗这样的人物啊。"

韩熙载所言的慕容绍宗（501—549 年）是东魏名将，前燕太原王慕容恪之后，北魏恒州刺史慕容远之子。慕容绍宗早年先后追随尔朱荣、尔朱兆，曾任并州刺史。但是，慕容绍宗长期不受重用。永熙二年，尔朱兆败于高欢，自缢身亡。慕容绍宗带着尔朱荣的妻子儿女及尔朱兆余众，逃往乌突城，后为追兵所迫，归顺高欢。高欢厚待慕容绍宗，保留其官爵，并且，让其参与军事。此后，慕容绍宗历任青州刺史、晋州刺史、徐州刺史等职，封燕郡公。高欢死后，慕容绍宗升任尚书左仆射，并率军击败反叛的侯景。后来，在围攻颍川城时，慕容绍宗死难，东魏朝廷追赠他为尚书令、太尉、青州刺史，谥曰景惠，北齐建立后，慕容绍宗获得配享世宗高澄庙庭的资格。

韩熙载以慕容绍宗自比，可见其不仅对李昪心怀感激，也对自己的军事才能非常自信。自辅佐东宫开始，韩熙载又数次上书朝廷言事，遇到吉凶礼仪不合规范时，也根据事情上言纠正，由此被宋齐丘、冯延巳等人所忌。南唐帝李昪将下葬时，李景因韩熙载通晓礼仪，令他兼任太常博士。时议者建议李昪庙号应该称为"宗"。韩熙载建言说：

> 古者帝王，己失之，己得之，谓之反正；非我失之，自我复之，谓之中兴。中兴之君，庙号称祖。先帝兴起即坠之业，请上庙号云"烈祖"。

李景闻言，非常高兴，欣然采纳其建议。随后，韩熙载出任知制诰，所起草的诏令，言辞典雅，大有"元和"之风，为朝野所赞。

正在王承衍与韩熙载对话之际，潘佑已经与李从嘉说上了话。
"六皇子，请恕卑职多言，在这个时候，你该去国主跟前陪陪啊！"潘佑轻声对李从嘉说道。原来，潘佑在一旁察出李景面色忧伤，神情黯淡，不禁心生恻隐，便冒昧地走到六皇子从嘉跟前进言。

李从嘉听了潘佑的话，微微一惊，低声问道："谢先生指点。请教先生尊姓大名？"这是李从嘉第一次遇到潘佑，他们彼此还不认识。

"六皇子，卑职姓潘名佑，现任秘书省正字。"潘佑微微作揖，淡然回答道。

"好，期待改日再向先生请教。"李从嘉说完，冲潘佑微微点点头，便扭转身子，缓步走向李景与李从善。

"父亲，七弟。"从嘉走到李景的身旁，与自己的父亲李景和弟弟从善打了招呼。

"从嘉，为父决定不日迁都南昌。你可有意见？"李景眼睛盯着在空中盘旋飞舞的纸灰，用尽量平静的声调说道。

从嘉想不到父亲会就这么重大的问题突然发问，愣了一愣，说道："孩儿为父亲马首是瞻！"

"这么说，你是没有意见咯？"

"是。只是，孩儿觉得有些仓促。"

"既然没有意见，那你回去后就好好准备吧。以后，你们两兄弟可要好好配合，相互担待啊！从嘉，为父提醒你一句，今后要多在国事上用心，不可沉湎女色啊！"

李从嘉听了，心中又惊又喜又愧。他心中惊喜，是因为听出了父亲有立他为太子的意思，但是父亲提醒他休要沉湎女色的话，却不禁令他羞愧得面红耳赤。

七皇子从善在一旁听了父亲的话，顿感失落，但是他尽量掩盖着自己的失望之色，只是面色严峻地注视着自己的兄长。

"从善，你要多帮帮你六哥！"李景对从善叮嘱了一句。

"是，父亲请放心。"从善低首抱拳道。

"从嘉，你去那边陪陪你母亲，为父与从善聊几句。"李景冲从嘉说道。

从嘉依言退下，往钟皇后那边去了。

李景待从嘉走远，方才对从善说道："你应该知道唐丰遇刺的事情吧？"

从善见父亲脸色严峻，不禁暗暗心惊，"莫非父亲怀疑刺客是我暗中指使？嗯，这可以解释为何父亲突然对六哥说那样暗示的话。这些，莫非都是父亲在试探我？"从善这样想着，口头答道："是的，孩儿听说了。"

"你怎么看？"

"这——照目前情形，很可能是大宋暗中所为。"

"哦？你是这样想的，可是，如果唐丰被刺死，对大宋又有何好处呢？"

"如果真如孩儿所料，大宋皇帝暗中指使刺客刺死唐丰，可以嫁祸说是我朝内部人所为，从而挑起我朝内乱，亦可以嫁祸吴越或南汉诸国，从而使我南唐与他国争斗，他大宋便可以坐收渔翁之利。"

"嗯，这么说，也有些道理。"李景听了从善的言辞，微微点头。但是，他的心里，依然将从善设为最大的嫌疑者。在他看来，大宋没有必要这么做，因为此计一旦被识破，将大大损害大宋的大国威信，他相信这不是赵匡胤所希望的结果。"可是，从这孩儿的神色来看，他似乎并不是在掩盖什么。难道，刺客的指使者，既非大宋的赵匡胤也非从善？那会是谁呢？"李景的心里充满了疑云。看样子，还不能把话说破，不能当面质问从善！李景决定此事从缓处理。

"父亲，孩儿认为，当务之急，应仔细再审刺客。"从善说道。

"不必了，为父已经责人审问多次。被俘虏的刺客应该不知道背后指使者究竟是谁。这件事情且先搁置一下，今日回去后，你也赶紧准备迁都之事吧。南都新建，各种物品尚缺，你也令人多多准备，能带的都带过去。"李景说道。

从善听了，知道父亲的脾气，此时若再坚持也是无用，说不定还会引起父亲进一步的反感。于是，他抱拳答了一声"是"，便垂手站在父亲旁边，不再言语。他将目光再次投向坟头，正好见自己的母亲凌夫人在两位宫女的陪同下往案上的香炉中进香。他看到自己母亲的衣裳与首饰和钟皇后相比，简直可以称得上有些寒酸，不禁心里感到酸楚。"父皇毕竟在心底看不起我啊，如果钟皇后是我的生母，父皇恐怕对我就是另一种态度了！"从善心里不无怨恨地想着。

"不行，不能就此放弃！一定得想想办法。六哥生性懦弱，又沉湎诗书女色，大位一旦由他继承，我国祚难久。六哥，你休要怪我。"从善心里默默地说道，琢磨着怎样谋取大位。他心里想着事情，眼睛无神地望着前方。在他的身边，香火的火星与冥纸烧成的飞灰正疯狂地盘旋飞舞。有的火星飞到了他的衣襟上，有的火星飞到了他的脸颊上，但是他仿佛失去了知觉一般，只是默默地站着，脸上一副悲哀的神色。周围的人看到从善这般神色，恐怕都会以为他是为早逝的两个兄弟而心生悲戚，怎会想到他此刻其实正盘算着如何改变自己与南唐的命运呢。

一颗大火星在一团飞灰中忽然在从善眼前闪耀着飞过，他的眼皮一跳，忽然冒出一个念头："是的，得从外围入手！在金陵，的确有不少近臣都反对迁都，可是父皇一概不听，找金陵城内的这帮文臣向父皇谏言是没有用了。现在，必须得从外围下手了。我该争取哪些人的支持呢？好了，让我仔细想想——必须有深得父皇信任的人，必须有敢于抗击外敌的大将。好了，哪个是我可以寻求的同盟呢？嗯——武昌军节度使王崇文，此人敢言，又颇得父皇喜爱。是了，这是一个合适的人选。还有谁可以争取呢？对了，对了，我怎么没有想到他呢。原武昌军节度使、现百胜军节度使何敬洙。当年，他在鄂州城外誓死抗击周军。那句话说得多么振奋人心啊！'敌至，吾与兵民俱死于此。大丈夫岂能惴惴闭门自守耶！'他当年不惧周军，置之死地而后生，如今又怎会畏惧宋军呢！一定要得到他的支持。有他的支持，大事方成。嗯，还有永安军节度使陈诲将军，当年周兵入淮南，他让儿子德诚率领镇兵奔赴国难，是危难时可托付之人。只要我晓以大义，他必为我所动！还有镇海军节度使林仁肇将军，此人智勇双全，只要能为我所用，宋军何足惧哉！"从善想着想着，心情渐渐愉快起来。但是，他尽量不动声色，但原本悲戚的神色此刻看来又多出了几分悲壮的意味。他打定主意，今日祭拜结束回到金陵城内，便立刻派出亲信，秘密前往四位将军处游说。

"一定要说服他们向父皇谏言，绝不能迁都南昌府。有他们的支持，父皇也一定会重新考虑嗣位的人选。如果不成——"从善想到这里，不敢再往下想。他寄希望于自己能够说服四位将军正式出面反对迁都。

从善心思百转，继续想到："唐丰遇刺这件事也实在蹊跷。如果唐丰死了，对谁有利呢？他是受父皇之命出使大宋的，他如被刺死了，必对父皇不利，大宋皇帝必然因此事对父皇有看法，那说明父皇无法掌控国内局势。赵匡胤或以此为借口兴师问罪。赵匡胤背后策划此事，不是不可能。不过，唐丰死了，从我朝内部来看，对我也是有利的。因为唐丰父亲唐镐主张南迁，而我是明确反对南迁的。唐丰如果真被刺死，就可在我朝内部强化反迁都的舆论。这也对六哥嗣位不利。因为六哥在迁都之事上态度暧昧，唐丰遇刺，必于我在朝中争取力量有利。这也许是父皇怀疑我的原因。我当然没有策划刺杀唐丰。那么，唐丰如果被刺死，究竟还对何人有利呢？能够获利者，都有可能背后策划此事。莫非，莫非是吴越或是南汉？是的，极有可能就是这两国中的一个。唐丰如被刺死，我朝与大宋交恶，鹬蚌相争渔翁得利，吴越、南汉都可以从中渔利。最可能渔利的恐怕是南汉了。所谓远交近攻。大宋一旦因唐丰遇刺与我朝开战，他南汉就可从我背后出兵，蚕食我土。至于吴越，它奉宋朝为正朔，大宋与我朝开战，极可能仿后周先例，要求吴越出兵相助。这样，它自己也会卷入其中。当然，大宋与我朝开战，湖南也可能从中渔利。只是，湖南如果与我朝为敌，必以南汉为后顾之忧。这样看来，南汉最有可能是刺杀唐丰的策划者。可是，这些都是我的猜测，并无证据。要说服父皇，仅仅靠猜测是没有用的。嗯，倒不如将计就计——"

从善突然想出一计，脸上不禁露出一丝难以被人察觉的微笑。他的目光扫过了唐镐、王承衍、周远、高德望，在李雪菲的身上停留了片刻。

此刻，王承衍与韩熙载进行了一番简短的对话，刚刚在弘冀的坟前插上了三炷香。他转过身退下的一瞬间，正好与从善的目光相遇。两人的目光在飞舞盘旋的火星与纸灰之间碰在一起，不约而同地让目光停滞了一下。

王承衍在从善的目光中，察觉出一丝诡异，但是，他猜不透，眼前这个七皇子，究竟怀着何种心思。他更想不到，自己此刻已经成了这个七皇子设定的暗杀目标。

从善也从王承衍的眼中看出了一些东西，这也让他感到奇怪。"为什么？为什么我会在王承衍的眼中看出悲戚与怜悯，难道，他真的是在由衷地哀悼弘冀与弘茂？"这一刻，从善的内心感到微微有些动摇，他想，"如果我朝与宋朝不是敌人，说不定我与此人还能成为好友呢。"但是，这种想法在从善的脑海里只是一闪而过，他很快便硬起了心肠，决定等祭拜结束回到金陵城内，便立刻着手实施自己的计划。

# 四

自拜祭结束回到金陵城内后，王承衍的双眉之间便多了一分忧郁。他偶尔会不知不觉地眉头紧锁，仿佛那一刻突然陷入沉思，因某个极其重要的问题而感到困扰。最先发现王承衍这种情绪变化的是周远。没过多久，雪菲与高德望也发现王承衍好像被什么重大问题困扰了。他们暗自猜测，他可能是因为自己肩负的任务感到了压力。这样的猜测，从总体来说，没有错。但是，他们谁也不知道，有意无意间听到了李景那一段发自内心的话，使王承衍的内心正经历着一场可怕的风暴。这股风暴，将他从小学到的、读到的很多东西都从意识的深处卷了出来。各种观念在风暴中飞旋、碰撞、跌落、升腾。从前，他从来没有想那么多。可是，听到李景在弘冀坟前对从善说的那段肺腑之言后，他的心困惑了。那一刻，他也被深深地打动了。"生命胜过所有的荣誉，胜过所有的智慧！看呐，像那些小草，能够继续接受阳光温暖的照射，那是多么幸福啊！"李景的那句话，让他突然产生了从未有过的悲悯之情。李景，如今在他的眼中，不仅仅是南唐国主，也是一位对美好生命充满眷恋的温和长者。

而他心里很清楚，他如今所做的一切，迟早会夺走李景心中所珍视的一切。

唐镐的宅子位于金陵城东区上水门的南边一点，是一个很大的南北向的矩形大院。大院被一圈四尺多高的围墙围着。进入大院，正好面对着正房和大厅。正房和大厅，面朝着南面，一共五间。从朝南的宅院大门进了院子，正对着的便是唐镐接待客人的大厅。在接待大厅东西两边，各有两间大房，每间大房都分前厅与卧室。最东侧的一间大房，唐镐与夫人自用。紧挨着接待厅的大房，被唐镐用作书房。在接待大厅西面，沿着外廊走到最西边那间屋，便是唐镐儿子唐丰与夫人的住处。西边紧挨着接待大厅的房间，是唐丰两个儿子和奶妈的房间。仓房、厨房、餐厅都建在大院子的西面，它们与正房大厅之间是空地。在院子的东区靠北墙处，有五间小厢房，由北向南依东院墙而建。在院子东区的南边，是三大间仆人房，依南墙自西向东依次而建。仆人房的房门西北，便是正房大厅接待厅的大门。这样的布置，是为了方便主人召唤仆人。在大院西北角仓房的旁边稍往东一点的地方，有一个供仆人共同使用的茅厕。茅厕西边，是大院子的后门。在厨房、仓库之北面，还开了一个侧门，通往另一个院子，在那个院子里，有一个养着十来匹马的马厩，院子内有数间屋子，住着十来个家丁。王承衍等人骑来的马匹，包括雪菲的那匹汗血宝马，也暂时在此马厩中寄养。

王承衍四人到后，唐镐将他们安排在院子东区的厢房内。因为厢房足够，所以唐镐为客人每人安排了一间厢房。雪菲被安排在东区靠北那间的厢房，正好位于大院东区的正中间。王承衍坚持要住在靠东南角的那间，将相对好的房间让给了周远和高德望。高德望的房间与雪菲姑娘的房间之间，尚空着一间厢房。唐镐特意为雪菲姑娘配了两个细心的小丫鬟，以照顾她的起居。

从拜祭弘冀回到金陵城内的次日，子夜时分，唐镐宅子的大门被一个匆匆来客敲开了。来客自称是南唐内廷的凌太监，是为国主来传口谕的。唐镐此时已经入眠，听了仆人的汇报，不敢怠慢。唐镐晓得这个凌太监的背景，知他是凌夫人的远方亲戚，凭着凌夫人的关系进了宫，在李景跟前颇为得宠，常常为李景传递要旨。他一听凌太监来了，心想宫里一定发生了大事，一边慌忙点灯穿戴，一边令仆人去唤醒唐丰等人。王承衍在厢房，听到有人敲大门时便醒了，不待仆人来报信，便已匆忙起身。周远、高德望、雪菲三人听到动静，也都不敢懈怠，各自穿戴起来。

唐镐令仆人在接待大厅点燃火烛，方才令人将凌太监请了进来。只见凌太监只带了一个贴身随从匆匆从大门进来。唐镐慌忙趋身往前迎接。那个凌太监的随从站在凌太监身后，用冷酷、阴郁的眼神盯着唐镐。

"唐枢密！赶紧，赶紧！"凌太监见到唐镐，不等落座，便拉着唐镐的手慌忙说道，眼神飘忽不定，仿佛刚刚受到了巨大惊吓。

"凌公公如何这般慌张？"唐镐问道。

"陛下决定颁发迁都制书，让我前来传递口谕，唐枢密速与令郎一起入宫吧！陛下等着唐枢密前去延英殿商量迁都事宜，并起草制书呢！现在，朝内大臣大多反对迁都，陛下说起草制书之事，也只能靠唐枢密了！"

"只是，这制书由我这枢密使来起草，恐怕，恐怕——"唐镐有些尴尬，心知由他起草制书，不合规矩，以后要是局面变化，被政敌翻出来算旧账，那恐怕就是大罪一条。他怎能不犹豫呢。

"唐大人，非常时期，非常处置，大人就别犹豫了！"

唐镐听了，眉头紧锁，跺脚道："罢了，罢了。既然是陛下的意思，微臣遵命就是！"

"这样甚好。那我就先回去复命了。唐枢密，对了，带上令郎，陛下说有事情要问令郎。你与令郎，速速前往吧。此事勿要声张，唐枢密轻装简行，越快越好，休要让陛下久等啊！"

"凌公公放心。"

凌太监传完李景的口谕，便匆匆告辞了。

唐镐送走凌太监，心下又喜又忧，喜的是李景终于又变回了主意，决定迁都南昌，忧的是不久就要迁都离开金陵，自己在金陵经营多年，毕竟有些恋恋不舍，况且，也不知迁都南昌后，局面又会发生什么变化。南唐能否在南昌中兴，也是未可知之事。想到这些，他如何不忧心忡忡呢。他在接待厅沉吟了片刻，便令仆人到大院隔壁的马厩去牵六匹马到门口，还特意吩咐将马蹄上都包上厚棉布，同时令四名家丁待命，自己与赶来的唐丰交代了一番，又让仆人将王承衍、周远、高德望和雪菲都请到了接待大厅，将李景传口谕一事如实说了，以示对大宋皇帝私人信使的诚意。

王承衍听了，当即也不多言，只是点头道："唐枢密，国主决定迁都南昌，乃是我国与贵国两国百姓之福，如此一来，两国边境可减少驻军，摩擦也必然减少。百姓必感念大人之恩啊！"王承衍此番话是发自真心而说的。但是，当想到赵匡胤所流露出来的未来统一天下的意图，王承衍不禁为自己的话感到羞愧。这样的话，便又让他意识到了自己的虚伪。

周远在一旁沉默着，只是静静地看着唐镐。

唐镐听了王承衍的几句话，苦笑一声，道："王将军休要安慰我了，我南唐迁都，也是迫于无奈啊。我只盼着迁都南昌，真是能够免除千万百姓的兵戈之苦！这迁都定策之事，但求无罪，不求有功啊！"

"我们几个在此等候唐大人回府，迁都一旦定策，我会速速往开封送去消息。"王承衍岔开了话题。

"好，几位上使今夜就在府内好好歇息，我与犬子这就进宫去。"唐镐说完，带着唐丰，一人提着一个灯笼，往大门走去。王承衍、周远、高德望与雪菲一起将唐镐父子送出大门。

"王兄，不必多虑，你们在府中等待消息便是。"唐丰冲王承衍点头说罢，便挥挥手，跟随父亲出了府门。

唐镐出得府门并骑上了马，但心中尚有些莫名的疑虑，因此并未催马急奔，而是不徐不疾地往西边上浮桥方向行去。唐丰骑着马，与父亲并排而行。

此时是半夜，要去宫城，最近的路就是通过秦淮河上的上浮桥，绕过国子监的南面，然后由大致南北向的御街前往宫城的南宫门。

四个受命护卫的家丁，都挎着腰刀，其中两个人的马头前支着一个灯笼，他们都骑着马，跟随在唐镐父子身后。马蹄因为都包了布，发出的声音变得有些沉闷。"噗噗"的马蹄声，在黑暗空寂的街道上回荡，令黑夜显得有些诡异。

唐镐父子离开后，王承衍便让诸人各自回房歇息。几个人正脚步踟蹰地往北边的厢房走去，周远却突然沉着脸说道："大家留步，少将军，我总觉着有些诡异。"

听周远这么一说，王承衍、高德旺、雪菲都停住了脚步。

"怎么了？"王承衍一惊。

"说不清，只是一种直觉。"

"你是说，唐镐父子要搞鬼？"雪菲惊问道。

"不，我觉得，这李景深夜传旨之事颇为诡异。"周远摇摇头，紧锁着双眉。

"周大哥，你从哪里觉出事情不对劲呢？"高德望好奇地问道。

"哎，我真不知如何回答。但是，总觉得哪里不对劲。对，可能是方才那个凌太监的随从让我感觉不对。方才，我透过屋子的窗棂，刚好看到那个随从跟在凌太监的身后。他当时右手提着一个灯笼，左手按着腰刀的刀把，进了大门便警惕地左盼右顾。我在灯笼的光中看到那个随从的眼神。如果我感觉没错的话，他的眼神中，似乎透着杀机。"

"这也很正常啊。他身负护卫职责，自然要警惕周围情况啊。"高德望说道。

"不，不正常，我总觉得那人眼中的杀机太盛。"周远道。

"莫非，凌太监是被要挟的？他传的李景的口谕是假的？"王承衍突然说道。

此话一出，四个人顿时陷入可怕地沉默。

"你们这般说起来，我都觉得有点毛骨悚然了！"雪菲浑身打了寒战，颤声说道。

"无论如何，咱们不能掉以轻心，既然周大哥有如此强烈的直觉，咱还是小心为是才好。"王承衍略一沉吟，继续说道，"不如，今夜咱几个先聚到周大哥屋内，一同等到天明，那时，如果一切顺利，唐镐父子应该安然返回了。"

"不，不行，那样恐怕为时已晚了。"周远眼神坚定地看着王承衍说道。

"周大哥的意思是，唐镐父子恐怕凶多吉少？"王承衍问道。

"是的！"周远斩钉截铁地答道，他的心里，越来越肯定方才那个凌太监的随从一定有问题。

这时，突然听得一声巨响，四人抬眼看去，只见大院东边王承衍下榻的那间厢房火光冲天，碎石飞溅。屋内爆炸了。

"不好！王将军，咱们已经被盯上了，你也成了目标。"周远惊道，"唐镐父子有性命之忧啊！"

爆炸发生后，大院里顿时乱成了一团。

四人匆忙商议了几句，王承衍决定四人一起往南唐宫方向去追唐镐父子。他叫来仆人们，令他们安抚好府内女眷，又令他们赶紧将马儿牵过来。唐府的仆人不敢怠慢，依言为四人备好了马匹。

四人骑上马，纵马去追唐镐父子。他们已经顾不得去为马蹄裹上棉布来消音。"嘚嘚"的马蹄声急促而响亮，在寂静的巷道之间回荡。

马儿跑过两条街之后，王承衍远远看见前面出现了几个骑着马儿的身影。

前面那段街道两边的屋檐下，数只灯笼发出暗淡的鬼火一般的光芒，堪堪勾勒出骑马人的轮廓。护卫唐氏父子的家丁马头前的两只灯笼，也如鬼火一般在黑暗中晃动。在这段街道的尽头，便是上浮桥。王承衍看到的那几骑身影，正是唐镐父子一行。原来，唐镐一方面心中对半夜入宫感到疑虑；另一方面也怕马蹄声太急会扰民，更怕骑马飞奔会引人怀疑造成不必要的麻烦，所以一路上骑行得并不是很快。

离唐镐父子一行越来越近，王承衍方才提到嗓子眼的心渐渐安定下来。"看来，还来得及。或许，刺杀的目标只是我，而不是唐大人。"他颇为庆幸地想着。

"唐枢密！唐枢密，等一下！"眼见还有二三十丈就要追上唐镐父子，王承衍大声呼喊起来。

唐镐父子一行方才听到急促的马蹄声从后面传来，正有些心惊，听到呼声，都匆忙勒紧了马缰绳。

"是王将军吗？"唐镐手一紧，扯了扯马缰绳，将马儿掉了个头，冲骑马赶上来的王承衍呼喊道。唐丰听到王承衍的声音，也掉转了马头。

"唐枢密，等一等——"王承衍再次呼喊道。

正在此时，王承衍忽然听到了"嗖——嗖——"两声尖锐的破空之声从上浮桥方向传来。

"不好！"王承衍心中暗叫。

"有暗箭！"周远大喝一声。

可是，为时已晚。只听一声惨叫，唐镐父子一行中有一人翻身落马。

"快跑，往回跑！"周远扯着嗓子大喊。

这时，唐镐等人已经被突如其来的暗箭吓傻了，竟然都骑着马在原地打转。

转眼间，王承衍等四人已经骑马奔到了唐镐跟前。

忽然，唐镐翻身下马，发疯般往地上扑去。

"丰儿！丰儿！你怎么了？"唐镐凄惨地呼喊着。

唐丰侧身躺在地上，一只羽箭穿透他的身体，箭镞突出在他的胸前，鲜血从他胸口汩汩流出。唐丰躺在地上，痛苦地抽搐着。唐镐趴在儿子的身上，声嘶力竭地呼喊起来。

"嗖——嗖——嗖——"又是几支羽箭从街道两旁的暗处射将过来。

"保护唐枢密！保护好雪菲姑娘！"王承衍冲周远、高德望大声呼喊道。

王承衍、周远、高德望三人与唐镐的护卫们围在唐镐、雪菲的身边，拼命挥刀挡去羽箭。

"莫非今夜我等都要葬身此地？"王承衍的心头一紧，这个念头一闪而过。

王承衍等人骑在马上，提刀僵立，惊魂未定，生怕再有暗箭射来。可是，仿佛在突然之间，从黑暗中射来的箭羽竟然停住了。

"刺客一定没有几个，看到咱们赶来，怕寡不敌众、暴露身份，所以撤了。"周远环顾了一下周围，冷静地说道。

街道上，两边屋檐下的纸灯笼，发出一团团昏暗的光。那些灯笼，仿佛是行驶在黑暗大海之中的船上的几盏孤灯。

"丰儿！丰儿！你不要死啊——"唐镐大声狂呼起来。

王承衍下了马，蹲下身子，伸出手臂紧紧握着唐丰的一只手，渐渐感觉到那只手越来越无力。

只听得唐丰喃喃发出微弱的声音。

"丰儿，你说什么？你说什么啊？"唐镐哭泣着，浑身战栗。

众人渐渐听出，唐丰是在吟诵诗句：

> ……
> 天淡云闲今古同。
> 鸟去鸟来山色里，
> 人歌人哭水声中。
> 深秋帘幕千家雨，
> 落日楼台一笛风。
> ……

唐丰吟诵的诗句，正是在进入金陵城之前王承衍吟诵的杜牧之的诗歌。听到这诗句，王承衍、周远、高德望都不禁泪水盈眶，雪菲更是忍不住落下了伤心的眼泪。

"唐兄，愿你的魂魄能够如愿，化为落日楼台那一笛风。你我尽管各为其主，但也是共患难的朋友。希望你能够理解我肩负的任务。"王承衍默默地想着。

唐丰没有吟诵完杜牧之的那首诗，吟到"一笛风"几个字时，便变得气若游丝。"风"字的音一落，他便没了气息。

黑夜中，除了唐镐凄惨的呼声，仿佛其他声音一下子都消失了。

周远蹲下身子，伸手在唐丰的脖子上探了探脉搏。

王承衍看到周远缓缓抬起眼，悲哀地冲他摇了摇头。

"唐枢密，咱们带令郎回家吧！"王承衍走到唐镐身后。他伸出双臂去扶唐镐。

唐镐固执地抱着唐丰的尸体，不愿起身。

"令郎人没了。唐枢密，此处危险，不可久留，咱们得尽快离开才是。"王承衍悲伤地说道。他将双手扶住了唐镐的肩头。

"是你们害死了我儿！是你们！如果不是你们，我儿就不会死！"唐镐歇斯底里地喊道，肩膀猛然一晃，甩开王承衍的手。

王承衍听了，心中一痛，一时之间不知如何辩驳。

"此处不宜久留，咱们回去再说！"周远一边说，一边用力抱起唐镐，不容他再做抵抗。

王承衍冲高德望说道："高兄弟，你把唐丰兄弟的尸体扶上马，咱们护送他回家！"


唐镐被周远扶上马，神情恍惚地回到了自己的府邸。仅仅半个多时辰，一个鲜活的生命就消失了。唐镐怎么也想不通，刚才还好好的儿子，怎么就突然没了。他一言不发，愣愣地盯着躺在地上的儿子的尸体。眼窝在他的脸上像两个黑洞，仿佛一下深陷了许多。唐镐夫人听说爱子遇刺身亡，已经哭晕过去，由几个丫鬟送回了卧房。唐府上下，陷入了浓浓的悲伤中。

会客厅里，四只巨大的羊脂蜡烛已经点燃。唐丰夫人在唐丰尸体旁跪着，哭得死去活来。两个奶妈抱着两个襁褓中的婴儿，无声地站在唐丰夫人身边啜泣。痛苦如同一只巨大的隐形狼狗，吞噬着每个人的心肝，一口一口地咬着，无声地咀嚼着。

唐丰的尸身，被平放在会客厅地上一张大白布上。突出于胸口的箭镞已经被周远折断，带羽箭的箭杆也已从他背后拔了出来。仆人们用炉灰堵住唐丰尸体的伤口，并用厚厚的白布裹住唐丰尸体的胸口，不让鲜血继续流出。

射死唐丰的暗箭，此时分为两截，带着血迹，被摆在会客厅的八仙桌上。

周远将带箭镞的半支断箭拿在手里，若有所思地摆弄着，突然他咕哝道："这支箭——不像是江南制造的。"

唐镐听到了周远的咕哝声，像被雷电击中一般，猛然从椅子上跳了起来，一把抓起八仙桌上另半截断箭，仔细看起来。

"对，对，这不是我江南制造的！不是！"唐镐颤声道。

"哦？"王承衍一惊。

"是南汉军使用的箭，我认出来了！是他们！是他们杀害了吾儿！丰儿，爹爹一定要为你报仇！"唐镐的声音变得有些歇斯底里。

"嗯，是了，肯定是为了阻止你们迁都南昌，还有，也为了阻止你们与我大宋修好，所以要刺杀你们！"雪菲插嘴道。

"雪菲姑娘说得有道理。南汉这也太阴险了！"一向沉默的高德望此时也不禁愤愤然说道。

"我要让国主发兵南汉！我要为吾儿报仇！"唐镐咬牙切齿道。

"等等！"王承衍说道，"这事情还有些蹊跷。"

"少将军想到什么了吗？"周远将断箭放回桌上，眼睛转向了王承衍。

王承衍却低头看着唐丰的尸体，略带犹豫地说道："只是，如果是南汉人干的，他们又如何知道唐枢密父子会在这个时间经过那条街呢？回想起来，唐枢密父子遇刺的情形，刺客应该早就埋伏在那里了。要不是我们追上唐枢密父子，说不定情况会变得更糟糕。刺客一定早就知道了唐枢密父子要经过那里，他们早就埋伏好了。"

"承衍哥哥，你的意思是——凌太监前来请唐枢密父子入宫的事情，事先被刺客知晓了？"雪菲问道。

"是的，刺客一定知道了。"王承衍说着，眉头一皱，继续说道："莫非，莫非——周大哥，你方才说，凌太监身后的那名护卫一脸杀气。莫非，凌太监是被刺客绑架的。所谓请唐枢密入宫起草制书的口谕，根本就是假的！"

"这好办，只要让唐枢密进宫找国主核实即可。"周远道。

"不错，如今唐枢密当然可以亲自去核实情况。只是，我在想，若是当时唐枢密也遭不幸，不就不会有人知道这件事的内情了吗？"王承衍说道。

"可咱们都是目击者啊，即便——即便唐枢密当时也遭不幸，咱们不是可以去向李国主告状吗？"雪菲道。

王承衍扭过头，像突然发现了什么怪物一般看着雪菲。

雪菲见他眼神有异，不禁吓了一跳，惊道："承衍哥哥，你怎么了？"

"别忘了，我们本不该成为目击者。那个时候，我们原本该在唐府，被他们炸死的。是了，他们没有料到，咱们会立即去追唐枢密父子。若咱们回屋子里哪怕快么一步，也会被炸死。那时，杀手们可以慢慢杀戮唐府其他人。我们同唐府其他人一死，凌太监传口谕之事，除了谋划者，就没有人知道了。"王承衍说道。

"嗯，有这可能。少将军，俺看让德望赶紧再去查查房前屋后，看看有没有线索。"

高德望不等王承衍点头，便急急奔出了会客厅。

"既然唐枢密没事，我想他们肯定改变了计划。估计咱们暂时都不会有危险了。"王承衍冷静地说道。

唐镐神经质地将身子一转，突然冲王承衍说道："按你的说法，莫非是我南唐国有人与南汉勾结，暗中刺杀我父子？"

王承衍默默地看着唐镐的眼睛，点了点头。

"是凌太监？"唐镐惊怒交加地问道。

"不一定，或许他是被要挟的。"王承衍道。

"如果凌太监不是被要挟的呢？"雪菲突然插嘴说道。

王承衍听了，愣了一愣，说道："如果真是南唐国有内鬼，那么不论凌太监是被挟持的，还是他也是其中一分子，此时刺客知道唐枢密侥幸逃脱，凌太监便恐怕性命难保了！"

"承衍哥哥的意思是，刺客会过河拆桥，杀人灭口？"雪菲惊问道。

"不错，恐怕凌太监凶多吉少！唐枢密，咱们得赶紧进宫面见国主。"王承衍道。

　　"不，少将军，此时去面见国主，恐怕已经晚了。假如主使之人是南唐宫内的人，凌太监一定已经被杀了。因为主使之人必会杀凌太监灭口，以免牵连到自己。假如刺客的行动并非南唐国的人所指使，他们只是挟持凌太监假传国主口谕，恐怕凌太监此时同样也是性命不保了。因为凌太监能够被挟持，没有宫内人配合，恐怕也是很难的。如果真有南唐宫里的人参与谋划，为了不牵连藏在南宫内的南唐内鬼，凌太监一样不能留。也就是说，不论凌太监是否主动参与了谋划，不论主使之人是否为南唐国的人，凌太监都有生命之忧。我们几个，恐怕也被人暗中监视着。此时出去，危险太大，咱们还是等到天明再说吧。"周远说着，用眼睛盯着王承衍，使了个眼色。

　　王承衍心中一动，当即说道："周大哥说得对，咱们等天明进宫去见国主。"

　　周远这时又将王承衍拉到一边，悄声说道："我担心的是，后宫的人也参与了谋划。"

　　"后宫之人！周大哥的意思是——钟皇后，或者是凌夫人？"

　　周远下意识地回望了一眼唐镐，发现他已经坐回了椅子，正悲伤地低垂着头。

　　"这些都是猜测。但不是没有可能，唐镐在我朝压力之下重新力挺迁都主张，你想想，会有多少宫里人反对？他们过惯了金陵宫中安逸的生活，怎肯轻易南迁？杀了主张南迁的唐镐父子，就能撼动李景的决心。所以不是没有可能啊。"周远说道。

　　王承衍像是突然想到了什么，猛一转身，向唐镐问道："唐枢密，这凌太监在宫里，是谁的人？"

　　唐镐呆了一呆，说道："他是凌夫人身边的人。"

　　"凌夫人，她不正是七皇子的生母吗？"王承衍道。

　　此言一出，众人都是一惊。

　　"承衍哥哥，你是怀疑，这次刺杀行动，是七皇子背后指使的？"雪菲问道。

　　王承衍微微低头，若有所思说道："不一定。只是——也不是完全没有可能。"

"少将军，我这就去七皇子府探探消息，如果真是七皇子指使，刺客很有可能返回七皇子府报信。"周远说道。

"不一定，不一定。"王承衍摇了摇头。

"我看，我去那里探访一下，说不定能发现什么。况且，除了这断箭，我们暂时也没有其他线索了。"

王承衍沉吟片刻，说道："好！这样吧。你一个人去太危险。我与你一同去查探一下。"

这时，高德望慌慌张张跑进屋子，怀里抱着三个城墙砖一样的包裹。

"少将军，看，在我和周远兄两人住的厢房后面，发现了这个。"高德望神色紧张地说道。

"快放下，大家都退后！"周远声音颤抖着说道。

高德望慌忙将两个包裹放在地上。

周远蹲下身子，从腰间抽出小佩剑，缓缓割开其中一个包裹，用手指往里探了探，从包裹中抓出一些黑色的粉末。周远将粉末放在鼻子下，闻了闻，神色大变，扭头对王承衍等人说道："是黑火药！少将军，看来，你我和二狗子都是他们的目标！可能刺客方才来不及点燃火药便跑了。"

王承衍一听，脸色大变，将高德望拉到一边，悄声说道："二狗子，还要麻烦你一下，明日一早，你速速赶回京城禀告陛下，就说目前李国主正在迁都之事上犹豫不决，另外南唐国内反对迁都的力量正在蠢蠢欲动，事不宜迟，建议陛下速派国使，借祝贺迁都为名，坐实南唐迁都之议。李国主去给弘冀太子上坟时，已经非正式地说过准备迁都，我朝这次再给点实际的压力，李国主必然会最后定下迁都之行。今晚，你与雪菲姑娘帮着唐家一起料理唐丰的后事吧。天一亮，就赶回汴京。"

高德望听了，心知事关重大，当下表情凝重地点了点头。

王承衍交代完高德望，冲唐镐抱了抱拳，说道："唐枢密，我与周远前去七皇子府探探动静，德望兄弟与雪菲姑娘就留在这里帮你。"

唐镐一脸哀伤，神情恍惚地点了点头。

# 五

黎明前的夜色似乎最适宜掩藏秘密。金陵城上空，浓厚的云团低矮而阴沉。

金陵城东清溪坊的一条小道上，充溢着两旁老木屋散发出的霉臭味，鬼气森森。三个披着黑色大氅的人蹑手蹑脚地快步走着。他们的氅衣下面，都藏着一张弓，腰间都挂着一个已经射空的箭壶。三个黑衣人在街边一间破败的二层木屋门前停住了脚步。其中一个黑衣人在门板上"橐橐——橐橐——橐橐橐"地敲了几下。过了片刻，木门"嘎吱"一声开了条缝。三个黑衣人警惕地往旁边街道上看了看，方才闪身入内。

屋内正中间有一张破旧的方木桌，桌上燃着一盏小油灯，油灯旁放着一块普通的龙尾砚，砚台里是磨了一半的墨汁，墨条和一支毛笔都斜架在砚台的边沿上。桌的一角，还胡乱放着一套卫士的制服。在屋子的西北角落里，蜷缩着一个被绑着的老人。老人方才还耷拉着脑袋，听见有人进屋，猛地抬起了头，一双眼睛睁得老大，惊恐地看着刚刚进屋的三个黑衣人。

"事情办得怎样？"来开门的那人目光扫过三个黑衣人，略显焦躁地问道。他一身丝绸长袍，看上去活脱脱是一个商人。

三个黑衣人一时间不言语。

"怎么？"那个穿丝绸长袍的人再次追问。

"那个小的应该活不成了。"三个黑衣人中长得最胖的那个答道。

"老的那个呢？"

"唐镐被追来的人救下了！刺杀王承衍等人没有成功。炸药包只点了一个，爆炸的也不是时候。当时，我以为王承衍几个会立刻回到屋子里，便点着了王承衍那屋子的炸药包，但他们在院子里停住了脚步。我一看情况不妙，舍了另外两个炸药包，便赶到桥边去帮他们俩了。后来，王承衍等人便追上来了。"三个黑衣人中最矮的一个答道。

穿丝绸袍子的人一听，眉头皱了皱，沉默了半晌说道："总算杀了一个，罢了，就勉强交差吧。你们快换下夜行衣。"他神色冷峻地瞪了那个矮子一眼，继续说道，"你，去后面厨房，生上火，煮锅粥，顺便把你们这几身夜行衣和弓、箭壶都烧了。还有我换下的那套，也拿去烧了。换的衣服在那边。"

说着，穿丝绸长袍的人往桌上那套卫士服指了指，又往靠右墙的一张椅子上指了指。那张椅子上，叠放着三套灰色短褐。

那个矮子听了命令，慌忙抱了桌上那套卫士服，往后面的厨房去了。他的两个同伙，飞快地脱下夜行衣，又去拿灰色短褐换上。两人换上灰色短褐，浑然是一副仆人打扮。

"还真合适！老爷！"那个胖子冲穿丝绸长袍的人讪笑道。

"是啊，老爷，咱一会儿好好去喝上几杯！"另一个高个子说道。

"行了，事情还没有完呢。快把夜行衣拿去烧了，剩下的那套短褐，给他拿到厨房赶紧换上。该烧的务必烧干净！"穿丝绸长袍的那人神色冷峻地说道。

"是！是！"胖子和高个子几乎异口同声地应道。说完，两人便捧着衣服、弓和箭壶，往后面厨房去了。

穿丝绸长袍的人坐到桌子旁边，拿起桌上的墨条，一言不发地磨了起来。

过了片刻，穿丝绸长袍的人轻轻放下墨条，从怀中掏出一张纸，缓缓展开，放在桌子上，又用手小心地压了压那张纸。

他冲桌上那张纸看了几眼，仿佛颇为满意。

这时，他缓缓站起身子，走到墙角的老人身旁，俯身为老人解开了身上的绳索，说道："好了，凌太监，现在要有劳你写几句话了。"

凌太监听了，浑身哆嗦，哪里还站得起来。

穿丝绸长袍的人有些不耐烦了，一只手伸到凌太监右腋之下，硬生生将这个可怜人拽了起来，扯到了桌子前，一把将其按坐在椅子上。

"听着，凌太监，照我说得写，若错一个字，我便杀你一个儿子。你进宫净身之前，生了几个儿子来着，两个，哦不，是三个！好了，千万别写错了。"

凌太监一听，颤抖着拿起毛笔，说道："好！我写，我写，不要杀我的孩子！"

"听好了，照我说的写，"穿丝绸长袍的人顿了一顿，继续说道：

老奴世居金陵，誓难背井离乡——

凌太监听了，老泪纵横，拿起笔，蘸了墨汁，犹豫了一下，颤颤巍巍地依言写下。

——亦不想陛下他日思念故都，观花溅泪，闻鸟惊心——

穿丝绸长袍的人不紧不慢地继续说着。

"啪嗒，啪嗒。"几滴热泪掉落在宣纸上，在"惊心"两字周围慢慢化开，这两个字的笔画，也慢慢随着眼泪洇开了，如同腐败的黑色的花朵。

——迫不得已，假人之手，铲除蛊惑君心之乱臣。老奴将死之人，唯祈国祚久长，望陛下恕罪！"

凌太监听到"老奴将死之人"这一句，不禁浑身打战，顿时停了笔，抬起头，用绝望的、哀求的眼神看着穿丝绸长袍的人。

"快写！你死了，你儿子们都会没事。这我向你保证。"穿丝绸长袍的人冷漠地说道。

凌太监知道乞求无望，只好颤抖着，绝望地写下了最后一句。

"很好，很好！字还不错。"穿丝绸长袍的人拿起凌太监写好的这幅字，拿在手里看了一会儿，不待墨迹全干，便草草将纸折了折，一把塞在凌太监的怀里。

正在这时，穿丝绸长袍之人的三个同伙从后面厨房出来了。那个矮子手中还端着一盆热气腾腾的稀粥。另外两人手中都拿了些碗筷。

"粥好了，咱喝完了就离开这鬼地方。"矮子说道。

"夜行衣、弓和箭壶都烧了吗？"穿丝绸长袍的人问道。

"烧了。"

"烧干净了吗？"

"都烧成灰了。不过，我就是不明白，咱不是故意用了南汉制造的箭吗？为啥现在要把夜行衣、弓都烧得一干二净？多留下点线索不是更好！"高个子问道。

"糊涂，那样用意就太明显了！射出的箭，是迫不得已留下的，属于考虑欠周密。若是在这里刻意留下线索，那就是失策了。"穿丝绸长袍的人笑道。

"还是大哥高明！"高个子竖了竖大拇指，顺便拍了一下马屁。

"给他也盛一碗。"穿丝绸长袍的人冲凌太监摆了一下头。

"好嘞，我这就给他盛。来，给你放这儿。凌太监，你吃饱了好上路。"矮子一边笑眯眯地说话，一边盛了一碗粥放在凌太监的面前。

"别磨蹭了！"穿丝绸长袍的人喝道。

凌太监流着泪，哆哆嗦嗦地端起粥碗。可是，他哪里还能喝得下。

穿丝绸长袍的人见凌太监服从了，便自己端起一碗粥，也喝了起来。

凌太监绝望地抽泣着，勉强喝了几口。

不一会儿，穿丝绸长袍的人和他的三个同伙喝完了粥。

"走吧，上楼。"穿丝绸长袍的人冲凌太监说道。

凌太监用手死死抓着桌子，就是不肯起来。他哭泣着，绝望地哀求："大侠，七皇子、凌夫人让我做的事情我都依言做了，你就饶了老儿一命吧！"

穿丝绸长袍的人面无表情地盯着凌太监，"不是我要你死。是七皇子要你死！"

凌太监听了，顿时面如死灰，两眼瞬间失去了所有光华，仿佛变成了两个空无一物的黑洞。他无力地松开了抓着桌子的双手，缓缓站了起来。穿丝绸长袍的人在后面推搡着他，将他推向了二楼的楼梯。穿丝绸长袍的人跟在绝望的凌太监身后，也一步一步往二楼走去。

片刻后，只听木屋外的街道上传来"扑通"一声闷响。

如果此时屋外的这条小街上有人，定会看到从街边这座木屋的二楼坠下一个人，那个人坠落在地面，挣扎了几下便不动了。不过，此时这条小街上黑黢黢一片，鬼气森森，没有一个人影。除了杀手之外，没有人看到这个人的坠楼过程。黑暗中，这个人的尸身，如同一条无人问津的死狗，躺在冰冷的街道上。

又过了一会儿，穿丝绸长袍的人走下楼梯，对等在楼下的三个同伙说道："好了，咱们可以走了，去七皇子府。"

# 六

秦淮河像条柔软的绿丝带，被主人松松垮垮地系在江宁城的腰间。在春天的夜晚，秦淮河变得更加温柔妩媚，与它慵懒的主人一样，在黑夜中恍恍惚惚地半梦半醒。从西往东，秦淮河的下水门、饮虹桥、长乐桥、上浮桥、上水门，是几个热闹的河段，其中最为热闹的地方是从饮虹桥到长乐桥河段。这一段河的两岸，几乎泊满了画舫。每到夜晚，这些画舫便是不眠的歌舞欢笑场。每艘画舫上，都有许多美艳的歌女、舞女。当然，在这些美女如云的画舫上，还有各色游客。他们有的兴高采烈，有的喝得烂醉如泥，有的拥着歌女、舞女高谈阔论，也有的听着琴瑟琵琶望着河水与明月发呆，思念着心中的爱人。南朝的王谢故宅和乌衣巷，就在长乐桥的南面，这时，也变成了繁华的商业区，盖起了酒楼、瓦子，处处莺歌燕舞。上浮桥这段河也曾经热闹非凡，因为上浮桥西北边就挨着国子监，常常有许多监生夜不归宿，在秦淮河上流连忘返、醉生梦死。不久前，李景因监生行为放浪而震怒，下令从长乐桥之东的河段一直到上浮桥之东的河段，不论白天黑夜，禁止经营画舫。这样一来，这段秦淮河迅速冷清下来，到了晚上，连国子监周围的巷道，也变得冷冷清清了。

　　王承衍、周远出了唐镐府邸，骑马疾行，从长乐桥过了秦淮河。随即，他俩找到长乐桥北桥头的一家酒店，只说要去寻一艘画舫听曲子喝花酒，暂将马寄存，等回头来取马时再付谢金。秦淮河边寄存马匹、行李是常事，酒店主人当即欣然答应，让店小二依例办事。店小二给了王承衍、周远每人一块写了编号的胡桃木寄存牌，便牵了马儿去了马厩。

　　王承衍、周远两人存了坐骑，便快步往诸司衙门西边赶去。七皇子从善的府邸便在诸司衙门西边，这一地点，他们一到金陵城内不久便打听过了。

　　秦淮河的莺歌燕舞与妖媚的灯火渐渐在他们身后远离，越靠近诸司衙门地区，人迹便越少了。他们不敢靠近衙门近处，在隔着两条巷子的地方，拐了个弯儿往西而去，疾行片刻便到了一个十字路口。他们知道，七皇子从善的府邸正门就位于折向北边的那条街上。府邸的东南部围墙，从正门一直往南，直抵这个十字街口的西北角。围墙很高，足有五尺左右，顶部还修了小雨檐，显得颇为华丽精巧。

　　此时，天上没有月亮，它不知躲在多少层厚云的背后。有风。西风，不大不小，沉默地吹过大地的表面。王承衍、周远没有立马折入北向的那条街，而是在路口的拐角停住脚步。他们躲在街角的黑暗中，稍稍探出脑袋，远远看见皇子府邸门前的屋檐下挂着两只红色的大灯笼。大门前站着的两个哨兵，仿佛都在打盹。

　　"咱们就从南围墙上翻进皇子府。"周远轻声说道。声音在一两步远的风声中便消失了。

　　王承衍点点头。

　　"那边！"周远冲十字路口西边指了指。

　　"好！"

　　两人随即迅速跑过十字路口，到了皇子府南围墙下的黑暗中。此时风大了起来，发出轻轻的呼啸声。周远、王承衍躲在黑暗中，静候着，仔细听围墙里面是否有人的响动。没有，既没有脚步声，也没有说话声。有谁没事会在这样的黑夜里沿着围墙瞎转悠呢！除了风声，树叶草木的沙沙声，不知什么鸟儿的零星的鸣叫声，围墙里面没有其他的响动。

"你助我先上去。"周远轻声道。

王承衍微微蹲下身子，两手十指交叉置于腹部。

周远往王承衍手上一蹬，身子往上一跃，已然用右手勾住了围墙雨檐的脊部。一块瓦片在周远手臂的压力下突然滑落，幸好王承衍眼疾手快，一把抓住瓦片，轻轻放在了墙角下。

四周无人。

一片阒静。

乌黑的厚云像高高的云帆，在天空中缓缓移动，厚云巨大的体积看上去有些恐怖，令人压抑。

周远蹲在围墙顶部，往院子内看了片刻。

"上来！"周远一手抓紧围墙雨檐的脊部，一手下探，向王承衍轻轻唤了一声。

王承衍身子往上一纵，一只手抓住了周远的手臂。周远往上一拉，王承衍顺势往上一探，另一只手抓住了围墙脊部，脚往墙上一蹬，使劲攀了上去。

"看，有光亮的地方有三处。"周远往院子内一指，只见黑暗中有三处闪现出光亮。有一处的亮光来自西北的一片黑暗中，这亮光的一边区域，有一些鳞片般的细碎反光。有一处光亮则来自正门方位。还有一处光亮较远，似乎是来自大院的正中。

"那里边应该是一片湖，"王承衍轻声说道，"我看，咱们就去那边查查。"

两人旋即纵身跃入院子，轻轻落地。

他们现在置身于围墙内侧的一片小竹林之后。穿过小竹林，是一条弯曲的小径。他俩沿着小径往西北方向小心而行，发现脚下高高低低，小径两旁是一些灌木与花草，偶尔还有一些假山怪石。

不一会儿，小径前面豁然开朗。前面果然是一个湖。小径与湖上的九曲桥相连。那九曲弯桥在靠近湖西岸的近处从南到北横贯湖面，在它的中段，是一个从湖中搭起的凌空小楼。小楼有两层，后部倚靠着院子中一座小山，恰好位于九曲桥的中段。沿着九曲桥的南段可以通往小楼，过了小楼，沿着小楼北边的九曲桥，可以通往湖的北岸。从王承衍、周远站的地方，可以看到支撑着小楼的巨大横木。这些横木的一端，肯定深深插入山壁上凿出的孔洞中。方才，他俩在围墙上看到的一处亮光，正是从此楼中发出。令他们为难的是，这座小楼的大门前，站着四个持枪卫士。

"这楼亮着光，看着有些蹊跷。先从这里开始吧。"周远轻声道。

"可是怎么进去呢？"王承衍为难地说道。

"从那边上去。"周远冲旁边布满杂草灌木的黑黢黢的小山坡指了指。

王承衍立刻明白了他的意思。

两人离开了小径，在杂草与灌木丛中向湖边那座楼靠近。不时有风吹过杂草、灌木以及高大的树木，大树叶发出"哗哗"声，浓密的小树叶与杂草、灌木发出"沙沙"声，将他们两人轻微的脚步声和碰到杂草灌木发出的声音完全地吞没了。

没多久，两个冒险者便摸到了那座楼的背后。

"我去上面。这个我在行。少将军在楼下为我望风。"周远道。

"行。"王承衍知道周远的确是这方面的行家里手，自己还是望风更好。

夜色很深，楼里的光亮发散出来，在湖面上产生了些许微弱的反光。这些反光随着晃动的水波闪烁着，又将更加微弱的光散发于湖面和湖面近旁的空气中。借着微弱的光，周远小心翼翼地摸上了小楼的屋顶。他在瓦片上悄无声息地行走，揣摩着到了屋子正中的顶部才停住。慢慢地，轻轻地，揭开瓦片，他几乎是屏着呼吸，以慢得不能再慢的动作，悄然将一片瓦片抽出了一半。好了，有这样一个"小窗"就足够了！他缓缓俯下身子，将眼睛紧贴着那个"小窗"往下看去。屋子里烛火通明，靠西边的大榻上斜倚着一个穿着紫红色锦袍的年轻人。周远认出那就是七皇子从善。大榻前面站着一个人，着丝绸长袍，戴着员外帽。看起来，此人像是个做生意的商人。周远所处的位置，正好处于此人的头顶心，因此看不到此人的脸。在这个人的后面，站着三个人，看起来像是他的仆人。

只听得那从善说道："……方才给你们的信都收好了。说不定，天一亮，各城门就会严禁出入了。你们四个，速速带上我的信出城去。你，一定要将此信亲手交到林将军手中。他如果能够上疏阻止迁都，事情就成功了一半。另外，就说我请他务必整顿好兵马，随时应变。这句话，我没有写到信里。你就说这是我带给他的口信。还有，你们三个，分别将信送到王崇文、何敬洙、陈海三位将军手中，也转告同样的口信。送完信，尽快回来复命。本王还有重任要交给你们，切记！切记！"

那个商人模样的人一抱拳，低首俯身说道："是！王爷放心！"

"赶紧去吧！"从善向四人挥了挥手。

那四人转身离去，刚走到门口，从善忽然道："等等！本王写给四位将军的信，请他们阅后立即焚毁！"

那"商人"和三个仆人模样的人转身回头，异口同声地答应了。

就在那"商人"回头的一瞬间，周远看到了他的面容，只见他两颊微胖，唇上留着胡须，下巴则是一撮短短的山羊胡须，正是方才护送凌太监去请唐镐父子的那个护卫。周远在江湖上奔走多年，记人的面目最是擅长。凡是他见过的人，一见之下，瞬间便可将那人的相貌记在心里，此时他再见到这张面孔，自然不会认错。

周远在屋顶，只听得心惊肉跳。莫非七皇子想发动政变？他心中冒出了这个念头。只是，光凭方才听到的，还不能成为七皇子从善暗中谋划刺杀唐镐父子的证据啊！万一，是有其他人指使此人刺杀唐镐父子呢？他听得那四个人出了屋门，脚步在回廊上渐渐远去，一会儿又听到"嗒嗒嗒"下楼的脚步声。等他们离去再撤不迟！他屏住呼吸，继续观察着七皇子从善的动静。可是，那七皇子从善仿佛睡着了一般，只是斜倚在大榻上一动不动。不过，他并没有睡着。他的眼睛，正严肃冷峻地盯着虚空，仿佛那里有一个人正与他虎视眈眈对视着一般。

揣摩着那四个人已经离开了小楼，周远才悄无声息地将瓦片移复原位，随后神不知鬼不觉地从楼顶摸了下来。

"怎样？"王承衍急切地问道。

"恐怕有大事要发生。回去细说。先出去！"周远轻声道。

风继续吹着。树木、杂草与灌木继续在风中发出各种声音。不知是什么鸟儿，依然"叽叽咕咕"地鸣叫着。周远与王承衍翻出了七皇子府邸的围墙，身影很快隐没在府邸东南边那条黑暗的街道中。

# 七

这座宫城，唐镐是很熟悉的。在他的心中，它是如此宏伟、如此辉煌，又是如此静谧而祥和。可是今天，在他的眼中，它变得陌生了，变得恐怖了。它如同一个巨大的怪兽，不怀好意地蹲踞在他的面前，张着血盆大嘴，瞪着阴森的双眼，不吼不叫，只是静静等着他。他有一种不祥的感觉，这座宫殿已经确确实实变成了一个怪物，正是因为它，昨夜他的儿子才会被暗杀，而它，很有可能在将来也会吞噬他。他就是它的猎物。他感到终归有一天，他会被它嚼碎，连皮带肉，和着骨头，一起被它吞入肚中。

唐镐来到南唐宫门前，他愣愣地站在宫门前，带着震惊的神色看着眼前曾经熟悉的但如今变得陌生的一切。儿子遇刺后，整个世界对他来说都变得陌生了。家丁们抬着唐丰的灵柩跟在唐镐的身后。他们也突然意识到，唐丰的死将改变自己的命运；但是，他们尚未意识到，唐丰的死，是王国的命运正在发生巨大变化的一个征兆。

王承衍、周远作为宋朝皇帝的私人信使，陪同着唐镐一起入南唐宫城觐见李景。当然，他俩今日还有另一个身份，那就是作为唐丰被刺的目击者为唐镐作证。对于王承衍来说，他还有一项重要的事情，要借今日觐见李景之机来完成。这件事，是他与周远自七皇子从善府邸回到唐镐府邸之后，与唐镐一起商量后决定要做的。这件事，会引发什么样的后果，他们三个人不清楚。王承衍要做这件事与唐镐同意做这件事，有各自不同的目的。唐镐为了给自己的儿子唐丰复仇，也为了南唐国的命运，他毫不犹豫地支持了这件事，因为，他已经想不到还有什么更好的办法了。

高德望一早便急匆匆地出了金陵城往大宋京都开封赶去。他肩负着重要的任务，不仅要向皇帝赵匡胤汇报他们在南唐的所遇所闻，还要请来朝廷真正的使者，以给李景施加压力，促使其尽快迁都南昌府。雪菲姑娘并没有随着王承衍、周远、唐镐一起入宫，而是留在唐镐府邸照顾唐家老太太和唐丰娘子。

李景在南唐宫延英殿召集文武百官。他一早便知道金陵城中发生了大事。唐镐儿子唐丰被刺。凌太监畏罪自杀。但是，他还来不及就这两起事件进行深入细致的思考。他的整个人还停留在震惊之中。当他在王座上看着身着缟素的唐镐时，他的心揪了一下。这个唐镐，仿佛在一夜之间苍老了十岁。他的眼睛深深陷入了眼眶，眼角与额头布满了皱纹，悲伤令他的脸变得有些扭曲，连身体也显得伛偻了。悲伤与愧疚像针一样不停地刺着李景的心。李景心里很清楚，迁都之议，是他自己最初提出来的，唐镐只是他的一个支持者。尽管李景对迁都之议内心有些反复，但是如今在他的内心之中，已经将迁都视为维持社稷的一个有效办法。唐镐的支持，对他来说，很重要。可是，如今，唐镐的儿子唐丰被刺杀了。唐丰的死，肯定与迁都之议有关。

"该死的凌太监！糊涂的凌太监！你以为刺杀一个唐丰，就有用吗？"李景心中暗怒，狠狠地咒骂着凌太监。

唐镐"扑通"一声跪在地上，重重磕了个头，哭诉道："陛下，请为臣做主，下令全国通缉刺客，为吾儿报仇！还有，臣父子是在昨夜入宫路上遇刺的——"

"等等，你昨夜有何事急急入宫？"李景问道。

李景此言一出，唐镐、王承衍与周远不禁都是一惊。三人心中都想，原来凌太监传达的李景口谕果然是假的。

"陛下，昨天半夜，是凌老太监来传口谕说——说陛下急着召见微臣。"唐镐犹豫了一下，没有将起草制书的假口谕说出来。

"原来如此，原来凌老太监是用了这个办法骗你父子……"

"陛下，犬子被刺杀后，微臣也怀疑过凌老太监。如果口谕是假的，那么凌老太监就可能是被人挟持了。此时，恐怕他也凶多吉少。"唐镐说道。

李景愣了一愣，立刻想到唐镐还不知凌太监已死的消息，当下恨恨然道："他已经死了！畏罪自杀，还留下了绝命书。"

唐镐听了，大吃一惊。王承衍、周远也不禁暗暗吃惊。三人心中都想起七皇子府邸发生的那一幕。那一幕，周远是亲眼见到的，而王承衍与唐镐是听周远说起的。

"如果真是七皇子谋划的，那可真是心狠手辣啊！"三人心中都那么想道。

"那老东西是借他人之手刺杀了唐丰。只是，他暗中指使的刺客，不知是何人？"李景说道。

"陛下，微臣可否求凌太监绝命书一观？"唐镐恳请道。

"卿家先平身。来人！快给唐镐搬个绣墩来。"李景对唐镐说完"平身"，又冲身旁的一个内侍说道。

待唐镐坐下，李景向旁边的另一个内侍做了个手势。那内侍便将一张折叠起来的宣纸递给了唐镐。

唐镐缓缓站起身，双手颤抖地接过那张纸，急不可待地打开，只见宣纸沾染着已经干掉的暗红色血迹，上面写了数句话：

老奴世居金陵

誓难背井离乡

亦不想陛下他日思念故都

观花溅泪，闻鸟惊心

迫不得已，假人之手

铲除蛊惑君心之乱臣

老奴将死之人

唯祈国祚久长

望陛下恕罪

"国祚久长"几个字的墨迹在宣纸上已经洇开了，似乎是被水滴或泪水洇化的。

唐镐看了，一时无语，老泪纵横，浑身颤抖起来。

"吾儿啊！难道你的仇，竟然是无处可报了吗？"这个念头在唐镐的心中如同利刃一般闪过。

突然，唐镐仿佛想到了什么，两眼一翻，大声说道："陛下，此绝命书中说假人之手，微臣知道，与凌太监合谋的，是南汉的贼人。说不定，是南汉朝廷暗中怂恿凌太监派人刺杀我父子。之前，犬子出使宋朝回国途中遇刺，恐怕也是南汉所为。还请陛下发道檄文，微臣愿率兵讨伐南汉，为儿复仇，为国雪耻！"

"唐大人，你说是南汉人所为，可有何证据？"

"陛下，请准微臣的家仆将证物送入殿内。"

"好！"

李景说完，下令侍卫去大殿之外传唐镐的家仆进来。

不一会儿，唐镐的一个家仆便捧着一个楠木制成的木匣子进入了大殿。

唐镐接过那个匣子，慢慢打开，高举头顶，说道："此匣子中是射中犬子胸口的那支箭，此箭非我国所造，而出自南汉，是南汉军士所用之箭。望陛下明察！"

侍卫接过木匣子呈给了李景。李景细细查看了木匣子中的断箭，递还给了那名侍卫。

李景沉吟了片刻，说道："此箭确实非我国制作，应该是南汉的。只是我国与南汉此前交战多年，南汉军士的箭，恐怕遗落在我国的亦不少。唐大人，此事我看还得仔细勘查。"

"陛下！请陛下为微臣做主啊！"唐镐泣声道。

这时，七皇子从善突然走出文武班列说道："父皇，南汉多年来觊觎我国，又暗中担心我国与大宋结盟。我国要迁都南昌，更是对南汉造成了巨大压力。此次唐丰被刺，必然是南汉暗中所为。还请父皇当机立断，发兵征讨南汉，待平定了南汉，再迁都南昌也不迟！孩儿愿做征讨先锋，请父皇恩准！"

"胡闹！大国交兵，岂可当成儿戏！担心我朝与大宋联盟的，岂止是南汉？吴越、后蜀、北汉，不都是暗中的抵触者吗？况且，就在我江南内部，未尝也没有反对的人。若此事非南汉所为，而是有人借此箭栽赃，我国岂非被天下耻笑？"李景狠狠瞪了从善一眼，暗暗观察他的神色。他对从善的怀疑仍未从心里消除。

李景的话音一落，文武班列中走出一人，正是韩熙载。

"陛下，臣以为可以先派使者去南汉探探情况，如果刺杀唐丰确实是南汉朝廷暗中指使的，其内部必然会有些动静。至于迁都之事，或可一缓。"韩熙载说道。

李景"哼"了一声，带着怒气说道："你们啊，就是贪恋金陵的歌舞繁华，就是留恋秦淮的灯红酒绿。派使者去南汉，我会考虑的，这或许是查唐丰被刺案的一个办法。"

此时，王承衍从唐镐身后走了出来。他从怀中掏出一封信，举过头顶，口中说道："在下有一密件请国主私下一阅。"

李景一听，觉得有些蹊跷，心想，既然是密件，又为何当众呈送？他稍稍犹豫了一下，便让侍卫将那密件接了过来。

李景缓缓打开"密件"一看，只见其上写道：

> 我朝察子密报，南唐国七皇子从善，暗结林仁肇、王崇文、陈诲、何敬洙四大节度使，欲图阻挠南唐国主迁都南昌府。林仁肇等正集合兵马，南唐国内，风起云涌，恐有兵变之危。

李景看完，心中又惊又怒，惊的是——这消息不知真假，如果是真的，七皇子从善就有谋逆之嫌；怒的是——如果这消息是真，他竟然是从大宋皇帝私人信使那里得知。李景再往深里一想，心里更觉一片冰凉，这王承衍当众呈交折子，莫非是为了留个见证，难道这密报中的消息果然是真的不成？

李景想到这里，不禁拿眼睛斜睨了一眼从善。这个儿子，他其实从心底是非常喜爱的，在有些时候，他甚至产生冲动，要将大位传给他。可是，他一直无法下定决心。他在心里不断权衡着。他很清楚，从善做事远比从嘉要果敢。但是，从善也有他的缺点，作为父亲，李景早就注意到从善的这个毛病，那就是一旦遇到挫折，便会很快变得消沉，而且其原本的一些想法往往会在遇到挫折之后发生重大改变。他担心大位一旦传给从善，以他的性格，极有可能迅速与大宋、南汉爆发战争，那样一来，南唐说不定很快会大难临头。

冷静，冷静！李景默默提醒自己。他缓缓合上那封所谓的"密件"，若有所思地眯起眼睛，淡淡地对王承衍说道："谢谢上使呈送此份密报。此事我自会调查清楚。"尽管王承衍并非正式的使者，李景出于对他的尊重，依然用"上使"相称。

王承衍见李景应对沉稳，心下亦不禁暗暗佩服他的定力。当下，王承衍抱拳说道："南唐国安危与我大宋休戚相关。请国主明察。"

说完这话，王承衍沉默着退到唐镐身后。关于七皇子从善的密谋，王承衍并没有在大殿上明言点破。这样做，他是与唐镐、周远都商量过的。他也特意详细写了一封信，让高德望在回京城后立刻呈送给皇帝赵匡胤。

王承衍本打算让唐镐将七皇子密谋之事告诉李景，可是考虑到此事干系重大，如果由唐镐上报，即便是真的，李景恐怕也会因唐镐联合宋使私查七皇子而加罪于唐镐。那样一来，迁都南昌之事恐怕就会受到影响。况且，七皇子的事情只是周远耳闻的，目前没有其他证人，四大节度使向李景上书反对迁都甚至起兵反对迁都——假如会发生的话——在行动之前，根本无法坐实此事。一旦李景当面质问唐镐和七皇子从善，从善定会立刻一口否认，然后再设法通知林仁肇等人改变计划。而且，七皇子是否派人刺杀唐丰尚无确证。那个假扮护卫之人，是七皇子指使，还是另有人在背后指使，也都不好说。所以，王承衍、周远与唐镐考虑再三，觉得还是由王承衍假托宋朝秘密察子送来密报，然后以呈送密件的方式来提醒李景。

这样一来，只要林仁肇、陈诲等四人真按七皇子从善的意思上疏劝阻迁都，七皇子密谋之事，就可以坐实。那样子，一方面可以打击七皇子势力；另一方面则可以使迁都之议不会被废止。至于七皇子从善是否与刺杀唐丰父子有关，这个自然可以慢慢查下去。唐镐心中想着为儿子唐丰报仇，怀疑七皇子从善是幕后主使。他也知道直接指证七皇子从善并无证据，因此并不反对王承衍的做法。况且，他也很清楚，如果在大殿上直接将矛头指向七皇子，说不定会适得其反，那样李景说不定为了护犊子，会以诬蔑之罪拿他下狱。那样，要为儿子报仇就更加难了。所以，经过再三商量，唐镐与王承衍、周远一起定下了今日觐见李景时的策略。

"唐丰遇刺的事情，发生在江宁府，就着江宁府负责调查。唐枢密，你先回去歇息。有进展我定会让人通知你。"说着，李景冲韩熙载、徐铉、高越、陈乔、殷崇义、严续几人看了看，点起他们的名字，同时用手指点了点这几个人，说道："你们几位，随我到光政殿来一趟，其他人都散了吧！"

说罢，李景站起身，背着手，头也不回地离开宝座。

殷崇义、韩熙载两人吃惊地对视了一眼，匆忙跟了上去。其他几位被点到的官员也不敢怠慢，慌忙疾步追去。

殿内群臣见李景同时令殷崇义、韩熙载等五位大臣前往光政殿议事，知道出了大事，当下交头接耳，窃窃私语起来。

南唐失去淮南后，国内宰相之位空缺，李景内政大事常常与几位中书舍人、枢密院共议。其时，韩熙载、徐铉、高越、陈乔四人皆为中书舍人，此时，韩熙载除了担任中书舍人，还兼了户部侍郎之职，殷崇义为枢密使，严续虽在不久之前刚刚被免去门下侍郎、同平章事之职，罢为少傅，但仍有相当权势，近乎半个宰相。文武群臣见李景召集他们几个去光政殿，自然觉得发生了大事，等到李景、韩熙载几人消失在帷幕后面，方才陆续转身出殿。

走出大殿没几步，王承衍向七皇子从善的背影看去，正巧从善忽然扭转头，也往他这边看来。王承衍发现，从善的眼中，流露出一种奇怪的光芒。是愤怒？还是恐惧？抑或是猜疑？王承衍愣了一愣，正想仔细琢磨七皇子的眼神，却发现他已经扭转头去，大踏步走远了。

也许，一场风暴要来了！王承衍心里暗暗说道。

# 八

光政殿并不大，实际上是个小小的议事厅。殿内北面正中稳稳当当摆着一张上好金丝楠木制作的宝座。宝座长如床榻，靠背扶手都用镂空手法雕刻出龙螭形状，线条柔和，层次繁复，华丽无比。椅子上铺着金丝银线绣面的锦垫，更是为其增添了雍容华贵。

李景在宝座上坐定，将王承衍呈送的那封所谓"密件"往跟前的长条案上一甩，没好气地说道："你们几个看看这个！"

韩熙载、徐铉、高越、陈乔、殷崇义、严续六人面面相觑，一时间谁都不敢伸手去拿那份札子。

"愣着干吗？快看呐！叔言，你先看看吧。"李景皱着眉头道。

韩熙载听了，看了严续等人一眼，方才拿起那札子缓缓打开。

随着目光扫过"密件"上的文字，韩熙载的脸色渐渐变得严峻了。看完"密件"，韩熙载一言不发，将札子递给了严续。其他几个人依次看完，均是面色沉重，默然不语。

"这个札子，是赵匡胤私人信使王承衍方才呈上的。我们南唐的事情，倒是让他大宋抢先知道了！"李景面色变得愈加难看了。

"此中所言之事，不知真假，或为大宋离间陛下与七皇子，也未可知。"严续捋着下巴上的山羊须说道。

韩熙载摇摇头，说道："恐怕没那么简单。"

"哦？"李景翻了一下眼皮，看了韩熙载一眼。

"陛下，那王承衍既然敢在殿堂上当众呈送此密报，一定是心中有所持。公然离间陛下与七皇子，若无密件中所言之事，陛下将他斩杀了，大宋皇帝也不敢以此为借口兴师问罪。所以，这密件中所言之事，即便不是全实，也一定有——"韩熙载话说至此，斜睨了李景一眼，闭口不再言语。

"你的意思是，七皇子真得有所谋划？"李景问道

"陛下，七皇子是否有所谋划，一时半会儿恐怕难下定论。不过，林仁肇等人是否会反对迁都，却是稍待时日便可知晓。"韩熙载不疾不徐地说道。

"稍待时日便能知晓？"李景"哼"了一声。

韩熙载说道："微臣以为，林仁肇等人若反对迁都，必然会上疏陛下。陛下只需坐等其上疏即可。至于四位将军的行动，陛下倒是可以派出察子或监军，探个究竟。"

李景看着陈乔道："子乔，你如何看此事？"

子乔是陈乔的字。听到自己被点了名，陈乔昂首说道："陛下，王承衍以私使之身份上呈密报乱我大唐之政，臣请陛下斩杀王承衍，借此立威天下，也给觊觎我南唐的赵宋一个警告。"

"不可，王承衍虽是宋帝私人信使，但如陛下于此时杀他，必然成为宋帝兴师问罪之借口。"徐铉此时插口说道。

"何以见得？"陈乔问道。

"陈大人，你可知王承衍之父是何人？"徐铉反问。

"这与其父有何关系？"

"王承衍的父亲乃宋节度使王审琦。如王承衍因一纸之文被我南唐斩了，王审琦岂能善罢甘休。那王审琦是宋帝赵匡胤早年结拜兄弟，杀了王承衍，赵匡胤即便自己不想动兵，为了安抚王审琦，同时为了维护新立王朝的威信，也必然会借机大举兴兵攻伐我南唐。我江南经淮南之败，元气大伤，如何能在此时再与他赵宋开战？"

高越这时开口说道："鼎臣（徐铉的字）言之有理。况且上天有好生之德，王承衍为赵宋之臣，自然为其主谋事，斩杀他于事无补。此密件中所言之事，如若是真，他的密报倒是帮了我江南一个大忙。"说完，高越很小心地看了李景一眼。

陈乔听了徐铉、高越之言，微微点头，说道："二位所言，颇有道理。只是，当下这局面，如何处理？"

这时，殷崇义说道："我看，陛下不如传七皇子当面问个究竟。"

李景摇头道："不可，不可。真有此事，对质有何用。"

韩熙载沉默许久，此时说道："陛下，微臣突然想到，在今日殿议唐丰遇刺之事时，王承衍密报七皇子暗结四将军反对迁都，似乎别有用意。"

李景听了此话，蓦然打了寒战，惊道："叔言的意思是，王承衍是在暗示唐丰遇刺，与七皇子有关？"话一出口，李景便觉得后悔了。可是话既然已经说出，再收回也难了。当下李景阴沉着脸，不再言语。

除了韩熙载之外的几位大臣听李景这么一说，也不禁大惊失色，面面相觑。

"陛下，恕微臣实言，如若林仁肇等人联名上书反对迁都，则七皇子暗结四将军之事基本坐实。刺杀唐丰之事，是否与七皇子有关，还得从凌太监身上下手。"韩熙载冷静地说道，并没有接李景的话头而断定七皇子是否与唐丰遇刺有关。

"你有啥办法处理此事？"

"微臣有一计。"韩熙载说道。

"说！"李景神色凝重地看着韩熙载。

韩熙载从容道："臣请陛下软禁王承衍等人，一方面等待林仁肇等四位将军的反应；另一方面暗中调查七皇子与唐丰遇刺之间是否有联系。"

"可是，软禁宋帝私使，要做得不能让宋帝找到问罪的借口，谈何容易？"严续面露担忧。

韩熙载微微一笑道："这个就交给微臣来办。"

"莫非叔言已有好办法？"李景问道。

"如果陛下允许，微臣可以邀请王承衍等人去城南雨花台夜宴，然后借机将他们软禁起来。到时，他想回唐府，也由不得他了。"

李景听了，用手指点了点韩熙载，说道："还是你鬼点子多啊！好吧，好吧，就依你之见吧！但做得聪明些，别把事情闹大了，别让大宋找到兴师问罪的借口。"

"微臣晓得。"韩熙载微笑道。

"殷枢密，你安排人去查探一下，看看林仁肇、何敬洙、陈海、王崇文四人手下兵马是否有动静。"李景向枢密使殷崇义说道。

"是！"殷崇义知道事关重大，回答的时候，连声音都有些颤抖了。

# 九

两天后，一个信使快马赶到了南唐宫。此人送来了镇海军节度使林仁肇的上疏。上疏直接呈交给李景。李景见书后大惊。原来，林仁肇上疏的内容正如王承衍密报所言，言辞激烈地建议勿要迁都南昌府。随后，一天之内，百胜军节度使何敬洙、永安军节度使陈海等人反对迁都南昌的上疏也接踵而至。最后，李景颇为信任的武昌军节度使王崇文的上疏也到了。上疏内容，同样是反对迁都。

李景看完上疏，瘫坐到榻上，心中暗自咒骂："混蛋！王崇文啊王崇文，亏我对你信任有加，你怎么也与从善勾结在一起了？"更令李景震惊的是，殷崇义派出的察子也陆续带回了消息，四位将军都正在集齐兵马。一切变化，皆如王承衍密报所言。

"七皇子暗中勾结四将军反对迁都，果然是事实。还集齐兵马，莫非真想借机谋反不成？"李景在惊怒之余，更多了无限悲伤。儿子有可能谋反，他心中怎能好受呢。他拿着林仁肇等四人送来的奏疏，翻来覆去地看，看着看着，突然冒出来一个念头，"莫非，两次刺杀唐丰的事，都是七皇子暗中指使的？为什么是凌太监假传我的口谕，而不是别的太监？凌太监是凌夫人的亲戚，凌夫人是从善的生母。莫非，莫非——她也参与了阴谋？唐镐发现的那支箭！那支射死唐丰的是南汉制造的箭，难道这是阴谋者故意留下的线索，以便嫁祸于南汉？"这个念头令李景一时间浑身冷汗淋漓。

想到自己的儿子暗中联合四个将军阻挠迁都，想到自己的儿子可能还暗中谋划了刺杀唐丰的阴谋，想到自己的后宫可能也卷入其中，李景越想越怒，越想越惊，终于怒不可遏，决定自己必须做出必要的反应。

这天，李景在南唐宫内的百尺楼上安排了金吾卫，然后带着凌夫人一起登上了百尺楼。他又令人备好酒菜，送到百尺楼上，装作没事的样子与凌夫人欣赏春景，边吃边聊。随后，他传令七皇子从善到百尺楼议事。

李景已经做好了在百尺楼上斩杀从善的准备。

七皇子从善接到父亲的传令，心中忐忑不安，猜想着林仁肇等四位将军的上疏有可能已经送到了父亲的手中。但是，他不知道此前王承衍那份密报中的内容，所以尽管忐忑不安，却并不感到害怕，甚至可以说，他还感到有些激动。有机会与父皇在百尺楼上好好论事，有机会令父皇改变迁都南昌府的打算，他怎能不激动呢！"这可能是改变我南唐命运的一天啊。这可能是我建功立业辉煌之路的起点啊！"带着这样一个想法，从善匆匆赶往百尺楼。

南唐宫的百尺楼，是李景于保大年间下令修建的。百尺楼高度正如其名，高过百尺，每层都是飞檐吊角，雕梁画栋，楼内藏珍奇异宝无数。百尺楼高是高，但地基不如延英殿、升元殿、雍和殿、昭德殿等主殿大，因此越发显得特别俊秀挺拔。从楼下仰望，百尺楼高耸入云，金碧辉煌，壮丽无比。

百尺楼刚刚建好的时候，李景邀请近臣前往参观。近臣们见百尺楼后纷纷赞叹不已。唯有时任刑部郎中的萧俨闷闷不乐，闭口不语。待与李景一起登上百尺楼顶层后，萧俨当着李景的面愤愤然说道："只恨楼下无井！"李景听了一脸不悦，问何出此语？萧俨答道，因为无井，所以此楼不如景阳楼。这是萧俨借景阳楼进行尖锐的进谏。景阳楼乃是前齐的宫中之楼。前齐是个短命王朝，多个皇帝骄奢无度，最终导致王朝很快灭亡。李景一听萧俨将百尺楼比作景阳楼，顿时雷霆大怒，当场就将萧俨贬为舒州判官。

在百尺楼的最高一层凭栏远望，可以看得到位于城池北面的龙安山。保大年间，李景有一天将木平和尚请到百尺楼谈佛，木平和尚望着龙安山说，此处宜观火。李景当时笑问：观何处之火？木平和尚摇摇头并不回答。此后，木平和尚每次见李景，都用禅杖头上悬挂的木瓶挡住脸。李景问这是何故，木平和尚只说佛法深奥，需人自悟。李景以为木平和尚行为包含禅机，乃是与他论禅，故也不为怪。因为百尺楼高耸入云，视野极好，李景心情极其郁闷之时和极其舒畅之际，常常会到百尺楼的最高层或谈佛修心，或饮酒浇愁，或观舞愉情。

七皇子从善怀着复杂的心情登上了百尺楼最高一层。只见凭栏处摆着一张大桌，桌上摆着酒菜，父皇李景、母亲凌夫人和兄长从嘉都在座。除此之外，再无他人。今天怎么了，父皇让母亲和六哥一同来？从善因为做贼心虚，看到这情景，心一下"突突"直跳。他慢慢走近桌旁，却不敢言语，更不敢下坐。

"从善，来，你坐下吧，边吃边聊。"李景抬眼，面色和蔼地看了看从善，淡淡地说道。

"是，父皇。"

"从善，来，给为父，给你母亲和你六哥倒杯酒。"

从善慌忙答应，拿起黄金打制的酒注子，依次为父皇李景、母亲凌夫人和六哥从嘉斟满了酒杯。因为心里紧张，他在给父皇李景斟酒时，溅出了几滴酒水。

李景盯着溅出酒杯的酒，翻眼看了看从善，也没有说话。待从善为三人斟满了酒，李景举起酒杯说道："来！举杯，今日咱们几个好好喝几口。"

从嘉举起杯道："父皇，孩儿祝您福寿安康。"

从善也举起酒杯，一时间不知说啥好，便照着从嘉的话说了一遍。

李景举杯将酒一口饮尽，轻轻将酒杯放在桌上，扭头往远处指去，说道："瞧这大好春光，我江南江山如画啊！'千里莺啼绿映红，水村山郭酒旗风。南朝四百八十寺，多少楼台烟雨中。'这金陵城多美啊。瞧啊，它西踞石头山，东到白下桥，南接长干桥，北至玄武桥。这潺湲而行的青溪水啊，那汩汩而流的秦淮河啊，我也舍不得离开啊！"

"父皇，不如咱不迁都了？"从善听李景如此说，心头一喜，慌忙问道。

李景不答，一会儿看看城西北方的石头山，一会儿望望北边的玄武湖，一会儿又朝向东边望去，慢慢显出心情闷督、脸色怅然的样子。

"南平有个僧人叫齐己，与木平和尚交好。为父曾经延请木平和尚到此百尺楼说佛。有一次，木平和尚告诉为父，说南平僧人齐己与他聊起过一个关于梁震劝谏南平武信王高季兴的故事。你可想听听？"李景问从善。

"孩儿洗耳恭听。"

"那个齐己和尚说啊，后唐明宗有一年派房知温率军进攻南平，武信王觉得房知温兵少，打算趁机大开城门将唐军一举歼灭。梁震向武信王进谏。你猜猜，梁震说了些什么？"

"孩儿不知。"

"那梁震对南平武信王说，朝廷礼乐征伐所出，虽然兵少，但气势很盛，再说，四方诸侯都充满野心以吞噬领土为目标，假如大王幸好战胜后唐兵，则朝廷必会向四方诸侯征兵，这些诸侯，谁不愿借机来攻取大王的土地啊！我为大王考虑，不如致书唐兵主帅，并且给他们贡献点牛羊，然后上表自己弹劾自己的不是，如此方可以保全咱南平这片四战之地啊！"

"父皇，我明白你的意思了。你这是借南平说我江南也应该顺从赵宋，是吗？父皇，南平处在我江南、赵宋、湖南和蜀地的夹缝中，不过是弹丸之地，自然无法与赵宋抗衡。咱江南可是数十倍于南平的大国，物产丰富，带甲百万，何惧之有？"

"不要看不起南平。你可知，就是这个弹丸之地，从高季兴为荆南节度使，到如今，已经快四十年了。中朝却已经历了后梁、后唐、后晋、后汉、后周、宋六个朝代，而南平却一直是他高家称王啊！不说中朝，连我江南之地，也是由吴变唐，换了主人。可是，他高家却屹立不倒。你如此瞧不起它，真是见识短啊！从善，为父以为在弘冀坟前说的话，你都听进去了。看来是没有啊！你想想，我江南当年与后周交战，血流成河，尸横遍野，可是咱得到了什么？什么也没有得到！咱们还失去了淮南！如今，赵匡胤比那后周柴荣如何？你没有看出来吗？他比周世宗柴荣更强大，更善于谋略。一年之间，他便已经平定了西北的李筠、扬州的李重进。最可怕的是，他还很有耐心。咱们此时与他对抗，几无胜算！你以为为父想迁都吗？是迫不得已啊！如果不迁都，说不定咱李家的江南，未必能够长过高家的南平啊。"

"父皇，所谓三千越甲可吞吴，咱与中朝奋力一搏，鹿死谁手，未可知啊！"从善慨然道，说完一愣，立刻意识到"三千越甲可吞吴"这句话说错了。"越"之地，如今在吴越国，"吴"之地，现在是南唐国。这样说，岂不是乌鸦嘴！

"糊涂！"李景举手欲拍桌子，手几乎触到了桌面，硬生生地停住了，缓缓移落在自己的大腿上，低头沉默不语。

过了片刻，李景转过头对凌夫人说："我倒是突然想起萧俨啦。"

凌夫人一愣，向李景杯中斟满了酒，说道："陛下是个念旧的人啊。"

"老咯，总想起以前的事情。"

"那个萧俨，说话也太刻薄了。"凌夫人笑道。

"哎，他也是好心啊。"

"你都把人家贬到鸟不拉屎的地方了。还说这话。也不怕让孩子们笑话。"

"是啊，是该被笑话啊！"李景脸色变得阴沉了。

凌夫人见状，知道说错了话，慌忙端起酒杯，让李景喝酒。

李景抬手将酒杯微微一挡，说道："最近唐丰的案子很是令朕头痛，朕明日就让萧俨回来，还去大理寺，做个大理卿，让他查一查此案。"

从善一听，眼皮一跳，慌忙低下头，拿起筷子夹菜。凌夫人听到"唐丰"二字，也是脸色微微一变，抬眼皮看了从善一眼。

"这萧俨，倒是让朕想起屈原了。想起了屈原的《天问》之辞！这人世间，真是有太多事情说不清楚啊。屈子的《天问》，为父记得，其中有以下几句，从善，你来解释一下。"

"父皇请说。"从善刚刚不知何味地咽下一口菜。

李景仿佛思索了一下，方缓缓吟诵道：

> 厥萌在初，何所亿焉？
> 璜台十成，谁所极焉？
> 登立为帝，孰道尚之？
> 女娲有体，孰制匠之？
> 舜服厥弟，终然为害；
> 何肆犬豕，而厥身不危败？

"你说说吧，这几句是何意思啊？"李景对从善道。

从善听李景一句一句地吟诵着，脸色变得越来越白，冷汗顺着脖子往后背直流。他的心中琢磨着一大堆问题："父皇为何突然挑出这几句让他解释呢？难道父皇知道了是我暗中怂恿林仁肇四位将军反对迁都？难道，我谋划刺杀唐丰的事情已经败露了？不可能，不可能！四位将军的上疏中绝对不可能提到我。我已经提醒过了。不，也许我太乐观了。或许某位将军并未听从我的建议，向陛下透露了是我在背后谋划。可是，刺杀唐丰的事情，四位将军也不会知道啊。凌太监已经死了。要追查也没有证据。母亲是绝对不会出卖我的。难道，是我那四个心腹出卖了我？不对啊，这几个人可是死心塌地要为我卖命，他们马上就可以得到好处，怎么可能在此时出卖我？可是，父皇为何偏偏让我解释这几句呢？"

"还愣着干吗？快说，你如何解这几句？"李景冷着脸催促道。

从善一惊，说道："孩儿以为，这几句的意思是：大禹起初只是平头百姓，谁能料到他日后会成为统治亿民的帝王？那商纣王建造的玉台高达十层，谁又能够登上顶端？大禹最终承受上天旨意统治国家，是谁帮助他登上大位接受世人爱戴？女娲的身体奇特，是谁令她的外形幻化成这样？舜帝一直对他弟弟象爱护谦让，但他的弟弟最终还是陷害兄长并造成祸端。象如此放肆妄为，最终却没有灭

亡的原因又是什么？"从善尽管控制住了自己的恐惧，强作从容地
解释完《天问》中的这一段诗句，但是内衣却已经被冷汗浸透了。

"解释得倒是不错。"李景轻轻"哼"了一声。

"谢父皇夸奖。"

"你可知，为父为何让你解释这几句诗？"

"孩儿愚昧，孩儿不知。"从善铁了心装糊涂。

李景一听，瞬间勃然大怒，重重一拍桌子，直震得桌上杯盘乱
跳，酒水四溅。

"还不承认。你干得好事！自己看看。"李景说着，从怀中掏出
林仁肇等四人的上疏，一把掷在从善的脚下。

从善大惊，慌忙跪倒在地，哆嗦着从地上捡起那四封上疏。他一
封又一封匆匆读了奏疏，读着读着，心反而渐渐安定下来。"四封上
疏中没有一封提到我啊！父皇这是在套我的话吧！"从善心中暗想。

"父皇，林仁肇四位将军上疏反对迁都，可是与孩儿无干系啊！"

"难道不是你暗中怂恿的？"

"孩儿虽然也反对迁都，但是并未怂恿四位将军上疏反对此事
啊。望父皇明察！"

李景听了，"哼"了一声，也不言语，心中暗自嘀咕："可是，王
承衍的密报为何能够事先知道四位将军会上疏反对迁都呢？这四人，
是绝不会勾结赵宋的。如果不是直接得到准确情报，王承衍又怎敢呈
上这样的密报？从善这是在抵赖。我没有直接的证据，要获得证据，
只能顾不上面子亲自向王承衍质问了。看样子，得催一下韩熙载了，
只能借韩熙载之口，套王承衍的口风了。不过，获取证据是另外一
回事，处置从善消除国家大患迫在眉睫。罢了，只能如此了——"
想到这里，李景拿起桌上的酒杯，猛然往楼板上一掷，只听"哐当"
一声，酒杯落在楼板上高高弹起，又"咕噜噜"滚动了一会儿。

"还敢狡辩。我看你是觊觎太子之位太久了！金吾卫！"李景厉
声喝道。

喝声未落，便听得楼梯上响起纷杂的脚步声。一队身披铠甲，
手执利刃的金吾卫纷纷跑上楼来，转瞬间在从善身后围成了一个半

弧形。

从善一见金吾卫，顿时大惊失色，"扑通"一声跪倒在李景脚下，泣声说道："父皇明鉴，孩儿实与此事无关啊。"

凌夫人见状，也"扑通"一声跪在楼板上，双手抱住李景大腿哭泣道："陛下，您就相信从善一次吧，他不可能干那种事啊！"

"父皇息怒，反对迁都，朝内尚有多位大臣，联合四位将军上疏或另有其人啊！抑或，四位将军也是不谋而合。"六皇子从嘉此时也已经跪倒在地，大声为七弟从善求情。

"朕再给你一次机会，再不说实话，朕今日便斩你于百尺楼！"李景铁青着脸喝道。

从善知道如果说了实话，恐怕项上这颗脑袋立马就会搬家，当下打定主意死不承认，待熬过此刻，再做打算。因此，他只是哭泣道："父皇明察啊，孩儿实与此事无关。"

"还有！唐丰之死是否与你有关？"李景紧追不舍，继续喝问道。

"你！凌太监假传朕口谕，是否与你有关？"李景甩开凌夫人，腾身立起，一脚踹在她的肩上。凌夫人重重摔在楼板上，顿时发髻散乱，几支金光闪闪的步摇"叮叮当当"跌落在楼板上。

从善慌忙扑过去扶起母亲，母子两人抱在一起簌簌发抖。

"父皇，这两件事情都与孩儿无关，也与母亲无关啊！"从善还是矢口否认。

李景大怒，一把将酒桌掀翻，大步走到一名金吾卫跟前，伸手抄过一把大刀，又大步走到从善跟前，将刀架在了从善的脖子上。

"等等，父皇！等一等！"从善命悬一刻，大声哭泣道："父皇，孩儿无罪啊！"

李景眼中噙泪，举刀的手微微颤抖，一时之间愣在那里。"难道，是朕错了？不可能。四位将军兵马已经在集结。不可能这么凑巧。从善勾结四位将军反对迁都之事必然是实。刺杀唐丰，八成也是从善背后谋划，否则，凌太监怎么可能卷入。此时不斩他，说不定大乱将至。"李景的心仿佛被刀子一刀一刀地慢慢割着，只感到一阵阵剧痛袭来。他牙关紧咬，缓缓举起了手中的大刀。

正在此时，忽然听得楼下一片喧哗，有人大喊："陛下，有一僧人说有十万火急之机密要向陛下汇报。"

李景听到喊声，识得是枢密使殷崇义的声音，不禁心中一惊，愕然道："莫非四位将军发兵反叛了不成？"

当下，李景将手中大刀缓缓自从善头顶移了开去。

从善、凌夫人母子二人此时已然吓得魂不守舍，只是跪在原地哭泣不停，颤抖不已。

"殷崇义，你与那僧人一起上来吧。你们且退一边。"李景喝道，后半句是对那队金吾卫说的。

不一会儿，枢密使殷崇义引一位僧人从盘旋而上的楼梯走了上来。那僧人身材高大，身穿灰色僧袍，项上带着一串大佛珠。令人奇怪的是，僧人在僧袍外还披了一件带风帽的铁青色大氅，风帽遮住了僧人的头顶，两颊也被挡住了。若不是那串佛珠和灰色的僧袍，几乎看不出他是僧人。

那僧人大步走到李景一丈远处站住了。

此人是谁？李景隐隐觉得那僧人眼中似有泪光闪动，不禁暗暗惊讶。

这时，僧人缓缓掀开了风帽，露出了面容。

一张丑陋恐怖的脸露了出来。

只见那僧人嘴角两边都有一道长长的暗红色伤痕，伤痕几乎一直延伸到两耳耳际。毫无疑问，此人的嘴被利刃割开过。

李景、殷崇义等人一见那僧人面容，无不大吃一惊。

十

那僧人掀开风帽后，"扑通"往地上一跪，口中大呼："陛下！"

就在这一瞬间，李景认出了那僧人。

"你是前常州刺史赵仁泽？！"

"正是在下。陛下，现在我法名叫文空。"

"你没死？这些年，你都是怎么过得？"李景话说一半，不禁哽咽难言。

"陛下，那年周人入侵，吴越国趁机出兵常州，在下战败被俘，与家人一起被押送至杭州。我被带到了吴越王钱弘俶跟前。当时，我胸中有气，对钱弘俶放声怒骂。我说我烈祖皇帝中兴，曾与他先王结好，质诸天地，我骂钱弘俶背信弃义，见利忘义，还诅咒他死了也必将无颜入祖庙。钱弘俶听后，勃然大怒，抽出佩刀，决裂我口，直至耳部。当时，吴越国的丞相元德昭见我可怜，又赞赏我的忠义，好心给我良药，使我的伤口得以愈合。钱弘俶虽然饶我不死，却严令不得放我回来，令元丞相软禁我。钱弘俶信佛，并不想多杀，所以将我的家小都放了。我伤好后，在元丞相府待了一段时间，便私下向元丞相请求放了我。元丞相没有答允，但对我说，'你若是跑了，我必将你抓回来。'他说这话时，冲我使了个眼色。我顿时明白他是有意放我逃跑。于是，我找到一个机会，偷偷溜出了元丞相府邸，几经波折后，在杭州见了家人一面。他们当时已经在杭州城内做小生意为生。为了躲避官兵耳目，我不敢在家多待，便偷偷潜入灵隐寺，向延寿大师说明我的经历，请求他为我剃度出家。延寿大师欣然答应。我就这样子在灵隐寺待了下来。我本打算在灵隐寺念佛吃斋，不问世事，安稳度过余生。"

"哦，原来是这样。也苦了你啦！回来好啊！快起来！快起来！"李景一边插嘴道，一边伸出一只手去扶赵仁泽。

这时，赵仁泽继续说道："可是，不久前发生了一件事，这件事关系我故国的命运。我左思右想，到底回不回来。最后，我这颗心还是放不下，终于偷偷溜出灵隐寺，辗转来到金陵。陛下，这次我回来，就是为了向陛下汇报一件事。"

"哦？你说。"李景心中一紧，追问道。

赵仁泽缓缓站起身，警惕地看了看六皇子从嘉、七皇子从善和凌夫人。

"你但说无妨。"李景道。

"是！陛下。我一到金陵附近，便听到了坊间传言，说唐镐大人的儿子唐丰被刺死了。这是真的吗？"

"不错，唐丰被刺，但凶手尚未落网啊！"李景不知赵仁泽为何突然说起唐丰。

"陛下，刺杀唐丰的，就是吴越国国王钱弘俶——不，现在应该叫'钱俶'——就是他，是他暗中指使的！我这次冒险回来，就是为了向陛下告知此事。"

赵仁泽此言一出，李景大为吃惊。

"什么？唐丰是钱俶暗中派人刺杀的？"李景瞪大了眼睛，大声问道。

但是，最吃惊的人恐怕是七皇子从善与凌夫人。因为刺杀唐丰父子，正是从善一手谋划的。为了借凌太监将唐丰父子骗出府邸，从善暗中说服了母亲凌夫人，凌夫人又暗中怂恿凌太监参与了这个计划。凌太监以为自己假传口谕就完成了使命，七皇子和凌夫人自然会保护自己，没有想到却成了这个计划的牺牲品。

"可是，如今怎么突然冒出了一个赵仁泽，而且他说是吴越国钱俶暗中派人刺杀了唐丰呢？是的，是的，赵仁泽说的刺杀行动，必然是唐丰第一次遇刺。唐丰回国路上的那次被刺，一定就是吴越国暗中指使的。好吧，我且随机应变，看这事情会如何发展。但是，这赵仁泽的话，倒是对我有利的，至少可以减轻父王对我的猜疑。"七皇子从善立刻想通了其中的关节。

赵仁泽见李景一脸惊讶，慌忙说道："陛下且听我细细说来。其实，我也是一个偶然的机会听到了钱俶的密谋。那天，钱俶带着他的几个兄弟到灵隐寺拜佛祈愿，他们几个在禅房说事的时候，我正巧在禅房附近扫地。他们走进禅房的时候，一副神神秘秘的样子，把几个近身侍卫遣得远远的，他们才放心进屋。我自己以为已经一心向佛，放下了红尘之事，但是，钱俶出现的那一刻。我的心又不平静了，从心底升起一种刻骨的怨恨。我虽然不想杀死钱俶，但见他们神神秘秘的样子，便抱着好奇心想要知道他们到底要在禅房里议论什么。于是，我蹑手蹑脚地摸到了那间禅房的窗下。只听得禅房里面有人说——"

赵仁泽又看了从嘉、从善一眼。

李景看在眼内，说道："但说无妨。"

赵仁泽点点头，继续说道："我听到禅房内有人说道：'六皇子与七皇子正在暗中争夺国主的继承权，因此可以利用这点，离间二者的关系。目前，南唐国主派出的国使唐丰正要返回去。你们几个想一想，如果那个唐丰在回国路上突然出事了，后果将会如何呢？'这就是当时我听到的话。我本想继续听下去，可是不小心踩响了脚下一截枯枝。于是慌忙绕到禅房另一侧的墙角躲了起来。当时，我听到禅房里有人起身到窗前检查了一下。不过，幸好我躲得快，才没有被发现。后来，我不敢再偷听，匆忙离开了禅房。我一直犹豫要不要来报告此事，不过一想到故国可能因为吴越国的阴谋而大乱，我心底就有一种罪恶感，变得寝食难安。今天，我总算可以把这些告诉陛下了。我只是向陛下报告了我所听到的，望陛下明察。"

赵仁泽的话，令李景大为震惊。他想起方才几乎斩杀了从善，不禁惊出一身冷汗。他颤抖着声音，说道："朕要感谢你，我江南黎民百姓要感谢你啊！朕要给你高官厚爵，重重赏你！"

赵仁泽听了，忽然一愣，似乎想到了什么，口中喃喃道："万法皆同一照，是非俱泯，逆顺同归……是的，我明白了，我明白了。"他愣了一会儿，抬头看着李景，眼中精光大盛，说道："陛下，我现在法名文空，官爵金银对我无益，来这儿，我只求一个心安。现在，我又可以安心做回文空和尚了！"说完，淡淡一笑，受过重伤的嘴角往两边一拉，暗红色的巨大疤痕使他的笑容显得有些惨然，甚至有些触目惊心。

李景闻言，一时哽咽，不知如何是好，便将手中大刀递给旁边一名金吾卫，大踏步上前，两手用力抓住赵仁泽的肩膀，使劲摇了摇。

"苦了你咯！好，这样也好！你还想回灵隐寺吗？"李景抑制住激动的心情问道。

"正是！那里离家人近些。"

"不如留下来吧？你这样回去，延寿大师还会收留你吗？"

"一定会的。延寿大师曾说，'万法皆同一照，是非俱泯，逆顺同归'，就在方才，我才悟出这句话的道理。延寿大师法眼所见，早已经超越凡界。他一定会收留我的。况且，延寿大师正在写一部大书，名曰《宗镜录》，也需要人手帮忙誊抄。我可是一个很好的誊写手哦。"赵仁泽说到这里，微笑了一下。

李景在赵仁泽的这次微笑中，看到了坦然、从容与平静，原先看起来有些触目惊心的伤痕，似乎也显得不那么可怕了。

"好，我派人护送你到吴越国的边界。"

"阿弥陀佛！善哉善哉！谢谢陛下！"赵仁泽双手合十，向李景低头行礼。

"能够一心向佛，完成一件自己喜爱的事情，何尝不是幸福啊！我的心里，也向往着那灵隐寺啊！"李景说着，扭过头，目光越过龙安山，往远方看去。远方，一片青山，青绿色的波浪与白色的云海一起荡漾。"万法皆同一照，是非俱泯，逆顺同归"，李景喃喃地重复着方才从赵仁泽口中听到这句话，仿佛看到远方的灵隐寺，坐落在群山的怀抱中，静谧、安宁……

# 十一

赵匡胤听了高德望从南唐带回来的消息，当即召集范质、王溥、魏仁浦、赵普等几位重臣商量对策。范质认为新朝初立，当以和为贵，此时不宜给南唐过多压力。赵普倒不以为然，他建议赵匡胤立刻派出正式国使，同时在南唐边境增兵，一方面由国使对李景表示祝贺，祝贺他决定迁都；另一方面通过武力暗示，如果迁都期间南唐有何异动，中朝将出兵征伐。赵普的意见与高德望带回来的王承衍的意见不谋而合。赵匡胤思索了一番，决定立即任命通事舍人王守正为正式国使，前往金陵贺南唐迁都。可是，在南唐边境如何增兵，由谁率兵前往，如何前往，都是一些更加具体的问题。

"去把吴廷祚、吕余庆、陶谷也请过来。"赵匡胤吩咐内侍李神祐。去年，就在李筠反叛之前，赵匡胤曾经召集吴廷祚、吕余庆、陶谷三人出谋划策。当时，三人的意见起到了关键作用，为剿灭潞泽的李筠反叛，遏制扬州的李重进立下了大功。此时，赵匡胤想到要设法遏制南唐，当即便想起了这三位。

吴廷祚、吕余庆、陶谷三人来后，参与制定更为详细的遏制南唐的计划。吕余庆建议，这次可以在襄州、扬州增兵。

"和州呢？"赵匡胤问道。

"和州不可增兵。李景若迁都南昌，八成走长江水路南下。和州于长江北岸，如果我朝在和州增兵，李景必会疑心我朝可能派兵在中途袭击他。陛下若暂时不想开战，则和州之地，决不可增兵。"吕余庆道。

"南唐国内反对迁都的势力也非常强大，镇海军节度使林仁肇在镇海、武昌军节度使王崇文在鄂州、百胜军节度使何敬洙在虔州、永安军节度使陈诲在建州都已经被七皇子从善说服，准备上疏反对迁都，他们几个已经在厉兵秣马，恐怕还存在政变之可能啊。各位又有何应对之策啊？"赵匡胤忧心忡忡地说道。

"四节度使若兵变，南唐很可能四分五裂，那时我朝正好趁机下手。"赵普道。

"这不是朕所愿意看到的。南唐是大国，一旦四节度使各自为政，则南唐境内又会生出数个南平之类的小国，百姓就会遭受更多战乱之苦。朕只希望李景这次能够迁都南昌，给我朝以喘息之机，为下一步统一天下的行动做点准备。"赵匡胤紧紧皱起眉头忧心忡忡地说道。

"陛下，在襄州增兵，可以遏制武昌，在扬州增兵，可以直接对金陵制造压力。臣看此计甚妥。至于南唐四位节度使，臣看还是静观其变。况且，襄州、扬州增兵后，林仁肇、王崇文必然会有所反应。他们两个要对付我朝的增兵，对内恐怕也不至于妄然谋反。这也算是我朝帮了李景一个忙。其他两位节度使的大军都在南方，我朝真要动金陵，他们也是鞭长莫及啊。"魏仁浦说道。

这时，吴廷祚说道："陛下，我深知那四位节度使是忠义之士，绝不可能背叛李景，四人整军备战，大半是想向李景说明，他们不怕我朝的威胁。所以，陛下如想对南唐产生实际的威慑，必然要做好打一仗的准备。"

吴廷祚说完，其他几位大臣神情各异。

赵普说道："吴大人说得是。此时，我们需要给南唐一个下马威。让李景真正铁下心南迁才行。不过，此时尚不宜与南唐决战。南唐虽然遭淮南之败，但依然拥兵数十万，水师之强，天下无出其右，我朝根基尚未稳固，如果与南唐全面开战，必然是两败俱伤。"

"嗯，这样吧——"赵匡胤皱着眉头，思索片刻，继续说道："朕决定派慕容延钊率新训练的水军去襄州。朕本想将慕容将军用来对付湖南的。现在看来，有必要的话，要以问罪唐丰之死为由，先传檄与南唐打一场。唐丰是出使我大宋的使者，负有联通我大宋与南唐的使命。以他被杀为借口，也能令天下信服。"赵匡胤说完，拿眼睛扫过诸位大臣。

赵普听赵匡胤说要用慕容延钊去襄州，眼皮一耷拉，避开了赵匡胤的目光。赵普一直以来不喜慕容延钊，不久前发生在阅兵时的一幕，更加增添了他对慕容延钊的厌恶之情。但是，他很清楚，此时提反对意见显然不合适。因为，在赵匡胤说出慕容延钊这个名字的时候，他已经意识到，这一定是赵匡胤心底早就筹谋已久的。也许，在令慕容延钊训练水军时，赵匡胤已做好对付南唐的准备了。

赵普想到这里，眼皮又抬了起来，眼光烁烁地回望赵匡胤，斩钉截铁地说道："陛下，如要与南唐打一仗，应该速战速决，而且决不能打大仗，要打也要打小仗。目前，绝不能将事情搞大。主要的目的，还是要迫使南唐迁都，为我朝稳定中原打好基础。况且，王承衍将军、雪菲姑娘尚在南唐。如果事情搞大了，恐怕他们凶多吉少。他们两个，一个是王审琦将军的公子，一个是李处耘将军的千金。王将军、李将军如今都是手握重兵，雄踞节镇，一旦他们的儿女出了事，也不知道会捅出什么乱子。我倒不担心他们会反对朝廷，就怕他们担心儿女，擅自发兵攻打南唐。如果那样，我朝与南唐之间的大战就会拉开序幕。陛下，您知道，我朝初立，此时与南唐大战，一定会两败俱伤，遍地焦土，必然会影响陛下统一天下的计划。故，为今之计，应让慕容将军以打击南唐信心为主，同时，陛下可安排好正式的国使，随时准备出使南唐。以小战迫使南唐迁都，此为上计。"

赵普一口气说了一大段，赵匡胤听完，略一沉吟，点头道："掌书记说的是。"

赵普淡淡一笑，微微欠身，说道："陛下圣明。"

待众人散去后，赵普又折了回来，赵匡胤不禁感到有些奇怪。

"微臣还有一点儿小建议。"

"哦？你说便是。"

"陛下，微臣以为，借这次机会，可以免去慕容延钊殿前都点检一职，陛下可将禁军殿前司的最高指挥权就此收回。"

赵匡胤闻言一惊，说道："正要用慕容延钊，岂可夺其禁军殿前司统帅之权？"

"陛下差矣。这次正是机会所在。陛下本不欲与南唐决战，免去慕容延钊殿前都点检一职，而仅以节度使身份南下襄阳，可以降低此次慕容延钊南下的政治影响力。所谓和战之间，把握平衡，需要恰到好处。万一南唐方面不识抬举，陛下手中还有回旋的余地。否则，一调兵，便将我朝最高将领给用上了，也显得我朝无人啊。必要时，陛下可再授石守信或其他大将以殿前都点检一职，从而以加强对南唐的压力。"赵普说话时，眼睛盯着赵匡胤，闪着冷冷的光。

赵匡胤微微垂下头，略略沉思片刻，冲赵普点了点头。

卷

三

# 一

南唐百尺楼事件的第二日，六皇子从嘉的府邸来了一位客人。这位客人正是南唐名臣韩熙载。

"殿下，微臣今日冒昧来访，是想向殿下借一个人！"韩熙载笑眯眯地对六皇子从嘉说道。

"哦？不知道韩侍郎是要借谁？"从善心中一惊。

"窅娘。"韩熙载眯着眼睛，似笑非笑地看着从嘉。

"这——韩大人也听说过我府中的窅娘啊？"从嘉不禁一脸尴尬。

"这位绝色女子进了殿下府邸的事情，已经是坊间佳话了。"韩熙载笑道。

"哦？"

"不过，殿下放心，在下来借窅娘，并非是在下想要她，而是想借这位绝色女子留住大宋皇帝的私人信使。"韩熙载的脸上依旧带着微笑。

"韩侍郎多年前用美人计算计了当时身为周使的陶谷，如今莫非要故伎重演？"从嘉问道。

"天机不可泄露！不过殿下放心，在下一定保证窅娘的安全。"

从嘉低下头，心中犹豫不决。

"殿下，如果您想要天下，就不要舍不得一个女子。"韩熙载不急不缓地说道。

从嘉抬起头，看到韩熙载神情严峻，眼中精光烁烁，正直直朝他看来。他心中一激灵，说道："韩侍郎现在就要人吗？"

"不急，不急，明日晚上我派人安排一副担子过来，殿下请人将宥娘送到下官城南雨花台的私宅即可。"韩熙载见从嘉同意了，脸色立刻变得缓和了，恢复了微笑的模样，眼中的精光也收敛了，看上去充满了慈祥的光芒。

韩熙载刚刚离开不久，唐镐带着王承衍、周远二人匆匆进了六皇子从嘉的府邸。这次拜访，是唐镐拜托徐遊给安排的。百尺楼事件令六皇子从嘉陷入一种复杂的情绪之中。韩熙载来借宥娘，又令他感到困惑而沮丧。

从嘉也曾怀疑七弟从善可能谋划了刺杀唐丰的事件，但是那天前常州刺史赵仁泽突然带来的信息，让一切变得更加复杂。如果唐丰真是吴越国国王钱俶安排刺客刺杀的，那么自己就是错怪了七弟从善。只是，他左思右想，总觉得其中有颇多蹊跷。"父王盛怒之下要杀从善，似乎还与林仁肇等将军联名上疏反对迁都有关。莫非，是七弟暗中联合了林仁肇等将军？如此想来，七弟恐怕还不是仅仅为了反对迁都，而是觊觎着大位。"想到这层，从嘉感到背脊上升起了一股寒意。

正在此时，屋外的侍卫报告说唐镐到了。从嘉神情恍惚地应了一声，便起身将唐镐迎了进来。此前，从嘉已经通过徐遊知道，唐镐与大宋皇帝私人信使王承衍有要事来访。可是，他并不知道唐镐究竟是为了何事会与王承衍一起来拜见他。

唐镐见了从嘉，施了礼，寒暄了几句，便拿眼睛看着王承衍和周远道："王将军，还是由你们来说吧。"

当下，王承衍令周远将在七皇子从善府邸所见所闻细细与从嘉说了一遍。

从嘉听完，脸色苍白，连连道："果然如此，果然如此，如果四位节度使真得被七弟怂恿借反对迁都起兵，恐怕我南唐国立刻会陷入大乱啊。你们为何不将这些直接与我父王说？"

王承衍说道："目击者只有周远一人，而且，周远与我都是宋人，国主岂会轻易相信我们的话，如果直接汇报，说不定适得其反。"

"那现在怎么办？"六皇子从嘉皱起眉头说道，心里琢磨着要不要将韩熙载来借宵娘一事说出来。从嘉一直看不透韩熙载这个人，他对韩熙载的才略，又是佩服，又是嫉妒，而且有时还会感到恐惧。韩熙载从未公开流露出在立储一事上会支持谁，从嘉也未正式向韩熙载示好。"如果这次我助韩熙载对付宋使，或许会赢得他的支持。可是，韩熙载以前有出兵北伐统一中原的宏愿，与从善对宋的强硬立场倒是挺合的。韩熙载借宵娘对付王承衍，也不知会用什么手段，如果王承衍等人有个闪失，我便是把赵宋给得罪了。"他想着想着，开始惴惴不安起来。

"殿下，下官想要借机向国主进言，请国主派七皇子出使大宋，同时，王少将军回大宋后，会建议宋帝将七皇子作为人质扣下。只要七皇子一到大宋，便不会对国主与殿下构成威胁了。只是，万一林仁肇等四位将军同时起兵，事情就难办了。"唐镐道。

"七弟目前已经被父王软禁起来了。至于林仁肇四位将军，父王也已经严令他们不得轻举妄动。就是不知道他们会不会服从。"当下，从嘉将百尺楼上发生的一幕说了出来。

唐镐、王承衍、周远三人一听，都不禁大为吃惊。他们都没有想到会冒出一个赵仁泽，而且此人还带来了吴越国要刺杀唐丰的阴谋。

"这么说，是吴越国在暗中使坏。"周远喃喃道。

"老夫总觉得此事有点不对劲，那个凌太监是宫中的老人，怎么会与吴越国的刺客搭上呢？"唐镐道。爱子被刺死，曾使他一度陷入悲伤，脑子乱成一片。经过了几日，他已经慢慢地恢复了往日的冷静。

"我看咱们还是先别下定论，当务之急，是请唐大人与殿下力劝国主尽早迁都，此事一再拖延，估计我朝与南唐之间，很快会发生一场全面战争。"王承衍道。

"即便迁都，恐怕宋与南唐之间迟早也会有一战啊！"唐镐心中暗想，沉默地看着六皇子从嘉，紧紧抿着嘴唇。

王承衍的这句话，每个字都像一记重拳打在从嘉的心头。在这一瞬间，从嘉突然明白了，南唐与自己的命运，已经与大宋分不开了。他感到大宋的阴影，在头顶铺天盖地蔓延开来。不行，这个时候不能发生战争，我南唐百姓的血已经流得够多了！从嘉艰难地抬起头，眼睛直愣愣地盯着王承衍，说道："王将军，我自然会尽力劝父王。今天，我还有一事要告诉你。此事与你有关，说不定会影响到我南唐与大宋的和睦关系。"

"哦？"王承衍见从嘉神色严肃，仿佛下了很大决心要说出什么事情。

"唐枢密，"从嘉又看了一眼唐镐，继续说道，"就在你们来之前，韩侍郎刚刚离开此处。"

"韩侍郎！他来做什么？"唐镐大吃一惊。

"他来向我借一个人。"

"借人？"

"不错，他要借我府中的一个女子，宵娘。"

"宵娘？韩侍郎对宵娘感兴趣？"

"不。"

"韩侍郎说，想要借宵娘留住王将军。"

"莫非，韩侍郎要用宵娘来——"唐镐面露吃惊之色，看了看王承衍。

"我看八九不离十。"从嘉点点头。

"什么？"王承衍见唐镐与从嘉神色有异，不禁感到有些困惑。

"原来，王将军并不知道韩熙载用美人计捉弄陶谷的故事。"从嘉露出一丝笑容，这是今天他第一次露出了笑容，尽管这笑容之下依然还衬着浓浓的愁云。

"见笑，在下孤陋寡闻了。"王承衍说道。

唐镐当下将韩熙载用美人计捉弄陶谷的故事略略说了。

当年周世宗曾经派遣时为翰林学士的陶谷出使南唐。陶谷自恃是后周使者，到了南唐国便端起架子，态度倨傲。韩熙载为了给南唐国争得谈判上的优势，便决定用巧计消消陶谷的傲气。善于识人的韩熙载看透陶谷性情，知他表面冷酷无情，私下里却是一个多情之人。他命美貌的歌妓秦蒻兰伪装成驿馆官吏的女儿，在陶谷居住的房间内打扫卫生。陶谷见秦蒻兰风韵动人，便喜欢上她了。两人见了几次面，便互通情愫。在离别前的一晚，秦蒻兰夜宿陶谷的房间内，两人缠绵一夜，恩爱无比。陶谷离开驿馆去南唐宫觐见之前，想到要与情人分别，不禁万分惆怅。为了表达自己的情谊，陶谷给蒻兰写了一首名为《风光好》的词，词云："好姻缘，恶姻缘，奈何天，只得邮亭一夜眠，别神仙。琵琶拨尽相思调，知音少，待得鸾胶续断弦，是何年？"几日后，李景在南唐宫内设宴请陶谷，陶谷果然摆出庄严倨傲的样子。于是，李景便笑着唤一歌女出来唱曲助兴。陶谷一听那歌女唱的词，不禁大惊失色，原来那正是自己赠予秦蒻兰的词。再细看那歌女，果然就是秦蒻兰。顿时，陶谷狼狈不堪，在谈判之时，也变得底气不足。回到后周后，陶谷发现自己的那首词竟然已经流传开来。自此，陶谷被韩熙载戏弄之事，便成为了后周与南唐两国文人口中的笑谈。

"原来陶谷在周为官时还有这段逸事。"王承衍听了，哈哈一笑。

"唐枢密，你看，现在如何是好？"从嘉苦着脸，冲唐镐问道。

唐镐手捋着颔下的胡须，来回踱了几步，说道："我看，不如就将计就计，将宵娘借给韩侍郎。不过，在送走人之前，殿下还需好好同宵娘说说。要让宵娘明白，她是殿下的人，而且她的行动，关系着我南唐与中原千万百姓的性命。可以让她平时听韩侍郎吩咐，有什么重大行动，一定要想方设法向殿下汇报才是。"

"不妥，不必将一个无辜女子牵扯进来。我倒是建议殿下婉言拒绝韩侍郎的要求。"王承衍正色道。

"王将军此言差矣。你以为韩侍郎是什么人？他借不到宵娘，自然会找到其他女子为他办事。与其让一个咱们无法控制的女子被韩侍郎所用，还不如派宵娘去为好。"唐镐说道。

王承衍突然想起那天韩侍郎在弘冀坟头拉着他的手说得那番话。一时间，他意识到唐镐说得没有错。

"况且，况且——殿下，韩侍郎来借宵娘，恐怕还有另外的用意吧！"唐镐继续说道。他看着从嘉的眼睛，脸色变得异常严肃。

"哦？还有其他用意？"从嘉吃惊地问道。

"这是韩熙载在试探殿下，他是在试探殿下以后是否能够承担起国主大任啊！"唐镐说完，莫名其妙地叹了一口气。

"试探我是否会借出窅娘？"从嘉想到这个，不禁像突然掉进了冰窟窿，浑身起了鸡皮疙瘩。"原来，我自称居士，淡泊名利，不与弘冀兄长争位，原来不是出于本性本心，而只是因为知道在弘冀兄长面前自己根本没有机会啊！如今，在特殊关键时刻，我内心竟是放不下权力，放不下这个位子的！"他感到有些羞愧，不知不觉地低下了头。

"殿下，不要再犹豫了。就让窅娘承担这个使命吧。难道殿下不想为南唐百姓承担起这点责任吗？"唐镐看出从嘉在犹豫，便拿话相激。

"也只好如此了。父王那边，我也会尽量劝他早日迁都的。"从嘉长长叹了一口气，无精打采地说道。

"殿下珍重。"唐镐说罢，便带着王承衍、周远两人告辞了。

客人走后，六皇子从嘉在书房的椅子上呆坐了半晌，方才慢腾腾起了身，往王妃周氏的房间走去。

# 二

"殿下这是怎么了？丢了魂一般。"吴王妃周氏停止了弹奏，放下怀中的金屑烧槽琵琶，瞥了从嘉一眼，轻声问道。周氏精通书史，善歌舞，尤工琵琶。一次为李景祝寿，周氏为李景弹奏了一曲琵琶，大为李景欣赏。李景便拿出自己最喜爱的金屑烧槽琵琶赠给她。此时，周氏怀中所抱的那把琵琶，正是南唐国主李景赠予的那把琵琶。

六皇子从嘉坐在椅子上，拿着一本书发呆，听到王妃周氏发问，叹了口气，目光在周氏怀中的金屑烧槽琵琶上停了片刻，欲言又止。

"出什么事了？别憋着，说说吧。"

"该不该将韩熙载来借窅娘的事情告诉她呢？自从窅娘来到府

中，她便一直闷闷不乐，心里一直担心我会冷落她。若是现在她知道我是因宥娘的事情而发愁，还真不知她如何想呢！还是不说为好！"从嘉心中这样想着，便一边装模作样地翻了一页书，一边说道："连日来诸事烦心，尤其自百尺楼上发生那件事情之后，这心里边便一直不痛快！"

周氏轻轻"哼"了一声，说道："对殿下来说，这也不一定是坏事。婢子看从善对你这个兄长，阳奉阴违，殿下若不上点心，万一他得了大位，还真不知如何对待殿下呢！"

"别瞎说！"

"谁瞎说了？我看殿下便是不如你那兄弟愿意用心。"

"随缘吧！从善的事，你休要随便乱说。"

"殿下若真心不在意，婢子也不会多说什么。日子过得诗情画意，有滋有味，婢子觉得是最幸福的。只是，这几日看殿下愁眉苦脸，婢子才说这些话。殿下若真是放不下，不如用心去争取，总比以后后悔要好！到时，事情恐怕由不得殿下了。"

从嘉抬起头，看了王妃周氏一眼，只见她头上乌丝微颤，一双美目正充满深情地望着自己。他心头一热，不禁说道："唉，其实也不全是因为百尺楼的事。"

"哦？那是因为什么？"周氏追问道。

"韩熙载来向我借一个人。"

"谁？"

"宥娘。"

"哦，难怪你今天愁眉苦脸的，原来是舍不得美人啊！"周氏变了脸色，一对柳眉微微立了起来。

"不是舍不得美人，是韩熙载，我不知韩熙载这葫芦里到底卖得什么药。此事可能关系到我南唐与大宋的关系，弄不好，大宋与我会刀兵相见啊！"

"究竟是怎么回事呢？韩侍郎借宥娘，究竟为何？"

"估计是用来对付赵匡胤私人信使王承衍的。"

"那若是对宋使不利，大宋皇帝怪罪起来，是不是会牵连殿下呢？"周氏稍稍有些着急，往从嘉身边靠了过来，用手扯住了他的衣袖，眼波流动，痴痴地盯着他。

"我已经与王承衍将军私下见过面了。也把韩熙载借窅娘的事情告诉了他。有什么事情，大宋皇帝倒不一定归罪于我。只是，我担心——"从嘉说到这里，停住了，伸手轻轻抚摸了一下周氏拽着自己衣袖的那只手。"那殿下担心什么？"

"事情变得有些复杂了。不知道韩熙载究竟会支持我，还是支持从善。此事稍有不慎，恐怕会引来杀身之祸啊。林仁肇等四位将军联合反对迁都，如果背后真是从善谋划的，事情恐怕就真是闹大了。韩熙载究竟有没有与林仁肇等将军有联络，目前还不知道。如果韩熙载也是从善的人，那么我将窅娘借给他，还不知道会闹出什么事情来。这是我方才突然想到的。还来不及提醒宋使王承衍。"

"韩熙载这人确实有些深不可测。殿下还是小心为是。不过，我觉得窅娘还是要借给他。省得殿下天天惦记着。"周氏将身子偎依着从嘉，幽幽地说道。

"唉，我就知道你还是在吃醋。娥皇，我可从来没有碰过窅娘啊！你说，那徐遊送窅娘给我，不就是父皇借徐遊在试探我嘛！我收了窅娘，父皇就会宽心了，我沉湎于女色，总比时时觊觎大位要好啊！不过，你是最清楚的，我心里除了你，哪里还有别的女子啊！"从嘉笑着说道。

周氏听了，仰起头，脉脉含情地看着从嘉。

"殿下心里若真只有婢子一人，那就请明日赶紧将窅娘送到韩熙载那里去！"

"好！只等明日韩熙载派人来接，我便送她去韩府。"从嘉笑着说道。

春风温柔地抚过爱莲阁前面的池水，涟漪荡漾，无声无息，静悄悄地传递着春风的情谊。若是在夏天，这片池水里，会布满碧绿的莲叶，粉色的、白色的莲花会在碧绿的莲叶上静静地绽放；晶莹的露珠，会像珍珠一般，点缀在莲叶上、花瓣间。窅娘进了六皇子府后，便被从嘉安排在爱莲阁中住着。

这日清晨，窅娘刚刚由丫鬟梳妆完毕，发髻上插着一支凤鸟衔珠银钗，穿着一身青绿色的衣裙，正自独坐在窗前，幽幽望着窗外的一池碧水发呆，忽然听得背后有人轻轻唤了一声："窅娘！"

窅娘微微吃了一惊，转过头去，银钗下面悬垂着的紫色宝石随着她头部的转动来回晃了晃。窅娘吃惊地看到，六皇子从嘉不知何时来到了自己的屋内，此时，他正静静地站在自己的面前。

昨日晚上，从嘉在床上辗转反侧了半夜，反复琢磨着见了窅娘后如何开口。一个弱女子，被男人转来送去，若飘零之浮萍啊！从嘉想到这一点，心头便对窅娘生起无限怜惜。

"殿下！"窅娘应了一声，慌忙起身施礼。

从嘉屈身扶起窅娘，柔声道："早膳可用了吗？"

"厨子正准备着呢。"

"好啊，待会儿我与你一起吃。要不，这会儿你先陪我去院子里走走？"

"行。"窅娘见从嘉眼神有些闪烁，似乎心里藏着什么事情，当下只弱弱应了一声，不敢多说一句。

从嘉见窅娘应了，笑了笑，便牵了她的手，往屋外走去。从嘉将窅娘的一只手抓在自己手中，只觉得她的手柔软无比，仿佛没有骨头一般。而此刻被他牵着的那只小手，正微微有些颤抖。从嘉不禁扭头看了窅娘一眼，但见她也正向他看来。两人目光一触，窅娘便慌忙将目光躲开了。从嘉只觉得她的双眼清澈无比，闪烁着水晶一般的亮光。"她是同夫人不一样的女子啊！对她这样一个单纯美好的弱女子，我该如何开口呢？"这个念头在从嘉心头一闪而过。从嘉的目光滑过窅娘细细粉嫩的脖颈，在她丰满挺拔的胸前停留了一下，便慌忙往远处天空的一朵白云望去。

"窅娘，你来我府中，日子也不算久啊！"

"是的，殿下。"

"最近这段时间，朝中有许多事，我也没怎么来看你——你看，我本该多来走动走动的。春江流水，光阴易逝啊。"从嘉有些语无伦次。

"殿下今日不是来了吗。"窅娘莞尔一笑,灿若桃花。

"这段日子住得可习惯?"

"习惯。这里的景色真美,多谢殿下给小女子安置在这般好的地方。"

"那,这几日,你都做些什么了?"

"我清闲时便琢磨着编一支舞。可是小女子愚笨,想来想去,试来试去,总是编排不出。正不知如何是好呢!听丫鬟说,王妃擅长舞蹈,还曾编创霓裳舞曲。小女子若是有王妃那般天分,真不知会有多开心呢!"

"窅娘,你若喜欢,改天我将那霓裳舞曲的谱子拿来让你瞧瞧。"从嘉听窅娘说起霓裳舞曲,一时兴起,不经意间便许下一个小小的诺言。

"真的吗?太好了!殿下可要记着哦!"

从嘉听了,忽然一愣,心下有些后悔,嘴上却说:"好,看机会,我一定拿给你看。只是——只是——"

窅娘见从嘉忽然神色变得凝重,不禁问道:"殿下好像有什么心事啊!"

"窅娘,有一件事,我必须与你说说。"从嘉终于下定决心开口了。

"殿下请说。"

"恐怕咱们马上就要分离了。"从嘉好不容易说出了这句话。

窅娘听了,心中一惊,一时呆在那里。她刚刚在心中为自己的未来勾勒出一幅美好的图画,可是,转瞬间,这幅尚未成型的美好图画便要烟消云散了。

"只是短暂分离,韩侍郎想要接你去他城南雨花台府邸住一段时间。"

"是殿下不要我了吗?"窅娘幽幽说道,说话间,眼中已经滚出了晶莹的泪珠。

"不是,当然不是。韩侍郎接你去,是为了国事。可能是想将你安置在大宋皇帝的私人使者身边。"

"我只是一个弱女子,与国事何干?"

"这——这——"从嘉口中嗫嚅着,欲言又止。

"小女子不懂什么国事，只愿能够在这里——就在——就在殿下身边伺候殿下。"窅娘说着，怯怯地偷看了从嘉一眼。

"恐怕我在这里也待不久啊！我南唐说不定过几日就要迁都了。"从嘉叹了口气。

窅娘听了，大为吃惊，看着从嘉忧郁的脸，一时不知如何是好。

从嘉继续说道："迫于大宋的压力啊！"

"迁去哪里呢？"

"南昌府。现在，大宋皇帝的私人信使正在我金陵城内。"

"我一个弱女子，又能做什么呢？"

从嘉听窅娘这么问，犹豫了一下，方才继续说道："韩侍郎向来足智多谋，他认为暂时留住大宋皇帝私人信使，是对大宋的一种制约，对我南唐有利。但是，如果用强硬手段羁押大宋皇帝私人信使，恐怕会引来灾祸。所以——所以我猜想——韩侍郎可能想让你去大宋皇帝私人信使身边，用温言软语留住他的心。"

"我南唐竟然将国家命运压在一个弱女子身上！"从嘉脑海里沉浮着这个念头，说完这段话，感到非常惭愧，头微微垂下，不敢直视窅娘的眼睛。

窅娘也低下了头，咬着嘴唇，沉默了许久，仿佛下定了决心，说道："韩侍郎究竟想要我怎么做呢？"

"韩侍郎自有他的谋划，具体如何做，你还得听他的安排。"

"我可以不去吗？"窅娘鼓起勇气问道。

"窅娘，你听我说，此事关系我南唐国运，可能牵扯到千万百姓的性命啊！"

窅娘听了，仰头盯着从嘉的眼睛，眼中泪光闪烁。她静静地看了从嘉片刻，仿佛要在这一刻将从嘉的灵魂看穿一般。从嘉在她的注视下，心中感到莫名的刺痛。

过了片刻，窅娘咬了咬嘴唇，斩钉截铁地说道："国破家亡，这个道理，小女子也是知道的，既然殿下这么说，我去！"

说罢，她轻轻地从从嘉手中抽出了自己的手，缓缓转过身，往爱莲阁走去。

"等等，窅娘！"

窅娘停住了脚步，却未转过头来。

从嘉跟上几步，绕到窅娘的前面，说道："大宋皇帝的私人使者叫王承衍，我已经与他私下达成协议，你平日里就听韩侍郎的吩咐，如果有什么重大事情，你就同王承衍将军商量，随时向我汇报。我想与大宋建立同盟，为了保我南唐国祚长久，为了让我南唐国百姓安居乐业，这是不得已而为之。你自己也多加小心。"

窅娘抬头看着从嘉，再次愣了一愣，这个殿下，在她眼中变得有些陌生了。或许，她从来就没有真正认识过眼前这个男人。

窅娘点点头，没有说话，算是答应了从嘉。

从嘉站在原地，望着窅娘一个人缓缓走回爱莲阁。

又一阵春风吹过池水，一池涟漪，依旧无声。

# 三

子夜。灯火俱灭。

窅娘躺在床上，睁着眼睛看着头顶黑暗的空间。黑色，如此深沉，真正的黑色，没有一丝一毫的光亮。这是她来到韩熙载城南雨花台别宅的第一个晚上。她是在朦胧的暮色中被担子抬着来到这座宅子的。她现在躺在床上，心潮起伏地回忆着晚上发生的一切。她没有想到，与韩熙载第一次见面，竟然会发生那样一幕，完全出乎她的意料。不仅出乎她的意料，简直让她感到震惊。现在，她细细回忆着发生一切，心里头变得异常纠结。

在她被韩熙载请入他卧房的那一刻，她本以为韩熙载想要立刻占有她，但是，她没有想到，韩熙载竟然单膝跪倒在她的面前。

"他当时是怎么对我说来着的？是的，他说，要借我留住宋朝皇帝的私人信使王承衍。可是，如何留住那个人，他为什么不说具体办法呢？为什么只说天机不可泄露？他为什么要对我下跪，请求我的原谅呢？如果我这样一个女子，能够使南唐国免于被宋朝吞灭，能够使南唐百姓免于战火，我是愿意去做的。如果他真得坦诚地对我说，我难道能够拒绝吗？可是，我又多么希望六皇子不会将我送到韩府来啊！六皇子啊，他心里有我吗？我也真的希望，韩大人既然让我为南唐社稷做点事，就应该像战士一样对待我。可是，他堂堂一个朝廷大官，为何要向我这个小女子下跪呢？莫非他想让我——想让我——"宵娘想到此处，心头一痛，将双腿紧紧往上缩了起来，身子在床上几乎蜷成了一个球。眼泪也禁不住从眼角滚落下来，顺着脸颊，流到了枕头上，片刻之间，枕头上已经被泪水洇湿了一大片。"不论是六皇子，还是韩熙载大人，他们都不过是在利用我的姿色与身体啊！"宵娘悲哀地想着，不知道等到明天晚上，韩熙载大人究竟要自己在夜宴上做什么，也不知道等到明天晚上，自己该如何对待那个大宋皇帝的私人使者——尽管，她之前听六皇子从嘉说过，那位私人信使与从嘉已经达成了某种默契。

宵娘在胡思乱想之中辗转反侧，一直折腾到后半夜，才昏昏沉沉地睡去。第二天，直到近中午时分，宵娘才迷迷糊糊地睁开惺忪的双眼。她吃惊地看到，在她的床边，立着两位穿着粉色衣裙的年轻丫鬟。两个丫鬟均是十四五岁模样，容貌姣好，仿佛两朵含苞欲放的花朵。其中一个丫鬟身材苗条高挑，另一个则身材圆润结实。

宵娘正欲开口询问，只见其中身材苗条的丫鬟拍手笑道："醒了、醒了，小娘子终于醒了。"

"现在是什么时辰？"宵娘问道。

"都快午时啦！"那个身材丰润的丫鬟插口道。

"小娘子，韩大人不让我们唤醒您，说是一定要让您睡好觉，睡足觉。"高个丫鬟说道。

"劳韩大人关心了。"

"我们帮小娘子梳妆吧，小娘子，韩大人还说要让人送来一套衣裙，说是请小娘子晚上夜宴前换上，韩大人请小娘子在今晚夜宴上跳一支拿手的舞。"高个子丫鬟口齿伶俐，又说了一些韩熙载交代的话，无非是要宵娘好好打扮，中饭好好吃，下午好好休息，晚上夜宴时要好好表现。

宵娘听丫鬟转述的叮嘱，只是微微点点头，便顺着两个丫鬟的安排，洗漱后细细梳妆打扮起来。

中午时分，宵娘正在用午膳时，韩熙载突然带着一个年轻姑娘出现了。那个年轻的姑娘手中捧着一个不大不小的红色木匣。

"阿芷，拿过来。"韩熙载冲身后的那个年轻女子说。

那个叫阿芷的姑娘托着红色木匣走了上来，将木匣放在了宵娘面前的木桌上。

"阿芷，还有你们两个，都出去吧。"韩熙载将阿芷和宵娘的丫鬟们都支了出去。

"打开看看。"韩熙载微笑着对宵娘说。

宵娘怯怯地看了韩熙载一眼，小心翼翼地打开了红色木匣的盖子，见匣子中间摆着一件绸绢织成的衣衫，淡淡的天青蓝，上面还缀着许多圆润透亮的上好珍珠。

"换上试试。"韩熙载说。

宵娘将那衣裙从木匣中拿出来缓缓展开，只见那些珍珠正好缀在衣衫的胸前，散发出玫瑰色的瑰丽光芒。

"真是太美了！"宵娘禁不住赞叹道。

宵娘说完，将衣裙折叠起来放回匣子，脸上浮现出忧郁的神色。

韩熙载心知宵娘心头不痛快，温言说道："怎么，还没有想通吗？你若真是不愿去大宋私人信使身边，我韩熙载也不勉强你。我会设法再觅其他合适的女子。"

宵娘没有料到韩熙载会这样说，一时之间不知所措。"难道要让其他女子来承担这个命运吗？难道为了我自己，就可以牺牲另一个无辜女子吗？"这个想法让宵娘感到痛苦，这种痛苦源于一颗善良单纯的心在一个两难困境中的挣扎。

韩熙载欲擒故纵的政治手腕，用在一个单纯善良的年轻女子身上，很快发生了作用。"不，我愿意去。"宵娘挤出一丝微笑，幽幽地说道。

韩熙载将宵娘的细微表情看在心里，心中一痛，脸上却露出了笑容，说道："好！宵娘，从今日起，你就是我的干女儿了！"

宵娘听韩熙载这么说，悲哀的心境中，又掺杂了些震惊。

"大人错爱！宵娘——"宵娘一时之间百感交集，不知如何回答。

"你愿意吗？"韩熙载微笑道。

"宵娘愿意！"宵娘说着，冲着韩熙载盈盈下拜。

韩熙载微微垂下头，目光落在宵娘的脚上。

"听说宵娘是三寸金莲，今日方看得仔细，果然名不虚传。"韩熙载笑道。

宵娘一听，脸颊泛起了绯红，一时不知该说什么。

"穿上这件舞服，在夜宴上可要好好表现！"韩熙载指了指那件舞服。

"韩大人——"

"哎，该叫什么？"

"是，父亲大人，我该如何——"宵娘正想问晚上该如何做，韩熙载抬起手，示意她打住话头。

韩熙载脸色严峻起来，厉声说道："夜宴上，你只管好好跳舞，到时听我安排。请记住，不论发生什么事，都要相信我。宵娘，我南唐能否躲过一劫，就在今夜了！还有，记住，你是我韩熙载的干女儿，不是六皇子的人，更不是唐镐的人。我对你说的话，安排你做的事情，千万不可告诉六皇子和唐镐，六皇子虽然是好人，但是如果他继承南唐大位，南唐恐怕有亡国之危啊……"

韩熙载说到此处，打住了话头，陷入沉默。

宵娘心中一震，低头望着那件缀着珍珠的舞衣呆在那里。

太阳渐渐西沉，王承衍、周远和雪菲三人每人骑着一匹马，缓缓向金陵城南行去。南唐国主李景专门安排的一队护卫跟在他们的身后。这些护卫，名义上是保护他们三人，其实是为了防止他们突然逃离金陵城。

今晚，王承衍等三人正是受韩熙载的邀请，前往金陵城南雨花台的韩熙载别宅去参加夜宴。这次夜宴，是韩熙载以为王承衍一行回开封践行为由而特意安排的。对于韩熙载的邀请，王承衍不便拒绝。

当他们抵达韩熙载别宅时，天色已然变暗，韩宅的大门前，两盏点燃的红色大灯笼静待着贵宾的到来。

韩宅的管家老陈将王承衍三人接入府中，李景安排的护卫们便都留在韩宅大门前守卫。

管家老陈提着灯笼，走在王承衍的前面带路。他们沿着一条长廊往宅子深处走去，长廊内每隔几步便悬着红色的灯笼。

雪菲借着灯笼的光，看着长廊两边的花园，但见花园中草木繁盛，树木的树冠高高低低往远处连绵而去。"这宅子好大啊！"雪菲不禁感叹道，吐了吐舌头。

"这宅子是依山而建的，山前原是一大片荒田，韩大人从农家那里将这片地都买了下来。现在，宅子里还保留了一些田地，原来的农家便做了佃农，也算解决了生计。"老陈不无得意地说。

长廊修建在一个面积巨大的园子内。几个人在长廊上走了约半盏茶的工夫，便见不远处的黑色夜空中一片灯火闪耀。一座三层高的楼阁张灯结彩，仿佛是从无边的黑暗中突然出现的一片绚丽华美的仙境。美妙的音乐从那片仙境中若隐若现地传来。

四人又沿着长廊行了片刻，长廊连着一座九曲木桥，木桥则穿过一片湖水。原来，那座三层阁楼是建在一个人工湖的对岸。

王承衍自小长在官宦之家，来往于高官宅邸，出入过皇城宫殿，这时深入韩熙载的别宅，尽管黑夜中看不清别宅的园林全貌，但依然被其巨大的规模所震惊。

"少将军，您看，韩熙载在楼门前接咱们呢！也不知他葫芦里卖的是啥药。"周远轻声对王承衍说道。

王承衍见管家老陈加快脚步走在前面，便故意放慢脚步，轻声对周远说道："韩熙载是反对迁都的，而且有挑战我朝的雄心，咱们小心一些。不过，我相信他不会下黑手。韩熙载为人气傲，会玩计谋，却绝不屑玩下三烂的手法。"

说话间，王承衍一行慢慢走近了戴着高筒纱帽的韩熙载。韩熙载所戴的高筒纱帽，是他自己亲手设计的，用来彰显自己的个性与意气，表现自己不甘流于俗气的气度。

"哎哟，王将军、周远将军、雪菲姑娘，你们能够光临，寒舍真是蓬荜生辉啊！"韩熙载见王承衍等人走近，便微笑着缓缓踱步迎了上来。

"韩夫子如此远迎，真是客气了！"王承衍抱拳鞠躬说道。

主宾双方一边寒暄，一边慢慢往楼阁中走去。

韩熙载的夜宴在一片悠扬喜庆的音乐声中开始了。众人落座前又依礼节寒暄一番，然后边喝酒吃菜，边天南地北地漫谈了起来。

酒过三巡，韩熙载令人请出了宥娘。

在来韩熙载别宅的路上，王承衍心里不时想象着宥娘的模样。他的想象，一半是因为想知道能够进入韩熙载的视野、成为计谋一部分的女子究竟是一个什么样的人；另一半原因，则出于一个年轻男子由本能产生的对一个即将谋面的年轻女子的幻想。她可能长什么样呢？会如传说中的秦蒻兰一样美貌吗？她会以什么样的方式出场呢？这些念头，在宴席之际，依然不时会从王承衍的脑中闪过。所以，当韩熙载令人传宥娘献舞时，王承衍心头微微一震，几乎是带着急切的心情，期待着看到宥娘。

在宥娘步入宴客厅的一瞬间，王承衍被宥娘的姿容惊呆了。那一双大眼睛明亮清澈，带着些许幽怨、些许困惑、些许惊讶、些许畏怯；那线条柔美的鹅卵形的脸上，露出淡淡的略显勉强的笑容；那挽起的高高的发髻上，几支步摇摇晃不定，仿佛泄露出它们主人内心的惊惶，却在不经意间令人对它们的主人增添了无限的怜爱；那高高耸起的丰满的胸脯前闪烁着一片珍珠的炫目光华，但这些珍珠的光华无论多么璀璨，在那张娇媚柔嫩的脸庞和那双美目之下，仿佛都黯然失色了。

就在那一瞬间，王承衍的目光被宥娘的目光紧紧地牵引住了。

在王承衍恍惚感到时光停顿、空间消失的瞬间，宥娘莲步轻移，已经走到宴客厅的中央，随着音乐的节奏跳起舞来。

王承衍望着宥娘，不禁为她曼妙的舞姿折服。宥娘感觉到王承衍一直在看她，扭腰转身之间，便不时把目光投向王承衍。每一次，两人目光相触的刹那间，王承衍都会在宥娘妩媚的笑眼中隐约看到盈盈的泪光。每一次，王承衍都不觉心头一震，如触电一般。"她究竟是一个什么样的女子啊？"

王承衍拼命使自己冷静下来，心里想着："韩熙载用她来对付我，我还得小心为是。"

雪菲见王承衍目不转睛地盯着宥娘跳舞，便噘起嘴来。

"哼，承衍哥哥恐怕是喜欢上这位姑娘了吧！"雪菲瞥了一眼王承衍，没好气地说道。

"休要胡说！"王承衍听到了雪菲的话，不禁脸上一热。

这时，一个仆人模样的人急匆匆地走到韩熙载身旁，俯身到韩熙载耳畔，不知说了些什么。

王承衍用眼睛的余光看着韩熙载，只见韩熙载听了那人耳语后，面色大变。

"一定发生什么事了。"王承衍暗想，朝坐在一旁的周远使了个眼色。

周远微微点了点头，右手按在桌案边沿上，随时准备推案而起。

但是，就在这时，韩熙载突然重重拍了一下食案。

"停！别跳了！"韩熙载喝道。

音乐声骤停，宥娘吓了一跳，猛地停下舞步。

宥娘的舞衣还在飘动。红色的烛光下，原本天青色的舞衣变成了玫瑰色的，珍珠闪烁的光却是七彩的。

每一颗珍珠的表面，都倒映着周围的一切，在每一个小小的球面上，都映着一个变形的世界，这些变了形的世界，没有一个是一样的。

"宥娘，你究竟是什么人？"韩熙载目不转睛地盯着宥娘。

宥娘一时之间不知如何应对。"我究竟是什么人？他为什么这么问？"宥娘心中暗想，一脸茫然。

"我以百金从六皇子那里买下你，认你做了干女儿，原想转赠给来自中朝的王承衍将军，一来想与王将军结个姻亲，二来也算给你找一个好归宿，没有想到你竟然是——"韩熙载猛一低头，又重重拍了一下食案。

这究竟是怎么回事？窅娘一脸懵懂地朝韩熙载望去。

"父亲大人——我——"

"我再问你一句，你究竟是何人？"韩熙载脸色铁青，额头青筋暴起。

"父亲大人，我是窅娘啊！"窅娘见韩熙载面色恐怖，不禁吓得浑身发抖。

"好，你不说，我来替你说。我韩熙载每收一个女子入府，必然派人暗中仔细打听她的身世。这几日，我派出的人回来了。窅娘，你隐藏得好深啊！"

"我——"窅娘正欲说话，却被韩熙载打出了话头。

"你什么？你的老家是不是长沙？"

"是！"窅娘一愣，点了点头。

"十多年前，楚国废王马希广败亡的时候，长沙城被恭孝王马希萼占据。马希广带着夫人和诸位王子皆藏匿于祠堂，结果都被捕获。马希广被马希萼赐死，服毒药而亡，马希广夫人被杖杀于市。当年，李彦温、刘彦瑫两位将军带着马希广的几个儿子逃离长沙，经过袁州，逃到了南唐。永州刺史王赟本该与这几王子一起归顺南唐，可是不知何故，却一再拖延。过了许久之后，王赟方才赶赴金陵觐见国主。窅娘，你就在那时，随着你母亲，跟着王赟将军一起进了金陵，大概八九岁吧。我可说得对吗？"

韩熙载说的正是楚王马氏败亡的故事。南唐保大八年，马氏的楚国被南唐所灭。马氏楚国共历五主，前后历朝四十五年。马希广是楚国的废王，后晋天福十二年至后汉乾祐三年在位。马希萼是楚国的恭孝王，南唐保大八年至九年在位。

听了韩熙载的言辞质问，窅娘脸色大变，心想："我母亲进了王赟将军府中，做了仆妇，而我父亲早在我四岁那年便病故了。到了金陵几年后，王赟将军便中毒而死，母亲叮嘱过我，千万不可提及此事，因为，王赟正是被南唐国主毒害而死的。自王赟将军死后，我与母亲便出了王赟将军府，母亲靠在酒楼厨房做配菜工将我养大成人。后来母亲病重，病故之前托人将我送入枢密使唐镐府做婢女。可是，韩熙载大人为什么提起湖南的马氏和王赟将军，这些与我又有何干呢？"

一连串的回忆汹涌而来，窅娘想起母亲，不禁黯然神伤，低着头，含着泪，对韩熙载的提问一时间并不作答。

"窅娘，我问你，我方才说得可对？"韩熙载追问道。

窅娘抬起头，眼中噙着泪花，轻轻地点了点头。

王承衍、周远等人见窅娘点头承认，不禁大为吃惊。

"窅娘，你母亲千方百计将你送入枢密使唐镐大人府中，恐怕不仅仅是为了帮你寻个谋生处那么简单吧。你分明就是为了盗取我南唐的军事情报，然后再送给我南唐的敌人。好一个美貌如仙的细作啊！枉我还将你认作干女儿！"韩熙载说话间，伸出手指，狠狠往窅娘一指，仿佛要靠着这一指将窅娘戳入地狱。

窅娘听韩熙载说她是细作，顿时花容失色，大惊道："韩大人，我母亲确实是在病故之前将我送入唐大人府中的，不过是为了让小女子能够糊口养活自己，哪里是为了盗取军事情报啊！"

"休再抵赖！你母亲与你对南唐怀着深仇大恨，你们的计划几乎就要成功了。若非唐枢密将你送入六皇子府，我南唐的军镇驻兵情况、山川要塞、水道沟渠恐怕迟早被你摸透。"

窅娘听韩熙载这般说，只感到脑中一片混乱，"不知他听了谁的谗言，他不是本想借我对付宋朝皇帝的私人信使王承衍吗？如今为何指认我为细作？这究竟是怎么回事呢？"

"韩大人，你冤枉窅娘了，尽管我与母亲是从长沙来金陵的，可是我与母亲不过是普通百姓，能够有口饭吃就已经不易了，况且，湖南马氏早已经败亡，马氏原本也曾臣属于南唐，我自长沙入金陵后，便一直在金陵生活，如今这里便是我的家国，我哪里会对南唐有深仇大恨呢？"

"哼！普通百姓！你是王赟将军的私生女，你父亲王赟将军被南唐国主毒杀，杀父之仇，不共戴天，这难道还不算是深仇大恨吗？"

宵娘一听这话，如同五雷轰顶。我怎么会是王赟将军的私生女？难道是母亲生前一直瞒着我，是后来送我入唐府时，才暗暗透露给什么人了？或者，是唐镐大人或是六皇子心中嫉恨韩熙载大人得到我，便暗中诬陷我。宵娘心中暗想。

　　这时，韩熙载突然对旁边的一个侍女说道："阿若，你去宵娘房中搜一搜，看能找到什么？搜仔细一些！"

　　阿若应了一声，目光中透着诡异，朝宵娘看了一眼，便匆匆从宴会大厅走了出去。

　　阿若离开后，宴会大厅顿时变得死一般寂静。

　　韩熙载铁青着脸不说话。宵娘跪在韩熙载的跟前，颤抖着，抽泣着，不知如何是好。王承衍、周远和雪菲见夜宴局面突然变成这样，只好沉默着等待事情的发展。

　　过了许久，阿若拿着一块绢帛模样的东西回到夜宴大厅。

　　"找到什么了吗？"韩熙载问道。

　　"找到了这个。"阿若说着，将手中那块绢帛舒展开来。

　　夜宴厅里的众人朝阿若手中望去，但见那块绢帛上用极细的黑线画满了山川水流，黑线之外，又有很多黑点、红圈，估计是表示山寨、城池和驻兵。

　　"阿若，可以了，快收起来，给我。"韩熙载喝道。

　　阿若慌忙依言将那块绢帛折叠起来，递给了韩熙载。

　　韩熙载将那块画着军事情报的绢帛托在掌中，冲宵娘说道："这个没有冤枉你吧！"

　　宵娘抬起头，看着韩熙载的双眼，只觉他的眼光仿佛如两道闪电一般射将过来。就在一刹那间，宵娘心中一震，顿时明白了方才发生的一切。

　　"这一定是韩熙载大人所谓的'天机'，这是他使用的苦肉计啊！他是担心事先告诉我，我的表现，就不会那么真实了！看样子，他是费尽心思才想出这个计谋，此事已经远远超过了六皇子和唐镐大人的预料，事情已经不像原来预设的那样了。我该找机会告诉六皇子和唐镐大人韩熙载大人的苦肉计吗？不行，不行，恐怕韩熙载大人是对的，六皇子救不了南唐，唐镐大人也救不了南唐，或许韩熙载大人才有救南唐的办法！"窅娘暗自思忖着。

窅娘想到这一层，咬咬牙，说道："不错，这是我暗中画的。既然如此，要杀要剐，任由大人处置。"窅娘本不是奸细，那幅军事情报图当然也不是她画的。但是，她已经知道了计谋的核心设计，所以硬下心承认了自己的"罪行"。

韩熙载听后微微一愣，冲着窅娘意味深长地看了一眼，对大厅一侧的两个侍卫说道："且将这女子押下去，待我好好审问。"

两个侍卫闻言，向窅娘走了过去。

窅娘不再哭泣，一言不发地站了起来。

两个侍卫伸手欲抓窅娘的手臂，窅娘胸膛一挺，喝道："我自己会走！"说着，便主动向夜宴大厅门口走去。

王承衍心中一动，想到六皇子从嘉和唐镐想将计就计借窅娘暗中窥测韩熙载，觉得其中必有蹊跷。又想，六皇子从嘉乃是我大宋要争取的人，不管怎样，窅娘也是从六皇子从嘉府中出来的，如今突然变成了间谍，恐怕事情没有那么简单。况且，如果窅娘真是为了报仇而获得了南唐的军事机密，那么得到窅娘，就相当于获得了重大的军事情报。一定要救出窅娘。

窅娘出去后，韩熙载冲王承衍等人一抱拳，说道："真是让各位上使见笑了。今日本是为几位践行的夜宴，没有想到会出这件事。还望见谅！"

"哪里哪里！韩夫子言重了！"王承衍说道。

"说是为各位践行，但是出了窅娘刺探军情这事，在下想请各位在寒舍多留一阵，待我查清楚窅娘一事，各位再回中原不迟。得罪之处，还望见谅。王将军，你看如何啊？"

王承衍一听，心想，原来韩熙载想将我等作为人质啊，不过，既然出了窅娘一事，我也不想就此便回中原，不如顺水推舟，答应他便是。

"好，我等就在这金陵再多待几日。在下也知，窅娘一事不查清楚，韩夫子也不便放我等回中原。万一，窅娘是我大宋的间谍，韩夫子恐怕就不会放我等回中原了吧！"说罢，王承衍哈哈大笑。

"既然如此，各位上使便在寒舍住些时日，寒舍便是各位的金陵城，各位就不必急着回城里了，在这里，韩某人一定会好好招待各位。日常各种用度，各位都不必担心。这样罢，在下亲自给各位抚琴一曲，以为助兴。"韩熙载捋着胡须，微笑着说道，说完，不等众人回答，便起身走向旁边的琴案。那里早已摆设了一把"焦尾"古琴。

周远听韩熙载这般说辞，心知这分明是软禁！他心头怒火上冲，当场便要发作。

王承衍见周远蠢蠢欲动，伸手按住周远的手臂，沉稳地冲他点了点头，示意周远听从韩熙载的安排。王承衍不知道，他已经落入了韩熙载的圈套。韩熙载的计谋已经成功了一半。

周远愣了愣，勉强将怒火按捺下去，低着头，也不看韩熙载。

这时，韩熙载已经在琴案边坐下，弹起琴来。

"等待机会，你潜出韩府，找唐镐帮忙，让他帮忙调查一下宵娘的背景。说不定，宵娘有可能是我大宋的人。"王承衍压低声音对周远说道。他心中想着那张军事情报图和宵娘的价值，"得到宵娘，就等于得到了军事情报，对我大宋大为有利。"但是，他没有意识到，正是他对宵娘暗生的怜爱之心，使他想要设法救出宵娘。从这一层去看，他关于宵娘可能是大宋暗插在南唐的猜测，某种程度上是他不想弃宵娘而不顾的一种借口。尽管，此时他自己还未充分意识到自己内心对宵娘生发的怜爱所产生的影响。

周远听了，轻声说道："少将军真觉得宵娘可能是陛下安排在南唐的细作吗？"

"不是不可能。据说陛下差人在天下散布了许多秘密察子。"王承衍轻声道。

"唐镐会帮忙吗？"

"他一定会的。你这样与他说，如果宵娘是陛下的人，我一定要将她带回去。作为回报，我一定助他调查出暗杀唐丰的真凶。"

周远听王承衍这么说，微微愣了一下，问道："少将军莫非想到了什么线索？"

王承衍点点头，说道："这几天，我反复寻思，确实想到还有一个线索，可以查证七皇子是否就是暗中谋划刺杀唐丰的真凶。可惜，咱们错过了最好的调查时机，不过，也不是完全没有机会。"

"哦？"

"只是，要烦劳周大哥往镇海去跑一趟，查一个七皇子派去的人。"

"往镇海跑一趟？"周远一愣，忽然像想到了什么，说道："少将军的意思，是——"

这时，忽然听韩熙载道："曼珠，你来给几位上使献支舞吧！"韩熙载说完，哈哈大笑，冲身旁一位舞姬打扮的女子招招手。

王承衍看了周远一眼，轻声道："夜宴后与你细说吧。"

周远点点头，将目光转向韩熙载那边。

此时，韩熙载正在夜宴厅一角安放的古琴边，颔首低眉，手抚琴弦，亲自为曼珠的舞蹈伴奏……

# 四

巨剑"血寒铁"暴露在清晨的寒气中，剑身上已经附着了一层薄薄的雾气。宋山南东道节度使慕容延钊身披铁甲，手握剑柄，巨剑挂地，在襄州东门的城楼上已经站立了一会儿。在铁甲主人不知不觉间，一层灰白色薄薄的雾气，悄无声息地附着在宽大的剑身上，也附着在厚重的铁甲之上。

几个亲兵，默默站在慕容延钊的身后，不敢出言打扰他们的主将。

白色的晨雾升腾，汉水自襄州城东隆隆南下。

在襄州西面，是房州，自房州再往西，是逶迤的大巴山。大巴山遥远的西边，便是成都。

"这次出兵之前，陛下免去我殿前都点检一职，显然对我是心怀戒心啊。不过，这样也好。我慕容延钊本来问心无愧。且不去想这事了，由他去吧……在那汉水注入长江的地方，便是我朝的劲敌南唐。经汉水，借道荆南攻击南唐武昌，恐怕是不可能的。荆南高氏绝不会同意。这样一来，可选之路就是出城后渡过汉水，赴随州，然后经由涢水，渡过长江，再攻击武昌。可是，陛下只准打小仗，不可打大仗。如果渡汉水，沿着涢水河谷水陆并进，还要渡过长江，动静很大，如果南唐乘我渡江之机出击，我军并无胜算。况且，涢水多处河段水浅难以行舟，用水军作战，实为不宜……如果联合黄州的武胜军节度使宋延渥将军，令其攻击鄂州后方，倒是好的办法。可是这样一来，由鄂州之战引发的连锁反应就会产生，南唐除了鄂州、九江一带的驻军就会全面行动起来，由西及东，从黄州、江州，再到舒州，一直到江宁、扬州就必然全面陷入战争状态。目前与南唐全面开战，必然两败俱伤。这想来也是陛下所极力想要避免的。看样子，联合宋延渥将军出击在此时也不是办法……"慕容延钊手握巨剑"血寒铁"，眼睛盯着在白色晨雾中若隐若现的汉水，思索着对付南唐的办法。他神色肃穆，脸部棱角分明，凝神思考，伫立不动，便如岩石一般。巨剑"血寒铁"仿佛已经与它的主人融为一体。

过了片刻，慕容延钊缓缓举起手中的巨剑"血寒铁"，横在胸前。他微微低首，注视着手中这把伴随他征战沙场多年的"血寒铁"，伸手轻轻抚过它的剑刃，抹去了附着在它表面的薄薄的雾气，露出黑亮的剑身。他把它立在眼前。剑刃幽幽透出暗紫红色的寒光。它不知吞饮了多少人的鲜血，所有的鲜血，都在这暗紫红色的寒光中留下了自己的印记。慕容延钊瞪着双目，盯着宽大的剑身上倒映出的自己的脸，剑身上那张脸上的双眼，在剑身散发出的暗紫红色的寒光中，仿佛从剑身内部盯着外面世界的自己。慕容延钊感到寒气从剑刃传到了自己的指头，他让自己的指尖在剑尖处停住了。

"'血寒铁'啊'血寒铁'！与我一起，再次战斗吧！"慕容延钊盯着巨剑"血寒铁"，喃喃自语，就在手抚剑刃的那一刻，他已经打定了一个主意。

"噌"一声，钢铁摩擦着皮革，慕容延钊手一动，将巨剑"血寒铁"收入背上的皮革剑鞘，顺着台阶，往城楼下走去。这时，迎面奔上来一个军士，递上了一份来自南唐金陵城的书信。

慕容延钊展信一看，不禁大吃一惊，原来，此信是南唐的韩熙载寄来的。慕容延钊匆忙将信打开，一看之下，怒气暗升。

原来，慕容延钊屯兵襄州的消息已经被南唐探子获知，消息已经传到了金陵。韩熙载在信中委婉地威胁慕容延钊，一旦赵宋举兵南下，他将无法保证王承衍、雪菲姑娘的安全。

慕容延钊拿着信，沉着脸，走下城楼。几位亲兵见节帅读信后脸色大变，知道一定发生了什么事。其中一个亲兵忍不住问道："将军，是不是南唐方面有动静了？"

慕容延钊扭头看了一眼那个亲兵，说道："你去把高德望找来。直接到城楼上的襄阳阁来。让他带上随身行囊。"

襄阳阁是建在襄州东城门楼上的两层阁楼，一层是军机阁，二层是远望阁，乃是为了商议军情和指挥战斗而修建的。那亲兵听节帅这么说，愣一愣，慌忙答道："是！"

慕容延钊说完，猛一转身，往城楼上走去。亲兵慌忙为节帅让开路，随后跟着慕容延钊重新向城楼上走去。

那名得令去找高德望的亲兵则顺着石阶，慌忙奔下城楼，往城楼附近的兵营奔去。原来，赵匡胤此前已经令高德望随慕容延钊进驻襄州，以备慕容延钊咨询南唐的有关情况。

高德望赶到襄阳阁时，慕容延钊与麾下众将正围着一个沙盘在商议作战方案。慕容延钊见高德望来了，暂停了与众将的讨论。

"二狗子，来了啊。咱闲话少说，现在王承衍少将军、李雪菲姑娘在金陵可能有危险。还有那个周远。他们都被韩熙载软禁了。韩熙载来信威胁，如果我军对南唐不利，他将拿他们开刀。我要让你给韩熙载带个信回去。"慕容延钊沉静地说道，脸看上去依然像是块坚硬的岩石。

"将军请吩咐。在下赴汤蹈火，在所不辞。"高德望干脆利落地回答，顿了顿，又继续说道："况且，我还真想王将军他们几个了。将军请放心将信交给我，一定送到那韩熙载手上。"

"好！不过，我让你带的不是书信，而是口信。"慕容延钊说道。

高德望听了，微微一愣。众将听慕容延钊说要给韩熙载捎口信，也都露出惊奇的目光。

"你去跟韩熙载说，如果他敢动王少将军他们一根汗毛，我慕容延钊就会用他南唐一城人的性命来作为代价。"慕容延钊冷然说道。

高德望听慕容延钊声音冰冷坚定，不禁打了一个哆嗦。

"慕容将军，老百姓可是无辜的啊！"高德望鼓起勇气说道。

慕容延钊"哼"了一声，目光灼灼地盯着高德望说："二狗子，我只是不喜欢受人威胁。韩熙载必须明白，他对我的威胁，会付出代价。而且，他应该明白，没有力量的威胁，是可笑的。你只要带我的话去就可以了。"

高德望听了，脸涨得通红，单膝下跪道："将军，我可以带话去，只是请求日后攻城，将军放过无辜百姓。"

慕容延钊沉默了一会儿，伸出大手，拍了拍高德望的肩膀，说道："本将自有定夺。你快去送信吧。否则，王少将军他们就危险了。"

高德望知道主帅话已至此，多说无益，心中挂念着王承衍、周远和雪菲姑娘的安危，只好立起身来，转身离去。

慕容延钊的儿子慕容德丰见高德望的身影消失在门后，向慕容延钊问道："父亲，他说得没错，百姓是无辜的啊！还望父亲三思。"

慕容延钊冷冷地看了看儿子德丰，说道："为何连你也不明白为父的心思？为父让他给韩熙载捎话，乃是政治，不是军事。如政治之威胁可以拯救王少将军等人的性命，为父背个骂名又有何妨！真若开战，为父也是个军人，不是屠夫。"

慕容德丰听父亲这么一说，不禁面露愧色，说道："恕孩儿不知父亲苦心！"

众将听了慕容延钊的话，都不禁神色一凛。

"好了，让我们来谈谈军事。德丰，为父要交给你一个任务，从今日开始，五日之内，襄州城的防守，由你代父接管。为父要去办一件事。如果五日内为父不回，你便向陛下禀明并请示，由你权知山南东道军府事。"慕容延钊说完，眼光投向了沙盘。

"父亲，你这是——"

"要给南唐制造实质性威胁，又不能打大仗，只有冒一个险了。我决定带十来个人，潜入南唐，到鄂州城下叫阵。"

"这太冒险了，鄂州的武昌城目前由南唐武昌节度使王崇文将军镇守，此人勇猛无敌，麾下也是猛将如云，如果他令大军出城掩杀，父亲你——"

"唐朝的开国皇帝李世民单骑喝退匈奴十万兵，为父虽不敢与李世民相比，但也是身经百战，况且王崇文也算当世名将，我料他必不会以大军掩杀我一人。否则，他如何立足于世。"

众将中，听了慕容延钊的话，只有少数几人默默点头。

"父亲——还请三思啊！"德丰再次请求。

"将军，少将军说得是，还请三思啊！"

"是啊，将军，您不如就率大军直接进攻鄂州，难道咱还惧怕南唐不成！"

"将军，咱进军吧！"

麾下诸将一时间群情激愤，纷纷请战。

"胡闹！一旦大军进攻鄂州，我大宋与南唐间的战争就会全面展开。现在，南唐几位大将各居要害，国内尚有良臣，全面开战，我朝未必能够讨得多少便宜。我想，这也是陛下为什么明令避免大战的原因。我们这次行动的目标，就是给李景施压，逼迫其尽快迁都南昌府，以减少长江一线的威胁，奠定我朝的基业。你们休要多言了，我意已决！"

"是！"

"是！父亲。"

德丰与诸将无奈，只好遵命。

当日午后，慕容延钊身披铁甲，头戴铁盔，带着十来骑，出了襄州城。慕容德丰与诸将官相送于城外。

"德丰，好好守在襄州，你就是为父的后盾啊！万一……"慕容延钊顿了顿，继续说道，"万一为父无法回来，王崇文派大军出击襄州，你要坚决固守，但绝不可出城决战。同时，一定要知会黄州的宋延渥将军，固守黄州，但绝不能出击与南唐军决战，切记！切记！"

慕容德丰见父亲露出从未有过的肃穆神色，当下不敢多言，坚定地点了点。

慕容延钊重重地拍了拍儿子德丰的肩膀，便翻身跨上铁青大马的马背。一名亲兵上前两步，将那一杆沉沉的铁枪递给了他。他冲德丰和麾下诸将挥了挥手，一扯缰绳，带着十余骑往随州方向风驰电掣般地奔驰而去。急促的马蹄踏落在泥土地上，卷起一溜儿灰黄色的沙尘。慕容延钊始终没有回头望一眼。

德丰望着父亲的背影，看着巨剑"血寒铁"的剑柄突出在父亲的肩头，斜着指向高远的天空。德丰突然眼眶一热，想要纵马追去，但最终还是将手中的马缰绳往斜刺里一拽，掉转马头，带着诸将官缓缓驰回襄州城。

# 五

鄂州，州境东西九百三十九里，南北三百八十八里。北至宋汴京一千四百一十里，北至宋西京一千五百三十里，西北至长安二千三百三十里，东至江州六百里，南至岳州七百里，西至汉阳渡二里，东北至黄州二百八十五里，东南至南唐的洪州水陆相兼一千九百三十八里，西北至汉江四里，西南至沔州界七里，东北至蕲州五百里。在唐代开元年间，鄂州二万九千七百户。至南唐，鄂州依然是军事重镇和人口繁密之地。

《禹贡》云："江、汉朝宗于海。"长江、汉水在鄂州的西界交汇。春秋时，这片大江大河交汇之地叫作"夏汭"，乃楚地。到了战国末年，该地还是属于楚国。楚国时期，屈原被流放，曾到南浦。《离骚》云："送美人兮南浦。"那个"南浦"，就在这片土地上。南浦之水，源头在景首山，向西流入长江。该水春冬干涸，夏秋泛涨，商旅往来，都于此停泊。因为这条河在城郭的南边，所以叫作"南浦"。

秦朝吞并六国，统一中国，在各地设置郡县，该地划给了南郡。晋《地理志》云："汉高祖初，分南郡置江夏郡。"《汉志》应劭注云："沔水自江别至南郡华容为夏水，过郡入江，故曰江夏。"汉袭用了江夏之名。

三国时期，该地也叫江夏。刘表以黄祖为当时的江夏太守。那时的江夏，据《江夏纪》云："一名夏口，一名鲁口。"《三国志·吴书·吴主传》记载：建安四年，进讨黄祖于沙羡，十三年复征黄祖，凌统、董袭攻屠其城。黄初二年，"权自公安都鄂，改名武昌"。文中所记载的"沙羡"是县名，沙羡县当时隶属于江夏郡。又《武昌纪》云："大帝筑城于江夏山，为江夏城，即今郡，以程普为江夏太守，督夏口，遂欲都鄂，改为武昌。其民谣云：'宁饮建业水，不食武昌鱼。宁归建业死，不同武昌居。'由是徙都建业。"江夏郡为郡如故，之后，依然是军事重镇。在大江的东面，江夏郡江夏县西南二里，有地名曰鹦鹉洲。西过此洲，从北头七十步到大江中流，与汉阳县分界。《后汉书》云："黄祖为江夏太守时，黄祖长子射在此大会宾客，有献鹦鹉于此洲，故为名。"又《荆州纪》云："江夏郡城西临江，有黄鹤矶，又有鹦鹉洲。侯景令宋子仙袭江夏，藏船于鹦鹉之洲。"

后来，西晋伐吴，令王戎袭击武昌，胡奋袭击夏口，江夏郡再一次遭受兵殇。到了东晋义熙元年，冠军将军刘毅认为夏口在二州之中，地处形要，控接湘川，边带汉沔，于是请荆州刺史刘道规镇守。

到了南北朝时期，宋孝武帝于孝建元年设郢州治江夏。这在史书中都有详细的记载。根据《宋书》卷三七《州郡志》记载："（宋）孝武帝孝建元年，分荆州之江夏、竟陵、随、武陵、天门，湘州之巴陵，江州之武昌，豫州之西阳，又以南郡之州陵、监利二县度属巴陵，立郢州。"另据《资治通鉴》卷一二八记载：宋孝武帝孝建元年，"分荆、湘、江、豫州之八郡置郢州，治江夏"。又《元和郡县图志》卷二七《鄂州总序》记载："（东晋）义熙初，刘毅请荆州刺史刘道规镇江夏，至六年自临嶂徙理夏口，'宋孝武帝以方镇太重，分荆、湘、江三州之八郡为郢州，以分上流之势'。"由此可知，宋孝武帝时期，江夏属于郢州。南北朝宋顺帝刘準时期，荆州刺史沈攸之起兵。沈攸之率大军十万，铁骑两千，向东进军到郢州城，府功曹藏寅进言说："郢州为守我为攻，不是旬日之内可以拿下，如果长期不能攻克，我军挫锐损威，形势必危。不如顺长江长驱东下，攻城略地，等到郢州后方被我占领，郢州城岂能自固？"沈攸之听了，不过没有采纳藏寅的建议。刘怀珍向后来成为南齐皇帝的萧道成说："夏口兵冲要地，应选合适的人镇守。"萧道成于是令刘世隆镇守。不出藏寅所料，当时的郢州刺史柳世隆据城固守。攸之派上精锐部队攻击，依然没有攻克，于是军心崩溃，大败而退。后来，梁武帝起兵襄阳，东下攻围夏口两百余日，最后才因为夏口守军投降才拿下该城。于是，梁武帝在郢州地分置北新州，又分北新州为土、富、洄、泉、豪五州。梁末，北齐得到夏口地区，派遣慕容俨镇守。之后，慕容俨被陈将侯瑱围攻，坚守两百日，依然没有被攻克。后来，北齐与陈通和，夏口归属了陈国。

　　隋朝灭陈统一中国后，将这片地区改名为"鄂州"，以鄂渚之"鄂"作为州名。隋炀帝初期，废除了州，该地重新被称为江夏郡。

　　唐武德四年，平萧铣，重新设置鄂州。天宝元年，改为江夏郡。

　　唐肃宗李亨乾元元年，复为鄂州。唐代宗李豫永泰之后，设置了鄂岳观察使，以鄂州为治所。江夏县西，有黄鹤楼。传说，费祎登仙后，每乘黄鹤，便在此楼休憩，所以此楼得名"黄鹤楼"。在唐代，鄂州江夏县西的黄鹤楼因为崔颢的《黄鹤楼》一诗从此闻名天下：

　　　　昔人已乘黄鹤去，此地空余黄鹤楼。

黄鹤一去不复返，白云千载空悠悠。

晴川历历汉阳树，芳草萋萋鹦鹉洲。

日暮乡关何处是？烟波江上使人愁。

到了五代时期，南唐最终占据了这片地区，设置了武昌军节度使。江水滔滔，地名几易。千古人物，风流文字，无不系于一方土地。千百年来，不论风风雨雨，人们始终在生活、繁衍、战斗、劳作。武昌，如同神州大地上许多地方一样，承载着中国古老的故事，铭刻着中国人代代不息的传奇。

从历史上来看，不论从荆州攻武昌，还是从襄州东下攻武昌，攻击者几乎都没有占据过优势。武昌，也即之前的夏口，作为防守一方，拥有长江之险、高城之固，对于攻击者来说，是一座难以攻克的金汤之城。一旦攻击失败，反而后患无穷。慕容延钊驻军襄州，对于攻击武昌的顾虑，不是没有道理。

慕容延钊出了襄州，冲随州方向，沿着涢水河谷南下，渡过了清浅的富水，又行了多时，于傍晚到了长江边。他令亲兵租了一条渔船，半夜里偷偷于无人地带渡过了长江。次日一早，慕容延钊与十余名兵士在养足了精神后，飞驰至武昌城北门之下。此时，正是午时。

武昌城北门口一派热闹的景象，进城的，出城的，人流涌动，熙熙攘攘。城门口有十来个卫兵，个个神色警惕，看到可疑的，便拦下来，仔细盘查。武昌城的城楼上，哨兵们也个个瞪大了眼睛，盯着远近出现的可疑人物。

当慕容延钊与他所率领的十余骑离北城门尚有一里多地的时候，武昌城楼上的哨兵已经发现了他们。这十余名衣甲鲜明的骑士究竟是何人？武昌城楼的哨兵们一时之间有些困惑。莫非是宋朝派兵前来攻城？不对啊，派这十余骑如何攻打我武昌城？看这十余骑的气势，非同一般，他们究竟是何人？想要干什么？

不知哪个哨兵突然大喊一声："快关城门！快关城门！也许是宋兵前来偷袭了！"

这一声大喊喝醒了很多处于困惑中的哨兵。

城楼下，城门"吱呀呀"地关上了。

被关在城门里想要出城的百姓一时间吵嚷起来。

"怎么突然关了城门？咱还急着出城呢！"

"是啊，这是怎么了？军爷，行行好，快开门啊！究竟出了什么事情？"

城外想要进城的人却已经察觉出了紧张气氛。

十余骑马蹄声"嘚嘚嘚"急促地响着。慕容延钊一马当先，率十余骑铁甲战士如疾风一般驰到武昌城下，在羽箭射程之外站定。

城门口的百姓一时间被骑士们的气势所震慑，慌忙让开道路，远远躲了开去。

"来者何人？"城楼上的哨兵大声喝问。

"大宋山南道节度使慕容延钊在此，速请你们主帅王崇文将军出来说话！"慕容延钊将大铁枪往马鞍前一横，勒了一下马缰，冲城楼上大声呼喝。

这一声呼喝，只吓得城楼顶上众哨兵满脸惊惶。慕容延钊是当时威震天下的名将，南唐的军兵如何不知。武昌城楼上的哨兵们一听慕容延钊来了，当下不敢怠慢，慌忙前去城内节度使府邸报信。

南唐武昌军节度使王崇文听了城门哨兵的讯报，不禁眉头一皱。他此时年逾五十，发须已经灰白。多年来，他提点过禁军，也多次出任藩镇，是一位久经沙场的老将。对于慕容延钊，他并不陌生。慕容延钊？！难道宋军现在就要开始进攻我南唐？他略微迟疑了一下，对身旁的传令兵说道："传令下去，令城内所有兵士迅速集结，赶到北城门，在瓮城上备下弓弩手，在内城门内两边设下埋伏，不得发出动静。"沉着的老将迅速进行了部署。

王崇文又向来报信的哨兵说道："你，跟我一起回北城楼。"说罢，便在亲兵的帮助下，先系好膝甲，扎好吊腿，穿上战靴，接着从容披挂上沉重的两裆银甲，随后系上覆膊、臂甲、盆领，围好包肚，勒紧了束带，最后戴上一顶镀金凤翅头盔，从武器架上提了大刀，跨上自己最喜爱的白色战马，带着十来个亲兵，往武昌北城门赶去。

一到北城楼下，王崇文翻身下马，将大刀往亲兵手中一递，沿着台阶，飞快奔上城楼。奔到箭垛前，王崇文往城下一望，不禁大吃一惊。

只见离城门五百步左右，慕容延钊骑在一匹铁青色的战马上，头戴银色凤翅红缨铁头盔，身披缺胯战袍，前胸露出一角护心镜，横着一杆大铁枪，昂首而立，一边肩头上面，露出一截长长的剑身，宝剑剑柄直刺天穹，甚为扎眼。慕容延钊身后，十余骑兵马分为三组，每组三四骑，成"品"字形立在慕容延钊的身后。慕容延钊令自己身后数量有限的骑兵摆出这样的队形，实际上已做好了最坏的打算。他早就叮嘱他们，一旦被大量敌兵攻击，便以倒"品"字形向来路突围。他自己，则负责殿后。

"城头上可是王崇文将军！"慕容延钊大声喝问。慕容延钊的声音异常洪亮，王崇文在城楼上听得清清楚楚。

"正是！不知慕容将军何事光临武昌？"王崇文尽量使自己的声音显得镇定。

慕容延钊道："请王将军下楼一叙！"

王崇文听了，略一沉吟，回答道："好！稍候！"

王崇文的回答，令他的亲兵们大为震惊。

"将军，不如咱率兵直接出城掩杀过去，慕容延钊再勇猛，也敌不过我万千人马！"一个亲兵进言道。

王崇文看了那亲兵一眼，摆了摆手，冷静地说道："不可，他既然敢带十余骑兵马前来，必然早有准备。一旦杀了慕容延钊，我朝与赵宋就必然开战！现在不是时候！"

那亲兵听了，涨红了脸，不敢多言。

"你们几个，随我出城。"王崇文看了看身旁几个亲兵，又对城头雉堞旁的哨兵们说道，"城楼上，没有我的号令，你们不可轻举妄动。"

他手捋长须，略一沉吟，又喝道："弓弩手何在？！"

"在！"城楼上的弓弩手们听到主帅呼喊，大声呼应。

"好，你们听好了。我下城后，如有不测，你们用弓弩射住阵脚，令慕容延钊不得近城即可，千万不得伤了百姓。众将官，全都听好了，即便我有不测，你们也千万不可杀出城去。听明白了吗?！"

南唐军兵们没想到主帅会如此吩咐，一时之间面面相觑，不知如何作答。

王崇文平日里爱民如子，与将士同甘共苦，深得众人之心。此刻，生死关头，众人见王崇文做出如此决定，一时间无法接受。他们不理解，明明是己方占据优势，为何主帅要冒险只率数骑出城，而且不准他们进攻来犯的宋军。

王崇文见众人沉默着不答应，提高了嗓门，再次大声喝道："你们听明白了吗？"

众人依然沉默不答。

王崇文愣了愣，放低了声音，说道："你们若真是信任我，便依我之言行事。此刻，慕容延钊是与我斗胆略，我们若是趁机掩杀，一来可能中了埋伏；二来可能在天下人面前失去人心，为宋军进犯我朝提供借口。慕容延钊，他敢带着十余兵士前来，正是为了他赵宋的利益，以身冒险。我军此刻如借着人多的优势杀了他，正是中了他的计谋。我不是怕战，一旦正式宣战，我愿意与各位一起以身报国，这六尺之躯，何足惜哉！不过，此时此刻要为我南唐百姓安居乐业、为我南唐国祚长久从长计议，此时此刻还不是杀慕容延钊的时候。请大家相信我。即便我今日死在慕容延钊枪下，鄂州带甲十万，待国主一声令下，与他赵宋正式宣战，鹿死谁手，尚未可知。"

众人听王崇文说出这一番话，不禁热泪盈眶，默默低头，算是听从了主帅的命令。

王崇文于是下了城楼，跨上战马，提起了大刀。

"开城门！"王崇文手勒马缰，大喝一声。

城门"吱呀呀"打开了一个口子——只容一人骑马通过的宽度。

王崇文抖了抖缰绳，双腿一夹，马镫一磕马肚。大白马长长嘶鸣一声，猛然往前跑去。头盔顶上的红缨随风飘动。金色头盔闪着光。十余骑亲兵纵马跟在王崇文之后，鱼贯出了城门。

王崇文骑马奔到离慕容延钊三十步远时，勒住了马，横刀而立。

亲兵们在他身后一字排开。

慕容延钊冷冷地看着眼前这位年纪长于自己的南唐大将，见他金盔金甲灰须，从容地勒马横刀，不禁心里暗暗钦佩。

"王老将军出为藩任，内典禁军，位兼将相，果然名不虚传。延钊这厢有礼了！"慕容延钊手持大铁枪，于马背上一抱拳。

王崇文从容一笑，道："慕容将军客气了。我鄂州能得慕容将军青睐，亦是有幸！"

慕容延钊脸上却并无笑容，只是冷冷说道："我敬王将军为人，故特意提前与王老将军商议一事。南唐气数将尽，王将军何不以鄂州归附我朝，以保一州民生！"

王崇文闻言，神色一凛，说道："如果慕容将军前来是为了劝降，那就请言尽于此罢！"

"王老将军果真要执迷不悟？"慕容延钊冷然问道。

"慕容将军不如请回，何日战书递来，老将我必于此恭候！"王崇文依然言辞保持克制。

慕容延钊"哼"了一声，说道："我已在襄州陈兵十万，你以为以你鄂州之兵，可挡住我十万雄师吗？"

王崇文笑了笑，说道："我鄂州亦带甲十万，愿与慕容将军择日会猎！"

慕容延钊暗暗敬佩王崇文于压力下的潇洒风度，心念一动，说道："延钊敬仰老将军威名多时，择日不如撞日，你我二人，不如一对一比试一下，如我赢了老将军，就借老将军人头往襄州一用，这鄂州城，延钊就暂时不攻了。如你赢了延钊，延钊便将人头奉给老将军。不知老将军意下如何？如果老将军觉得不妥，延钊亦不勉强，只好择日提兵武昌，再行决战。"

王崇文听慕容延钊这般说，知道今日再无法回避慕容延钊的挑战，当下慨然道："好！能与慕容将军一战，老将深感荣幸！"说罢，他回头冲亲兵们轻声说道："如我不敌慕容延钊，你们速速回城，挂出免战牌，不得出战，明白了吗？守住城池要紧。"众亲兵见王崇文心意已决，当下只好默默点头。

"王老将军痛快！好！接招吧！"慕容延钊说罢，纵马挺枪，往王崇文疾驰而去。他手中的铁枪枪尖，在阳光的照射下闪闪发光。

# 六

"微臣奉皇帝之命，来贺大唐迁都！"宋使者、通事舍人王守正向南唐国主李景深深一鞠躬，却没有下跪。

李景面色不悦，却不发作，向站在一侧的礼官使了个眼色，说道："赐座！"

"谢殿下赐座！"王守正说罢，微微一笑，走向礼官安置的一个绣墩，从容落座。

其时，李景虽然已经暗中安排迁都南昌，心底却一直对金陵充满依恋，对于是否真得南迁仍犹豫不决，所以并未正式发布迁都的诏令。此时，李景听王守正是来恭贺迁都的，知道这是赵宋借使臣来向自己施压，催促自己尽快迁都。王守正的话，令他感到羞辱，可是迫于眼前的局面，他又不敢发作。

"殿下，慕容延钊将军已经率军进驻襄州，不日或与王崇文将军在鄂州会猎。殿下若要迁都，宜早不宜迟啊。况且，春季气候适宜，殿下一路南下，春光旖旎，可添迁都之喜。若是待到盛夏来临，那时南迁，恐怕人马劳顿，上下怨恨啊！微臣为殿下计，应该立即迁都，休要再犹豫了啊！"王守正收敛了笑容，正色说道。

慕容延钊与王崇文会猎鄂州！这是赤裸裸的威胁啊！李景心想，一股怒气从心底腾然冒起，不禁瞬间面色涨红。

王守正注意到了李景脸色的变化，心知方才的话触动了李景的痛处，便继续说道："殿下，在扬州，李处耘将军也已受我朝廷之命，择日便会巡弋长江！"

李景听了，心中的怒气渐渐转为震惊。难道我不立刻迁都，赵宋会立刻对我朝开战不成？李景这样一想，眼睛瞥了一下站在大殿一侧的韩熙载。

李景这下意识的一瞥，深深刺痛了韩熙载的内心。在这一瞬间，他想起了已病逝的老朋友李谷。

"当年我与李谷分别之时，各自指点江山，李谷已经实现了自己的诺言，做了周世宗的宰相，入宋后，他依然为宋帝赵匡胤所器重。可是我呢，当年信誓旦旦称自己可做宰相，却终不得重用。难道这就是所谓的命运吗？李景虽然在关键时刻想到我，可是，我的建议他会听吗？"韩熙载默然思索着。

王守正瞪大眼睛注视着李景。李景微微低着头，锁着眉头，盯着大殿一侧的一个鎏金香炉。缕缕龙香正袅袅升起。韩熙载则半眯着眼睛，注视着王守正。

大殿内无人说话。一片寂静。

这一刻，大殿的气氛显得有些紧张，有些尴尬。

过了片刻，韩熙载站出班列，面朝王守正，微微鞠了一躬，说道："迁都乃是我朝大事，万难仓促出行。上使不如在金陵稍歇时日，正好一赏金陵春光。对了，王承衍少将军与李处耘大人的千金雪菲姑娘，也正巧在微臣府邸小住。微臣近日正拟致信王审琦和李处耘将军，想要邀他们来金陵做客呢。"

王守正一听，微微一愣，心知这是韩熙载在威胁自己。"这样看来，王承衍和李雪菲已经被韩熙载控制成了人质。王承衍若出事，王审琦老将军那里可不好交代，还有李雪菲，听说是李处耘特别宠爱的千金，若是韩熙载以她威胁李处耘，恐怕李处耘也会有所顾忌。没有想到这个韩熙载，还会玩这种手段。"

韩熙载见王守正微微变了脸色，知道自己的话起了作用。但是，他说这话时，手心里却是捏着一把汗。他心里很清楚，这只不过是权宜之计，只能稳住宋使一时。因为，就在刚刚上殿之前，高德望已经给他带来了慕容延钊的口信。"如果王少将军和雪菲姑娘少一根汗毛，我就会杀南唐一城之人。"慕容延钊的威胁之语在韩熙载的心头回响。

对于慕容延钊，韩熙载并不陌生。正是这个慕容延钊，在后周征讨南唐的战役中，重创了南唐。显德二年，慕容延钊跟随柴荣征伐南唐。当时，慕容延钊是后周龙捷左厢都校、沿江马军都部署。慕容延钊回到京师后，继续担任之前的殿前都虞候之职，随后出京，任镇淮军都部署。显德五年，周世宗柴荣在迎銮江口，闻报南唐有数百艘船只停泊在附近，当即命令慕容延钊与右神武统军宋延渥率精锐前往攻击。慕容延钊率领骑兵，从陆路进攻。宋延渥则督领水师沿江前进。水陆两军，相互配合，大败南唐水师。随后，后周终于通过艰苦的征伐，夺取了南唐的淮南十四州。慕容延钊此后被升任为殿前副都指挥使、兼任淮南节度使。慕容延钊的威名，在江南一时间家喻户晓。南唐之军，只要听到慕容延钊的名字，没有不悚然动容的。显德六年，周世宗柴荣去世，其子柴宗训继位，改任慕容延钊为镇宁军节度使，充任殿前副都点检，又任北面行营马步军都虞候。入宋后，赵匡胤任命慕容延钊为殿前都点检，同中书门下二品，慕容延钊从此成为北宋禁军最高的统帅。在平定李筠之叛的战役中，慕容延钊与石守信、高怀德相互配合，再次立下战功。韩熙载知道，在此之后，慕容延钊被加封为侍中，并回到澶州。这次，慕容延钊兵下襄州，显然是受宋朝皇帝赵匡胤之命采取的重大军事行动。因此，韩熙载对于慕容延钊的威胁不敢大意，一方面加强了软禁王承衍、雪菲和周远的看守；另一方面也私下叮嘱护卫，要对几人以礼相待，千万不能出事。

不过，韩熙载刚刚得到高德望带来的口信，尚未告知李景。这使李景对于韩熙载挟持人质的计策，还是寄予了很大希望。按照韩熙载的计划，他将继续利用王承衍和李雪菲，寻求从王审琦和李处耘那里得到局部的好处，至少希望以此来缓解来自扬州李处耘的直接压力。

"这位莫非就是名满江南的韩夫子，真是幸会，幸会！"王守正说着，从绣墩上站起身子，向韩熙载一抱拳，深深鞠了一躬。鞠躬之际，王守正拿眼睛瞟了李景一眼，见李景面色不悦，心中暗想："瞧李景这神色，分明不喜韩熙载。我对韩熙载越恭敬，估计这李景会越顾忌韩熙载。"

"空承虚名，熙载汗颜！上使客气了！"韩熙载见王守正起身向自己鞠躬，心里暗暗叫苦。他深知李景的性格与心思。一直以来，韩熙载在江南以文学才略而闻名，名声之盛，可谓江南无双。宋齐丘在世时，文学才略方面的名声勉强堪与韩熙载抗衡。宋齐丘之后，江南更无人敢自称才华在韩熙载之上。韩熙载知道自己为名声所累，平日行事，故意收敛了许多，可是依然为李景所忌。此刻，宋使王守正故意对韩熙载恭维有加，韩熙载如何不暗暗叫苦。他知道，这样一来，李景在心底，会对自己又多一分顾忌。

"原来王承衍少将军与雪菲姑娘都在韩夫子那里做客啊！想来他们都一切安好吧？"王守正微笑着问道。

"上使放心，几位一切都好。上使若是也能够光临寒舍，那寒舍更是蓬荜生辉啊！"韩熙载呵呵一笑说道。

王守正听了这话，暗暗担心韩熙载强行拘禁自己，脸颊肌肉稍稍变得有些僵硬。由于心有顾忌，王守正笑了笑，含糊地回答道："皇命在身，恐不能在金陵久留啊！"

韩熙载知王守正心怯，当即趁机说道："上使既如此说，熙载不敢勉强挽留。熙载还恳请上使回汴京后报知朝廷，就说我江南迁都之日，国主自有打算。迁都乃是大事，牵一发而动全身，自然需准备些时日。"

王守正知道话说至此，再无转圜之地，也只好如此，便答道："我不日便回汴京复命，只是为大唐计，还望国主早做决断，也请韩夫子多以迁都之事为念。"

说话间，王守正将身子转向李景，深深鞠了一躬。

此时，李景的脸色稍稍缓和了一些。韩熙载的言辞，终于在场面上为南唐和他挽回了一点面子。但是，他内心最后一道防线，已经被慕容延钊率军进驻襄州的消息击溃了。他已经决定，只等宋使王守正一离开金陵，便颁布诏书，正式迁都南昌府。他面无表情地冲王守正点点头，心中不知自己的决定，究竟会给自己的王国带来什么样的命运。但是，他知道，现在以南唐的实力，与锋芒正盛的赵宋开战，无异于早早地自取灭亡。

"韩熙载能够力挽狂澜吗？林仁肇、王崇文等将领，虽然堪称我大唐名将，可是如今宋朝大将如云，仅仅靠他们几个，如何能够与大宋抗衡呢？从嘉、从善啊！你们兄弟两个，如果能有你们爷爷的胆略，或许能够使我大唐再次崛起啊。为父累了。真的累了，也许，南昌是为父更好的归宿吧！"李景茫然地看着王守正退出大殿，心里默默地盘算着下一步的计划。迁都南昌府，希望是王国新的机会！这是他心底仅存的一点希望。

# 七

铁青马冲着前方迎风疾驰。对于主人的意图，它已经心领神会。它感觉到主人渴望战斗的心情，因为马刺已经深深刺痛了它。奔跑，奔跑，敌人就在前方。它撒开腿，往前狂奔。它听见铁枪在头顶划开空气的声音。经由缰绳，它感受到主人怦怦有力的心跳声。心跳声！多少次战斗中，它都听到如此的心跳。它对此并不陌生。

慕容延钊的大铁枪斜着指向前方，枪尖仿佛要刺裂空气中一道无形的大幕。正午的太阳，就在头顶。

王崇文看到慕容延钊的大铁枪枪尖在正午阳光的照耀下，一闪一闪。好吧！放马过来吧！战斗吧！他左手抖了抖马缰，右手将大刀往上一提，直指前方。白马载着他，迎着慕容延钊疾驰而来的方向奔去。

转瞬之间，慕容延钊与王崇文已经纵马奔到了彼此近前。

只听"铿锵"一声大响，慕容延钊的铁枪枪尖划过王崇文的大刀刀刃，枪尖划过王崇文的鬓角。

王崇文感觉到慕容延钊在自己身旁擦声而过，自己的虎口一酸，大刀几乎脱手。

白马奔出十来丈远，王崇文放才勒马站定。他回头一看，只见慕容延钊正单手执着铁枪，骑在铁青马马背上冷冷地望着他。

王崇文心中一紧，一股浓重的悲哀袭上心头。他突然感到，自己离死神如此之近。虽然是正午时分，阳光灿烂，他却感到一阵可怕的寒意。冷汗从他的额头渗出，顺着脸颊流了下来。身上的盔甲，忽然变得异常沉重。他的手微微颤抖。死亡的阴影，已经笼罩在他的心头。就在方才这一回合，他已经清楚地意识到，自己绝对不是慕容延钊的对手。

冷静！冷静！王崇文深深吸了一口气，双腿夹紧胯下的白马，左手松开了缰绳，与右手一起，牢牢握住了大刀长长的刀柄。现在，他双手执刀了。

他向慕容延钊点点头。他不知道，自己在这一刻为什么要向慕容延钊点头。难道是在召唤自己的命运吗？

慕容延钊并没有马上再次出击，他依然静静地骑在铁青马的马背上，右手提着铁枪，左手勒着铁青马，脸上毫无表情，线条清晰的脸庞如同一块坚硬的岩石。他看到王崇文向他点了点头，不禁稍稍有些惊讶。不知为何，他也向王崇文点了点头。这是出于对一名真正的战士的尊敬。

王崇文与慕容延钊静静地对视着：一个横刀立马，须髯飘飘；一个挺枪提骑，岩石般的面容仿如一尊雕塑。

这次，王崇文双腿一夹，催马向慕容延钊冲去。

慕容延钊没有动，挺枪静待王崇文的攻击。

王崇文的白马转瞬间便冲到了慕容延钊的跟前。

慕容延钊还是没有动。

王崇文大刀往上一举，斜向慕容延钊的肩窝处劈去。

就在王崇文举刀的一瞬间，慕容延钊左手往肩上一探，以迅雷不及掩耳之势抽出了背上的巨剑"血寒铁"。

慕容延钊的身子在马背上微微一斜，左手将"血寒铁"顺势往王崇文大刀砍来的方向挥去。

血光一闪。

只听王崇文大吼一声，握刀的左手手指顿时被削去了四根。这次攻击慕容延钊，他已经使上了全力，马速奇快，所以他根本来不及变招，四根手指生生被慕容延钊砍断。剧痛之下，他无法握住手中大刀，大刀脱手而飞，跌落在几步远的泥土中。

王崇文的诸亲兵见主帅受伤，顿时齐齐惊呼。

"你们都别动，这是我与慕容将军的决斗。我相信慕容将军不会食言。"王崇文冲亲兵喊道。

王崇文用右手勒住马缰绳站定，顾不得左手血流如注，右手又舍了马缰，从腰间抽出了佩刀。

慕容延钊见状，将手中铁枪往马的一侧一掷。铁枪插入地中，"嗡嗡"作响。

王崇文突然深深叹了口气，说道："慕容将军，你赢了。我项上这颗人头，是你的了。不过，请你记住你的话，这武昌城——"

"王将军放心，这武昌城，我暂时不攻。"慕容延钊打断了王崇文的话，冷然说道。

"好！慕容将军快人快语，爽快。来吧。"王崇文淡淡一笑，对死亡本能的恐惧令他的嘴角有些僵硬。

慕容延钊手提巨剑"血寒铁"，催马慢慢向王崇文走去。

王崇文回望了一眼诸位亲兵，将手中的佩刀抛落在地，说道："记住我说的话，不可出击！"

就在王崇文对诸亲兵说话之际，慕容延钊已经骑着铁青马站在了他的跟前。

王崇文转过头，盯着慕容延钊的眼睛，再次向他点了点头。

慕容延钊呆了一呆，缓缓举起剑，猛然向王崇文的项上砍去。

王崇文见巨剑在正午阳光下可怕地一闪，便闭上了眼睛。

可是，慕容延钊的巨剑就在接触到王崇文脖子的一瞬间，硬生生地停住了。

"老将军，我敬你是条汉子。这颗人头，暂且存在你的项上。这武昌城，我也暂时不攻。不过，我还是劝你，早日归降我大宋。南唐气数已尽，你何苦为它陪葬？"慕容延钊压低声音，冷冷地说道。

王崇文感到有些意外，他睁开眼睛，发现慕容延钊正冷眼盯着他。

"慕容将军，谢你暂时不杀之恩。江南是我的家国，我绝不会背叛它。”王崇文一字一顿地说道。

"好。我不勉强你。不过，老将军，还请你带话给国主，就说汴京距金陵不过咫尺。正所谓，卧榻之旁，岂容他者安睡！南唐另择他地为都城，或可避免一战。他日若真有再战之日，我慕容延钊再来取你项上人头。”

慕容延钊冷冷地说着。说罢，不等王崇文回答，他猛地收回巨剑"血寒铁"，纵马往回奔去，马儿经过铁枪时，他顺势一把扯起铁枪，执在手中。

"走！回襄州！"慕容延钊对十余名亲兵一声呼喝。

"是！"众亲兵齐声回答。

但听马蹄阵阵，慕容延钊率十余铁骑，卷起一阵狂风，瞬间绝尘而去。

王崇文骑在马背上，愣愣地看着慕容延钊的背影在远方渐渐消失。"铁石心肠的慕容延钊竟然也有怜悯之心？"他不无诧异地想着。他左手的断指处，不断流出的鲜血，一滴滴落在身旁的泥尘之中。

被关在武昌城北门外的百姓们，远远地目睹了这一场宋朝大将与南唐大将之间的决战。这场战斗，很快成了江南百姓口中的一段传奇。没有几日，经过添油加醋的故事，也传到了江南国主李景的耳中。

# 八

慕容延钊离去后，王崇文匆匆回到武昌城内。他马不停蹄地赶回节度使府邸，简单包扎了伤口，便令人准备了笔墨，琢磨着如何向李景上表。他并没有将慕容延钊的话带给李景，而是力谏不可迁都，建议李景将何敬洙暂时从虔州调到南昌北部，一来对鄂州形成辅助之势，二来随时防备自黄州顺江而下的水军。王崇文毕竟还是担心慕容延钊南侵。尽管他相信慕容延钊不会食言来攻武昌，但是自黄州南下进攻南唐，可能性依然很大。

李景收到王崇文上表之时，已经下定决心迁都南昌。但是，王崇文的战略布局似乎也有利于保卫南昌不受慕容延钊的攻击，究竟是否可行呢？李景有些犹豫。正在这个时候，关于慕容延钊在武昌城门口大战王崇文的故事细节传到了李景的耳中。告诉他这个故事的是他的宠臣徐遊。

"慕容延钊本可以取了王崇文性命，可是不知为何，他放过了王崇文。陛下，微臣担心，王崇文是否会——"徐遊打住了话头，斜着眼，观察李景的脸色。

李景手中攥着王崇文的上表，沉默了半晌，回问徐遊道："你的意思是——王崇文与慕容延钊做了什么交易？不可能，朕相信王将军的忠心，你休要再多言。"

徐遊道："陛下，微臣也不怀疑王崇文对陛下的忠心，但是，但是当慕容延钊的剑架在他脖子上的时候，谁又敢保证他不会因为恐惧而做出一些出卖我朝的允诺呢？"

李景左眼一跳，脸颊上的肌肉微微抽动了一下。他扭过头，愣愣地盯着徐遊的眼睛，却不说话。

"防人之心不可无啊！陛下，一旦王崇文与慕容延钊里应外合，我朝西线将可能全面崩溃啊！"

"可是，如果王崇文真是暗地背叛了，又如何解释他建议将何敬洙调到南昌北面来呢？难道这不是断了他自己的后路吗？"

"这——陛下，南汉与我朝宿怨已深，万一赵宋与南汉私下有约定，那么将何敬洙掉离虔州，南汉就有可能乘虚北侵我国。也许，也许，将何敬洙调离虔州，就是慕容延钊饶王崇文一命而提出的——"

"提出的条件？所以，王崇文上疏建议朕，调何敬洙离开虔州？"李景睁大了眼睛。

"不是没有这种可能啊！"

"万一冤枉了王崇文将军呢？"李景说了这句话，低下头，将王崇文的上疏搁在书案上，用右手的食指重重地点了点。

"陛下英明！要不——不如，将林仁肇将军从镇海调到武昌，暂时将王崇文调往林仁肇将军驻防的镇海。同时，令两位将军只带几名亲兵赴任。私下里再交代林仁肇将军，关键时刻，镇海的部队依然听他命令。这样一来，王崇文即便与慕容延钊有私下的交易，手下没有常带的部队，也不会有什么威胁。况且，王崇文的家眷还都在金陵，他去了镇海，即便与慕容延钊有交易，但没有了慕容延钊的呼应，也一定不敢轻举妄动。在此期间，陛下可以派人暗中观察王崇文的举动。若他真是忠心于陛下，迟早也可以证明自己。至于镇海的防备，并没有武昌吃紧，驻防扬州的宋朝大将李处耘估计一时间不会做出什么行动，他的千金李雪菲，目前已经被韩侍郎软禁在雨花台别宅中。李雪菲是李处耘的宝贝女儿，韩侍郎一定会好好利用这个人质制约李处耘。"

李景听了徐游的建议，思索良久，终于还是点了点头。

两日之后，王崇文接到了调令，不禁仰天长叹一声。但他一句抱怨之言也没有说，便令亲兵们赶紧收拾行装，不日便准备前往镇海，出任镇海节度使。

在离开武昌之前，王崇文骑在大白马上，攥着马缰绳的左手断指处裹着白色的麻布，麻布上还渗着鲜血。

"诸位将士，今日一别，不知何日再见。武昌城与鄂州的防务，就交到各位手中了。林仁肇将军不日便会到任，诸位将士要好生听从林将军的命令！我南唐与大宋终有一战，望诸位将士以家国为念，冒寒暑，勤练兵。为了家国，也请诸位将士各自珍重。待须报国之时——"话说到这里，王崇文有些哽咽。

平日，王崇文与士兵同甘共苦，深得人心。武昌城东门之外，武昌军节度使下隶属驻军列阵城下，诸将与士兵们听着主帅的离别训话，无不热泪盈眶。

王崇文于哽咽之际，顿了顿，稳定了情绪，继续说道："待须报国之时，老朽即便不在武昌，也愿与诸位将士一起奋力护国！今日，老朽与各位就此别过，各位珍重！"

说罢，王崇文一抖缰绳，率十余骑亲兵往东疾驰而去。

宋建隆二年春二月，李景立六皇子、吴王从嘉为太子，留金陵监国，又令左仆射严续、枢密使殷崇义一起辅助从嘉，令张洎主笺奏。李景本想让中书令游简言留在金陵作为太子从嘉首辅，游简言力辞说："久备近臣，不忍去帷幄！"言下之意是说，我不忍离开国主啊！李景为他一心事主、不在未来国主面前积功的诚意所感动，于是同意了他的请求，这才令严续为太子从嘉的首辅。

对于韩熙载的安排，李景思虑再三，最终决定让其留在金陵。在李景的心里，虽然对韩熙载有所顾忌，但是深知其才略。当年他令韩熙载出使后周，韩熙载归来后，他询问韩熙载对后周重要将官的看法，韩熙载就当时后周名将名臣一一点评，说到赵匡胤时，韩熙载说："赵点检顾视非常，殆难测也！"后来，赵匡胤果然发动陈桥兵变，代周建宋，李景想起韩熙载之言，对韩熙载佩服之余，心底的戒心也增了一重。此时，李景即将迁都南昌，回想起韩熙载为朝廷所做的一切，并无丝毫不忠之处，他突然意识到，自己一直以来从未能诚恳地对待韩熙载，以致忽视了韩熙载提出的诸多良策。他想起了当年契丹入汴，晋主北还之时，韩熙载曾经上疏："陛下有经营天下之志，恢复祖业，今也其时。若契丹已归，中原有主，则不可图矣！"可是，当时他却犹豫不决，终于错过了统一中原的最好机会。他想起了当年陈觉、冯延鲁丧师福州，他最初决定将两人问罪，可是应宋齐丘之求情，只将两人削官外迁。当时，韩熙载上奏请求勿赦，又提醒他宋齐丘于朝内当权跋扈，必定造成党政内乱。他想起了当年宋齐丘等人力主北伐，而韩熙载却进言："北伐，吾本意也，但如今则不可耳！郭氏奸雄，曹、马之流，虽有国日浅，守境已固，我兵妄动，岂止无功邪？"韩熙载当年虽然极力进谏，自己却终于充耳不闻，以至于犯下了自己一生中最大的错误，构兵不已，最终为周兵入侵淮南提供了借口。李景心里清楚，淮南之失，最大的罪人，就是自己啊！如果当年自己能够采纳韩熙载的建议，安邦固国，今日南唐与宋朝，强弱之势，或许难料！南迁之前，韩熙载的昔日之言，于李景耳边轰然回响。李景不禁又羞又愧。他最终决定将韩熙载留在金陵，心底其实抱着一个模糊的希望："或许，韩熙载以后能够帮助从嘉，中兴我南唐！我错过了韩熙载，希望你从嘉不要错过他，将他留在金陵，就是你的人，或许，等你从嘉即位，韩熙载可为我南唐宰相啊！"

此后，南唐正式开始了迁都的行动，史载，李景"发行旌麾仗卫六军百司，凡千余里不绝"。李景与群臣有时乘舟，有时则弃舟登岸，沿长江往西南而行。为了安全，李景决定亲自掌控扈从诸军。但是，一方面出于对从善的喜爱，一方面也为了继续考察七皇子从善，李景表面上却令七皇子从善负责统率扈从诸军。从善对李景的这个命令感到意外，但是还是欣然领命。不过，他并没有跟随扈从诸军出发，而是调度诸军扈从国主南下，自己以殿后为由，暂时留在了金陵。徐遊担心从善有异心，提醒李景小心防备。李景听了徐遊的谏言，只是笑了笑，并未做任何解释。

李景心知迁都乃是迫于形势，为了安抚人心，维护朝廷的威望，他一路要求依仗队伍缓缓而行，沿途问候高年疾苦，设大宴招待百姓的代表。

一日夜晚，李景所乘龙船到宋家洑附近，原先风平浪静的江面上忽然刮起一股诡异的大暴风，大暴风直将龙船往长江北岸吹去。此时，长江北岸已经被宋军控制。李景心知如果龙船一到长江北岸，很可能落入宋军之手，不禁大惊失色。所幸此阵暴风转瞬即逝，有惊无险。翌日，从官纷纷驾着轻舟前往龙船问候。李景虚惊一场，暗中庆幸自己命不该绝。莫非这是上天的暗示，迁都乃是我南唐必经之一劫，经过此劫，我南唐或可中兴？！李景暗中用这样的想法安慰自己。从官之中，也有人借《易经》"否极泰来"之说安慰李景。李景也乐得听到这样的说法，心下稍宽。

仪仗到达庐山附近，李景突然心念一动，说要上山拜访一位故人，令大队在庐山脚下的牯岭镇停留，便带着群臣往庐山上去了。

李景带着群臣，沿着逶迤的山路，往庐山上缓缓登去。此时正是春季，庐山之阳，绿色满眼，一派生机勃勃的样子。李景原本沉重的心情稍稍变得轻松了一些。

"如果朕记得不错，转过这个山头，便是真风观了！"李景对着近臣说道。他这么一说，近臣中徐铉、高越等人立即明白了。原来，李景是想要去真风观拜访女道士杨保宗。

李景君臣一行人又行片刻，但见前方山崖峭壁之间，殿宇参差嵯峨，其中一座大殿崔嵬入云。

"好一座真风观！诚如叔言所言，'足以增气象于江山，夸壮丽于宫观也'。"高越不禁大声赞道。

李景听得"足以增气象于江山，夸壮丽于宫观也"之句，想起此语正是出自韩熙载奉旨所制《真风观碑　并序》一文，不禁心中怅然。

君臣到了真风观山门之前，道士们已经在山门等候。其中一穿紫道袍的中年女道士从容出迎，见了李景，盈盈下拜。李景一见，认出正是真风观女观主杨保宗。她身上的紫道袍，正是当年自己赐给她的。一时之间，李景感慨万分，疾趋数步，上前扶起杨保宗，仔细端详她的面容，但见她容貌清秀。恰似当年，只是发际间多了些许银发。

"保宗道长仙风道骨，真为天人啊！多年未见，容颜依旧啊！"李景笑着说。

杨保宗淡淡一笑，回答道："陛下真会开玩笑，贫道青丝已白，年华已逝，只是没有想到，一晃十二年后，陛下竟然还记得贫道。"说着，杨保宗抬起头，眼光扫过李景身后的群臣，问道："怎么没见叔言先生呢？"

李景听杨保宗问起韩熙载，笑道："原来保宗道长也还记得韩熙载这家伙。不过，这次保宗道长无法见到他了，朕让他留守金陵了。"

杨保宗闻言，又是淡淡一笑，略露失望之情。

寒暄之后，杨保宗陪同李景君臣进入道观歇息。方才高越之语和杨保宗的话，令李景想起韩熙载当年撰写的《真风观碑　并序》[①]，便坚持要去碑前看看。杨保宗便带着李景君臣一行，前往正殿前的

卷
三

267

---

① 参见《全唐文》卷八百七十七韩熙载《真风观碑　并序》，句读为作者所加。文中避讳字改用原字。

"真风观碑"处一观。

到了碑前，李景见碑石耸立，如同昨日，想起当年即位之初，国家复兴，自己踌躇满志。可是如今淮南已失，大宋雄兵压境，自己被迫迁都南昌，不禁心潮澎湃，百感交集。他盯着石碑，在心头一字一句地默读碑文：

道生一，一气剖，是为二仪。二仪分，是为万象。故天得以覆，地得以载。日月得以晦明，川岳得以融结。四时迭运，五才以序。于是乎做有生人，树之司牧。当兹时也，天下为公。大道未隐，故不言而化，无为而治。逮夫裁道以成德，先仁而后义，礼乐既设，巧伪遂生。圣人犹是著玄言，开妙键，盖将拯其弊而反其源也。道也者，其大矣哉。用之私，则可以驾景蹑虚，拔一身于尘滓。用之公，则可以还淳反素，驱苍生于仁寿。噫！天下奉其教，尊其像，宫馆相望者，岂徒然哉。

我国家坠业复兴，浇风渐革。皇上受天明命，缵帝丕基。思致时雍，精求化本。故能序百揆，敦九族，五音克谐，群望用秩。人和既感，天瑞亦臻。允所谓孝格乎上玄，而政符于大道矣。以为崇清净之教，则务在于化人。饰元元之祠，则义存于尊祖。于是乎名山福地，胜境灵踪，坏室颓垣，荒坛废址，咸期完葺，式表兴隆。庐山之阳，有女真观曰崇善。松门藓磴，萝茑交阴。层峦浚流，岚霭相接。怪石古木，峭壁悬崖。怪状奇姿，望欲腾掷。千寻落水，飞静练于林端。万仞危峰，耸寒青于天半。昼夜若风雨，盛夏如素秋。高冈密林，豁达蓊郁。信洞府之绝境，神仙之胜游也。而庭庑荒凉，殿堂倾侧。醮坛丹井，但有榛芜。古像龛檐，略存香火。是观有女道士杨保宗者，浮虚早悟，清净自持。却粒炼形，幽栖岩谷。勤行之绩，达于九重。云暂出于碧山，鹤少留于丹禁。乃诉其颓轩未葺，真侣奚依。欲就良因，实资帝力。上俞其请，赐以金钱。六宫之中，竞施服玩。珠珍彩绣，璀错辉煌。载之旋归，计逾千万。于是庀徒度费，即旧创新。经之营之，厥功遄就。尔其为状也，则峻圮低昂，纷敷粲章。间以金碧，饰以银黄。层栌次第以鳞集，厂宇参差而翼张。镂盘虬于密石，图悍兽于飞梁。下窈窕以宏丽，上嵯峨兮炜煌。宝铎玲琅，铿宫韵商。望之者愕眙，听之者凄凉。何蓬莱与方丈，忽山峙而鸾翔。夫其架飞观以干霄，豁丹扉而瞰野。回廊夭矫以冈属，正殿崔嵬而云竦。墉垣缭绕，钩楯连延。碧翠炎以为坛，范真金而作像。道场严肃，绘塑精明。圣祖灵官，俨然如在。轩甍互映，丹漆相鲜。层殿初成，但有窥窗之女。还丹傥就，宁无奔月之人。灵草奇花，千名万品。间以芳树，洗其密藤。导以清流，潀为潭沼。扶疏葱蒨，演漾泓澄。年年有异木含春，疑游阆苑。夜夜而寒泉浸月，似到瑶池。若乃环佩珊珊，笙磬寥寥，陟星坛于月夕，会真侣于霜朝。唱步虚于缥缈，动霞帔之飘飖。朝礼将终，起形云于丹井。灵仙若下，盘皓鹤于烟霄。显敞幽阴，奇特瑰美。虽鬼功神运，亦无以加。足以增气象于江山，夸壮丽于宫观也。卓矣乎，清净之门既辟，玄元之像又严。固将扇以真风，惇其孝治。皇王能事，孰与为先。乃锡号曰："真风"，赐女真杨保宗紫衣，旌其干也。下臣承诏，作为是诗，美其功也：

道未形时，无有一物。形既有矣，万象纷出。一动一静，一出一没。运转无穷，到于今日。中有大道，则之者谁。明明我后，亦公亦私。百官承式，品物其宜。端拱而坐，融融怡怡。洪唯我祖，实道之主。阐教利人，与天同溥。吾君奉之，为栋为宇。欲化颓风，重为邃古。庐山之高兮高莫穷。隐映万壑，苕峣数峰。如削如画，凌摩碧空。上有悬流之百丈，恒喷雪而号风。下瞰长江之九派，时吐雾而隐虹。白云兮翠霭，密竹兮高松。清猿之与幽鸟，恣吟啸乎其中。修炼之徒，或释或老。亦有群儒，是论是讨。简寂之前，崇善为号。女真居焉，研味其道。制作之野，同乎草楼。荒凉古迹，寂寞灵游。久而未葺，抑有其由。良缘所属，非圣而畴。群材既集，哲匠有程。攒栌簇拱，结栋飞甍。银铺饰户，玉础承楹。傅以朱绿，垂之璧瑛。殿俨尊相，旁罗众真。如闻大道，似演长生。修廊环布以曼衍，危楼对峙而峥嵘。蠹如山立，艳若霞明。望之则焕烂晶荧，若经天台兮睹赤城。就之则想像威灵，若登丹邱兮趋福庭。天子闻之而动色，于是乎锡真风以为名。

保大五年岁次丁未八月壬午朔二十八日巳酉，虞部郎中韩熙载记。


"'我国家坠业复兴，浇风渐革。皇上受天明命，缵帝丕基。思致时雍，精求化本。故能序百揆，敦九族，五音克谐，群望用秩。人和既感，天瑞亦臻。允所谓孝格乎上玄，而政符于大道矣。'韩熙载写得多好啊！可是，如今，我怎么就将国家弄到了这种地步呢？"李景读完全文，默默重复着碑文中的一句话，回想当年的一幕幕情景，对往日的自豪与对后来失败的惭愧之情在心里搅混在一起。"我对不起先帝，我对不起南唐百姓，我也对不起韩熙载的忠心啊！"他呆呆地站立在碑文前，沉默了许久。

群臣见李景沉默着站立碑前，一时不敢多言。

徐铉就站在李景身旁几步之远处，偷偷瞥了李景几眼，但见李景双眼中泪花盈眶，晶莹闪烁。

又过了许久，李景突然仰起头，哈哈一笑道："叔言此文，可留千古也！走吧，咱君臣进入观中，一醉方休！保宗道长，朕可要妨碍你的清静咯！"

杨保宗突然双眼一红，留下两行清泪来，冲着李景深深一鞠躬，说道："此观是陛下与六宫捐修的，今日于观中一饮，何言妨碍？况大道生万象，陛下心有大道，迁都南昌，免去百姓兵殇之苦，正是赐福苍生之善举也。如陛下不弃，保宗愿破戒陪陛下一醉！"

李景闻言，顿时喜出望外，张开双臂，仰天大笑道："好！好一个保宗道长！"

此时此刻，李景难得一现当年经营四方、吞吐江海之豪气。

此时此刻，杨保宗与众臣都呆呆地望着李景，他们看到了一个他们从前从来没有看到过的李景。

随后几日，李景带着群臣，一派优哉游哉的样子，游览了庐山中的各处寺观，遍览山中的名胜，赋诗享宴，不胜热闹。

这日午后，李景与徐铉、徐锴、高越等人用完午宴，半醉着沿庐山山道缓缓而行，忽闻前方水声轰鸣。李景抬头望去，但见瀑布从前面山头悬垂而下。瀑布脚下不远处，有一座尚未修完的馆舍，馆舍架构已成，门窗已经安上了，勾栏却只搭建了半圈，看起来多年前便已经停下了筑造的工作，馆舍未完工的模样一直保持至今。如今，那馆舍的门窗与勾栏上爬满了绿藤，台阶上、屋顶上，布满了厚厚的绿青苔。李景看到这庐山瀑布与馆舍，不禁心头一酸，便要落下泪来。

"十九年咯！十九年前，我在此修筑这馆舍，本打算隐居在这庐山瀑布之侧。馆舍尚未修完，我便被先帝召回金陵。如今，十九年过去了，这未修成的馆舍依旧，我却将淮南十四州给丢了啊！"李景呆望着那几乎被绿藤与苔藓淹没的馆舍，怅然对身旁的徐铉、徐锴、高越等人说道。

徐铉听李景言语伤感，一时间心下悲伤，不禁垂下泪来。

"陛下宽心，胜败乃兵家常事，我南唐人杰地灵，只要君臣同心，定有崛起之时。"徐铉说了一句安慰的话，或许由于心虚，说完便沉默不语了。

君臣几人一时无语，在庐山瀑布之前站立良久，方才举步向前。

在庐山，李景与群臣们吃吃喝喝，心态各异，停留旬日，方才继续开拔南行。

# 九

洪州，在一年前被李景改名为南昌府。从洪州往北二百余里，便是滚滚东流的长江。洪州的西面，是自虔州、吉州方向北流而来的赣水。在洪州的四周，有庐山、小孤山、怀玉山、九岭山等诸多大小山峰。李景看上此地，将它作为南都，也是因为它的地理更加便于防守。李景曾言：

> 建康与敌境隔江而已，又在下流。敌兵若至，闭门自
> 守，借使外诸侯能救国难，即为刘裕、陈霸先尔。今吾徙
> 豫章，据上流而制根本，上策也。

这便是李景为迁都南昌府给出的堂而皇之的理由。但是，他心里很清楚，迫于北境的压力，延缓与宋朝发生直接军事对抗，为南唐中兴寻找转机：这才是他迁都最为主要的原因。

当年，李景始开迁都之议时，后周未亡。李景迁都之议的直接诱因乃是周世宗的提醒。当年，周世宗派人对李景说："我与你大义已定，但恐后世不容你啊。在我在世之日，你还是抓紧修建城池，加固要害之地的范围，为子孙早做打算吧！"周世宗恐怕早已经料到自己的儿子宗训无法控制后周的局面，却不一定料到后周会如此快地落入赵匡胤之手。李景对周世宗的提醒，一直深为困惑。难道，他就不想日后将南唐吞并吗？他吞并了我淮南十四州，却提醒我修缮城池，难道真是出于善意吗？难道正如他所说，是大义已定后出于情谊而给出的提醒吗？或者，是欲借此消耗我南唐的国力，然后寻找再战之机呢？这种疑虑，也是李景迟迟未下定决心的原因。等到赵匡胤通过陈桥兵变，代周立宋后，李景顿觉北境压力大增。慕容延钊进驻襄州的行动，终于推动他走上了迁都南昌府之路。

李景怀着极为复杂的心情，到达了南昌府。初到南昌府，李景尚有些在此寻找中兴之机的雄心。可是，没过几日，李景便迅速消沉下来。李景所看到的南昌府，城墙低矮卑陋，宫室狭小局促。平日用度，也远没有在金陵时宽裕。回想起金陵时的繁华旖旎、歌舞升平，李景内心无比怅惘。

进入暮春之际，南昌府中群芳凋零，加之绵绵春雨时断时续，李景心境日渐低落。每当退朝之暇，李景便孤独地立在楼阁的窗棂前，默然遥望北方。远方的金陵，不知现在是个什么样子啊！如果，现在我还在金陵城中，那该多好啊！无限的思念与悔意很快将李景折磨得形容枯槁。

一日清晨，秦承裕受李景传召，前往万寿殿后面三层阁楼上的望江阁。秦承裕行到阁外时，但听里面传来吟诵之声。他慌忙站定脚步，竖耳细听，听得李景在阁内吟道：

> 手卷真珠上玉钩，依前春恨锁重楼。
> 风里落花谁是主？思悠悠。
>
> 青鸟不传云外信，丁香空结雨中愁。
> 回首绿波三楚暮，接天流。

秦承裕识得此词乃是李景在淮南之败后所作，词牌名曰《浣溪沙》[1]。当年，李景手书此词，赐给了金陵著名歌妓王感化。而李景送给王感化的另一阕《浣溪沙》之词，比此词传唱更为广泛，其词曰：

> 菡萏香销翠叶残，西风愁起绿波间。还与韶光共憔悴，不堪看。
>
> 细雨梦回鸡塞远，小楼吹彻玉笙寒。多少泪珠何限

---

① 　词见《南唐二主词笺注》。《全唐诗》作《撕破浣溪沙》。

恨，倚栏干。

当年两阕《浣溪沙》词一出，很快传遍江南，淮南淮北的文人墨客，常常含泪吟诵，秦淮河上的歌姬，也常常为她们的情人彻夜弹唱。当秦承裕在望江阁外听到"回首绿波三楚暮，接天流"之句时，怀乡之情，如汹涌的浪花从心底涌起，顿觉喉头哽咽，几乎落泪。

他不敢打扰李景，一直等到里面安静了许久，方才去叩阁门。

李景声音沉沉地答应了一声，令秦承裕入内。秦承裕推门进去，见李景正坐在御书房的桌案前发呆。这书案的正前方，是一扇朝北的窗。往窗外看去，可以看到北面山峦透迤的线条。秦承裕曾数次看到李景遥望窗外时暗暗垂泪，心知国主又在思念金陵了。

"陛下！"秦承裕轻轻唤了一声。

李景仿佛从梦中恍然惊醒，手抚额头，沉吟片刻，方道："对了，今日让你来，是想问问，进贡的器物备好了没有？"

"这——陛下，这几日，有司已经备了金器两千两、银器万两。不过，不过——"秦承裕支支吾吾回答道。

"不过什么？"

"不过，陛下令备的锦绮只到了一千匹，尚缺一半。"

"务必于三日内备齐。"

"陛下，我朝刚刚迁都此地，各处急需锦绮，剩下的一千匹，是否可免了？"秦承裕壮起胆子问道。

李景眉头皱了皱，说道："这次进贡，乃是为了谢赵宋不久前对朕的生辰之赐，万万不可短缺了。一来，不能让赵宋看到我南唐财力短缺；二来，我朝丢失淮北之后，失去了产盐之地。如果不能从北境购得食盐，我朝军民，如何生活？要换购食盐，多赖这些锦绮，朝廷大量需求它们，民间才能受到激励而生产。所以，锦绮千万不可短缺，要催，一定要催各处加快织造。"

秦承裕听了，微微一愣，没有想到，陷入悲哀与消沉的国主，依然还仔细盘算着国事，不禁心下大为感动，慌忙答道："是，陛下英明！"

"你赶紧传朕旨意，令有司加紧筹备，还不够，就到民间去收购。你快去吧！"李景说完，摆摆手，示意秦承裕赶紧离去，自己又将视线转向窗外。

次日，秦承裕令人找来一块屏风，搬到了望江阁内，立在窗前，挡住了李景的视线。李景看到那屏风，心里猜到一定是秦承裕的好意，没有责备秦承裕，也没有令人移走那屏风，只是，自此以后，他很少再进那望江阁了。

一日，李景想起将王崇文调离武昌之事，颇为后悔，取出王崇文的上表，细读再三，终觉王崇文建议何敬洙参与北线防务乃是当下应对北境压力的上策。于是，李景便急调何敬洙为奉化军节度使，防卫九江、鄱阳湖与长江中段。

王崇文在镇海听说何敬洙北调担任了奉化节度使，心知这是李景担心南昌府的安危，才做出这样的决定，但是毕竟国主李景采纳了自己的建议，他心下也不禁略觉宽慰。

卷
四

# 一

这日，在韩熙载金陵城南雨花台的别宅内，王承衍刚刚入睡，忽听窗棂上"嘟嘟嘟"地响了几声。

是我与周远兄约定的暗号！他终于回来了！王承衍慌忙披衣起身，急趋至窗前，轻轻打开窗棂，只见窗外站着一人，正是周远。

"事情查得如何？！"王承衍又惊又喜。

周远点点头说道："少将军——"

"进屋说，我去开门。"王承衍说着，便跑去开了屋门。

周远进了屋，王承衍点亮了烛火。

"唐丰的确是七皇子从善派人暗杀的！"周远压低声音说道。

"有证据吗？"王承衍急问道。

"我顺藤摸瓜，抓到了给林仁肇送信的人。他亲口承认了。这是字据。"说着，周远从怀中掏出两张纸递给王承衍，然后将之前的经过细细说了一遍。

"我自那晚从这里偷偷摸出去后，便暗中照着少将军的计划，先匆匆去找了唐镐。唐镐听说我们被韩熙载软禁，大吃一惊，他说韩熙载这样做，可能得到了李景的默许。唐镐说，他也没有什么办法影响韩熙载。我请他帮忙暗中调查宥娘的背景。他答应了，说安排人去寻宥娘的母亲。听他说，宥娘进府时，据她母亲说，确实是从长沙迁徙过来的，至于具体背景，他当时也没有在意。于是，我说我要去追查刺杀唐丰的人。唐镐说了些感激的话。我之后便赶到了镇海。我偷偷潜入林仁肇的节度使府邸，正如少将军所料，按照节度使府邸的规定，来人不可能不报姓名和来处就被放入。节度使府邸门房果然有出入来访者名册。可奇怪的是，名册中并没有记录七皇子从善曾经派人来过。我猜，一定是送信人贿赂了登录名册者，所以不曾登录他的姓名。于是，我抓了在门房负责名册登录之人，使了些手段，连蒙带骗，再加上恐吓，终于撬开了口。我自称是南唐国主身边的人，奉国主之命前来暗访。那人听了，露出奇怪的神情，但到底还是露了口风。不久前，七皇子从善确实曾派人来节度使府邸送信。根据那管事的人回忆，送信人叫卫威。我按照日期推算了一下，那个卫威正是唐丰被刺后不久赶到镇海的。我回想起那天夜里在七皇子府内看到的一幕。这个卫威必然是那天夜里在七皇子府内穿成商人模样的那位，也就是陪凌太监来唐府的那个假护卫。七皇子正是派他去镇海给林仁肇送信。奇怪的是，那个管事的后来突然告诉我说，就在我去查名录之前，有个自称是大理寺的人找过他，盘问他最近一段时间七皇子府是否来过人。"

"哦？莫非李景真派大理寺的人去查过？"王承衍也大为吃惊。

"也许吧。当时我不及细想，安抚了一下那个管事的，说此事干系重大，不可再与人透露。我也记得，七皇子曾经叮嘱卫威与他的三个同伴，让他们送信后速回金陵复命，另有重任交付他们。卫威与他三个同伴必然会返回金陵。为了追查卫威，我立即返回金陵。要在金陵内城找出这个卫威，简直是大海捞针。我思来想去，只能从七皇子府下手找线索。我回到金陵的时候，距离卫威返回金陵已经过了很多日子。我其实对于在七皇子府抓到卫威并不抱很大希望。可是，除了这个办法，我暂时也别无良策。于是，抱着试试看的想法，我从一个破落户那里买了一身破旧衣服，找了个瓷碗，装扮成一个乞丐，蹲在七皇子府大门附近，希望能够等到那个卫威。我接连在七皇子府邸门口观察了几天，也没有见到那个卫威出入七皇子府。那时我想，一定是七皇子已经将他派出去执行什么任务了，任务尚未完成，暂时没有回来。如果真是这种情况，那也不知他何时才能回来汇报。当然，也许七皇子派他完成这个任务，根本不需要让他亲自回来汇报。或者，他已经完成了那个任务，早就离开七皇子府不知去了何处。如果是这种情况，那就更难找到他了。"

"那后来怎样了？"王承衍忍不住插嘴问了一句。

"我等了好几天，见不少人从七皇子府进进出出，可就是没有等到那个卫威，就在我几乎放弃希望的那天傍晚，就在我想要离开七皇子府去找唐镐大人时，突然听到了两个军校模样的人的对话。当时，这两个人正从七皇子府中出来。显然，他们刚刚见过七皇子并接受了某个任务。其中一个对另外一个说：'既然七皇子这样说了，那咱们只好如此了。我先买些酒肉回去稳住他们四个，你去军营带些人过来。'另一个说：'行，大哥，我这就叫人。只是，那个卫威功夫了得，我担心……'那个被称作'大哥'的军校说：'不打紧，我会事先在酒中下点蒙汗药。卫威他功夫再好，等几杯酒一下肚，也就不省人事了。'那个小弟听了，不禁哈哈干笑几声。他们两人当时根本没有在意我这个蹲在墙根的'乞丐'，所以说话声音也没有刻意压得很低。我一听到'卫威'这个名字，当时便又惊又喜，喜的是，这个卫威果然回到了金陵；惊的是，原来七皇子让卫威等人给四位节度使送信后回金陵，不是要安排什么任务，而是要杀他们灭口。但是，不知道是因为卫威他们给林仁肇等四节度使送信，还是因为他们暗杀了唐丰，又或者，这两个原因都有？我也不知七皇子安排的这两个军校，究竟会怎样对付卫威那四个人。当时，我不及多想，便悄悄跟着那个被称作大哥的人。那人先去了一家店买了几坛酒和几食盒菜肴，还让一个店伙计推着独轮车载着酒肉跟着他。后来，那人带着正店伙计行了近半个时辰，到了南城的一个宅子的门口。宅子里有个人出来，接了酒肉进去。那个被称作大哥的军校便给了正店伙计一些铜钱，让他回去了。我知道卫威等人便在宅子里面。可是，我也只能干着急。一时间，我想不出能够进去拿住卫威等人对质的办法，便只好蹲在宅子对面的街角，偷偷盯着宅子的大门，琢磨着究竟该怎么办。我想，只要那个小弟没有带人来，卫威等人暂时还没有危险。后来，我转念又想，如果卫威等人死了，那唐丰被刺一事恐怕就很难查实了。于是，我打算冒险翻墙进去。万不得已，就想法子杀了那个被称为'大哥'的军校，然后盘问卫威等人。"

"你真的进去了？"王承衍听得出神，不禁又插口问了一句。

"那时天还没有暗下来，我不知道里面究竟有多少人，当然不敢贸然进入。我耐着性子，等天色暗下来，方才翻墙进入那宅子。宅子不大不小，有三开间正房，东西两边各几间厢房。有个不大不小的前院。我是从厢房背后翻墙潜入宅子的。偷偷摸过去一看，见那被称为大哥的军校与卫威等人都在正房的前厅里吃喝。一共六人，围着一张大八仙桌。那个称为大哥的军校坐在卫威对面。那个卫威，我在唐镐府和七皇子府内见过他，一下便认了出来。桌上围坐的其他四个人，我都不认识，估计其中三个人是与卫威一伙的，就是那晚去七皇子府内的几个人。座位上的另外一个，老看那个大哥的眼色行事，估计便是那个军校的手下。此外，有两个仆人模样的人，其中一个一直站在旁边负责倒酒，另外一个则是在桌子边和厨房间来来回回，有时也帮着厨子上菜。那桌上六人喝着酒，划着拳，气氛甚是热烈。我藏在一棵大槐树背后的阴影里，他们喝得起劲，根本没有注意到我。卫威那时看上去稍有醉意，但似乎还算清醒，也不知道有没有被下蒙汗药。我摸到身上的短剑，准备瞅准时间杀了那个被称为大哥的军校和他的手下，要对付三四个人我还是有把握的。况且，他们都喝了酒。我只想等卫威那几个人喝得迷迷糊糊时再出手，因为，如果我袭击那个军校，卫威他们几个人肯定会站在那个军校一边。但是，没有想到，卫威那几人没有醉倒时，那个大哥的手下便来了。我听到门口有动静，便躲在西厢房的屋顶上。那个手下已经换了普通百姓的衣服，带来了六个人，都是雇工打扮，还赶来了两辆牛车。那个大哥便冲醉醺醺的卫威等四人说，带他们去瓦子逛逛。在这个时候，我见卫威等四人似乎已经神志不清了，估计是已经被下了蒙汗药，药性发作了。那个大哥不待卫威等人回答，便令手下将卫威四人架扶着出了宅子，抬上了一辆牛车。那个大哥和他的小弟便坐上了另外一辆牛车。这两辆牛车一动，我也便跟了上去。没有想到，这一跟，便跟到了金陵城外。两辆牛车来到一片野林子里，那个大哥和他的几个手下都下了牛车，把牛车后面盖着的一块布揭开，从中拿出几把铁锹。我当时一见，惊得直冒冷汗。原来，他们竟然是要将卫威等四个人活埋。他们几个人花了很长时间挖了一个大坑，坑挖好后，便将四个人抬了进去。四个人已经被蒙汗药迷倒，没有任何知觉。卫威是最后一个被放进去的。那个大哥与他的手下匆匆在卫威等人身上盖上了土，便驾着牛车离开了。我屏着呼吸，看完这恐怖的一幕，等那两辆牛车行远了，方才慌忙从藏身处出来。我慌忙扒开土层，将卫威给扒了出来，一探鼻息，还有气，便继续去扒下面的人，可惜挖出下一个人，发现那个家伙已经没有气息了。可怜那三个人，便是被这样活埋而死了。我只好将土又重新盖了回去。之后，我将不省人事的卫威背到了附近一条溪水边，用冰冷的溪水激醒了他。那卫威迷迷糊糊地醒来，见了我后神情恍惚。我将所发生的事情跟他一说，他一开始不信他的同伙已经被活埋了。不管我如何盘问，就是矢口否认杀了唐丰。我便带他去了那个埋着他同伙的地方，让他自己扒开土层看看下面有什么。他一看到同伙的尸体，顿时吓得面如死灰，他恍恍惚惚想了许久，才承认了唐丰是他与同伙按照七皇子命令刺杀的。我又问他，给林仁肇等节度使送信的是不是也是他们四人。其实，这个问题只是我想再次确认一下。结果，他也承认了。我后来突然想到唐丰首次被刺杀之事，便又追问，唐丰回南唐的路上，他们是否已经实施过一次暗杀行动。卫威一听，愣了半晌，说绝对没有。少将军，这就奇怪了，看样子，当时唐丰回南唐的路上被刺，刺客是受其他势力指使的。"

"嗯，看样子事情没有这么简单。你把那个卫威如何处置了？"王承衍答道。

"我本想一刀杀了他为唐丰报仇，转念一想，留着他还可以用来指证七皇子刺杀唐丰，便留了活口。我已经将卫威带到了六皇子从嘉那里。六皇子已经将卫威羁押了，说不日要将他押解到南昌去，让国主亲自审问。少将军，我潜出韩宅后，韩熙载可为难你了？"周远问道。

"我如实告知韩熙载，说你离开，只是去追查唐丰被刺一事，韩熙载听了，也没有说什么，只是在宅子里增添了不少军士看守。对了，前几日，二狗子回来了。听他说，慕容延钊将军在襄州驻军了。我担心我朝与南唐全面开战，如果是那样，可就糟透了。"

"我看一时间是打不起来了。我从这里潜出去拜访唐镐时，便听他说，李景那时已经决定马上迁都了。据说，南唐皇室和大部分官员现在已经到了南昌府了。唐大人现在也应该在南昌府了。六皇子从嘉已被立为太子，现在留守金陵监国呢。听唐大人说，七皇子从善也被令前往南昌府，但是迟迟未行，莫非是与七皇子联合四节度使反对迁都南昌府有关？也不知南唐国主李景打得什么主意。"

"有这种可能，你方才不是说，镇海节度使府邸内的门房说，有国主的人前去查询过送信之人吗！李景恐怕是对七皇子从善并不放心。所以令其缓一步去南昌府吧！"王承衍并不知道，其实李景已经令七皇子从善统率扈从共同南迁，七皇子迟迟不动滞留在金陵，是七皇子自己的主意。

周远亦不知内情，听了王承衍的猜想，觉得有道理，便点了点头。

"我看，你还是别在韩府停留了，直接赶到南昌府去，将唐丰被七皇子从善刺杀的内情告诉唐镐。对唐丰兄弟，咱们也算有个交代——"王承衍说到这里便打住了，一时间竟然不知道说什么才好。他想起了在从汴京前往南唐的路上与唐丰的交往，不禁心下暗自悲伤。在他的心里，唐丰尽管是南唐人，但是为人坦诚，性情潇洒，是一个不错的朋友。在心里，他一直都为唐丰的死而暗暗自责。如今，周远查出了暗杀唐丰的真凶，多少让他感到一点宽慰。

周远见王承衍沉默着，神色黯淡，知他想起了唐丰，便道："好！我这就赶往南昌府将消息告诉唐镐大人。这会儿，我就不与德望兄弟、雪菲姑娘打招呼了，免得被韩熙载的人发现，生出是非。"

王承衍对周远一抱拳，说道："那就拜托周兄了！"

周远不再多言，出了屋门，悄然而行，转眼消失在黑暗中。

# 二

　　李景自从移都南昌府后，心情一直不佳。狭小的宫室、简陋的装置、经常短缺的物资，令他不禁怀念起金陵的繁华。随着李景迁来南昌府的群臣也因为南昌府的简陋而抱怨纷纷。不少大臣私下里甚至说应该尽快将都城迁回金陵。还有些大臣公开或背地里叱责唐镐当时支持迁都的动议乃是欺君。李景本就心情低落，加上一帮大臣隔三差岔五在他的耳边抱怨南昌府的种种弊端，竟然慢慢后悔当初做出了迁都的决定，心里也暗暗怪罪唐镐。至于当初因赵宋的压力而被迫迁都的因素，在这一阶段，倒是被李景和诸位大臣低估了。这便是人常常会遇到的情况：当危机过去或暂时过去的时候，引发危机的重要因素往往因为各种原因会被当事者漠视或淡忘。但是，迁都南昌府的动议毕竟是李景自己首先提出来的，所以尽管他心里后悔，却也下不了决心重新迁都金陵。于是，他整天便在厌恶南昌府和思念金陵的懊恼与焦灼中折磨着自己。到了四月初的时候，李景竟然生起病来，一天到晚大部分时间，便窝在简陋的寝宫内，很少外出。

　　这日午后，李景刚刚斜倚着床榻喝完太医熬制的药汤，门外的太监来报，说唐镐大人有急事求见。李景一听唐镐来了，眉头一皱，挥挥手说："朕今日身体不适，让他改日再来吧。"太监不敢多言，退了出去。可是，不一会儿，太监又进来报告，说唐镐急着要给陛下引见一个要人，事情紧急，耽误不得。李景无奈，便令太监去将唐镐带进寝宫。

　　唐镐并不是一个人前来，身后还跟着一个侍从模样的人。不及李景开口询问。一进门，唐镐便疾趋几步，"扑通"一声跪倒在李景跟前。

　　"请陛下为臣做主！"唐镐哀泣着说道。

"又出了什么事情？"李景冷冷问道。

"陛下，微臣已经查实，刺杀犬子的幕后谋划者乃是——乃是——"

"是谁？"李景一惊，脸色骤变。

"是七皇子啊！"

李景听了，又惊又怒，手拍床榻怒道："孽障！孽障啊！"

唐镐见李景发怒，一时间不敢开口。

这时，李景喘着粗气问道："你可有证据？"

"有，陛下，这位，陛下应该见过。"唐镐说着，伸手往身后跟着的人一指。

李景方才将注意力都集中在唐镐身上，这时，才抬头看了一眼唐镐身后那人。一见之下，李景微微吃了一惊。这时，他认出了那个侍从模样的人，那人正是周远。

"你今日要引见之人便是他？"

"陛下，正是他查到了暗杀犬子的凶手。凶手亲口承认，是七皇子指使的。"唐镐颤抖着声音说道。

李景知周远乃是大宋皇帝私人信使王承衍的护卫，当下强压怒气，让周远将详情一一说来。

待周远说完，李景问道："这么说，那个卫威，现在还在金陵，在从嘉的府内？"

"正是！"

"好，既如此，朕令人去提那个卫威前来对质。如果确实是七皇子指使了暗杀，唐镐，朕会为你主持公道。"

唐镐闻言，在李景跟前"咚咚咚"连连磕了三个响头。

"你们先回去吧，朕想静静。"李景深深叹了口气。


唐镐和周远离开李景的寝宫不久，李景便在极度沮丧与忧虑中迷迷糊糊睡着了。梦中，几个似曾相识的人穿着奇怪的服装在他跟前转来转去。

"这几个人究竟是谁啊？我好像认识他们，可是我怎么看不清他们的脸呢？他们身上穿的都是什么衣服啊？"李景在梦中费力地思索着。那几个人忽远忽近地在他周围转着。李景向其中一个人奔跑过去，眼看就要跑到那个人的跟前了，可是忽然前面涌出一团浓雾，顿时便将那人给吞没了。李景在浓雾中奔跑着，周围人影绰绰，可是他怎么也抓不住一个人，怎么也看不清任何一个人的面容。路呢？来时的路呢？李景突然觉得有些恐惧，浑身上下哆嗦起来。周围的浓雾仿佛感受到了他的哆嗦，也像受到惊吓的人一样露出惨白的脸。

"见鬼！这浓雾怎么会变成人形呢？还哆嗦着？天哪，这人怎么这么像我？不会啊！我是我！我怎么可能变成白色的人形浓雾呢？路在哪里？路在哪里？"李景使劲呼喊着。

"可是，为什么我听不见自己的喊声？这是怎么了？我要回去！我要回去！回去的路在哪里？哦！不，不，前面的那大山怎么无声无息地崩塌了？可是，即使崩塌了，也该有四溅的飞石，也该有滚滚的泥尘啊！浓雾消散了。那大山怎么也突然消失了？它去哪里了呢？哦，不，不，那棵树是在收缩吗？那山就是像这树一样收缩了吗？它不是崩塌了，是收缩了啊！天呐，那宫殿也在收缩，那条大江也在收缩！路，哦，我看到路了！不，路也在收缩！天空，天空也在收缩！不，不，我要出去，我要出去！我现在是睡着了吗？我要醒过来，我要醒过来！'父王！父王！'谁在喊我？谁在喊我？"

突然之间，李景从午后的梦魇中惊醒过来。

他重重地舒了一口气。是的，刚才是梦，幸好是梦！他感觉到自己浑身都被冷汗浸透了。

李景使劲睁开双眼，见自己的床榻前空空荡荡并无一人，略感轻松的同时，又顿感无比落寞与寂寥。他挣扎着从床榻上站了起来，摇摇晃晃地走到书案前，呆呆地盯着书案。

书案上摆着笔墨纸砚。澄心堂纸是从金陵带过来的，上午他便摊在了书案上。砚台里磨的墨已经干了，积墨在砚台上闪着油亮的光。墨是上午磨的，可是，上午他一个字也没有写。本来他想填首词，可是未想到，心中充满苦闷，有无数话语想写，待要落笔时，却又脑际空空荡荡，不知写些什么。

那方砚台是徐遊几天前刚刚献上来的，是一方上好的龙尾砚。李景的目光落在那方龙尾砚上，想起了徐遊。"不如找徐遊来聊聊天解解闷。"李景心中的念头一动，便想喊内侍去传徐遊。

李景正待喊人时，只听门口的内侍倒是先出声了。只听那内侍在门口呼道："陛下，七皇子请安来了！"

李景一听，愣了一下，说道："让他进来！"

七皇子从善听到声音，便"吱呀"一声推门走了进来。

"从善，你何时来的？"李景见到从善，蓦然异常大声问道。

从善还未站定，被李景异常大声的喝问声吓了一跳，慌忙道："父皇，孩儿刚刚才从金陵赶到南昌，特意来向父皇请安。"

"你这畜生！还有胆子来见我！"李景怒道。

从善先前侥幸逃过了李景的质问，但是，他确实暗中联络了林仁肇等四个节度使上疏反对迁都，又暗中派人刺杀了唐丰。后来，他自以为已经派亲信杀了卫威等人灭了口，应该没有人能够再查出他暗中谋划刺杀唐丰一事和私下联络四节度使一事。此时听父亲这么一喝，心中顿时着慌，不知这期间究竟又出了什么变故。

"父皇！孩儿问心无愧，不知父王因何见责？"从善壮起胆子试探道。

"问心无愧？！你难道没有私下派人去联络林仁肇、王崇文、何敬洙、陈诲四位节度使吗？"

"父皇，林、王、何、陈四位节度使上疏反对迁都，的确不是孩儿怂恿的啊！"从善"扑通"一下跪倒在地，低下头，口中大声狡辩道。

李景这段时间因迁都南昌而暗暗后悔，对于四节度使反对迁都之事，其实已经稍稍转变了态度。但是，皇子私下联络节度使，却是犯了他心中的大忌。再加上四节度使当时都有暗中调动兵马的迹象，李景对于从善的用心，不可能没有顾忌。

对于从善的狡辩，李景没有马上给予驳斥。他呆呆地看着跪在地上的从善，叹了口气，沉默了许久，方才冷冷地说道："从善啊！为父已经暗中派人去四节度使府邸查过了，四个节度使府邸，虽然到访者名册上都没有你派去人的记录，但是，管事的人都口头承认，你曾经派人去过。"

从善听了，大吃一惊，他瞪大眼睛看着面无表情的父亲，忽然往地上"咚咚"磕了几个响头，泣声道："父皇，儿臣知罪了！请父皇恕罪啊！"

李景默然不语。

从善跪行到李景跟前，抱住了李景的小腿，泣言道："父皇，儿臣知罪了，儿臣知罪了，不过，儿臣反对迁都，联络四位节度使上疏，都是为了社稷着想啊！父皇，你看看这南昌府，宫阙如此简陋，物资何等匮乏，哪里有金陵的一半繁华啊！父皇，你难道看不到吗？为了防卫南昌，我们不得不在南昌府周边加强军力，而且，大宋现在从西边、北边、东边，都可以进攻咱们了啊！父皇，儿臣反对迁都，都是为了社稷的安危啊！"

李景"哼"了一声，喝问道："孽障！你还敢狡辩！除了私下联络节度使，你还暗中谋划刺杀了唐丰。真是目无王法了！"

从善听了，大声辩道："父皇，那赵仁泽不是亲口说，唐丰乃吴越王钱俶派人暗杀的啊！父皇可是听到的。如何此时又说是儿臣所为？"

"你以为为父就想不到吗？唐丰第一次遇刺，必然是吴越王钱俶派人所为。可是，没有想到的是，王承衍等人救下了唐丰。那唐丰第二次被刺死，却是你干的好事！"

从善由于紧张与激动，脸慢慢变了形。

"父皇，你——你为何这么说？"从善颤抖起来。

"唐镐已经派人查到了卫威，卫威什么都承认了。你还敢狡辩！"李景的声音变得越来越冰冷。

听到"卫威"这个名字，从善一下子瘫倒在地。他知道，事情已经败露了。可是卫威怎么会被唐镐查到呢？卫威不是已经被自己派人灭口了吗？究竟是怎么回事？从善不知是哪个环节出了问题，越想越害怕。难道是那个卫威起死回生了不成？还是派遣的亲信暗中骗了自己？从善坐在地上，一时间神色恍惚，脸色惨白。

李景此时也陷入了沉默。他的心被悲伤与愤怒摧残着，被犹豫与彷徨折磨着。要处死从善吗？他可是自己的亲生孩子啊！此刻，从善孩提时的模样突然浮现在李景的眼前——

"爹爹！好吃吃！好吃吃！还要，还要！"四岁的从善双手捧着一个木碗，摇摇晃晃地跑到李景跟前讨寒瓜[①]吃。木碗中的小竹勺子一弹一弹，仿佛随时都要跳出碗来。"慢点，慢点，别摔了！"李景张开嘴，小心地咬下一小块鲜红的寒瓜，放在手掌中，又用指尖抠去一颗瓜子，这才放在小从善高高举起的木碗中。小从善拿起小竹勺子，把那小块瓜瓤扒拉到小嘴中，笑眯眯地咀嚼起来："真好吃，还要！"木碗又高高举了起来。红扑扑的脸，清澈闪亮的大眼睛望着李景……

李景从回忆中清醒过来，愣愣地看着颓唐地匍匐在自己跟前的从善。

李景的心忽然软了下来。他缓缓抬起手，抚摸着从善的头，叹了口气，温言说道："卫威现在被扣押在你六哥府内。这样吧，我派人去将卫威暗中处死，也算给唐丰偿命了。你，以后要好好辅佐你的六哥。他做事不如你果断，却比你沉稳，你俩齐心协力，或能使我南唐中兴啊！"

从善本以为李景必然会将他处死，没想到竟然会听到这样的话，一时之间不禁发起愣来。他不知道，究竟是什么原因促使父王忽然之间改变了态度。

从善沉默了许久，迟疑道："父皇——只是，唐枢密已经知道——他岂会善罢甘休？"

李景皱了皱眉头，沉吟半晌，说道："这个，你暂且别管，我自会好好与唐镐说。"李景嘴上虽如此说，心头却一时间没有什么主意。他此刻只想着，留下从善一条性命，或许比杀了他更好。毕竟，从善是他心中最喜欢的一个孩子。这一点，李景之前一直没有清楚地意识到。可是，就在方才那一刻，他才知道，眼前这个心狠手辣

---

① 即西瓜。

的从善，一直是他心中从来没有长大的那个可爱的孩子。时间，改变了从善，将他从一个天真无邪的孩子，变成了一个心狠手辣的凶手；可是，却从来没有改变他在李景内心深处的那个天真可爱的幼小形象。


# 三


接连几天潮湿多雨的天气令南汉主刘𬬮郁闷寡欢。

不久前，因为出了内苑羊吐珠之事，宫内闹得沸沸扬扬。刘𬬮带着波斯女"媚猪"亲自去看了那头死去的羊和那颗它"吐"出来的珍珠。

当时他没有关心那头羊是怎么死去的，只是掩着鼻子道："臭死了！快快搬走给掩埋了！"

可是说完这话，他却发现四周没有人动手。他扭头环顾，见四周围观的不是宦官，便是女官、宫女们。这些宦官、女官大都是他继位以来封的。

在宫内，被加官衔的宦官达七千多人，官名参照朝廷职官制度，竟然也有三公、三师之类的头衔。南汉宫内宦官数目，在开国时也就三百余人。中宗刘晟时期，由于宠信宦官，数目增至千余人。

刘𬬮继位后，认为大臣们有妻室子女，不值得信赖，便更加重用宦官。有才能的臣子，只有先下蚕室阉割后才能得以与刘𬬮商讨国家大事。当无限的权力与极端的愚蠢结合在一起，人性与追求都变得扭曲而恐怖。没有多久，南汉国内歪风大盛。许多人为了求官，不惜自宫后自荐。

至于女官，刘𬬮稀里糊涂，封了多少女官、加了多少名号，连他自己都弄不清楚。加之他整日在女人堆中厮混，今日宠幸这个，明日宠幸那个，究竟哪个女子得到哪个职官名号，他也记不分明。那些女官，得到了官名，在宫中争奇斗艳、钩心斗角，无所不用其极。有的女官为了凸显自己的芳容，展示自己的美丽，更是随意更改女官法定服饰，奇巧衣裳、珍贵首饰，层出不穷。

刘铱盼着有人赶紧将死羊搬走埋葬，环顾四周，只见众女官花枝招展，华服炫目，有的在窃窃私语，有的则一边手捂口鼻一边睁着惊恐的眼睛偷偷窥视，却哪里有人走出来搬那死羊。

刘铱瞪大眼睛在围观的人群中寻找，终于看到两张熟悉的面孔。

"龚澄枢、许彦真，你们过来，快将这羊抬走！"刘铱冲人群中的两个人大声喊道。

刘铱所喊的两个人是南汉朝廷中炙手可热的人物，深受他的宠信。龚澄枢时任南汉玉清宫使、左龙虎观军容使、内太师。许彦真为内侍监，不久前诬陷钟允章谋反，导致钟允章与其两个儿子被杀害。

龚澄枢、许彦真二人听到刘铱的呼喝，面面相觑，却都不动手。

许彦真见龚澄枢不动，心想："既然他不动手，凭什么我去搬那死羊。"他眼珠子一转，便拨开身旁两个女官，冲着人群外围几个小太监喊道："你们几个，快些过来！将这羊搬走，找个地方埋了！"

那几个小太监见内侍监召唤，慌忙跑了过来。众女官于是纷纷让出一条路，让几个小太监过去。

"嗯，还是你指挥有方！"刘铱伸手冲许彦真点了点，表示嘉许。

龚澄枢见了，朝许彦真斜睨一眼。许彦真看在眼里，"哼"了一声，心想："你连只死羊都不想搬，还想一手操控朝野上下，你做梦吧！我许彦真可不服你！"

"陛下，这珍珠，这珍珠怎么办？"有个小太监怯怯地问道。

刘铱朝那珍珠看了看，见它个头颇大，散发着玫瑰色的光华，便说道："这珍珠嘛——嗯，拿下去清洗干净，朕要送给——"刘铱微笑着看了看身边的波斯女，接着说道，"朕要送给朕的'媚猪'。快去，清洗干净后，送到凝香阁。"

波斯女见刘铱要将那颗珍珠送给她，顿时喜上眉梢，连连向刘铱抛来媚眼。

刘铱正与波斯女眉目传情时，龚澄枢上前说道："陛下，这羊吐珍珠，不知是何征兆，不如去请樊胡子大师给看看？"

"好！朕正有此意！"刘铢笑着说。

# 四

在从善见过李景后不久，六皇子从嘉接到了父皇李景发自南昌府的密信。在密信中，李景令从嘉秘密处决卫威，算是给唐丰偿命了，又嘱咐他与七弟从善和睦相处，共谋社稷中兴。从嘉看完密信，奇怪父王为何不令他将卫威押解到南昌作证，以彻查唐丰遇害一事。他拿着密信读了几遍，思量再三，突然明白了父皇李景的用意。"父皇定是不想内情被公开，父皇这是在保护七弟啊。父皇本想杀了七弟，不知为何突然改变了主意呢？我以往与七弟关系尚好，自不想七弟被处死。只是，唐镐那边该如何说呢？如果杀了卫威，而不法办七弟，我又如何对得起唐镐的信任？"从嘉犹豫再三，最终还是不敢违抗李景的密令，隔了一日，便令人将卫威毒杀在府内，然后用牛车拉出金陵城，悄悄掩埋了。

杀了卫威后，从嘉琢磨再三，还是给在南昌府的唐镐写了一封信。信中，从嘉告诉唐镐，他已经按照国主的密令处死了卫威，算是给唐丰报了仇，同时，从嘉劝唐镐不要再提唐丰遇刺被害一事。从嘉提醒唐镐，国主肯定改变了主意，不想唐丰被刺的内情被公开。唐镐接到从嘉的来信，一览之后，老泪纵横。一来，他因为儿子唐丰的大仇报了一半而哭；二来，他因为无法再法办暗杀儿子的幕后凶手而哭。痛哭了许久，唐镐渐渐冷静下来，越想越怕。"国主必然想要保护七皇子从善。从善心狠手辣，为了自己的目的不择手段，如今卫威已死，他若担心我暗中为儿子复仇，下一步必然会对我下手。如今，诸位大臣因为我支持迁都南昌而对我恨之入骨。当此之际，我唯有请求致仕，或许还能活命。"唐镐这样想着，便匆匆赶去南昌府的南唐宫求见李景。

"陛下，吾儿已死，老臣心灰意冷，加之近来背部发痒，剧痛难当，故请陛下容老臣致仕。"唐镐倒没有说假话，最近他确实被背部溃烂的脓疮所折磨。

李景冷冷地看着跪在自己跟前的唐镐，本想就迁都南昌之事怒斥他欺君，但见他两鬓斑斑，面容枯槁，当下于心不忍，只是淡淡问道："在金陵时还好好的，怎么一来这里就发痒了？"

唐镐近来背部发痒，主要乃心情抑郁焦虑所致。丧子的悲伤、诸位将官的疏离与诋毁，使他毒火攻心，因而致病。

李景的问话，触动了唐镐的心痛之处。

唐镐鼻子一酸，不禁涕泪俱下，竟然口不能言。

李景叹了口气，说道："卿家，也苦了你，你且回府休养，朕明日令人将准你致仕的诏书送过去。"

唐镐听了，泣声谢恩，磕了三个响头后，方才颤颤巍巍站起身来告退。

回到自己的府邸，唐镐提心吊胆地等到第二日，从早到晚，却不见有诏书传来。他猜不透是什么原因使得李景改变了主意没有下达诏书。他前思后想，不禁恐惧不安起来。"或许陛下今日身体有恙，忘了下达诏书。"唐镐这样安慰自己。可是，到了第三日，唐镐依然没有等到他想要的准他致仕的诏书。这时，他知道，一定是出了什么事，让李景改变了主意。"国主莫非要将我处死，以平诸臣关于迁都之非议？还是——还是七皇子从善在背后暗中要置我于死地？"

唐镐琢磨着可能发生的一切，渐渐下定了决心，准备一死以报国恩，免得惨死于刑法或从善的暗杀。

唐镐令人将周远请到了自己的书房。此前，周远本想马上赶回金陵，可是自知道从善已经赶到了南昌府，便改变了主意，决定暂时留在了唐镐府，以免唐镐被从善暗杀灭口。

"周远老弟，老夫有一事相求。"

"唐大人不必客气，请吩咐。"

"六皇子已经按照国主密令处死了卫威。要法办七皇子为吾儿报仇，恐怕是无望了。七皇子心狠手辣，而国主心底还是暗中维护他的。国主本来已经准许老夫致仕，可是诏书一直没有下达。事情恐怕已经发生变化。国主或考虑返回金陵。劳烦你速速赶回金陵，请务必转告王承衍少将军，请他禀报大宋皇帝陛下，老夫支持国主迁都南昌府，绝非为了结大宋之欢心，实乃为了维持我南唐之社稷。若我南唐能够在南昌府养精蓄锐，他日大宋与我南唐或能一个称雄北方，一个称雄南方。可惜今日我国内诸臣贪恋金陵繁华，无心经营南昌府。若他日大宋有一统天下之日，望大宋皇帝陛下顾念天下苍生，顾念我南唐子民，大发慈悲之心！"

周远听了唐镐一番话，大为感动。他见唐镐神色肃穆，语气沉重，知道事情紧急，恐怕不容他多犹豫了，当下单膝跪地，抱拳对唐镐说道："唐大人，我周远本是无主之人，受王承衍将军重生之恩，因此归了大宋。唐大人为南唐社稷而以一人之力顶众臣之毁谤，忍辱负重，爱民如斯，我敬重唐大人！唐丰兄弟与在下，相识之日不多，但亦如兄弟一般。我想不论大宋还是南唐，天下太平、百姓安居乐业，这应该也是唐丰兄弟的愿望吧。今日一别，不知何时能见！在下必将唐大人的话带到，唐大人珍重！"

唐镐此时决心既定，也不再有畏缩与犹豫之色，虽然有病在身，神色却显得异常冷静，模样也显得无比庄重肃穆。

唐镐扶起周远，眼中泪花晶莹。他轻轻地拍拍周远的肩膀说道："好！周远老弟，咱们就此别过。你快去吧！"

周远望着眼前白发苍苍的唐镐，觉得既熟悉，又陌生。这个陌生的唐镐，让周远意识到：原来竟有一种他以前从没有意识到的浓厚情怀存在于唐镐的心中，有一种巨大的、坚定无比的力量潜藏在唐镐孱弱的躯体中。从前，这种情怀和力量没有显现出来，他看到的只是它们主人的懦弱、犹豫。此时，它们击败了主人平时懦弱、犹豫的表象，发出了自己的声音，如此冷静，如此震耳发聩。

周远冲唐镐点了点头，再次抱拳，然后坚定地转身告退。

周远离开唐府不久，唐镐在自己的书房内，踩上了凳子，将一匹白绢悬在大梁上，随即悬梁自尽。

次日，南唐国主李景接到唐镐自尽的消息，神色倏然变得黯淡

卷

四

295

无比，沉默了许久，方才下令，将唐镐厚葬于南昌城外的西山。

当晚，李景站在长春殿前，负手于背后，仰望天际一弯残月，口中低声吟起一阕旧日所作之词：

> 一钩初月临妆镜，蝉鬓凤钗慵不整。重帘静，层楼
> 迥，惆怅落花风不定。

> 柳堤芳草径，梦断辘轳金井。昨夜更阑酒醒，春愁过
> 却病。[①]

第二日李景醒来，发现浑身发冷，知是因昨夜吹了风，得了风寒。

# 五

韩熙载带着一个侍女，不紧不慢地走进软禁宵娘的阁楼。阁楼三开间二层，宵娘被软禁于一层中间位置的一间屋子内。这间屋子是阁楼一层的正房。这座阁楼，位于韩熙载雨花台别宅花园的东南角，阁楼坐北朝南，三开间的屋门都朝南而开。屋子朝北的窗棂之外，近处是一小片草地，稍远处，有两株巨大的老樟树。两株老樟树之间，修了一张石桌，石桌周围，摆着四个石墩子。老樟树枝叶繁茂，每当夏天，韩熙载便在老樟树之下，与友人或斗茶，或弹琴，或论诗，或没有任何主题地谈天说地。

此时，负责看守宵娘的士兵见韩熙载来了，纷纷挺起胸膛，行礼致敬。

韩熙载冲几个士兵点点头，又朝四周看了看，脸上露出满意的神色。

---

① 李景词《应天长》，见《南唐二主词笺注》。

"你们几个到那边去站岗，你们两个，到楼后面去，就到老樟树那边去站岗，方才我从楼后面绕过来，发现那里只有两个人看着。你们两个也过去。务必在屋子四面都盯紧了，不准任何人靠近。今日，我要将疑犯好好审问一番。"韩熙载对看守宵娘的士兵们说。这些士兵，是韩熙载向南唐国主李景申请后，李景特意调拨过来的。

几个看守屋子的士兵听了，依言走远了一些，其中两个，则听了命令，往阁楼后面走去。

韩熙载令身旁的侍女先进屋去向宵娘通报一下。那侍女得令，推门进屋，片刻便出来说宵娘等大人进去。

韩熙载听了侍女的通报，令她到屋子外的台阶下望风后方才推门进了宵娘的房间。

此时是傍晚时分，宵娘穿戴整齐地站在屋子中间，敬候着韩熙载。见韩熙载进来，宵娘盈盈一拜。

"这些日子苦了你咯。"韩熙载说道。

"大人言重了，这些日子，小女子被关在这屋子里，闷是闷了些，却并谈不上苦，只是不知就这样待着，究竟有何用。那王承衍也无法靠近我啊！"

"快了，快了！你接近王承衍的日子就快来了。"

宵娘感到心头一紧，瞪大了眼睛。

韩熙载将宵娘神色的变化看在眼里，淡然说道："赵宋方面已经调动兵马向我南唐施压，王承衍等人在我手中，他们一时不敢轻举妄动。高德望从宋将慕容延钊那边给我带来了口信，威胁我说，如果伤害了王承衍等人，他一定会采取报复行动。这一切，都在我的意料之中。不过，只要王承衍等人依然被我软禁，慕容延钊是断然不会采取鲁莽行动的。所谓的威胁，只不过是一种策略。哼！我是不怕威胁的。为了社稷，即便牺牲了性命，韩某人也在所不惜。只是，如今南唐危机四伏，我还得留着这口气，以帮助国主应付可能出现的危机。只要国主信任，我宁愿肝脑涂地。实际上，我软禁王承衍和李雪菲的一半目的已经达到。我早就料到，国主迟早会迁都南昌府。但是，国主沿江南迁，随时可能面临宋军的偷袭。我将王承衍和李雪菲软禁，赵宋方面有所顾忌，便不会轻举妄动。宋帝赵匡胤与他的谋臣们一定会考虑到王承衍和李雪菲出事后可能带来的复杂局面。现在，国主既然已经迁都，从赵宋方面来说，也实现了迫使我南唐国防重心南移的战略目的。所以，如果我猜得没错，赵宋方面，一定会有人出面前来要求放了王承衍和李雪菲。赵宋来索要人质之时，便是你可以接近王承衍之机。"

宥娘没有想到韩熙载会如此细致地与自己解释想法，这完全不是对待一个落魄女子的态度。他对她说话的样子，如此肃穆，如此庄重，如此专注，语气虽然平淡，却句句震撼着她的内心。"他并没有丝毫轻视我的意思啊！"就在韩熙载说这段话的时间内，宥娘的心里，对韩熙载的尊敬之情油然而生，尽管明明知道韩熙载是在利用自己为他的计谋服务，心里对于韩熙载的怨恨，却在不知不觉间消散了许多。

"大人为何与我说这些，其实完全没有必要说啊，我一定会遵从大人的命令行事的。"宥娘幽幽说道，一双美目专注地看着韩熙载。也许她自己都没有意识到，她的目光中已经充满了感情。

韩熙载听了宥娘的问话，不禁愣住了，他的目光与宥娘的目光相遇的一瞬间，心头忽然重重一震，一种掩埋在内心深处的情感如火山喷发一般在此刻喷薄而出。他想到了自己的知己李谷——那个曾经与自己一同指点江山的年轻人——后来成为后周宰相和大宋宰相的人。可惜，斯人已逝！如今眼前这个地位低下的女子，却能够感受到他内心的情怀！这是一个怎样的女子啊！他暗暗为自己感到惭愧。"我在利用她，可她身为一个女子，却有'士为知己者死'的情怀啊！"

韩熙载抑制住激动的情绪，定睛看着宥娘一字一句说道："谢谢姑娘对我的信任！"

宥娘听韩熙载说的这句话简单却坚定，话里充满了暖意，不禁莞尔一笑。

"可是，他会相信我是大宋的细作吗？"

"王承衍的护卫周远，不久前已经从这里溜出去了。如果我估计得不错，周远溜出去，目的之一必定是要调查你的背景。"韩熙载没有正面回答窅娘的问题。

"照这样说，他对我是有疑心的。大人，他迟早会识破的。我毕竟不是大宋的细作啊。"窅娘对韩熙载说道。

韩熙载微微一笑道："当然，当然，你当然不是大宋的奸细。他也迟早会查出你的底细。到时，你就说是我韩熙载强迫你这么干的。"

"那大人的计谋不是失败了吗？"

"不，如果说计谋，那时方是我计谋真正开始发生作用的时候。"

"小女子不明白。"

"识人。你若能识人，便能使他听你的指挥。"韩熙载说到这里，想到自己也在利用窅娘，不禁面露愧色，顿了顿，方才继续说道："王承衍这个人，有一副侠肝义胆，却是一个软心肠的人。"

"那又怎样呢？"

"到那时，你说你已经是无家可归的浮萍，他一定会把你收留在身边的。但是，你要时刻记住，你是我的人，是在为南唐做事。你跟他回大宋后，跟在他身边，我会安排人与你接触。南唐以后会需要大宋方面的情报的。你要知道，你的工作，关系着南唐国千百万百姓的性命，明白吗？"韩熙载神色肃穆地说。

"小女子明白。只是——大人为何要如此费心，如此周折将我安排在他的身边呢？"窅娘坚定地点点头后问道。

"王承衍虽然软心肠，但也是一个非常谨慎精明之人。我让他自己来识破你的身份，让他自以为识破了我的计谋，同时让他出于同情认同你，他才会真正信任你啊。"

窅娘听了，心中不禁对韩熙载的心机暗暗感到吃惊。

"只是——"韩熙载看了窅娘一眼，停住不说了。

"只是什么？"

"只是，只是委屈姑娘了！"韩熙载面带愧色地说道。

窅娘感到眼眶一热，几乎落下泪来。她有一种冲动，想要冲上去拥抱住眼前这个男人，这个不久前假装认她做干女儿的男人。可是，她不敢，她愣在原地，只是呆呆地望着韩熙载。

"告辞了！姑娘保重！"韩熙载向窅娘深深鞠了一躬，转身往门口走去，打开房门后，他在那里待了一下，回头深情地看了窅娘一眼，终于还是一句话也没有再说，轻轻地合上门出去了。

# 六

赵光义用温和的眼神盯着赵普，语气平静地说道："掌书记，听说南唐国六皇子曾托人赠给你礼物，让你向陛下求情，以争取南唐与我大宋联盟，可有此事？"

赵普心下暗暗一惊，但是他此前获得赵匡胤的恩准，接受了契丹国的礼物，对于南唐国送来的礼物，他也收得心安理得。当下，赵普从容答道："确有此事。微臣也是为了朝廷利益而接受了来自南唐国的礼物。我大宋与南唐交好，是两国百姓之福。我大宋暂时不能与南唐国交兵，这也是陛下的战略啊。"

赵光义微微一笑，说道："掌书记不必多心，我这么问，是想请掌书记派人前往南唐，与六皇子从嘉联络，让韩熙载放了李雪菲和王承衍。"

"哦，原来是为此事，不瞒都虞候，陛下昨日已召见了微臣，也嘱咐我想想办法，将王承衍等人救回来。王守正出使南唐回来报告后，陛下就一直担心王承衍他们。只是，要说服韩熙载，从他手中要人，真是不容易。此人城府甚深，善识人，富谋略。他与已故宰相李谷是少时知己，当年李谷助周世宗扫荡中原，他则在南唐辅助李景。如今，他软禁王承衍、李雪菲，目的之一，肯定是为了防备在李景南迁之时我军发动偷袭，不过，他想要的，肯定不止于此。我琢磨了很长时间，一时还真想不出解救人质的好办法。"

"我倒是有一个办法可以试试。"赵光义面带诡异地一笑。

"哦？大人可否说来听听？"

"情报！"

"情报？"赵普脸色一变。

"用情报交换。"赵光义淡淡一笑。

"在下不明白，请大人明示。"

"南汉后苑不久前发生了一件异事，据说一头羊倒地而死，死后口吐珍珠。掌书记难道没有听说吗？"

"倒是有所耳闻。只是——"

"那羊死后吐珠，其实都是陛下安排秘密察子暗中布的迷局，目的乃是制造南汉将亡的谣言，动摇南汉的人心。"

赵普听了，大为吃惊，问道："都虞候怎知是陛下安排秘密察子干的？莫非，是在陛下身旁安置了——"

赵光义举起一根手指放在嘴前，眼神诡异地盯着赵普的眼睛。

此前，赵普为了自救，已经与赵光义达成默契，同意在赵匡胤百年之后辅助赵光义。赵光义此时这般示意，赵普自然不再点明。他当即打住了话头，低垂下头，一语不发，仿佛陷入了沉思。

赵光义接过了赵普的话，说道："只要将这个情报告诉韩熙载，凭韩熙载的谋略，必然会利用这一情报，与南汉联合起来以对抗我大宋。"

"可是，这样一来，我大宋岂非引火烧身？"

"掌书记应该心里清楚，我皇兄为人，有时考虑问题过于谨慎，他已有心思统一天下，可是做什么都讲求顺应天道。我倒是认为，要想个堂而皇之的理由征讨南汉，不如让南汉方面主动发动战争。南汉的刘铼即位以来，重用宦官，朝内弄得乌烟瘴气，王朝衰落是必然的。我的计谋，只不过是加速南汉的灭亡，对于我大宋来说，又怎是引火烧身呢？"

赵普沉吟道："倒是有道理。只是，韩熙载会因为这个情报释放人质吗？"

"韩熙载能识人，我却能识韩熙载。他的内心，毕竟还是被士人情怀所左右。一旦他同意用人质换情报，他必然会信守承诺。最关键的是，得有担保人。掌书记你，还有南唐六皇子从嘉，就是这次交换的最佳担保人。"赵光义从容说道。

"可是，即便换回人质，大人又如何保证韩熙载用情报去联合南汉呢？"赵普问道。

赵光义微微一笑，说道："看来，掌书记已经喜欢上我的计谋了。别忘了，换回人质，我们的目的已经达到了。至于韩熙载是否真正能够利用这个情报联合南汉，则是一个额外的问题。但是，我相信，韩熙载一定会尝试的。在交换人质之前，我们就可以暗示情报对于南唐的价值。实际上，这个情报，可以让南唐有三个选择，南唐可以选择借助我们制造的南汉将亡的情报征讨南汉，也可以选择抓住我皇兄暗中派秘密察子谋划此事的把柄，联合南汉对付我大宋。当然，还可以选择与我大宋联合，共同出兵，瓜分南汉。这样一来，我大宋还可顺势灭了荆南与湖南。若非我们主动将此情报透露给南唐，南唐是不会知道是我大宋在南汉宫中搞鬼制造舆论的。南汉气数已尽的舆论一出，南唐完全可能利用这一舆论，抓住南汉民心动摇之机，单独出兵进攻南汉。南汉位于南唐的南面，可谓处于危墙之下。南唐抓住机会，南下取南汉，完全有可能。但是，如果南唐知道了这个情报，就会明白我大宋打算攻击南汉的意图。因此，南唐也可能顺势提出联合我大宋合力对付南汉。掌书记方才太关心我大宋的安危，也是被我言语引导，所以才只关注到南唐利用该情报联合南汉的用途。"

赵普听了，心下又是一惊，不禁暗暗惭愧，心道："我自以为是天下第一谋士，可是竟然也被他看出了思虑的破绽。"

"所以，在通过六皇子从嘉与韩熙载进行交易时，我们要强调的是情报对于南唐的价值。但是，韩熙载很可能会选择与南汉联盟对付我朝。"赵光义再次强调了一下他的判断。

"我们要暗示南唐可以借机讨伐南汉，或者联合我朝，在将来某一天联合出兵，瓜分南汉。可是这个意思？"赵普道。

"正是。"

"万一，韩熙载选择联合南汉，讨伐我朝呢？"赵普问道。

"我方才不是说了，即便南唐、南汉联合起来攻伐我朝，也是我希望看到的。如此一来，或可加速我朝统一天下的节奏。皇兄过于温和。掌书记，你别忘了，如果去年不是你我的暗中推动，皇兄的行动，或许不在陈桥发生，而可能要后推很久，到那时，事情如何发展，真是难料。故，我认为与韩熙载进行这次情报换人质的交易，对我朝没有丝毫的损害。"

赵普听了，暗暗对赵光义的谋略感到吃惊。

"这么说来，都虞候要用陛下暗中谋划的南汉宫中羊死吐珠之事，来与韩熙载交换人质，陛下并不知道？"赵普明知故问，目的还是继续试探赵光义的胆略。

"陛下并不反对救出人质。有这点就足够了。"赵光义微微一笑。

"只是，还有一点，都虞候可考虑到，假如，六皇子从嘉并不相信我呢？假如，韩熙载并不买六皇子从嘉的账呢？"赵普面无表情地盯着赵光义。这是一个重要的试探，他要看看赵光义究竟如何回答两个看似简单，实在极难处理的问题。谋略者思想交锋的火光，在这一刹那间在双方的眼睛内暴长。

果然不出赵普所料，这个问题让赵光义微微愣了一下。

赵光义沉吟片刻，从容说道："你设法让六皇子从嘉知道，为我们安排这次情报换人质的交易，对他今后在南唐的稳固地位有利。否则，我们会将这个重要情报与他七弟换别的东西。"

这个回答，令赵普有些吃惊，但他知道这是一个好办法。因此，他冲赵光义点了点头，表示肯定。

"韩熙载那边又怎样真正说服他呢？毕竟，他未知道情报之前，不可能放出人质。"赵普不给赵光义喘息的机会，继续给赵光义施压。

"人！我们需要信得过的人，需要一个人与韩熙载面对面交易的人。"赵光义盯着赵普的眼睛，一字一顿地说。

赵普看着赵光义的眼神，哈哈笑道："都虞候莫非让我去见韩熙载？"

"不！见韩熙载的人选，我已经有了。"赵光义没有笑。赵普听出他的声音有些紧张，嗓子似乎很是干涩。

"大人的人选是？"赵普追问。

"我先去安排，如果没问题，到时拜托掌书记设法与六皇子从嘉接触。我那边，会派人直接去南唐，面见韩熙载。这是两条线，你我必须合力处理此事，方能成功。"赵光义神情肃穆地说道。

赵普点了点头，他没有再追问赵光义派去与韩熙载进行交易的人选。

赵光义继续说道："韩熙载的谋略，并不在李谷之下，可惜的是，他身在南唐，由于太关注南唐的安危，也由于太想凭借自身的谋略助南唐中兴，所以对天下大势却反而失去了客观的认识。这是他最大的弱点所在。如果他真正能够站在天下的角度来运用他的谋略，说不定，我等皆是他棋盘上的棋子。"

# 七

小梅倚着赵光义，头靠在他的肩膀上，手抚在他的胸前。今天晚上，她感到他的心跳得特别厉害。方才的缠绵，也似乎不同于往日，他的动作比往日更加猛烈。她那时感觉到自己的整个身体，都仿佛要在他的温度下融化了一般。这时，她感到他的身体渐渐凉了下来，但是他的心依然"怦怦怦"剧烈地跳动着。

她静静地依靠着他的肩膀，很久没有说话。羊脂蜡烛已经燃烧了一半，火苗还在温和地跳动着。龙涎香的轻烟不断从莲花型铜香炉中缓缓钻出来，无声无息，袅袅上升。床边的梳妆台上，两支金钗还是方才那个样子摆放着，仿佛再过一百年，它们还是会以那个样子摆在那里。床头，扔着一块湿漉漉的汗巾，她刚刚用它擦拭了身子。

他终于开口了："我需要你帮我办一件事。"

"我？"小梅吃了一惊，心中又惊又喜。她不知道眼前这个她深深爱着的人会让她办什么事，但是一想到能够为他办事，她就不禁暗暗欣喜。

"愿意吗？"他微微侧过头，搂着她肩头的右手，轻轻地抚摸着她光滑的肌肤。他的眼睛，满怀着期望，静静地盯着小梅。

小梅扬起脸，迎着他火热的目光。

"能够为大人办事，小梅赴汤蹈火，在所不辞！"

"好！"他嘴中说好，嘴唇动了动，却没有继续往下说。

"究竟是何事，大人尽管吩咐。"

他沉默了片刻，说道："我要你去南唐的金陵城跑一趟，以我的名义去见一个人。"

"南唐？金陵城？"小梅吃了一惊，眼睛睁大了。她从来没有想过自己要去南唐的金陵城。这个地名，只是当她在柴守礼府中做婢女时曾经听说过。但是，她从来没有奢望自己有一天可以去那里看一看。那里对于曾经是一个婢女的她来说，太遥远了，太遥不可及了。

"是的，金陵城。"

"大人要我去见谁呢？"

"南唐的名臣韩熙载。"

"韩熙载，就是那个江南大名士韩熙载吗？"

"正是。你愿意去吗？"

"去见韩熙载？大人要我找韩熙载办何事呢？"

"韩熙载软禁了我大宋的节度使王审琦将军的公子——王承衍少将军作为人质，还软禁了——节度使李处耘的千金李雪菲。我要你带着一个情报，去与韩熙载交易，去将人质换回来。"

"李雪菲？"小梅听到这个名字，吃了一惊，脸色顿时变了。

"是。"

"原来大人是要救李雪菲姑娘。大人毕竟还是喜欢上她了。"小梅感到内心被狠狠地刺了一下，她带着酸楚的神色说道。

"不是跟你说过吗？我并不喜欢雪菲姑娘，我需要得到李处耘将军的支持。救下李雪菲，李处耘就欠我一个天大的人情。或许在不久的将来，他就可能为我所用啊！"他口头上这么说，眼前却浮现出李雪菲可爱的面容，暗暗期望能够再次见到她。

"大人手下有那么多人，为什么让小女子去呢？"小梅声音里带着怨怒。

"因为你是我最信任的人。而那个韩熙载，虽然才高气傲，谋略过人，却喜欢美色，对于美人提出的条件，他很难拒绝。"

"既然我是大人的人了，大人要我做什么，我一定全力去做。"小梅的声音变得哽咽了。

他听出了她的声音在颤抖，也感到她几乎是快哭了。他右手用了用力，将她搂得更紧了。

他低头轻吻了一下小梅的额头，说道："不论怎样，你记住，我不会亏待你的。"

小梅被他一吻，听了他深情的承诺，心头一暖，问道："我几时出发？该如何与韩熙载进行交易呢？"

当下，赵光义将他的策略与小梅细细交代了一番。

"我会安排几个人护送你去金陵。你不用担心。"

"小女子不担心路途遥远，只是怕——怕完成不好大人交付的任务。"

"别担心！对了，我给你找的这个陈婶可好使唤？"

"她人挺不错的。腿脚也勤快。谢谢大人了。"

"那就好！你这就把陈婶喊进来吧。"

小梅愣了一下，妩媚地笑道："待大人走了我再喊陈婶不迟。莫非大人还想看着我洗身子？"

他听了，吻了一下小梅的额角，笑道："我是想与她交代送你去金陵之事。"

小梅不禁脸上一红，说道："那行。大人也动作快些。"说完，小梅拿起床头的那块汗巾，将锦被掀开到一边，又将身子擦拭了一下，方才系上亵衣，穿上衣裳，下了床，坐到了窗边的一张椅子上。

他坐在床上，没有动，若有所思地看着小梅，盯着她美丽诱人的胴体。见她穿好衣裳，他方才飞快地掀开被子，上下穿戴好了，坐在了小梅的旁边。

"现在可以喊陈婶了吧？"他微笑着问道。

小梅媚笑着斜了他一眼，站起身子，走到屋门口，轻轻拉开一条门缝，冲外屋喊道："陈婶，你进来一下。"

"姑娘是要热水吗？"陈婶问道。

"暂时不用，你快来一下。"小梅喊道。

陈婶闻言，便匆匆往小梅的卧房来了。

进了屋，见了赵光义和小梅，陈婶慌忙先施了礼。

"陈婶，小梅姑娘要去金陵走访一个人，我要你随她去一趟。"赵光义开门见山地说道。

陈婶听了，神色有些忸怩，一副欲言又止的样子。

"怎么？有难处？"赵光义察言观色，早将陈婶的脸色看在眼里。

"大人，俺爹托人送了口信来，说最近得了重病，估计是好不起来了，所以需要俺回村里照顾。"

"怎么，你把这里的地址告诉你父亲了？"赵光义脸色一变，语气严厉地质问。

陈婶慌忙道："没有、没有，口信是送到俺原来租住的房子里的，按照大人的吩咐，那间屋子还租着，俺家汉子住在那里，前几日俺回那边一趟，才知道是俺爹托人送来了口信。"

"你不是还有三个大哥吗？"赵光义继续质问。在安排陈婶来服侍小梅之前，他早已经摸清了陈婶的底细。

陈婶一惊，说道："原来大人知道这个。是啊，说起来惭愧，俺是有三个大哥，成了家后其实都住在村子里，可是三个嫂子个个都是不好惹的母老虎。自各自成家后，俺三个大哥拿不出一个铜板给俺那可怜的老父亲。俺娘二十年前便病死了，只剩下俺老爹，一个人孤苦伶仃的，如今也是七十了，能活这么久，也是不容易了。这次病了，估计是好不起来了啊。这个俺爹自己心里清楚，所以才托人捎信让俺回去。哎，可怜俺老爹，如今还住在破草屋子里啊！"

陈婶说着说着，抹起眼泪来。

赵光义不禁皱起眉头，说道："你那三个嫂子真不是东西，该杀！你三个大哥也真是窝囊。这样吧，我令人找个好郎中，明日便出发去你老家，给你那老父亲看看，另外我再安排两个女人去服侍你父亲。希望你父亲能够多活些日子，等从金陵回来，你便去看护你老父亲。你父亲那边，钱的事，也不必担心。陈婶你呢，还是陪着小梅去趟金陵。临时安排其他人陪她，我不放心。"

陈婶听了，心知无法拒绝。她想，况且，有大人请的好郎中，说不定真能救老爹一命。当下，陈婶跪下身子，连连磕头，口中感激的话儿说个不停。

"好，陈婶，你明日就帮着收拾一下行李，后天，我便安排人护送你们去金陵。"赵光义说完，充满深情地看了小梅一眼。

小梅以微笑回应着赵光义的目光，心里却不知为何感到又是欣喜，又是悲伤。是因为要小别而悲伤，还是因为想到自己为了他，要去救另一个他喜欢的女子而悲伤？她自己也不清楚。

# 八

韩熙载早就猜到大宋方面会派人来与他交涉释放人质事宜。但是，他没有想到，来游说他释放人质的竟然会是六皇子从嘉。根据六皇子从嘉的说法，是赵匡胤身边的红人、大宋第一谋士赵普派人与他进行了接触。韩熙载很清楚赵普在大宋内部的地位，对于赵普的谋略，他也早有所闻。自六皇子从嘉的口中，韩熙载知道赵普允诺他，如果他能够释放王承衍、李雪菲等人，他将得到一个对于南唐极为有利的情报，情报会由另外的人带到南唐。现在，韩熙载得到了六皇子从嘉的担保，从嘉背后，则是大宋皇帝身边的重要谋士、朝廷重臣赵普的承诺。

"可是，究竟会是什么情报呢？软禁王承衍等人的作用已经发挥，此后，若能够将宵娘安排在王承衍的身边并送入宋朝，便已经达到了我最初设定的目标，如果能够额外得到个有价值的情报，何乐而不为呢？"韩熙载送走六皇子从嘉后，心里暗暗得意，知道自己在做一次无本生意，而且回报可能远远超过他的想象。

六皇子从嘉游说韩熙载的第三日的午后，韩熙载正在金陵城南雨花台别宅的一个亭子内喝着茶，看着书，忽然管家老陈前来报告。

"大人，门外有一个年轻女子，带着一个仆妇和几个随从，自称是大人在北边的表侄女，前来拜望大人。"

韩熙载听了，微微一愣，马上意识到来人可能就是他要等的人。他从容地合上手中的书本，轻轻地放在茶几上，略显兴奋地对管家说道："嗯，快，快请进来。老夫确有一个表侄女在北边，倒是多年未见了。"他的神色与情绪，表现得完全像是一个老人期待着接见一个前来看望他的晚辈。

管家老陈得令，匆匆忙忙往大门方向小跑而去。

韩熙载府邸门口的那个年轻女子，正是赵光义派来的小梅。

小梅带着陈婵和三个随从，跟在管家背后进了韩府。

小梅曾经在后周太傅柴守礼府中做过婢女，见识过柴府的奢华。但是，当她进了韩府，却也不禁对韩府内部的景观与陈设感到惊叹。他们进了大门，绕过一面巨大的照壁，沿着一条仿佛永远走不到尽头的长廊，来到一个巨大的园子内，园子里种着树冠巨大的槐树、苍翠优雅的柏树和高高挺拔的梓树。树木下面，错落有致地种植着一些奇花异草。一些形状奇特的假山，耸立在花丛与灌木之间。小梅等人跟着管家老陈，沿着树木花丛之间的一条甬道往韩府深处走去。一路上，小梅注意到有两人一组或三人一组的士兵在往来巡逻。这些士兵，使花团锦簇的韩府多多少少增添了一些杀气。

行了许久，管家老陈回头道："姑娘，大人就在前面的凉亭中等你呢。"

小梅答应了一声，往前面凉亭看去，只见一个红柱灰瓦的八角亭中，立着一个身材高大的人，那人身穿大红袍衣，头戴高耸的黑纱帽，留着三缕长须，仿佛正往这边看来。

"原来这便是名满江南的韩熙载，今日一见，果然气宇非凡。也不知道我是否能够说服他接受交易。"小梅这样想着，心里暗暗担心起来。

不一会儿，小梅等人跟在管家老陈身后，来到了韩熙载面前。

"表叔父！梅儿这厢有礼了。"小梅见了韩熙载，不待他开口，便盈盈拜倒。

韩熙载心中有数，含着笑，用亲切的眼光将小梅略略打量了一下，旋即趋前一步，和蔼地说道："快起来，快起来，原来是梅儿，多年未见，都长成大姑娘咯。"他见那小梅容貌秀美，身材凹凸有致，心中不禁暗想："真是奇了，这样的尤物，竟然被派来送情报。"

韩熙载看了看陈婶和小梅的几个随从，问道："这几位是？"

小梅慌忙答道："这是陈婶，他们都是我家中的仆人，随我一起来拜望表叔父的。"

"好，好！老陈，你先带陈婶和这几位小兄弟下去歇息，我与梅儿先唠叨一会儿。你安顿好他们几个，再回来。"

管家老陈答应了一声，招呼陈婶和几个随从跟着他下去歇息。陈婶冲小梅看了看，站着不动。

小梅冲陈婶默默点了点头。陈婶这才说道："那我们先下去了。姑娘有事情，随时找人招呼我等。"说着，冲几个随从使了个眼色，跟着管家走开了。

韩熙载一直目送着管家和陈婶等人消失在远处的树丛背后，方才将头转向小梅。

"你是什么人？谁派你来的？"韩熙载口气严峻地问道。

"韩大人，何必这般凶呢？"小梅妩媚地一笑。

韩熙载尽管忍不住心神一荡，却依然沉着声音，轻轻喝道："休要废话，快说，你是谁派来的？"

小梅笑道："韩大人这么着急，小女子告诉韩大人便是。小女子是大宋赵光义大人派来的。"

"你叫什么名字？"

"方才小女子已经告诉韩大人了啊，小女子叫梅儿，韩大人若愿意，也可叫我小梅。"

韩熙载见小梅神色自然，不似说谎，当下神色缓和下来，盯着小梅的眼睛，看了一会儿，目光又从她的脸上移到她的胸前、腰部，又缓缓扫到她的脚上，在她的裙摆下沿停了一下，方才又移回到她的眼睛。

小梅被韩熙载从头到脚打量了一番，不禁暗暗心中发毛，一颗心在胸膛里"怦怦怦"加快了跳动。

这时，韩熙载微微一笑，说道："你是赵光义枕边之人吧？"

小梅一听，顿觉两腮火热，一时不知该如何回答。

韩熙载看在眼里，也不等她回答，接着问道："你带来了什么情报？"

"韩大人先答应小女子，如果听了情报，就一定要放了王承衍将军、李雪菲姑娘，还有他们的随从。"

韩熙载仰天一笑，说道："你不怕我听了情报，将你杀了，或者将你与他们一起软禁于此吗？"

小梅毕竟从未曾与韩熙载这样的人物打过交道，听韩熙载这么一说，尽管赵光义早有叮嘱，但还是不禁暗暗紧张起来。她沉默了片刻，方才鼓起勇气说道："赵大人说了，韩大人乃是天下名士，岂能在一个小女子面前食言呢。小女子若是在韩府被杀，或者在韩府被软禁，韩大人恐怕自己余生也难以心安。"

韩熙载见小梅说话之时脸涨得绯红，不禁暗暗怜惜，心想："这真是一个可爱的女子，难怪赵光义会迷上此女，可是他以此女来送情报换人质，这心也真是够狠的，可怜这女子，为了赵光义，不惜孤身犯险来到南唐。梅儿啊梅儿，若不是我有意安排宵娘去北边，我便会杀了你。赵光义以为他看透了我，可是，他错了，他只看到我想让他看到的我。"

韩熙载目光放肆地盯着小梅看了片刻，哈哈大笑，说道："好！赵光义殿下说得没错。不过，要看情报对我南唐有没有用了。如果情报有用，我便放了王承衍、李雪菲等人。但是，如果情报无用，就恕我不能放人了。至于你，我一定会放你回到赵光义大人身旁。说吧。"

小梅见韩熙载答应了，暗暗松了口气，便说道："韩大人可听说过，南汉后苑一只羊倒地而死，口中却吐出了珍珠？"

"嗯，略有所闻。"韩熙载含含糊糊地回应。这句似是而非的话，其实没有任何含义。

"那羊，乃是我大宋皇帝陛下暗中派人毒死的，珍珠，不是那羊吐出来的，而是人为放置在那羊口边的。南汉将亡的流言，也是我大宋皇帝派人暗中散布的。"

韩熙载听了不禁一惊，问道："你说的是，这件事是大宋皇帝暗中谋划的？这就是赵光义大人让你带来的情报？"

"正是。"

韩熙载沉默了半晌，点了点头，说道："很好，很好。这确实是一个有价值的情报。梅儿，明日，我便放王承衍、李雪菲等人与你一同回去，可否？"

小梅没有料到韩熙载这么痛快便答应了，想了想，忽然想起赵光义吩咐过的一个问题，慌忙问道："韩大人没有什么话要让小女子带回给赵大人吗？"

韩熙载听到这个问题，脸色微微一变，微笑了一下，说道："我要给赵光义大人带的话，等你们离开这里时再告诉你们。梅儿，你是个聪明勇敢的女子，我韩熙载很高兴能够认识你，一会儿管家回来，你就先下去好好歇息吧。你放心，我不会杀你，也不会软禁你。"

小梅莞尔一笑，说道："谢谢韩大人。"

这时，管家老陈远远往亭子这边走来。

"瞧，管家回来了。"

小梅扭头一看，果然见那管家正慢慢走向亭子，呆了一呆，对韩熙载说道："小女子还有一事想问韩大人。"

"哦？请说。"韩熙载略现惊讶之色。

"据说雪菲姑娘和王承衍将军就被软禁在这宅子里？小女子想去见见他们，不知大人允许否？"

"既然要放了他们，自然能让你见。"韩熙载哈哈一笑。

"谢谢韩大人！"

"那梅儿你是想先见哪一个，我令管家带你去。"

"我，我想先去拜见雪菲姑娘。"小梅说道，声音有点发涩。

韩熙载察觉出小梅的语气有些紧张，当下也不在意，说道："好，那就让管家带你去见雪菲姑娘。"

这时，正好管家老陈回到亭子里，韩熙载便向他叮嘱了几句，令他带着小梅去见雪菲。

小梅跟着管家老陈，慢慢离去。

韩熙载坐在亭子里，脸上的微笑慢慢地消失了。"借大宋皇帝制造的南汉将亡的舆论，确实可以扰乱南汉民心，我南唐确实有可能借机灭了南汉。只是，南汉若亡，我南唐大战之后，元气大伤，必落入大宋囊中，看来，得尝试与南汉联盟了。若南汉能够与我南唐一同对付宋朝，或许南北力量方能平衡。赵光义或许想与我南唐联盟，共同对付南汉，或许想诱使我南唐借机征伐南汉，借我南唐之手攻击南汉，然后大宋从中渔利。不愧是两手好棋啊！只是，我韩熙载不可能会选那两条路走。如果——如果将这个情报告知给南汉，一定可以刺激南汉。不过，促使我南唐与南汉联盟，赵光义也是在冒险啊！要使南汉这个敌人成为盟友，于我南唐也着实不易啊！"

韩熙载缓缓伸手从石桌上端起茶盏，喝了一口，发现茶水已经凉了。他将茶盏轻轻放在石桌上，盯着已经变凉的茶水，再次陷入了沉思。


# 九


小梅见到李雪菲时有些吃惊。

李雪菲的模样与小梅想象中的完全不一样。没有她想象中的美丽，也没有她想象中的妩媚，但是，她凭着女人的敏感，就在见到李雪菲的一刹那，就发现了李雪菲身上有她所没有的独特的东西，灵秀与单纯。她瞬间意识到，赵光义一定是爱上了李雪菲，尽管他自己不肯承认。她又想，也许，他还没有深刻地意识到自己对她的爱，但是，眼前这个雪菲姑娘，一定已经在不知不觉中闯入了他的内心。小梅感到心里发酸，为自己所处的境遇感到伤感。"大人爱上了这个丫头，还会真正把我放在心上吗？我究竟为何要来金陵救这个丫头呢？"她恨恨地想着。

"你就是雪菲姑娘吧。"小梅努力让自己的情绪显得自然，她露出动人的微笑。

"姐姐是——"李雪菲瞪大眼睛，有些奇怪地问。

"叫我小梅就是了。我是赵光义大人派来接雪菲姑娘的，咱们很快可以离开金陵了，韩熙载大人同意放你们回北边去了。"

"是他派你来的？"李雪菲感到非常吃惊。

"是的，大人很是担心姑娘和王少将军的安全。"

"哼！我在这里好好的，你瞧，这院子里好山好水、亭台楼阁、奇花异石，样样俱全，我还真舍不得走呢。况且，有承衍哥哥在这里，也用不着他担心。"李雪菲嘻嘻笑着，嘴上并不承认自己内心多日来的担忧。

小梅见了李雪菲一副天真无邪和不将赵光义放在眼里的样子，心里暗想，原来这丫头并不喜欢赵光义，心里面装着的是那个王承衍。想到这一点，她不禁高兴起来。

"王少将军少年英雄，又英俊潇洒，有他保护雪菲姑娘，赵光义大人的担心真是多余。"小梅为了哄雪菲高兴，对王承衍信口称赞，其实，她根本就没有见过王承衍。

"不仅承衍哥哥，还有周远大哥、二狗子大哥，他们两个都回来了。周远大哥潜出宅子，还从南昌得到情报，听说南唐国主好像又打主意要回金陵。周远大哥先回开封给陛下送去了密信之后，担心我们在金陵的安危，便又回到了这个宅子里。如今，有周大哥和二狗子大哥在这里，那个韩熙载也不敢轻举妄动的。而且，承衍哥哥也不是走不了，他可是为了——救一个人——才故意留下的，韩熙载可不知道这一点。如果承衍哥哥真想离开这个宅子，我相信他一定是有办法的。也用不着赵光义大人劳姐姐大老远跑一趟。"李雪菲说到"救一个人"之时，停顿了一下，心里想起宵娘，不觉略感不开心，她隐隐将宵娘视为自己的情敌，她担心自己的承衍哥哥是喜欢上了宵娘才故意留下来的。

"救一个人？"小梅听了，不禁大为诧异地追问。

雪菲眨了眨眼睛道："韩熙载抓住了一个叫宵娘的女子，据说是咱大宋安插在南唐的间谍。韩熙载将那女子也囚禁在这个院子里亲自审问。承衍哥哥就是为了此事才决定留下来的。前些日子，承衍哥哥派周远大哥潜出这个宅子，去找南唐的唐镐大人暗中打听育娘的身世背景，可惜唐大人只知道育娘是长沙人，跟着她母亲来到南唐，其余的便不知晓了。承衍哥哥这几天正着急想办法去救育娘，只是一直不得机会靠近囚禁育娘的那个阁楼。那个阁楼周围有很多士兵把守，韩熙载虽然准许我们几个在一定范围内活动，但每次我们出了屋子，总有士兵跟着，而且不让我们几个靠近那栋囚禁育娘的阁楼。姐姐来之前的一天，承衍哥哥见到我们几个，说近日看守有些松懈，想找一个夜晚去劫出育娘，逃离金陵。没有想到，姐姐你来了。"

"原来如此。"小梅听雪菲一口气说了一通，心中暗想，这个丫头倒是可爱，很容易便信任了别人，也没有想一想，若我是韩熙载派来的人，可不就泄露了王少将军的计划。

当下，小梅说道："雪菲姑娘，这些话，除了自己人，你不可再与其他人说，万一韩熙载派人来套话，泄露了这些可就糟糕了啊！"

雪菲一听，嘻嘻笑道："小梅姐姐果然谨慎。其实方才知道你是赵光义大人派来救我的，我才对你说这些。赵光义大人虽然有些讨厌，但是他毕竟是皇帝伯伯的弟弟，他派来的人，我岂能不信。"

"原来这丫头对大人倒是挺信任，而且冰雪聪明，也不是完全没有心机啊。我倒是小看她了。"小梅心中暗想。

只听雪菲继续说道："姐姐，那韩熙载真同意放我们了吗？赵光义大人用了什么办法说服了他呢？"

小梅听雪菲这样问，便将赵光义以情报换人质的办法说给她听。两人絮絮叨叨、叽叽喳喳地说了片刻，小梅才想起，应该尽快去见王承衍等人才是，于是便拉着雪菲，找到管家老陈，一起去找王承衍等人。

在韩熙载管家老陈的带领下，小梅与雪菲来到软禁王承衍的地方。结果，他们扑了个空。负责看守王承衍的士兵说，王承衍已经被韩熙载大人请去了。管家带着小梅与雪菲，又去找周远和高德望，结果又扑了个空。看守的士兵告知，他俩也被韩熙载请去了。

小梅和雪菲担心出了什么事情，便求管家老陈带她们去找韩熙载。这时，两个士兵匆匆跑过来，见了小梅和雪菲。两个士兵说，韩熙载大人正着急请她俩前去思致斋。

"思致斋是韩大人的书斋。"管家老陈见小梅和雪菲面露疑虑，便补上了一句。

小梅和雪菲听了，不及多想，在管家老陈的陪同下，跟着两个士兵，往思致斋去了。

"来来来，梅姑娘和雪菲姑娘来得正好！"韩熙载见她俩进来，微笑着招呼。这次，在众人面前，他改称"小梅"叫"梅姑娘"，以示尊重。小梅心思灵敏，自然注意到了韩熙载对自己称呼的改变，心下暗喜，妩媚一笑，眉目含情地冲韩熙载略略一点头，以表谢意。

韩熙载看小梅妩媚一笑，心中暗想，难怪赵光义会迷上这女子，她真是一个天生心思敏锐的人儿啊，若我不是在这种场合遇上此女，多半也会为她所迷啊。

这个念头在韩熙载心头一闪而过，他很快收敛心神，扭头对王承衍说道："你们明日就可以走，但是，你的条件我不能答应。"

小梅听韩熙载这么说，知道方才王承衍已经与韩熙载理论了一番。"这个王承衍将军也真是胆量过人，在这种情况下，竟然还敢提条件。"小梅不禁多看了王承衍几眼，但见他身材挺拔，脸上线条鲜明，英气逼人。"果然是个俊哥儿，难怪雪菲这丫头会爱上他。"小梅下意识地冲雪菲看过去，却见雪菲正睁大眼睛注视着自己的心上人。

"韩侍郎，我王承衍堂堂一个男子汉，既然知道朝廷的人落入韩侍郎之手，又怎能独自就这般撒手不管。这样吧，我继续在此做人质，让宥娘走。我想，我比她对南唐更有价值，如何？"王承衍说道。

韩熙载愣了一愣，哈哈大笑说道："王将军果然一副侠肝义胆。老夫佩服。"

"不行啊！承衍哥哥，你怎么能这样子呢？你若真不走，我也不走！"雪菲着急地喊起来。

"雪菲姑娘，你别胡闹。如果我们撒手不管，将宥娘一个人留在金陵，我一定会愧疚终生的。"王承衍柔声对雪菲说道。

雪菲嶡起嘴，嘟哝道："我看承衍哥哥是喜欢上那个宥娘了。"

"你都胡说些什么啊！"王承衍听雪菲这么一说，不禁涨红了脸。

高德望插嘴道："韩大人，俺看你还是将宥娘与我们一起放了，否则慕容将军大军一动，指日便可攻到金陵。"

韩熙载看了高德望一眼，微笑了一下，却不反驳。

"梅姑娘，你瞧，王将军与雪菲姑娘都舍不得离开寒舍，这就怪不得我了。"韩熙载冲小梅笑着说道。

"你便是小梅姑娘，承衍这厢有礼了，感谢都虞候惦记着我们的安危。感谢小梅姑娘为了我们几个，不远千里来金陵。"王承衍站了起来，向小梅一抱拳，施礼问候道。

"小女子见过王将军，将军不必客气。"小梅盈盈一拜，还了礼。

"韩侍郎，不知在下的办法你是否接受？"王承衍又扭过头，继续追问韩熙载。

韩熙载手捋胡须，沉吟片刻，神色肃穆地说道："老夫已经答应赵光义，答应放王将军回去。但是并未答应放了宥娘。不过，既然王将军如此仗义，要老夫放了宥娘，也行，但是，王将军要为老夫带一句话给大宋皇帝。"

"好！韩侍郎请说。"王承衍稍稍愣了一愣，他没有想到韩熙载开出的条件竟然只是要他带一句话。

"王将军可记得老夫在弘冀太子墓前与你说的话？"韩熙载问道。

"这——"王承衍略一犹豫。

韩熙载突然嘿嘿一笑，眼中精光大盛，一手抓住王承衍的手臂说道："老夫之前与陛下有一面之缘，想来陛下也记得老夫。王将军，请记好了，请你转告皇帝陛下，只要老夫一息尚存，他就休想动摇我南唐社稷！"

王承衍被韩熙载抓得生疼，见他的目光犹如闪电一般射来，刹那间不禁为之一震，说道："好！在下记住了。回到汴京，一定转告陛下。"

韩熙载听王承衍答应了，脸色缓和下来，盯着王承衍的眼睛，看了片刻，缓缓松开了手。他转过半个身子，从容走到小梅身边，伸出手，轻轻抓住小梅的一只手，说道："有劳梅姑娘借一步说话。"

　　小梅被韩熙载一下抓住手，心中一惊，不由自主地随着韩熙载走向书斋的窗棂前。

　　韩熙载拉着小梅的手，在书斋窗棂前站定，眼睛盯着窗外看了一会儿，方才缓缓转过头，盯着小梅的眼睛，轻声说道："老夫也请梅姑娘给赵光义带句话。请梅姑娘告诉他，南方诸国，人口繁盛，带甲百万，一旦南北开战，必然生灵涂炭。老夫残朽身躯一具，高官厚禄，在老夫眼中不过是烟云，老夫要保的是我南唐百姓富足，社稷安康。还望他少安毋躁，以免引火烧身。况且，以他之雄才，何不北向而伐燕云，定十六州而复振中原，灭契丹而长我华夏威风，此乃真正雄王霸业也！"

　　"原来，韩熙载把南唐的百姓看得比自己的荣辱更重啊！"小梅被韩熙载言辞所感，不禁心跳加速，一对丰胸微微起伏。她见韩熙载神色肃穆，语气沉重，当下不敢怠慢，肃然回答道："韩大人之语，小女子一定带给赵光义大人。"

　　韩熙载听了，颔首微笑，伸出另一只手，轻轻拍了拍那只被自己抓在手里的小梅的手。

　　小梅脸上微红，轻声说道："韩大人，你弄疼小女子了。"原来，韩熙载方才慷慨陈词之际，不知不觉握紧了小梅的手。

　　韩熙载嘴角一动，冲小梅诡异地笑了一笑，方才慢慢撒开了手。

　　"若是他日能够再见梅姑娘，老夫必为梅姑娘亲奏一曲。"韩熙载说完，纵声长笑。

　　王承衍、李雪菲、周远和高德望等人愣愣看着韩熙载，呆立在书斋中，一时间都被他的气场所震慑。

　　"小女子能够见到韩大人，已是三生有幸。韩大人保重！"小梅红着脸，轻声说道。

　　韩熙载收住笑声，认真地看着小梅，说道："梅姑娘也是一个懂老夫的人啊！"说完，不知为何，莫名其妙地叹息了一声。

　　小梅听出那叹息中充满了无奈，不禁心下一动，往韩熙载投去深情的一眼，却发现韩熙载已经将目光再次转向了窗外。这时，小梅突然想到，韩熙载在方才那句话里面有个"也"字。还有谁也懂韩熙载呢？

思致斋窗棂之外，是几株大树，大树的后面，正是软禁窅娘的阁楼。

十

杜太后在暮春的时候生了一场大病，甚至一度昏迷。近来，她的身体没有好起来，神智却似乎渐渐变得清晰起来。尽管之前已经渐渐露出老年人的迟暮之态，但是在病倒之后，她的言辞，与之前一段时间相比，却显得异常清晰简洁。

赵匡胤和皇后每天一早都会带着皇子德昭和琼琼、瑶瑶两位公主来看望母亲杜太后。赵光义带着夫人小符，赵匡胤的小弟赵光美带着五岁的儿子赵德恭，也是天天一早前来拜望母亲。长公主阿燕则大部分时间都守护在杜太后的病床边。

有子孙们的探望与陪伴，让杜太后的心里得到了很大安慰。但是，她的身体似乎没有大的起色。大多数时间，都只能卧床不起。只有偶尔精神好时，才在儿子、媳妇或宫女的搀扶下，起身在寝室内和寝室门口的回廊近处走几步。

进入五月里，天气渐渐热了起来。赵匡胤对母亲的病况越来越担忧，为了替母亲向上天祈福，他下了诏令，宽赦天下的死囚，流放罪以下的犯人也都尽数释放了。

在皇宫内，华贵富丽的牡丹于三月中旬至四月初大盛之后，八仙花慢慢开放了。这种灌木的花，刚刚开出时，是青白色，就像少女一般，带着青涩。没有多久，这些青白色的小花，渐渐转变成粉红色。随着天气渐渐变热，它们会变成紫红色。

"最喜欢这些八仙花变成紫红色的样子啦！"一天午后，杜太后对扶着她起来散步的小符说道。

是啊！它们很快会变成紫红色的。小符展露出她惯有的灿烂笑容，轻声地回应。她搀扶着杜太后的手臂，感到老人比前几天更消瘦了。她知道，这一刻，她的笑容是勉强露出来的。她祈求老人看不出来这一点。

午后的太阳，暖暖地照在回廊前的几株高大的泡桐树冠上。浓密的卵形叶子，一片片，一层层，将阴影洒落在回廊前面的地上，有些树叶的影子被投射到回廊内，落在杜太后和小符的身上。这些树叶的影子，在她们的衣裳上交错重叠着，形成了复杂的斑驳的图案，就如她们各自的内心，充满着复杂的情绪。

六月初的一天，午后，炽热的阳光照着杜太后寝宫前的泡桐树。灌木丛中的八仙花正在悄悄地变成紫红色。赵匡胤守在母亲的床边，他刚刚为母亲喂了药，等待着她午后入睡休息。可是，今天杜太后喝完药似乎完全没有睡意。她和蔼地微笑着，两只浮肿的眼睛闪着异样的光，看着自己心爱的孩子。

"你们几个都回各自屋里歇息吧。"她微微抬起软弱无力的手臂，微笑着冲身边的几个侍女摆了摆手。

几个侍女都答应了一声，低着头退了出去。

杜太后屏退了站在身边的两个侍女后，又让赵匡胤打发贴身内侍李神祐去将赵普传了过来。

赵普见赵匡胤贴身内侍李神祐来传自己去后宫见太后，心中一惊，当下不敢多问，匆匆跟着李神祐前往杜太后处。

"掌书记啊，你要好好记住我接下去要说的话啊！你要好好辅佐我儿啊！"杜太后微笑着对赵普说。

赵匡胤有种不祥的感觉。

对赵普说了这句话后，杜太后才对自己的儿子说道："你知道自己是怎样才得到天下的吧？"

赵匡胤见母亲神色异样，心知她可能大限将到，一时间呜咽不能语。

杜太后淡淡地笑道："不用哭，人老了，总是要死的。我现在与你说大事，你哭又有何用呢？"

她再次将方才的话问了一遍。

赵匡胤这才回答道："都是靠祖宗和母亲的积福，孩儿才能享有天下啊！"

"不，是柴荣错误地将天下交到了一个幼儿手中啊。柴宗训太小，天下难以归心啊。如果后周有长君，你怎能如此轻易地得到天下啊。你和光义都是我亲生的，如果你传位之时德昭尚小，我是希望你今后能够将大位传给光义啊！四海至广，能立长君，乃是社稷之福啊！"

赵匡胤大惊，泣然道："儿臣怎敢不遵太后之命！"

说罢，赵匡胤又对赵普说："你与我一同将今日的话记下来，今后不可违抗啊！"

"掌书记，去那边写下来。"杜太后在病榻上猛然坐起身子，往窗边的桌案一指。那里一直备着纸墨。

赵普不敢多言，慌忙走到桌案边，将太后方才说过的传位光义的话记了下来，并在纸尾写道：臣普记。

赵匡胤拿起那张纸，递到母亲眼前。杜太后眯起眼睛，看了看，满意地点了点头。

"你们知道为什么我不把光义叫来吗？"杜太后突然问道。

这一问，倒让赵匡胤和赵普一惊。两人对视一眼，面面相觑。

"孩子，方才的嘱咐，只是出于我的担心。但是，天下大事毕竟是你在做主。况且，德昭也会长大成人，或许，今日我的话是多余的啊！"杜太后叹了口气。

赵匡胤愣了一愣，说道："母亲为孩儿思虑周全，孩儿怎能不知。请母亲放心！孩儿会将其放在金匮之中藏好，今后如有必要，会托付掌书记出示。"

"好，你们都退下去吧，我也想歇歇了。"杜太后听后满意地点点头，微笑着说道。而后便缓缓将身子往后靠去。

赵匡胤拿着赵普写的那份誓书，与赵普一同，轻轻退出了杜太后的寝室。

这日夜晚，杜太后在寝宫中逝世了。

卷
五

最黑的不是夜晚，最冷的不是寒冬，最空虚的也不是寂寞的心，而是死亡。

唐镐自尽后，李景很快病倒了。太医给李景开了药，吃了十多天，稍稍好了起来。一日，李景在大殿之上设宴，宴请百官。正当百官入位之时，李景忽然眼前一花，只见一个瘦得皮包骨头的人，身着太傅的官服，大踏步直冲他走过来。李景定睛一看，大吃一惊，发现那人竟然是太傅宋齐丘。宋齐丘不是死了吗？李景吓出一身冷汗。待要惊呼时，却见那宋齐丘已经不见了身影。

李景恍恍惚惚地与百官在一起熬过了宴会，之后便病倒在床。太医为李景看了几次，调了几次药，却都不见效果。李景几乎整日卧床不起，每日所进的膳食也越来越少了，到后来，只能喝进去一些稀粥和甘蔗的汁水。他再也不能像从前那样欣赏烂漫的春花，也再也不能像从前那样舒畅地沐浴太阳的光华。

从暮春到仲夏，天气由暖到热，李景的身体与心灵却都逐渐变冷了。他开始感受到死神正向他逼近。

六月，己未日的一个午后，李景在南昌宫长春殿内的病榻上迷迷糊糊地喊叫起来："传太常卿江文蔚！传太常卿江文蔚！"

守在一旁的内侍与太医听了，惶恐不知如何作答。因为李景要传的太常卿江文蔚于保大十年已经去世了。江文蔚，字君章，建安人，南唐建立之初，拜中书舍人。当时，国家草创，江文蔚撰述朝觐会同、祭祀宴飨、礼仪上下，遂为一代纪纲。李景即位后，因江文蔚谙熟朝廷礼仪，觉得用他董治山陵之事比较合适，便封他为工部员外郎、判太常卿事。保大元年，李景迁封江文蔚为御史中丞。江文蔚任御史中丞期间，持宪平直，无所阿枉。冯延巳当国时，与其弟冯延鲁、魏岑、陈觉权倾朝野，作威作福，后来出师败迹，李景下诏斩冯延鲁和陈觉以谢国人，却对冯延巳、魏岑并不问罪。江文蔚于是写了弹劾冯延巳、魏岑的文书。他料到自己即便不被李景贬官，也会遭到政敌的报复，所以上疏之前，便让人安排好了小舟，将老母亲在小舟上安顿好，以备上疏之后随时被贬官流放。上疏后，李景果然大怒，将江文蔚贬为江州司马参军。陈觉、冯延鲁因宋齐丘的求情而被解救，没有被处死，冯延巳虽然暂时被罢免，但随后又被加以重用。魏岑则只是被李景贬为太子洗马。后来，李景后悔，将江文蔚召回。然而江文蔚最终没有得到重用，于保大十年卒，享年五十二岁。

李景传唤江文蔚后，见无人回应，便挣扎着从病榻上坐起，吃力地睁开眼睛，问道："怎么还不去传？"

太医见状，灵机一动，冲内侍使了个眼色，轻声说道："快去传徐遊大人来！"

李景似乎没有听到太医的话，不置可否。

内侍低头答应了一声，匆匆出了寝宫。

两盏茶的工夫之后，徐遊小跑着匆匆赶到李景寝宫。

"哦，景游，你来啦。"李景倒是认出了徐遊。

徐遊一听李景称呼他"景游"，不禁大吃一惊。这是他在李景继承大位之前的名字，李景即位后，为了避李景的名讳，去掉了"景"字。如今，李景突然以"景游"称呼他，莫非他的记忆回到了过去？是糊涂了？还是——徐遊不敢往下细想，只觉得浑身汗毛竖了起来。

"是，陛下有何吩咐。"徐遊尽量使自己的语气显得平稳。

"对了，我方才传唤了江文蔚，他怎么还未到？"

"这——"徐遊知李景此刻依然神志不清，不敢告诉李景江文蔚已死。

忽然，李景眼睛猛然使劲一睁，仿佛突然看到了什么吓人的事物，接着身子往床头重重一靠，长长地叹了口气道："不，我突然想起来了，江文蔚已经死了，是的，他已经死了！是不是，他是不是已经死了？"

徐遊听李景这么说，心中一惊，慌忙道："是，江文蔚是保大十年离世的。陛下怎生突然想起了他？"

"陈觉、延鲁误我南唐啊！江文蔚他说得对啊！快，快，去把他那份上疏给我拿来，我要再看看。"

"陛下是指哪一份上疏呢？"

"江文蔚弹劾冯延巳、魏岑的那份，快！"李景双眼圆睁，在惨白瘦削的脸上显得特别大。

徐遊支支吾吾说道："陛下，那份上疏估计还在金陵皇宫内呢，咱们匆忙南行，很多文书尚未运来南昌府啊！"

李景又重重叹了口气，脸色变得更加阴郁。

徐遊见李景一时陷入沉默，当下也不敢说话。

李景耷拉着脑袋，沉默了半晌，微微抬起头，脸看上去有些扭曲。他用奇怪的眼神看着徐遊，说道："不瞒你啊，那份上疏，我早就让人偷偷从国史编修处拿了出来，本想一把火烧了，使它永远不再存于这世上，可是，后来我想，发生的事情终归是发生的，即便我烧了那份上疏，可是民间一定早就流传了。当年此疏一出，朝野震惊，江左为之纸贵。常梦锡的那句话，我是一直记得的。'白麻虽佳，要不如江中丞疏耳！'说得不错。我即便烧了，又怎能烧掉留在百姓心中的那些文字啊。所以，我终于未下手烧掉它，而是一直偷偷地带在身边。从金陵迁来南昌府时，我也带着它了。你去御书房里找找，就在靠东边墙的那个书架上，中间那格的上面，你快去取来，我再看看。对了，顺便让人笔墨伺候。"

徐遊见此刻李景虽然精神萎靡，但是神色肃穆，眼神平静，显然已经清醒过来了。

"是，陛下，微臣这就去取来。太医，你好生照顾着陛下。"

徐遊吩咐了太医，出了李景的寝宫，过了许久，手中捧着一份文疏回来。他的身后跟着一个内侍，手中捧着一个金丝楠木盒子，里面装的是文房四宝。李景见徐遊拿来了文疏，似乎有些激动，坐直了身子，伸出手来要。

徐遊慌忙将那份上疏递了上去。

李景接了过来，急切地打开来看，可是刚刚打开，便叹了口气道："景游，你念给我听吧，我突然感到很是吃力。"

徐遊见李景的额头冒出一颗颗黄豆大的汗珠，知他病久体虚，似乎已经没有多少元气，心中不禁暗暗叫苦。

"陛下累了，不如歇息吧。"徐遊劝道。

"不打紧，来，你为我念念。"李景固执地催促了一句。

徐遊只好接过那份文疏，一字一句念了起来：

> 赏罚者，帝王所重。赏以进君子，不自私恩；罚以退小人，不自私怒。陛下践阼以来，所信重者冯延巳、延鲁、魏岑、陈觉四人，皆擢自下僚，骤升高位，未常进一贤臣，成国家之美，阴狡图权，引用群小。陛下初临大政，常梦锡居封驳之职，正言谠论，首罹谴逐，弃忠拒谏，此其始也。奸臣得计，欲擅威权，于是有保大二年正月八日敕，公卿庶僚，不得进见，履雪坚冰，言者恟恟，再降御札，方释群疑。御史张纬论事，忤伤权要，其贬官敕曰："周思职分，傍有奏论。"御史奏弹，尚为越职，况非御史，孰敢正言？严续，国之戚里，备位大臣，不附奸险，尚遭排斥。张义方上疏，仅免严刑。自是守正者得罪，朋邪者信用。上之视听，唯在数人，虽日接群臣，终成孤立。
>
> 陛下深思远虑，始信终疑，复常梦锡宥密，擢萧俨侍从，授张纬赤令。群小疑惧，与酷吏司马正彝同恶相济，迫胁忠臣。高越之于卢氏，义兼亲故，受其寄托，痛其侵陵，诉于君父，乃敢蔽陛下聪明，枉法窜逐。群凶势力，可以回天，在外者握兵，居中者当国。师克在和，而三凶邀利，迭为前却。天生五材，国之利器，一旦为小人忿争妄动

之具，使精锐者奔北，馈运者死亡，谷帛戈甲，委而资寇，取弱邻邦，贻讥海内。同列之中，有敢议论，则冯、魏毁之于中，正彝持之于外，构成罪状，死而后已——

徐遊念到此处，停住了，拿眼睛看了看李景，只见他靠在病榻上，仰着头，眼睛圆睁，紧锁着眉头，似乎在思索着什么。

"继续念啊！"李景神色威严地说道。

徐遊闻言，慌忙继续念道：

今陈觉、延鲁虽已伏辜，而魏岑犹在，本根未殄，枝干复生。冯延巳善柔其色，才业无闻，凭恃旧恩，遂阶任用，蔽惑天聪，敛怨归上。高审知累朝宿将，坟土未干，逐其子孙，夺其居第，使舆台窃议，将帅狐疑。陛下方以孝理天下，而延巳母封县太君，妻为国夫人，与弟异居，舍弃其母。作为威福，专任爱憎，咫尺天威，敢行欺罔。以至纲纪大坏，刑赏失中，风雨由是不时，阴阳以之失序。伤风败俗，蠹政害人，蚀日月之明，累乾坤之德。天生魏岑，道合延巳，蛇豕成性，专利无厌，遁逃归国，鼠奸狐媚，谗疾君子，交结小人，善事延巳，遂当枢要。面欺人主，孩视亲王，侍燕喧哗，远近惊骇。进俳优以取容，作淫巧以求宠；视国用如私财，夺君恩为己惠。上下相蒙，道路以目。征讨之柄，在岑折简，帑藏取与，系岑一言。先帝卑宫勤俭，陛下守之勿失，而岑营建大第，广役丁夫，孽子之居，过于内殿，亭观之侈，逾于上林。前年建州劳还，文徽入觐，西苑会燕，舍爵策勋，岑披猖无礼，狂悖妄言，与延巳用意多私，行恩不当，俾军士怀恨怒之志，受赏无感励之心，将校争功，喧动京邑。奸谋诡计，诳惑国朝，致漳州屠害使者，福州违拒朝命，百姓肝脑涂地，国家帑藏空虚。福州之役，岑为东面应援使，而自焚营壁，纵兵入城，使穷寇坚心，大军失势。军法逗留畏懦者斩，律云主将守城，为贼所攻，不固守而弃去，及守备不设，为贼掩覆者皆斩。昨敕赦诸将，盖以军威政令，各非己出。岑与觉、延鲁更相违戾，互肆威权，号令并行，理在无赦。

烈祖孝高皇帝栉风沐雨，勤劳二纪，成此庆基，付之陛下，比诸邻邦，我为强国，奈何赏罚大柄，肆奸宄之谋；军国资储，为凶狡所散？昨天兵败衄，统内震惊，将雪宗庙之羞，宜醢奸臣之肉。已诛二罪，未塞群情，尽去四凶，方祛众怒。今民多饥馑，政未和平，东有伺隙之邻，北有霸强之国。市里讹言，遐迩危惧。陛下宜轸虑殷忧，诛锄虺蜮。延巳不忠不孝，在法难原，魏岑同罪异诛，观听疑惑，请行典法，以谢四方。

徐遊念完了江文蔚的上疏，轻轻地松了一口气。

只听李景喃喃道："烈祖孝高皇帝栉风沐雨，勤劳二纪，成此庆基，可惜到了朕的手里，却成了如今这个样子！朕对不起烈祖啊！江文蔚说得没错！正所谓一子之失，满盘皆输。朕何止走错了一步棋啊！"

李景的这几句话，像锥子一般刺入了徐遊的心中，他不禁顿生兔死狐悲之感，一阵酸楚翻滚在心头，想要安慰李景，却不知如何开口。

"朕是一个多么骄傲的人啊！"李景叹了口气，目不转睛地盯着徐遊看了片刻，指了指江文蔚的那份上疏，继续说道，"可是它，它啊，摧毁了朕的骄傲。"

李景说完句话，神情似乎有些发愣。

徐遊看到李景神色异样，心"怦怦"加速而跳。

"景游，你让人笔墨伺候，"李景又冲内侍说道，"你去请皇后和凌夫人前来。朕有些事情要交代。"

徐遊闻言大惊，愣了片刻，方才说了声"是"，冲那个送来文房四宝的内侍使了个眼色。

不多时，文房四宝已经在病榻旁边的桌上摆放好。徐遊和太医两人正待搀扶李景从病床上起来，只听得门口一阵急促的脚步声传来。原来，内侍已请来了钟皇后和凌夫人。

"好！都来了就好。"李景见钟皇后、凌夫人来了，勉强露出了笑容。

钟皇后见李景欲从病榻上起来，慌忙迎上去搀扶。凌夫人往前走了几步，呆了呆，却不敢上去扶。

"快！妹妹，搭把手过来扶陛下。"钟皇后瞪了凌夫人一眼。

凌夫人听了，急忙跑过去，将手扶住李景的另一边身子。

李景在钟皇后和凌夫人的搀扶下，摇摇晃晃地从病榻上挪到地下。他使劲直起身子，尽量令自己显得有些精神头。可是他那瘦削的身子如同枯柴，绫罗的袍子披在外面，空空荡荡，已经掩饰不住油尽灯枯的样子。

徐遊与李景感情甚厚，此时见李景如此模样，不禁悲从中来，扭转了头偷偷擦拭了一把眼泪。

李景被搀扶着在桌子前面的凳子上坐下，耷拉着脑袋，闷了半晌，忽然说道："嗯，应该将敏中也叫来。"

"敏中"是中书令游简言的字。

"是，陛下，微臣这就让人去传。"徐遊心知李景此刻想到了游简言的忠心不二，可为托付后事之臣。

可是，李景呆了呆，却摆摆手说道："算了，算了。景遊，有你在就够了。"

说完，李景不再说话，缓缓拿起桌上的笔，颤颤巍巍地在纸上写了起来。

徐遊站在李景斜后方，偷偷拿眼去瞟李景写的内容，隐约看到传位六皇子从嘉之语，悲伤之余，心下不禁稍稍欣慰。徐遊又拿眼睛斜睨钟皇后和凌夫人，却见两人已经退在李景凳子后两步远的地方默默而立，显然不敢去看李景在写些什么。

过了片刻，李景停了笔，将笔轻轻搁置在碧玉笔山上，盯着自己写的东西，静静地看了许久。

"景游，你打开那个盒子。"李景对徐游说道，然后往桌上的一只檀木盒子指了指。

徐游闻言，急忙依言打开那盒子，往里一看，里面乃是南唐国的国玺。

"你帮朕一个忙。"李景气若游丝地说道，说话间冲国玺指了指，又冲着自己所写的东西指了指。

徐游没有想到自己要为李景做这样一件重要的事情，看了李景一眼，却见他虽然已经病得虚弱异常，此时却露出非常威严的样子。徐游一惊，恍惚中仿佛看到十年前李景豪气干云天的样子，刹那间再也抑制不住，两行泪水从眼眶中流了出来。

李景见徐游流下眼泪，却是微微笑了笑，说道："你看你，国之重臣，此刻怎么就成了这个样子。朕已经决定传位给六皇子，以后你要好好辅佐他啊！"

徐游这时不禁被李景的王者之气所震慑，尽量稳定心绪，屏住呼吸，郑重地从盒子取出国玺，蘸了印泥，小心翼翼地盖在了李景所写的遗诏上。

李景又静静地看了看钟皇后、凌夫人，语气沉稳地轻声说道："朕方才所书，乃是遗诏。你们都在。朕想告诉你们，迁都南昌府乃是朕自己的决定，不论对错，毕竟是朕的选择。唐镐之死，咎乃在于朕。故，待朕归天之后，请将朕也葬在南昌城外的西山，累土数尺为坟即可。在那里，也葬着唐镐啊。谁要是违背朕的意愿，就不是忠臣孝子。皇后，今后，你自己多保重。夫人啊，从善这孩子……"

李景说到此处，顿了顿，待了一会儿，方才继续说道："你要让从善好自为之。你呢，不可纵容着他。"

钟皇后、凌夫人、徐游等人听了李景的这番话，都呜呜地哭泣起来。

李景见众人哭泣，不禁凄然一笑，冲徐游说道："都别哭了。景游，这份遗诏就交你保管了，务必要交给六皇子。几日前，我已经暗中下令百胜军节度使何敬洙带兵前来驻防南昌城。他应该已经要到南昌城外了。若有急事，你可去找何敬洙。"

徐遊一听李景已经调何敬洙到了南昌，不禁心下暗暗佩服李景。他没有想到，李景在病入膏肓之际，处理传国大事竟然如此冷静。

李景说完，眼睛中精光大盛，将那遗书利落地一卷，缓缓递给了徐遊。

徐遊眼中含着泪，低下头，伸出双手恭敬地接过了李景的遗诏……

当晚，一颗流星划破夜空，在南昌西山深处坠落。坠落之地，火光一刹那间刺破了如墨般的夜色。巨大的响声一直传到南昌城内。

庚申日，李景躺在南昌宫长春殿的病榻上，仿佛看到两只仙鹤在高远的天空中盘旋，他想放声大笑，却笑不出来。他又听到有"呲呲"的声音从大殿屋顶传来，便仰头去看，却见两条长相怪异的巨蛇正盘在大梁上，冲他瞪着铜铃般的巨眼，浑身的金色鳞片闪闪发光。"这大蛇如何还长着两只角？怎么还长着爪？啊——莫非，这便是传说中的龙？"李景感到一阵激动，他一用力，猛然从床上坐起，疾跑两步，向那两条"龙"跑去。这时，他回头看了一眼，却发现自己身后的床上躺着一个人。那人面色惨白，双眼紧闭。李景突然发现，那人不是别人，正是自己。顿时，李景大惊，眼前一晕，仙鹤、巨龙都消失了，只见一座大寺庙出现在眼前的青色大山中，白雾笼着大寺庙，若隐若现。李景听到一阵洪亮的钟声从那大寺庙里传来……"是的，终于走到了灵隐寺了。"李景喃喃道，脸上露出了微笑。

这日夜晚，李景在南昌长春殿内溘然长逝。

李景去世的当天子夜，徐遊从卧室暗墙中的壁龛内取出一个小檀木匣子。匣子里装着李景的遗书。徐遊匆匆用一块锦缎将檀木匣子包好，牢牢绑在自己的背后，随后披上一件深紫色的大氅。他出了卧室，叫上几个亲兵，骑上马，往南昌城北门百胜军节度使何敬洙的军营疾驰而去。

半个时辰后，何敬洙带着李景的遗书，率领一队亲兵，出了南昌城北门，取陆路往金陵方向飞奔去了。

就在徐遊到达何敬洙军营时，七皇子从善带着一队人马，来到了徐遊府邸。可是，当他知道徐遊已经离开府邸多时，不禁仰天长叹一声，便带着人马悻悻然离去了。

# 二

周行逢正一个人喝闷酒，忽然听得门口一阵喧哗。紧跟着，门"哗啦"一下开了，闯入一人。周行逢定睛一看，来人乃是自己那位赌气回了娘家的夫人严氏。

"南唐国主李景不久前病殂，你可知道？"严氏见了周行逢，开口便问。

"我也刚刚听到消息。你女人家，少过问这些事情。"周行逢面露不悦。

"近年，南唐国势向衰，如今李景一死，南唐在大宋的威压下必然更加气沮。然而，毕竟南唐是大国。往日要联合南唐，它不一定搭理你，如今它面临困局，形势就不一样了啊。这可是你联合南唐对付大宋的好机会啊。"严氏说道。

周行逢讪笑着说道："好了，好了，不说这些，夫人这次回来，就在这里住下吧。之前是我的不是，我向夫人赔不是了。"他换了脸色，放下身架，温言软语相劝，对于她的劝告，却是避而不答。

"你若真减轻百姓的租税，我便搬回来。"严氏竖起柳眉，厉声说道。

周行逢闻言不语。

严氏见状，也不多说，转身便走。

"夫人，夫人！你别走啊！"周行逢慌忙追上去扯住了严氏的衣袖。

"对百姓如此盘剥，难道会有好下场吗？难道要我守在这里等你败亡吧？"严氏怒道，说话间使劲甩了一下手，将衣袖从周行逢手中挣脱了。

周行逢一时语塞。

严氏满脸怨气地瞪了周行逢一眼，一阵风般地走了。周行逢呆呆地站着，也没有去追。

这时，忽然一人匆匆走了进来。

周行逢一看，只见来人身材矮小，驼着背，相貌丑陋，面团一般的胖脸上，长着一个大蒜鼻，原来是自己属下馆驿巡官邓洵美。邓洵美是连州人，才思敏捷，尤工诗赋。当时，湖南一地，朱昂以博学而闻名，号称"小万卷"。朱昂不将其他士人放在眼里，唯认为自己不如邓洵美。在天福年间，邓洵美与孟宾于一起，被后晋工部侍郎李若虚所推荐，进入洛阳，登后晋进士第。后来，邓洵美回到湖南，恰逢周行逢成为武平军节度使，实际控制湖南地区，便上笺周行逢，因此得署馆驿巡官。邓洵美相貌丑陋，脾气也不好，而且性格迂腐，得罪了很多人，所以不为同事者所喜。因为众人的恶评，周行逢也渐渐疏远了邓洵美。邓洵美在湖南被周行逢冷落时，与邓洵美同年登进士第的王溥、李昉都已经在后周任大臣。他俩在洛阳时，曾与邓洵美结下了深厚友谊，两人闻知邓洵美在湖南不得重用，境况不佳，常常唏嘘不已。王溥希望帮老友一个忙，便亲自给邓洵美写了一首诗赠给他，以此来抬高邓洵美的地位。王溥诗中云："彩衣我已登黄阁，白社君犹困故庐。"一个"困"，表达了王溥对这位老友的同情。周行逢听说王溥亲自赠诗寄送邓洵美，方才对邓洵美稍稍加以优待。

此时，周行逢见邓洵美匆匆进来，便问道："这般脚步匆匆，可有何急事？"

邓洵美站定脚步，整理了一下衣襟，正色道："主公，在下听说南唐国主李景近日病殂，这一事件，恐会引发一系列变化。以天下之势观之，南唐国元气已然大伤，李景病殂，其国国势恐怕会继续衰落。中朝新立，击退契丹，平定叛乱，气势如虹，其见南唐国势衰落，必有一日会有意于南土。我湖南之地，以北境荆湖为壁垒，然荆湖四战之地，南唐国势一衰，南北势力均衡的局面便会丧失，荆湖的危难恐怕已经不远了。荆湖如入中朝，我湖南之地便在中朝锋芒之下。为今之计，主公纳土归中朝为上策，退而求其次，可尽快联合南唐国、后蜀和荆湖，以创造新的南北均衡。"

邓洵美的一番话中包含的观点，竟然与严氏有暗合之处。

周行逢听了邓洵美一番话，面色不悦，沉吟半晌，说道："你且先回去，此事待我与副使商量。"

周行逢所说的副使，乃是武平军副节度使李观象。李观象是桂林人，富有计谋，最初在刘言手下，任掌书记。楚恭孝王马希崇将楚王马希萼幽禁在衡山时，刘言准备派兵前往潭州讨伐其篡夺之罪。李观象劝说刘言："马希萼的旧将还在长沙，一定不愿与公为邻，不如传檄给马希崇，让他献上马希萼旧将的首级。然后，咱们再图潭州，便可轻而易举得到了！"刘言听从了李观象的计谋。马希崇果然杀了马希萼的旧将杨仲敏等人，将首级送到刘言的军前。除掉了潜在的敌手，刘言自此拥有了掌控湖南的实力。刘言死后，李观象奉周行逢为主公，被封为副节度使。李观象知周行逢性情严酷，恐怕被他猜忌而遭杀害，所以行事特别小心。生活起居方面，李观象也尽量节俭低调。周行逢暗暗将李观象的行为都看在眼内，渐渐对他信任有加，凡是军府之事，都会征询他的意见而决定。

邓洵美听周行逢这么说，不禁面露喜色，因为他深知李观象的智谋，相信李观象会赞同他的意见。

可是，邓洵美这一表情，却让周行逢产生了疑心。

"等等，方才你的建议，可是你自己的意见？"周行逢问道。

周行逢的质问，倒是让邓洵美吃了一惊。

"主公，方才所言，确实是在下自己的想法。不瞒主公，这些想法，是在下听了好友李昉所言之后深思熟虑的结果。"

"李昉？哪个李昉？莫非是在中朝任给事中的那个？"周行逢眉头一皱，突然提高了声音。

"正是。他乃是在下的同年生。"

"李昉现在此地？"周行逢惊问道。

"是，他几日前从开封来看望在下，正于在下的陋室中小住。这几日，在下与他谈天说地，才知道中朝皇帝可能有意于南土啊！"

周行逢听了这话，心中暗生怒气。"好个李昉，不来先见过我，倒是直接去了邓驼子那里！"他虽然生气，却不便将这想法说出来。李昉毕竟是大宋的高官，周行逢也不想得罪于他。

"中朝的给事中来了湖南，你也不知道禀报一声吗？若是怠慢了，你可吃罪得起？"周行逢呵斥起邓洵美。

邓洵美慌忙道："主公，李昉兄一再说此次乃是他私人前来探望在下，不可打扰主公，所以让我不必禀报主公啊！"

周行逢听了，心下更是不悦，摆摆手说道："罢了，罢了，你且回去转告李昉，就说我明日设宴招待他。"

邓洵美不敢多言，鞠了躬便告退了。

次日，周行逢果然设了大宴，专程请李昉前往，同时也让李观象、邓洵美跟在一旁作陪。周行逢在宴席上不断给李昉敬酒，几次用话套李昉的口风，想要知道大宋皇帝赵匡胤对湖南和南唐国的看法。可是，李昉在周行逢面前，却总是说些不着边际的话，就是不提朝廷对湖南和南唐国的政策。原来，邓洵美回去后，将他见周行逢的事情告诉了李昉，但是略去了自己建议周行逢联合南唐、后蜀和荆湖的想法。李昉听了邓洵美的话，深知如果自己多言，恐怕会惹来麻烦，因此在宴席上就是不多说一句话。

此次宴会后，李昉告别了邓洵美，匆匆赶回开封。周行逢见李昉匆忙离去，对邓洵美的怀疑进一步加深，于是，便将他贬为易俗场官。几日后，周行逢暗中派人装成山贼，乘夜闯入邓洵美家中，将邓洵美杀害。

邓洵美晚年才娶妻，妻早死，膝下无子，只有三个女儿。邓洵美被杀后，醴陵人卢氏听闻邓洵美的美名，收养了他的三个女儿，后来将三个女儿都嫁给了读书人。

李昉在开封听说邓洵美在自己离开没几日后便被杀害，心知这恐怕与自己的湖南之行有关，一想到自己本是去探望好友，却致使好友被无辜杀害，他不禁愧疚万分，朝南而拜，长泣不起。

## 三

这日，北汉主刘钧正在北汉宫便殿内与中书侍郎、同平章事赵宏，守尚书左仆射兼中书侍郎、平章事李恽，吏部侍郎郭无为三人商量事情。在便殿的门口，左右各立着两个带刀侍卫。

忽然，内侍窦神兴满脸慌张地跑进便殿。

"陛下！"窦神兴满头大汗地跑到刘钧几步远的地方，未等膝盖跪到地上便呼喊起来。

"何事这般着急？"刘钧问道。

窦神兴跪在那里，仰头看了看赵宏和李恽，犹豫了一下，方道："陛下，侯霸荣回来了！"

刘钧一听，脸颊顿时因为激动而涨红了。他腾然从座榻上站起，怒道："这个叛将，竟然有胆回来！他人在哪里？"

赵宏和李恽二人一听侯霸荣回来，也是面面相觑，一时不知如何是好。郭无为却是面无表情，一副不为所动的样子。

"去！传他进来，朕倒要看看他想怎样？"刘钧冲窦神兴喝道。

窦神兴听了，慌忙从地上起来，急急地跑去传人了。

片刻之后，只见一个上身内着两裆战甲，外披结巾战袄，腰束护腰，头戴凤翅盔的魁梧大汉在门口将佩刀交给了侍卫，大踏步向便殿内走来。

那大汉走近刘钧，跪倒磕头道："陛下，末将侯霸荣回来了！"

"哼，你不是已经率部降宋了吗？还有脸回来？嗯，朕听说宋帝还给你封了官，叫啥来着？对，对，叫内殿直。内殿直侯大人，莫非，你是奉了宋帝的命令，前来下战书的？"刘钧眼皮耷拉着，斜着眼睛，冷冷地看着跪在跟前的侯霸荣。

"陛下，末将罪该万死。此前率部降宋，实在是迫于无奈，那不过是委曲求全，保全性命的权宜之举。归宋后的每时每刻，末将无不思念着故国。这不，苦等多时，终于让末将抓住机会跑了出来。陛下，今日末将冒死而归，早将生死与荣辱置之度外，只望陛下能够给末将戴罪立功的机会，末将愿誓死报效陛下！"侯霸荣昂着头，两眼圆睁，说话时，额头青筋暴突，根根可见。

刘钧听了侯霸荣这番话，哈哈一笑，说道："你以为朕是三岁小儿吗？就凭你几句话，就会相信你？来人，将他拖出去斩了！"

便殿门口的侍卫听皇帝这般呼喝，匆忙跑入殿来。

侯霸荣大急，呼道："等等，陛下，末将知道陛下不会轻易相信我，这次回来，末将特意给陛下带来了重要情报！"

刘钧一听，脸色一变，将手一举，示意几个跑过来的侍卫暂时停住。

"什么情报？"刘钧两眼发亮，对侯霸荣的话表现出了极大兴趣。自去年派出卢赞、卫融助上党节度使李筠在泽州、潞州叛宋失败后，刘钧一直耿耿于怀，时时刻刻琢磨着要与宋一战，以报一箭之仇。此时听到侯霸荣带来了重要情报，如何能够轻易放过。

侯霸荣见自己方才那句话起了作用，稍稍喘了口气说道："南唐国主病殂——"

"这个朕早知道了！"刘钧怒然插话。

"自李景病殂后，宋帝开始往襄州大量调兵，此前，慕容延钊已经被调往襄州，如今，就在末将出逃之前，又有几路兵马被暗暗调往襄州。"

刘钧听了这话，眉头微微一皱，说道："这个情报倒是有点意思。可确凿吗？"

"调兵细节末将未能打听到，但是，几路兵马暗中往襄州调动绝对不会弄错。"

"你的意思是——"

"宋帝恐怕已经有意于南土，只是现在不知他会从哪里开刀。末将以为，目前赵宋的北部边境实际上已经空虚，我北汉可以趁机出兵麟州，拿下麟州后，再取府州、胜州，如此一来，赵宋的这一大片土地，便尽入我北汉囊中了。"

刘钧听了这几句话，眼光扫过赵宏、李恽和郭无为三人的脸，最后又盯在侯霸荣脸上。

"好，朕这次饶你不死，且做个供奉官吧。朕要你戴罪立功。你先下去吧！"

侯霸荣见刘钧赦免了自己，不禁大喜，从地上立起，谢了皇恩，便匆匆退了出去。

侯霸荣退出后，便殿内又只剩下刘钧和他的三个大臣了。

刘钧沉默着，心里盘算着是否真要相信侯霸荣之言。赵宏、李恽和郭无为也都不说话，心中都各有所思。

首先忍不住说话的是李恽。

"陛下，以天下大势观之，赵宋位居中原，新立之后，西定潞泽，东平扬州，正得其势。我朝偏居北隅，背靠大辽，援以为力，方能据宋辽两大国之间而不败。为长久计，宜少用兵，而以宋牵制辽，以辽压制宋。麟州、府州、胜州在我西北，于我确实如芒在背，但是于辽而言，亦如坏疽在腹，我正可借其牵制大辽。故以微臣之见，不论侯霸荣之情报是否属实，我朝应以不变应万变。"李恽说完，捋了捋长须，往椅子背上疏懒地一靠。

刘钧心想，这李恽倒是越发老成了，只是这样一来岂非使我白白丧失开疆拓土的大好机会。他正想说话质问几句，忽然听郭无为"哼"了一声。

"无不为，你可有话说？"刘钧转问郭无为。

"无不为"是郭无为的字。三个字的"字"很少见，偏偏郭无为的"字"就是三个字。郭无为是青州千乘县人，相貌奇特，长着一张方脸，鹰钩鼻在方脸上高高凸起，在鹰钩鼻的阴影之下，是一张往外凸起的如鸟喙一般的嘴。郭无为自小好学，而且喜欢四处游荡。长大成人后，因为博学多闻，越发善辩。后来，不知何故，郭无为穿上了道士服，去武当山当了道士。乾祐年间，郭威在河中讨伐李守贞，郭无为登军门求见。郭威问以当世之务，郭无为鸟嘴"吧嗒"不停，对答如流。郭威因此大奇之，想要留下重用。可是，不巧有人向郭威进言说："公为大臣，握重兵居外，而延纵横之士，非所以防微虑远也。"郭威野心勃勃欲成大事，听了劝告，担心延用郭无为会引起非议，坏了自己的大事，便没有挽留郭无为。郭无为也不勉强，一笑之后，拂衣而去，随后隐居太原的抱腹山。刘钧在北汉继皇位后，内枢密使段常爱郭无为之才，将他引荐给了刘钧。刘钧召郭无为担任谏议大夫。随后，刘钧又任命郭无为任吏部侍郎，参议中书事。

郭无为听刘钧发话，方开口说道："李大人此言差矣！此时宋帝有意南土，正乃我朝借机在北部大力有为之时。若宋帝果真攻略南土，我朝必成其口中之食。此时我朝若不寻机壮大，去亡不远矣！莫非李大人心中盼着我朝早早归了中朝，你好享受荣华富贵不成。在下听说赵宋的宰相王溥、给事中李昉都是李大人当年在后晋时期登第的同年生，莫非他们已经私下给了李大人允诺不成？"说完，郭无为那张鸟喙一般的嘴以一种奇怪的方式往下一坠。

李恽听了，一捋长须，哈哈一笑道："王溥、李昉乃我同年，天下皆知。那后周、大宋宰相李谷还与南唐韩熙载是同年，莫非无不为先生认为韩熙载也私通宋朝不成？"

赵宏这时突然插嘴道："孟深（李恽的字）兄，无不为兄，你们两个在一起，不斗嘴是不成局啊！依在下之见，这侯霸荣之言，大不可当真。陛下，在下以为，那侯霸荣不过是为了自己保命，故以此博陛下欢心。"

"非也！赵大人休要和稀泥。之前，宋帝已经调动慕容延钊驻兵襄州，天下人多以为宋帝乃以慕容延钊之兵威慑南唐。可是，于在下看来，宋帝这一步是那连环棋的第一着，其目标不是南唐，而是——"

说到此处，郭无为拿眼睛轻蔑地瞥了一眼李恽，仿佛就要用这眼神将李恽的脑袋削掉一般。

"李大人，你尽管整日沉湎于棋局，可是棋艺不见长啊。你难道看不出来吗？"郭无为鸟喙一般的嘴再次向李恽射出利箭。

一说到棋局，李恽不禁面色微红，迟疑了一下便道："无不为先生莫非是说，宋帝目前的直接目标不是南唐，而是——江陵？"

"江陵！正是江陵！即便宋帝尚未下定出兵的决心，但是，江陵显然已经成了最可能的近期目标。看来李大人也不是全不懂棋局啊！"郭无为得意起来，哈哈大笑。

"为何是江陵？愿闻其详！"刘钧说道。

郭无为眉头一皱，鸟喙一般的嘴在鹰钩鼻下一噏，随后便肃然说道："一旦宋帝得到江陵，则南下可以攻湖南与南唐，西进可攻后蜀。江陵，乃宋帝打破南北平衡的关键之地。陛下，若等宋帝破了江陵，我朝再图机会开疆拓土就难上加难了啊！"

刘钧沉吟半晌，厉声道："好，就依无不为之言，集代北诸部，旬日后出征麟州。"

# 四

在开封城马道街的路边，有两个人由南往北，朝寺桥方向不紧不慢地走着。其中一人四十岁出头，身材高大魁梧，头戴软翅幞头，身穿一件青灰色的半旧圆领长袍，腰间系着一条宽大的牛皮革带。他的身侧，是一个披着灰黄色半旧袈裟的和尚。和尚脸上有一道长长的青黑色的刀疤，从右眉角一直斜拖到鼻梁上。这两人一边走一边轻声随意地交谈着。

"咱还是不走寺桥了。大师陪我从河边走走吧。"

"好，哈哈，看来今日——"和尚哈哈一笑。

"看来什么？"戴幞头的那人插口问道。

"看来今日心情不错啊。"和尚回答道。

"是啊，好久未能与你这大和尚闲聊了哦！"戴幞头的人也是哈哈一笑。

和尚哈哈大笑，大笑间，仰头看了一下天空，说道："这会儿看着要下雨啊！"

"不打紧，你瞧，那汴河边，不是有很多铺子吗。万一下起雨来，咱进铺子躲雨便是。"

"成！和尚我可以舍命陪君子，怎么会怕多淋场雨呢。"

"这话我爱听！"戴幞头的人拍了一下和尚的后背。

于是，两人走到寺桥南桥头处，便拐了弯，沿着左侧汴河边的小路往西北方向行去。在汴河的这个河段，因为常常有进京卖货送粮的船在此停靠，船工们搬粮食上岸后多在此歇脚，往来的商船也多在此滞留装运货物，因此颇为热闹。沿着河边一溜儿，不仅有茶铺、小吃店、脚店，还有卖各种杂货的、卖金银器具的和卖各色水果的铺子。

戴幞头的人眼瞧着沿河的热闹景象，不禁脸上露出了微笑。

"瞧，那老汉挑着担子，踩着木板走上船的样子还真稳健啊。那艘船吃水很深，看样子装了不少货物哦！这儿船还真多，一艘挨着一艘。看着就让人高兴呐！"戴幞头的人伸手往右前方指了指。

和尚朝着右前方望去，果然见一个老汉正用扁担挑着东西上船。老汉的身后，还站着两人，一个中年汉子拎着一套餐盒，另有一个仆人模样的人捧着一匹绢帛，似乎在等着老汉上船后再登船。那船的桅杆尚倒伏着，倚靠在船篷之上。

这时，风大了起来，天色也变暗了。大风掀动了波浪，刮得汴河岸边的几艘大船在河中轻微地摇摆起来。

"大和尚，不如咱到那船上去瞧瞧。或许，咱们能够乘这船到州桥附近，也可以少走一段路哟。"

"这——那船上人员杂乱，恐怕不太安全。我看还是不要上去为好啊！况且，它也不一定是要往州桥方向去啊。"那和尚显得有些犹豫，并没有迎合那戴幞头的人。

戴幞头的人一听，笑道："你怎么自从当了和尚，变得有些婆婆妈妈了？走吧，没事儿！若不去州桥方向，咱再下船不就是了。"说着，他便迈开步子，往那大船方向走去。

和尚无奈，摇了摇头，警惕地看了看身后，又往左侧沿河的铺子方向看了几眼，方才迈开步子跟上戴幞头的人。

戴幞头的人走到船边，跟着那个捧绢帛的人摇摇晃晃地上了大船。和尚随后也登上了船。

这时，有个戴着头巾、身穿褐色棉布短袄的年轻船工迎了上来。

"两位客官，你们要上哪里啊？"那年轻的船工问道。

"哦，我俩就到州桥，可否捎我俩一小程。这是搭船费，不知够不够？"戴幞头的人说着，从腰带上系着的一个布囊子中掏出五十来文钱。

"哎呀，不瞒两位客官，这船是从西水门过来的，暂时不往州桥方向回去啊。半个时辰之后，这船就往东水门方向出汴京城去了。两位客官，真是不巧啊！"年轻船工面带歉意地说道，冲着戴幞头的人连连摆手。

戴幞头的人听年轻船工这么一说，脸上露出失望之色。那大和尚倒是面露喜色，说道："瞧，还被我说中了，这不，咱只好下船了。"

戴幞头的人失望地摇了摇头，正要抬脚往回走，忽然那年轻船工说道："两位客官留步，这会儿刮大风了，看这天色，转眼便要下大雨，两位客官未带雨具，不如在船上暂歇片刻，待雨下过了，再走不迟，反正这船要半个时辰后才出发。这雨，估计也下不了多久。"

那大和尚正想说话，只听得头顶竹篾编织的船篷上"噼里啪啦"一阵大响，原来竟然是大雨突然下起来了。

"小哥，你的话还真准啊！"戴幞头的人冲那年轻的船工笑着说道。

"俺常年在船上，不懂天气哪成啊！俺船上的老船工，那更神了，连风的方向变化，也能料到呢！"年轻的船工红着脸，颇为开心地说。

"这雨还真大。"大和尚嘟哝着，额头上的大伤疤抽动了几下。

"两位客官，这大风一刮，身子便冷啊，要不你们就到船尾的小篷屋里稍坐，喝两杯热茶，暖暖身子。"年轻的船工好心地说道。

"好啊！这样吧，这几个钱，就当茶钱吧。"戴幞头的人笑着说道，伸手便将铜钱往那年轻船工手上递去。

"几杯茶，用不了这么多钱。"年轻船工不好意思收那钱，摆手拒绝。

戴幞头的人伸出另一只手，抓住年轻船工的一只手掌，将五十文钱硬塞在他手中，说道："小哥就别客气啦，收下便是。"

年轻船工不好推辞，说道："既如此，小的就收下了。两位客官且去坐下，小的一会儿给两位送上热茶。"

说完，年轻船工便领着戴幞头的人和那大和尚往船尾走去，将两人在船尾的篷屋内安顿好，方才转身去准备茶水。

所谓的船尾篷屋，就是一个三面开放的空间，头顶支起了竹篾编织的篷子，靠着船中部的一面，则连着船屋。为了行船方便，船尾篷屋顶部的篷子一般搭得都不太高。这艘大船的篷屋里面，放置着一张矮矮的四方案子，案子四边，各放着一个草蒲团子。

戴幞头之人和大和尚进了篷屋，便在四方案子两侧的草蒲团上坐下了。

不一会儿，那年轻船工便端了一个茶盘子上来了。茶盘子里，放着一壶热茶，两副民窑烧制的青瓷茶盏，此外，竟然还有一碗热气腾腾的茶叶蛋和一碗浸泡在沸腾卤汤内的香气四溢的五香豆腐干。

"哎哟，还有茶叶蛋和五香豆腐干，真香啊！"戴幞头的人指着两只碗，哈哈大笑。

"估计两位行走多时，也饿了，船上也没有啥好点心，就将昨日做的茶叶蛋和五香豆腐干热了热。两位将就着啊！"年轻船工说完，便退了下去。

戴幞头的人笑了笑，冲大和尚说道："这小哥真是热心人啊！若天下民风都能如此，我大宋定可国祚长久啊！"

"这都是陛下严于法治的结果啊！"和尚说道。

戴幞头的人突然伸出一根手指放在嘴前"嘘"了一声。

和尚意识到自己说漏了嘴，拍了一下自己的脑门，说道："唉，瞧我这记性！"

原来，这个戴幞头的人不是别人，正是宋朝开国皇帝赵匡胤，这个大和尚，则是他的好友守能和尚。

"光靠法治也不行啊，德若不能行于天下，进入人心，法虽密，恐怕也无法遍治天下之人啊！当年，周世宗法治何等严格，为了一些蒸饼，他差点杀了那店家。不为别的，就因为那些饼比以前做得小了一圈。可是，他不知，那是因为当时物价飞涨，店家怕蒸饼涨价不好卖，但又要糊口，不得已才出此下策啊。说到底，还是国家管理不善，老百姓生活艰难啊。不过，话又说回来，若法不严，执法不力，法，对百姓就没有威慑力。所以，大和尚你说得也没有错啊！"赵匡胤拿起一只茶叶蛋，一边剥蛋壳，一边缓缓说道。

守能和尚见赵匡胤正要将茶叶蛋往口中送，忽然心中一动，伸手抓住赵匡胤的胳膊，说道："洒家最爱茶叶蛋了，不如让洒家先尝尝吧。"

赵匡胤一愣，微笑道："要相信老百姓。"

"知人知面不知心啊！"守能和尚道。

"察人观眼，识人观心，大和尚你也要相信我的眼光。"赵匡胤轻轻掰开守能的手，毫不犹豫地咬了一大口茶叶蛋。

"嗯！香啊！"赵匡胤啧啧称赞道。

守能和尚笑了一下，叹了口气，端起茶盏喝了一口茶。

"来，你也尝一个。"赵匡胤说着从碗中拿起一只茶叶蛋，递给了守能和尚。

守能和尚笑着接过了茶叶蛋，慢慢剥起蛋壳。


赵匡胤看着船外的雨点"噼里啪啦"落在河面上，忽然想起一件事，眉头微微皱了皱，问守能和尚："方才在封禅寺里，只想着南汉那边，倒是忘了问你个事情。"

"哦？"

"是这样的。光义用计谋从南唐救回了王承衍和李雪菲。王承衍刚刚回到京城，他带回了一个南唐女人，名叫窅娘。据承衍说，此女本在南唐枢密使唐镐府内，后来，又进了六皇子从嘉的府内。这个六皇子从嘉，应该就是现在南唐的新国主了。那个窅娘，随后又被韩熙载要了去。韩熙载本来可能想利用此女给承衍设圈套，结果韩熙载发现此女是我大宋的密探。至少是韩熙载这么说的。承衍不想让此女落在韩熙载手中，便借光义派人去救他之机，用条件换出了此女。"赵匡胤压低声音轻轻说道。

"条件？"守能和尚好奇地问道。

"是的，韩熙载让承衍带话给我，说是只要他韩熙载有一口气在，就容不得我动南唐。"

"这算什么条件。韩熙载难道肯因王承衍带一句话而放了那女子。而且，还敢威胁我大宋？韩熙载有这能耐？"守能和尚"哼"了一声。

"大和尚，你别小看韩熙载。我是见过此人的，我相信，他绝不是随口说说这话。他说的话，不是威胁，他还真有这个能耐做到。我想要问大师，那个窅娘，可是你安插在南唐的秘密察子？"赵匡胤肃然问道。

守能和尚面露难色，悄声说道："实不相瞒，我安排的秘密察子，都是单线与我联系，可是，为了搜集情报，我也允许每个与我单线联系的秘密察子私下发展自己的线人。如果是某个秘密察子发展了线人，而线人又发展线人，一个线人的身份，就很难查清了。不过，我可以肯定地说，那个窅娘，不是我安排的秘密察子，至于她是不是我手下秘密察子的线人，一时半会儿还真难以查清楚。"

"原来是这样。"赵匡胤沉吟道，旋即将手中剩下的小半个茶叶蛋塞进口中，眼睛盯着浊浪翻滚的河面，陷入了沉思。"看样子秘密察子这样下去，很可能失控啊！但是，目前的形势，没有他们收集情报又不行。"赵匡胤心中暗想。他想要叮嘱守能和尚几句，让他尽量不要让秘密察子失控，想了想，却还是闭嘴未言。"他需要我的信任，多余之话，还是不说为好。"他这样想到。

守能和尚见赵匡胤不说话，便也闭口不言，只是静静地喝茶。

过了片刻，赵匡胤说道："窅娘的底细，你看时机设法打听便是。南汉那边的山川地理，还要令秘密察子们加速收集。"

"是！"守能和尚轻声答应。

赵匡胤忽然肃然说道："方才在封禅寺内，我已经告诉你，光义派人救回人质后才告诉我，他是用我们暗中毒死南汉后苑的情报与韩熙载换回人质的。这说明，韩熙载很可能会利用这个情报说服南汉与南唐联合对付我朝。救窅娘，在光义的计划之外。如果窅娘是你安排的秘密察子的线人，她一定掌握了一些南唐的情报，但这些情报很可能并不重要，否则韩熙载一定不会放她。如果窅娘掌握的南唐情报并不重要，韩熙载放了窅娘，只是为了让王承衍给我带句话。那么，韩熙载看重的就是向我传递一个信号，让我不要对南唐开战。这样说来，说到底，韩熙载的内心，还是不愿意南唐与我朝开战的。这就意味着，韩熙载即便利用那个情报说服南汉与南唐联合，其基本战略，至少短期内，也应该以守为主，而不是以战为主。这说明——"

"这说明，我朝还有时间去对付南唐之外的对手！"守能和尚接口道。

"是的，韩熙载可能自己也没有想到，他不经意地暴露了他内心最重要的动机。这样一来，我朝就可以争取一些时间，先对付荆南、湖南与后蜀了。当然，还有北汉与大辽！"赵匡胤盯着守能和尚的眼睛，神色严峻地说道。

守能和尚肃然地点了点头。

两人进行了这一番对话后，都将目光往船外望去。

大雨"哗哗"地下着。此时风变得更大了，雨也更大了。雨点儿如同无数箭镞，一丛丛，一片片，从昏暗混沌的高空飞速射下。它们射下一片后，紧跟着又是一片。每支雨箭，后面都跟着无数雨箭。它们铺天盖地地射向河面，射向停泊在河面上的每一艘船，射向河边的土地、树木和一排排的店铺。天空仿佛被一块厚厚的半透明的幕布遮盖起来，让人感到压抑。大小雨点也不断落在大船尾部篷屋的竹篾篷顶上，"噼里啪啦"的声音响个不停。赵匡胤与守能和尚可以感到从竹篾的篷顶渗透下来的水雾已经弥漫在他们的头顶。大风也将大雨吹得四处横飞，很快打湿了他们朝着船沿一侧的衣衫。

"还是去船屋内躲躲雨吧！"守能和尚说道。

"没事，好久没有见过这样的大雨咯！"赵匡胤眼睛依然盯着船外的江面。青黑色的江面在风雨中荡漾着，江面上笼罩着一层白亮的水花飞沫。这时，他不禁想念起逝去不久的母亲。他有一种奇怪的感觉，仿佛母亲此刻正在寝宫内看着窗棂外的大雨，看着紫红色的八仙花在雨中自在地绽放，母亲还是那样和蔼地微笑着。

不知为何，赵匡胤眼前又突然浮现起柳莺的样子。"如果她还活着，能够与我一起坐在这里赏雨该多好啊！"赵匡胤的心里感到一阵酸楚，但也感到浓浓的甜蜜。他很庆幸自己还能如此清晰地回忆起柳莺的面容。在扬州相遇的一幕，在青黑色的江面上，在白亮的水花飞沫中，在漫无边际的大雨中慢慢地浮现出来。在纷纷而落的漫天雨点中，赵匡胤再次看到了在红色花海中轻快飞舞的黄色小蝴蝶；再次看到了两条红色的丝带从乌黑的发髻上垂下，舒缓地飘动着；再次看到了柳莺微微歪着头浅浅地微笑着……

回忆是实与幻的边界。

"我的回忆是真的。在我的回忆里，柳莺姑娘还在。是的，她还在的。这是真的。"他这样想着，在心底默默地向上天祈求："上天啊！请别让我忘了她，我要她永远都在……"


这时，好心的年轻船工来了。他给两位客人送来了两套蓑衣和两顶斗笠。

赵匡胤见送来了蓑衣与斗笠，更是不愿意回船屋内去躲雨了。守能和尚无奈，也只好陪着他，戴上斗笠，披着蓑衣，继续在篷屋内盘膝而坐，静静地观雨。

大雨下了近半个时辰方停，赵匡胤与守能和尚告别了年轻船工，离开大船上了岸，沿着汴河，踩着泥泞的路面，向着州桥方向行去。他们随后过了州桥，沿着御街，前往宣德门。

守能和尚将赵匡胤送到宣德门，望着赵匡胤进了宫门，方才转身离去。

赵匡胤回到宫内时，已经是申时了。他在内侍李神祐的护卫下，径直前往延和殿。因为，他一进皇宫，李神祐便来报告，说魏仁浦、赵普、吴廷祚等人已经在延和殿等候他多时了。

赵匡胤一进延和殿，但见魏仁浦、赵普、吴廷祚三人钧一脸肃然，默然而立，心知必然出了大事。

赵匡胤在座位上坐定，方才问道："出了何事？"

魏仁浦、赵普、吴廷祚三人眼光彼此对视了一番，魏仁浦开口说道："陛下，西北的探子来报，北汉刘钧开始集结代北诸部，准备进攻麟州了。"

"什么？北汉进攻麟州？消息可确凿？"赵匡胤吃了一惊。

"消息不会错。"吴廷祚说道。

赵匡胤沉吟片刻，说道："目前慕容延钊正在襄州。如今，离麟州较近，而又能够力保克敌制胜的，恐怕只有石守信、高怀德了。朕想派石守信、高怀德前往迎战北汉军。你们以为如何？"

"不可！"赵普斩钉截铁地说道。

"为何不可，掌书记你且说说。"

"石、高两位将军的部队，乃是拱卫京城的精锐，用他们对付北汉，必令天下笑我大宋无人。陛下，北汉进攻麟州，我倒觉得，这正好是陛下考验夏州李彝兴这家伙是否忠于我朝之机。令李彝兴去对付北汉，也正好削弱李彝兴的势力，免得夏州尾大不掉，日后成为祸患。"赵普说道。

赵匡胤听了赵普之语，眉头皱到了一起，思索了一会儿，冲魏仁浦、吴廷祚两人问道："你们二位以为掌书记意见如何？"

魏仁浦、吴廷祚两人对视一眼，均缓缓点了点头。

赵匡胤沉吟半晌，说道："好，既如此，传令李彝兴派兵前往麟州救援。另外，令李继勋从东缓缓进逼辽州，一定要牵制住北汉，保证麟州的护卫战能够胜利。"

赵匡胤话音未落，忽然听得急促的脚步声传来，抬头看去，却是妹妹阿燕慌慌张张地从便殿大门跑进来。

"皇兄，不好了。你快去看看。"阿燕人未跑近，口中却已经在呼喊了。

"怎么了？"赵匡胤问道。

"孩子病重了！"阿燕回答道。

赵匡胤从座位上腾然立了起来，惊问道："哪个孩子？德昭吗？"

"不是德昭。是小皇子啊！"阿燕的声音里带着哭声。

赵匡胤一听，两只眼睛眼皮同时突突跳了起来，他一把抓住妹妹阿燕的手说道："快，快！快带我去！"

王国的命运或可控制，人的命运却难料啊！这一刻，这个念头在赵匡胤心间如闪电般划过。

此时，夜幕刚刚降临，灯火尚未点明。

殿外，天色朦朦胧胧，混沌一片。